역사 속의 나그네

복거일 장편소설

역사 속의 나그네
제1권 낯선 시공 속으로

초판 1쇄 발행 2015년 6월 30일
초판 3쇄 발행 2015년 10월 5일

지은이 복거일
펴낸이 주일우
펴낸곳 ㈜**문학과지성사**
등록번호 제1993-000098호
주소 121-894 서울 마포구 잔다리로7길 18(서교동 377-20)
전화 02) 338-7224
팩스 02) 323-4180(편집) / 02) 338-7221(영업)
전자우편 moonji@moonji.com
홈페이지 www.moonji.com

ⓒ 복거일, 2015. Printed in Seoul, Korea

ISBN 978-89-320-2733-3
ISBN 978-89-320-2732-6(세트)

이 도서의 국립중앙도서관 출판예정도서목록(CIP)은 서지정보유통지원시스템 홈페이지(http://seoji.nl.go.kr)와
국가자료공동목록시스템(http://www.nl.go.kr/kolisnet)에서 이용하실 수 있습니다.
(CIP제어번호: CIP2015016337)

복 거 일 장 편 소 설

역사 속의
나그네

제 1 권 낯선 시공 속으로

문학과지성사
2015

꿈속에서 책임은 비롯한다.

　　　—델모어 슈워츠

이 작품은 1991년에 먼저 세 권을 내고 중단되었다. 이어 쓸 기회가 곧 오려니 생각했었는데, 기회는 좀처럼 오지 않았고, 이제야 세 권을 더해서 일단 매듭을 짓게 되었다. 스무 해가 넘는 공백기가 너무 길어서, 독자들과의 약속을 늦게나마 지켰다는 홀가분함보다 사라진 가능성에 대한 아쉬움이 훨씬 크다.

앞의 세 권은 초판과 내용이 똑같다. 표기가 달라진 곳들이 있을 따름이다. 따라서 전에 졸작을 읽어주신 독자들께선 '제4권 꿈의 지평 너머로'부터 읽으시면 된다. 그동안 졸작을 읽어주시고 속편에 대한 기대를 말씀해주신 독자들께 고마움의 말씀을 드린다.

2015. 봄.
복거일

　다른 상품들과는 달리, 책은 내용과 성격을 소비자들에게 쉽게 알릴 길이 없다. 그런 사정은 모든 저자들에게 곤혹스럽겠지만, 소설가들에게는 특히 그렇다. 책을 낼 때면, 그래서 내 책을 고른 독자들이 자신이 생각했던 것과 다른 책임을 발견하게 되는 모습이 마음에 얹힌다.

　이 소설은 21세기에 태어나서 16세기에서 살아가는 어느 조선 사람의 얘기다. 그는 시낭(時囊)을 타고 6천5백만 년 전의 백악기로 시간여행을 떠나는데, 시낭이 고장 나서, 16세기에 불시착한다. 자신이 태어난 때보다 5백 년 전에 존재한 세상에 혼자 좌초하여 살아가는 일은 누구에게나 쉽지 않을 것이다. 그러나 그는 아주 큰 이점을 지녔으니, 바로 뛰어난 지식이다. 21세기에서 자라난 사람이 지닌 지식은, 특히 과학적 지식은, 대단할 것이다. 16세기 사람들이 지닌 지식에 비기면, 더욱 그럴 것이다.

그래서 이 작품은 과학소설이라고 볼 수 있다. 미래소설의 모습을 많이 지닌 역사소설이라고 볼 수도 있다. 그러나 더 적절한 이름은 아마도 무협소설일 것이다. 주인공이 영웅적 삶을 꾸려가기 때문이다. 그는 16세기의 조선 사회에 수동적으로 적응하는 것이 아니라 그것을 자신의 이상에 맞춰 바꾸려고 애쓴다. 여느 무협소설들과 다른 점은 주인공이 뛰어난 근육의 힘이 아니라 발전된 지식의 힘에 의존한다는 점뿐이다.

이 작품은 1988년 가을부터 세 해 동안 『중앙경제신문』에 연재되었다. 『중앙경제신문』의 직원들과 독자들에게 고마움의 말씀을 드린다. 연재가 시작될 때부터 격려해주신 『문학과지성』 동인 다섯 분 선생님들께, 그리고 세 권을 한꺼번에 내느라 수고하신 '문학과지성사'의 직원들께, 좀 새삼스럽지만, 고마움의 말씀을 드린다.

1991. 10.
복거일

차례

시
간
비
행
사

제 1 부

1

컴컴한 바다로부터 부연 파도 한 줄기가 밀려와 황량한 바닷가에서 어지럽게 부서졌다. 모래와 뜯긴 해조 조각들을 끌고서, 거품이는 물결은 다시 컴컴한 바다로 나갔다. 감각 없는 살은 바닷물의 거친 손길에 몸을 맡기고 드러누운 뻘이었다.

의식은 좀더 높은 파도로 찾아왔다. 그 파도가 문득 고개를 숙이면서 흰 덜미를 드러냈다. 의식의 시린 물결이 살 위에 부서져 내리는 것을 느끼면서, 언오는 힘겹게 고개를 들었다. 날카로운 아픔 한 줄기가 목덜미 살을 쿠욱 쑤셨다. 그 아픔이 머릿속을 무겁게 채운 검은 기운을 뚫은 듯, 몸의 마디마디에서 서로를 향해 손을 뻗치는 둔중한 아픔의 덩이들이 느껴졌다. 곧 아픔이 한 덩어리가 되면서, 몸이 하나로 이어졌다.

살에 뱄던 아픔이 차츰 빠져나가는 것을 느끼면서, 그는 조심스럽게 눈을 떴다. 캄캄했다. 눈을 감았다가 떴다. 역시 캄캄했다. 눈을 몇 번 깜박거려보았으나, 아무것도 보이지 않았다. 두려움의 손길이 와락 그의 가슴을 움켜쥐었다. 그 검고 차가운 손가락들을 하나씩 떼어내면서, 두 손을 움직여보았다. 부어오른 듯한 느낌이 들었지만, 두 손은 자유로웠다. 무릎을 묶은 안전띠의 익숙한 감촉이 손바닥에 느껴지면서, 깨달음 한마디가 머릿속을 밝혔다. '아, 그렇지. 내가……'

윗몸을 앞으로 굽히고 두 손으로 무릎을 누르면서, 그는 발에 힘을 주었다. 발이 저려서 힘을 제대로 줄 수는 없었지만, 어둠 속에 떠 있는 듯하던 몸 아래에 단단한 바닥이 생겨났다. '그렇지. 난 지금…… 이건 가마우지고……'

그는 지금 시간여행을 하고 있었다. 아까 시낭(時囊), '가마우지호'를 타고서 백악기(白堊紀)를 향해 21세기를 떠난 것이었다.

"벌써 닿았나?" 그는 입속말로 중얼거렸다. 입안이 바짝 말랐다는 깨달음과 지금 자신의 처지에서 쓰인 '벌써'라는 말의 우스꽝스러움이 흐릿한 빛 두 무더기로 아직 부연 그의 마음을 잠깐 비추고 사라졌다. 6천5백만 년 전의 시간과 은하운동(銀河運動)의 반대 방향으로 적어도 5×10^{17}킬로미터 밖에 있을 어느 아득한 공간인 백악기 말기의 시공을 찾는 여행이 그의 지각에 어떻게 닿을지 알 수 없는 상황에서, '벌써'라는 말은 아무래도 어울리지 않았다.

'그런데……' 그는 이맛살을 가볍게 찌푸렸다. 아무래도 이상했다. 먼저, 시낭 안이 캄캄했다. 광판(光板)들이 모두 꺼진 것도 이상했지만, 조작반(操作盤)에 불빛이 없는 것은 더욱 이상했다. 시낭이 작동할 때, 조작반엔 계기들의 푸른 불빛이 비쳐야 했고 바로 앞에 있는 주표시반(晝標示盤)엔 시낭의 상태를 알리는 정보들이 끊임없이 나와야 했다. 조작반의 맨 오른쪽 자폭 장치의 파일럿 램프만이 깜박거리지 않는 요사스러운 붉은 눈으로 그를 쳐다보고 있었다.

'광판들이 모두 꺼졌다면, 전력 계통에 이상이 있단 얘기가 되나? 일단은 그렇다고 볼 수 있겠지. 전원에? 아니면, 배선에? 자폭 장치의 파일럿 램프에 불이 들어온단 사실은 이상이 시낭 자체에 있단 얘기고……' 위급한 경우에 시낭을 폭파하는 자폭 장치는 시낭으로부터 독립된 체계였다.

'그건 그렇고, 내가 왜 정신을 잃었었나?' 정신을 잃었다는 사실은 시낭의 전력 계통에 문제가 생겼다는 것만큼 이상한 일이었다. 한참 생각해보았으나, 정신을 잃게 된 까닭을 알 수 없었다. 출입문이 닫힌 뒤, 시낭의 작동 단추를 누른 것까지만 생각났다. 풀빛 발진 단추를 누르던 감촉이 아직 오른손 엄지에 남아 있었다.

갑자기 속이 메스꺼워지면서, 머리가 흔들렸다. 이어서 술기운에 잡힐 때처럼, 저릿함의 물살 위에 몸이 뜨면서, 세상이 비잉 돌았다. 울컥 욕지기가 나더니, 쓴 물이 목으로 올라왔다. 두 손으로 팔걸이를 꽉 붙잡고서, 그는 다시 멀어지려는 정신을 가까스로 불러 세웠다. 지금 자신의 몸이 정상이 아니란 생각이 들자, 가슴속 검은 기운이 다시 차가운 손길을 뻗치기 시작했다.

'침착해야지,' 스스로에게 이르고서, 그는 숨을 깊이 쉬었다. 마음이 크게 당황한 것은 아니었지만, 생각은 좀처럼 나아가지 못했다. 머리가 무거워 생각이 또렷이 떠오르지 않고 아지랑이처럼 흔들리는 것이 안타까웠다.

'만일 이상이 전력 계통에 있다면……' 그는 굳어버린 생각을 억지로 앞으로 밀었다. '기관에 문제가 생겼을 수도 있지.'

자리에 가만히 앉은 채, 그는 시낭에 움직임이 있나 살폈다. 아무런 움직임도 없었다. 숨을 죽이고 온몸으로 찾아보아도, 기관이 작동할 때면 몸에 어렴풋이 느껴지던 시낭의 진동은 없었다.

'기관이 멈췄구나.' 그는 머리 한구석에 떠오른 좌초란 말을 서둘러 지웠다.

시간여행에서의 좌초는 다른 조난들하고는 달랐다. 자신이 살던 시공과 다른 시공에 혼자 떨어지는 상황은 엄청난 재난이었다. 그러나 그것보다 더 두려운 것은 초월시공(超越時空) 속에 갇히는 일이었다. 초월시공에 갇히는 것이 무엇을 뜻하는지는 아무도 몰랐다. 시낭의 출현이 초월시공의 존재를 증명해주었으므로, 갑자기 그것에 대한 연구가 시작되었지만, 21세기의 물리학 지식은 그것을 제대로 설명할 수 없었다.

"여행이 예정대로 끝나서, 멈췄을 수도 있긴 한데," 다른 설명이 얼른 생각나지 않기도 했지만, 스스로를 격려하려고, 그는 혼잣소리를 해보았다. 그러나 속마음도 그랬을 가능성은 아주 작다는 것을 알고 있었다.

'그러나저러나, 지금 시간이 어떻게 된 거야?' 자신이 어째서 지금까지 시계를 볼 생각을 하지 않았는가 이상해하면서, 그는 손목시계를 보았다. 바늘의 선명한 야광이 흔들리는 마음을 좀 가라앉혔다.

'한 시 십칠 분이면, 두 시간 십칠 분이 지났구나. 아니면, 열네 시간 십칠 분이든지……' 조심스럽게 조종석 등받이에 몸을 기대면서, 그는 다시 눈을 감았다. 목과 어깨의 근육들이 신음했다.

'시간도 맞지 않는구나.' 마음이 한결 더 무거워졌다. 백악기 말기까지의 비행에 걸리는 시간은 시낭 시간으로 만 3천 초, 즉 세 시간 37분이었다. 초월시공 속으로 이루어지는 시간비행 자체는 시간이 걸리지 않았다. 적어도 시간비행사의 주관적 정상 시간으로, 즉 시낭 시간으론, 그랬다. 그러나 시낭은 궤도를 점검하기 위해 5백 년마다 정상 시공으로 나와야 했고 그때마다 10분의 1초씩 머물렀다. 원체 아득한 세상으로 가는 길이라, 그 시간도 꽤 되었다.

'비행이 예정대로 끝났다면, 두 시간 십칠 분은 아니고…… 열네 시간 십칠 분이라면, 너무 길고…… 길다고? 무슨 근거로 그런 얘길 할 수 있나?'

어느 쪽이 그럴듯한가 그는 잠시 저울질해보았다. 아침을 가볍게 먹고 떠났는데도 배가 고프지 않고 아직 요의가 없는 것을 보면, 열네 시간 쪽보다는 두 시간 쪽일 듯했다. 공기 순환 장치가 멈췄는데도, 공기가 그리 탁하게 느껴지지 않는다는 사실도 그런 결론을 떠받쳤다.

'그렇다면, 정말로 좌초했단 얘긴데. 하긴 가마우지가 원래 좌초했던 시낭이잖나. 다시 좌초했을 가능성도 높지.' '가마우지'는 원래 26세기 사람이 타고 온 시낭으로 21세기에 좌초했었다.

'좌초했다 치고. 좌초했다 하더라도, 내가 해야 할 일이 있을 것 아닌가?' 자꾸 멍해지는 마음을 꾸짖으면서, 그는 자신이 당장 해야 할 일들을 생각하기 시작했다.

잠시 생각한 다음, 그는 먼저 시낭을 점검해보기로 했다. 만일 21세기를 떠나기 전에 문제가 생겼다면, 이미 '두더지 사업'의 요원들이 문을 열었을 터였다. 두 시간 넘게 지났는데 아무도 시낭의 문을 열지 않았다는 사실은 시낭이 적어도 21세기를 떠났다는 것을 뜻했다. 따라서 밖으로부터 도움을 기대할 수는 없었다. 도움을 기대하기보다 위험이 닥칠 것을 걱정해야 할 판이었다. 위험은 작지 않았다. 실제로 '가마우지'가 21세기에 좌초했을 때, 시간비행사 압둘 김은 시낭과 함께 21세기 사람들 손에 들어가버렸다.

그는 무릎과 가슴을 묶은 안전띠를 풀고서 천천히 자리에서 일어섰다. 긴 병을 앓고 난 듯 몸이 무거웠고 머리가 흔들렸지만, 그 외 별다른 이상은 없는 듯했다. 마음이 좀 가라앉았다. '그나마 다행인가?'

그는 조심스럽게 배낭이 놓인 곳으로 손을 뻗쳤다. 배낭은 제자리에 있었다. 그는 배낭 옆주머니에서 손전등을 꺼냈다. 노란 불빛이 단단한 어둠에 굴을 뚫었다. 그의 몸을 사방에서 조이던 어둠이 한 걸음 물러나자, 그는 자신도 모르게 숨을 깊이 들이쉬었다. 이어 배낭을 열고 수통을 꺼냈다.

'좀 났다.' 입속으로 중얼거리면서, 그는 수통을 배낭에 넣고 다시 조종석에 앉았다. 갈증은 그다지 줄어들지 않았지만, 목을 축이고 나니, 그래도 머리는 한결 맑아진 듯했다.

'물을 넣어오길 잘했구나.' 필요한 것들은 모두 '가마우지'가 마련해줄 수 있는데도, 그는 고집스럽게 수통에 물을 채워 왔던 것이었다.

손등으로 입술을 씻으면서, 그는 손전등으로 시낭 안을 비춰 보았다. 겉으로 보기엔 별다른 이상이 없었다. 좀 텁텁하게 느껴졌지만, 공기에 무엇이 탄 냄새 같은 것은 섞여 있지 않았다. 그러나 그런 사실들은 별 뜻이 없었다. 조작반의 계기들이 모두 멈추고 주표시반 위에 아무것도 나와 있지 않다는 사실 앞에선.

"이제 어떻게 한다?" 주표시반의 빈 얼굴을 바라보면서, 그는 소리 내어 생각했다.

'고쳐야지.' 대답은 이내 나왔지만, 시낭의 고장을 고칠 일은 막막하기만 했다. 다시 두려움의 찬 기운이 가슴에 번지기 시작했다. 이번엔 그러나 입안에 느껴지는 두려움의 녹 맛에 강철의 시린 맛이 섞여 있었다.

언제부터인가 그의 마음속에서 육체적 두려움은 녹 맛과 연상되었다. 그의 일생에서 육체적 두려움을 가장 많이 느꼈던 때가 잠수함을 탔던 때였고 잠수함에서 마신 물엔 언제나 녹 맛 비슷한 것이 어려 있었기 때문인 듯했다.

잠수함을 탔을 때는, 언제나 긴장되었고 위기도 여러 번 겪었다. 특히 2072년에 '백두산 사건'으로 조선과 중국 사이에 긴장이 갑자기 높아졌을 때, 중국 잠수함과 맞섰던 일은 아직도 선연했다.

백두산 정계비(定界碑) 부근에서 양국 순찰대가 충돌한 지 나흘이 지났을 때, 가거도(可居島) 동남쪽에서 초계 임무를 수행하던 '황주호'는 거의 소리를 내지 않고 천천히 제주 해협으로 가는 잠수함을 발견했다. 수측조(水測組)는 곧 그 배를 중국의 절강급(浙江級) 잠수함으로 판독해냈다. '황주'는 이내 그 배를 쫓기 시작했다. 절강급은 중국 해군이 두 해 전에 취역시킨 핵 잠수함들로 '황주'보다 성능이나 무장에서 비교가 되지 않을 만큼 우월했다. 그러나 함장 정기덕 대령은 처음부터 능동수측음파(能動水測音波)로 그 배를 추적하면서 도전적 태도를 보였다. '귀함은 이미 우리에게 들켰소. 우리 내해로 들어왔으니, 빨리 나가시오'라는 신호였다. 비록 남의 나라의 영향권으로 여겨지는 바다로 몰래 들어오다가 들키기는 했지만, 7천 톤이 넘는 최신형 핵 잠수함이 2천 톤 짜리 재래식 잠수함의 말을 고분고분 들을 리 없었다. 마침내 제주 해협에서 둘 사이에 기세의 대결이 시작되었다.

중국 배가 어뢰 발사관에 일수(溢水)한다는 수측조의 다급한 보고가 올라왔다. '황주'도 이내 어뢰 발사관에 일수했다. 이어서 중국 배의 표적탐색수측기(標的探索水測器)의 날카로운 소리가 '황주'를 두드렸다. 고막을 다친 하사관이 비명을 질렀다. '황주'보고 물러나라는 중국 배의 마지막 경고였다.

'황주'는 물러나지 않았다. "색적(索敵) 소나 작동" 하는 함장의 나지막한 명령이 떨어졌을 때, 그의 마른 입안 가득하던 녹 맛에 문득 다른 맛이 섞였다. '지휘부, 여기는 수측조. 목표함 어뢰 발사. 속도 몇 노트, 거리 몇 미터'라는 수측조의 다급한 보고를 저린 오금으로 기다리면서, 그리고 '전면 정지. 평면 유지…… 일호 어뢰 발사' 하는 함장의 차분한 명령을 예상하면서, 무기 장교로서 어뢰 발사 단추를 눌러야 할 그는 온몸에서 힘을 뽑아가는 두려움과 함께 겨드랑이를 땀으로 홍건히 적시는 동물적 홍분을 느꼈었다. 그런 홍분은 입안에서 시린 강철 맛으로 녹았다.

그 시린 강철 맛이 그의 몸을 무력하게 했던 두려움의 녹 맛에 섞이고 있었다. 자신도 모르게 쥔 두 주먹에 힘이 잡혔다.

'우선 점검해보고. 그러고 나서……' 그는 자리에서 일어나 자폭 장치 오른쪽에 있는 점검 장치로 다가갔다.

2

  '도리가 없나?' 점검 장치의 탐침(探針)을 다시 홈에 끼워놓고 서, 언오는 망연한 눈길로 아무것도 나와 있지 않은 점검 장치의 표시반을 내려다보았다.

  거의 한 시간 동안 시낭의 모든 계통들을 두 번씩 점검해보았으나, 잘못된 곳을 찾아낼 수 없었다. 아니, 찾아내긴 했다. 이상이 전력 계통이나 동력 계통이 아니라 전자뇌(電子腦)와 위상동기장치(位相同期裝置)에 있음은 확실했다. 그리고 시낭이 지난번 좌초했을 때처럼, 먼저 위상동기장치에 이상이 생겨 충격을 받은 전자뇌가 자폐증을 일으킨 것으로 짐작되었다.

  그러나 그런 지식이 실제론 별 도움이 되지 않았다. 심리학이나 시간 역학에 관한 지식이 거의 없는 그로선 그런 고장을 고칠 길이 없었다. 시낭은 원래 전자뇌가 거의 모든 일들을 스스로 처리하도록 돼 있어서, 일상적 운전에서 시간비행사가 거들 일은 없었다.

비상 사태가 일어났을 때에야, 시간비행사가 나서게 되어 있었다.

따라서, 일의 순서를 따지자면, 전자뇌에 생긴 이상을 바로잡는 것이 먼저였다. 그러나 그로선 자폐증 증세를 보이는 전자뇌에 접근할 길이 없었다. 자폐증을 고치는 것은 그만두고라도, 그것은 깊은 심리학 지식과 높은 정신의학 기술이 있어야 하는 일이었다. 연구소에서 전자뇌를 고칠 때는, 이름 높은 심리학자들과 정신과 의사들이 여럿 동원되었다.

물론 위상동기장치를 먼저 고칠 수도 있었다. 위상동기장치가 제대로 움직이게 되면, 전자뇌를 자폐 상태에서 조금씩 꾀어낼 수 있으리란 얘기가 있었다. '가마우지'를 타고 왔던 압둘 김이 고른 길도 그것이었다. 그러나 그는 위상동기장치처럼 크고 복잡한 체계에 손을 댈 수 없었다.

씁쓸하게 입맛을 다시면서, 그는 조종석으로 돌아와 앉았다. 다시 멍하니 점검 장치를 바라보다가, 문득 생각이 나서, 손전등을 껐다. 점검 장치의 표시반에 불이 들어와서, 그리 어둡지 않았다. 보지 않는 눈길로 그 푸른 불빛을 바라보면서, 그는 바싹 탄 입술을 깔깔한 혀로 핥았다. '내 실력으로 동기장친 도저히 고칠 수 없고. 천생 뇌를 고쳐야 하는데…… 조금이라도 가능성이 있다면, 그래도 그쪽인데……'

한참 생각한 뒤, 그는 천천히 고개를 저었다. '두더지 사업'에 참여했던 심리학자들이나 정신과 의사들도 자신들이 어떻게 전자뇌를 고쳤는지 몰랐다. 그들은 갖가지 치료법들을 생각해냈지만, 전자뇌는 아무런 반응도 보이지 않았다. 그러다가, 시낭이 나타난 지

꼭 한 해가 되던 날, 무심히 시낭을 둘러본 사람들은 전날 밤까지 아무것도 나오지 않았던 주표시반에 불이 들어오고 글자들이 나온 것을 발견했다. 시낭이 정상적으로 움직이고 있음을 알리는 글자들이었다. 그래서 사업 요원들 사이엔 전자뇌가 스스로 병을 고쳤다는 견해도 있었다.

"나도 한 헬 기다려봐?" 그는 무심코 중얼거렸다. 마음이 문득 밝아졌다. 처음으로 그럴듯한 생각이 떠오른 것이었다. 그러나 마음은 이내 다시 어두워졌다. 한 해는 그만두고라도, 한 달도 버틸 수 없었다. 공기도 물도 식량도 부족했다.

'이젠 정말 어떻게 해볼 도리가 없나? 있을 만도 한데……' 두 손으로 무거운 눈두덩을 지그시 누르면서, 그는 자신을 다그쳤다. '압둘 김은 고장 난 동기장치를 혼잣손으로 거의 다 고쳤다는데…… 그러나 그 친군 이십육세기 사람이고. 더구나 그 친군 시낭의 설계에 참여했던 물리학자 같다고 하잖았나? 나야 얼치기로 과학사를 공부한 잡지 기잔데…… 그리고 연구소의 한다하는 물리학자들과 기사들도 마무릴 못했잖아, 압둘 김이 거의 다 고쳐놓았는데도.'

그는 자폭 장치의 파일럿 램프를 노려보았다. 그 붉은 외눈이 깜박거리지 않는 음산한 눈길로 마주 노려보았다. 시낭을 고칠 길이 없었으므로, 이제 그에겐 자폭 장치를 작동시켜서 시낭을 없애는 길만이 남아 있었다. 그의 결심을 재촉하는 듯한 그 눈길에 그는 고개를 완강하게 저어 보였다. "아직은……"

그는 자리에서 벌떡 일어났다. '아직은 아니지. 먼저 어떤 세상

에 와 있는가 알아본 뒤에, 할 일을 생각하자. 문은 어차피 열어야 될 모양이니까.'

시낭엔 창이 없었다. 시낭을 연구한 사람들의 얘기로는, 초월시공을 볼 경우에 받을 심리적 충격으로부터 시간비행사를 보호하려는 배려였다. 그래서인지, 시낭엔 시간비행사가 바깥을 살필 텔레비전 수상기도 없었다. 시낭의 외각에 감지 장치를 갖춘 전자뇌는 물론 바깥을 살피기 위해 문을 열거나 창을 기웃거릴 필요가 없었다.

창으로 환기할 수 없는 데다가 공기 순환 장치까지 멈춘 지 오래여서, 공기가 꽤나 텁텁했다. '바깥 세상을 살피고, 바깥 공기로 머리도 식히고. 그러고 나서, 한 가지씩 처리하자.'

그는 배낭에서 가스총을 꺼냈다. 자물쇠가 잠겼음을 확인한 다음, 노리쇠를 뒤로 뺐다가 밀어서 실탄을 장전했다. 문간으로 와서 밖에서 소리가 나는가 귀를 기울였다. 아무런 소리도 들리지 않았지만, 그는 가스총의 자물쇠를 풀었다.

자폭 장치는, 한 번 작동되면, 웬만한 방법으론 멈출 수 없었다. 그래서 그가 출입문을 열자마자 붙잡히지만 않는다면, 시낭을 없애는 일은 그리 어렵지 않았다. 그래도 위험이 아주 작은 것은 아니었다. 압둘 김이 잡힌 것만 보아도, 그랬다.

자폭 장치의 파일럿 램프를 돌아다보면서, 그는 달달 외우는 자폭 장치의 작동 순서를 속으로 뇌어보았다. 혹시나 하는 생각에서 그는 조작반 앞으로 가서 출입문 개폐 단추를 눌러보았다. 아무 반응이 없었다.

고개를 무겁게 끄덕이면서, 그는 다시 문간으로 다가갔다. 내부 출입문의 수동 개폐간(開閉桿) 셋을 차례로 젖히고 내부 출입문을 열었다. 출입문은 이중이었다. 외부 출입문의 첫 수동 개폐간을 잡다가, 그는 손을 거두었다. '만일…… 만일 지금 좌초한 곳이 초월 시공이라면?'

한참 생각한 뒤, 그는 다시 외부 출입문의 수동 개폐간들을 젖히기 시작했다. 초월시공에서 시낭의 출입문을 연다는 것은 두려운 일이었다. 무엇을 두려워해야 할지 모른다는 사실이 두려움에 여느 때와는 다른 빛깔을 주었다. 자신이 갑자기 미쳐 비명을 지르거나 폭 하는 소리와 함께 한 줌 잿빛 연기로 사라지는 환영이 머릿속에 어른거렸다.

그는 왼손으로 외부 출입문을 조심스럽게 잡아당겼다. 새끼손가락이 겨우 들어갈 만한 틈으로 밝은 빛이 들어왔다. 이어 시원한 공기가 밀려 들어왔다.

그는 오그라든 가슴으로 기다렸다. 무엇을 기다리는지도 모르는 채. 한참 기다렸지만, 아무 일도 일어나지 않았다. 그는 문을 조금 더 열고서 열린 틈에 얼굴을 가까이 가져갔다. 갑자기 차가운 것이 얼굴을 때려서, 그는 자신도 모르게 흐느꼈다. 한 걸음 물러서면서, 그는 열적은 웃음을 지었다. 빗발이었다.

다시 문틈에 얼굴을 대고 찬찬히 살펴보았다. 바깥 공기가 속으로 밀고 들어와서 가슴의 벽을 시원하게 훑었다. 밖엔 아무도 없는 것 같았다. 가슴이 문득 가벼워지는 것을 느끼며, 가스총을 겨눈 채, 그는 문을 반쯤 열었다. 바람과 빗발이 세차게 들이쳤다. 밝은 빛과 시원한 공기에 정신이 어찔해져서, 그는 문을 짚었다. 안도감이 몸을 부드럽게 훑어 내리면서, 다리에서 힘이 스르르 빠져나갔다. 눈에 들어오는 세상은 초월시공은 분명히 아니었다. 정상 시공의 지구였다. 그것도 낯이 그리 설지 않은 지구였다.

빗속으로 고개를 내밀고서, 그는 둘레를 살펴보았다. 시낭이 나타날 때의 충격은 무척 컸던 듯했다. 시낭 둘레의 땅이 검게 그을렸고 폭발의 자취는 백 미터 넘게까지 동심원을 그리면서 남아 있었다. 떠날 때 낭대(囊臺) 위에 얹혀 있었던 시낭은 땅속에 조금 박혀 있었다.

"역시 좌초했구나." 한 걸음 물러나 얼굴의 빗물을 훔치면서, 그는 나직이 중얼거렸다. 정상적으로 작동하는 시낭이 정상 시공으로 나올 때, 외각의 충격 흡수 장치 때문에, 시낭이 정상 시공에 주는 충격은 거의 없다고 했다. 그러나 그의 마음은 그리 어둡지 않았다. 초월시공 속에 좌초했을지도 모른다고 두려워했던 참이라, 지금의 처지는 오히려 다행스럽게 느껴지기까지 했다.

그는 찬찬히 바깥 풍경을 둘러보았다. 낯이 설면서도 마음 한구석으론 어쩐지 설지 않게 느껴지는, 야릇한 풍경이었다. 앞에 펼쳐진 세상은 그가 살던 21세기가 분명히 아니었지만, 공룡들이 사는 백악기 말기도 아닌 것이 확실했다. '가마우지가 오연구동 속에 있었으니, 여긴 오연구동 자리가 분명한데…… 저기가 일연구동 자리고……'

제1연구동 건물이 있어야 할 곳은 잔솔들이 늘어선 둔덕이었고, 제2연구동이 있어야 할 곳은 소나무들과 참나무들이 들어찬 산자락이었다. 연구소를 지을 때, 땅을 많이 깎아내고 큰길을 여럿 냈으므로, 머릿속에 든 지형과 눈앞의 풍경을 맞추기가 쉽지 않았다. 그래도 '조선물리연구소'가 자리 잡았던 금병산(金屛山) 남쪽 자락의 모습은 어렵지 않게 알아볼 수 있어서, 지형이 아주 낯설진 않았다. 둘레에 선 나무들도 낯설지 않았다. 소나무들과 참나무들 사이에 이름은 모르지만 모습은 익은 나무들이 가끔 섞여 있었다.

"흠. 석탄기는 아니구나," 그는 자신에게 농담 한마디를 던졌다. 좌초한 세상이 아주 가까운 시대라는 사실이 그의 마음을 뜻밖에도 가볍게 했다. 이왕 좌초할 바엔 공룡들이 사는 세상은 피하고 볼 일이었다. 그의 생각으론 이곳은 제4기 같았다. 오래전이라도, 홍적세를 넘을 것 같진 않았다.

둘러다보는 그의 눈길을 무엇이 끌었다. 앞을 막은 나무들 사이로 멀리 보이는 풀밭이었다. 한눈에도 그것이 자연적 풍경이 아님을 알아볼 수 있었다. 가슴이 빨리 뛰기 시작했다.

그는 배낭에서 쌍안경을 꺼내 들고 돌아왔다. 조심스럽게 초점을 맞췄다. '곡식이 틀림없구나.'

잠시 쌍안경을 내렸다가, 다시 살펴보았다. 틀림없었다. 보리인지 밀인지는 모르지만, 곡식이 분명한 풀들이 노르끄레하게 익고 있었다.

'곡식이 자라는 밭이 있다면……' 감동에 가까운 반가움이 가슴을 가득 채우고 넘쳐서 온몸으로 퍼져나갔다. 눈가가 아려왔다. '사람들이 사는 세상이구나.'

문설주를 짚고 서서, 그는 무엇에게랄 것 없이 고마워지는 마음으로 바깥 풍경을 내다보았다. 반가움과 고마움의 밑으로 자신감 비슷한 것이 스미기 시작했다. 두 다리에 힘이 고이고 있었다. 자신이 선 세상이 어떤 세상인지 이제 정확히 안 것이었다. 초월시공에 좌초했을 가능성까지 배제할 수 없었던, 막막한 처지에서 정상시공으로 나왔고, 다시 홍적세의 상한까지 생각한 250만 년의 시간대에서 1만 년 안쪽의 시간대로 좁혀진 것이었다. 1만 년은 시간여행에선 아주 좁은 시간대였다.

'아, 참.' 정신을 차리고서, 그는 혹시 둘레에 시낭을 살피는 사람이 있나 살폈다. 아무도 보이지 않았다. 마침 날씨가 궂어서, 근처에 사람이 있을 것 같지 않았다.

'누가 멀리서 시낭이 나타나는 것을 보았다 하더라도, 큰 벼락이 친 줄로 알겠지.' 그는 입가에 씁쓰레한 웃음을 띠었다.

그는 가스총을 조종석 위에 놓고 돌아왔다. 손으로 이마를 가리고 고개를 내밀어 하늘을 살폈다. 하늘엔 비구름만 가득했다. '기분엔 기원후의 세상 같기도 한데…… 비행차나 비행긴 없는 모양이고.'

문간에서 한 걸음 물러나 손수건으로 얼굴의 빗물을 훔친 다음, 그는 바깥 소리에 귀를 기울였다. 한참 들어보아도, 무슨 기계 소리는 나지 않았다. 그러고 보니, 전주도 눈에 뜨이지 않았다. '일단 이십일 세긴 아니라고 봐도 되겠지? 밭이 있으니, 기원전…… 한반도에서 농사가 시작된 게 언제였더라? 아무리 일러도, 기원전 삼십 세기 이전은 아닐 테니, 오천 년 안에 들어온단 얘기가 되나?'

문득 온몸이 노곤해졌다. 몸은 노곤하고 마음은 푸근해서, 좀 드러눕고 싶은 생각이 들었다. 그는 억지로 힘을 내어 외부 출입문을 닫고 개폐간을 잠갔다.

3

　주머니칼을 손에 든 채, 언오는 주표시반의 빈 얼굴을 잠시 바라보았다. '과연 소리가 닿을까?'

　마음을 가다듬고, 그는 펼쳐놓은 수첩을 내려다보았다. 이어 주머니칼로 주표시반을 두드리기 시작했다.

　　톡. 그윽. 톡. 톡
　　톡
　　그윽. 그윽
　　톡
　　그윽. 톡. 그윽
　　톡. 톡. 톡. 톡
　　……

조작반의 입력 장치를 통해서 전자뇌에 접근할 수 없었으므로, 혹시나 하는 생각에서 모스 부호로 신호해보는 참이었다. 전원이 끊어진 지금, 입력 장치는 쓸모가 없었지만, 음향은 일단 전자뇌에 닿을 터였다.

한참 기다려도, 전자뇌로부터는 반응이 없었다. 벌써 세 번이나 신호를 보냈는데도, 아무런 반응이 없었다. 모스 부호로 신호를 보내는 길을 생각해내고 생기가 돌았던 마음이 시들해지고 있었다.

가마우지. 여기는 시간비행사. 현재 우리는 정상 시공의 신생대 제4기에 불시착했음. 곡식이 심어진 밭이 있으나 연구소 자리에 건물은 없는 것으로 보아, 기원전 30세기에서 기원후 20세기 사이로 보임. 이상.

역시 반응이 없었다. 다시 골치가 아파오기 시작했다. 이마에 열도 있었다. 아까 농사를 짓는 세상인 것을 알고 나자, 마음이 풀리고 몸이 노곤해졌다. 그래서 잠깐 조종석에 앉아 쉰다고 한 노릇이 그만 잠이 들어버렸다. 깨어보니, 40분 가까이 졸았는데, 피로가 가신 것이 아니라, 오히려 몸이 더 무거워져 있었다.

그는 수첩을 덮고 자리에서 일어나 출입문을 열었다. 바람은 좀 약해졌지만, 비는 멈출 기색 없이 꾸준히 내리고 있었다. 하늘을 덮은 잿빛 구름이 북쪽으로 밀려가고 있었다.

시원한 바깥바람에 얼굴을 식혔어도, 머리는 맑아지지 않았다. '도리가 없나? 결정하는 수밖엔?'

이젠 시낭의 처리를 더 미룰 수 없었다. 한 해 동안 기다려보느냐, 아니면 당장 시낭을 없애느냐, 결정해야 했다. 한 해를 기다린다는 것은 전자뇌가 저번처럼 자폐증에 걸렸을 가능성을 생각한 것이었다. 그는 물론 전자뇌가 자폐증에서 스스로 벗어날 기회를 주고 싶었다. 그러나 시낭이 역사에 충격을 주지 않고 한 해 동안 이곳에 있을 수는 없었다.

'전자뇌가 스스로 병을 고칠 수 있단 보장이 있으면, 어떻게 해보겠는데…… 결정하기 전에 한번 둘러보면, 좀……' 이곳이 어떤 세상인지 좀더 정확히 알면, 시낭의 폭파 시기를 결정하는 데 도움이 될 터였다. 상황이 허락한다면, 한 해까진 아니더라도, 며칠 기다리면서 생각해볼 수도 있었다.

그러나 이 점에 대해서 '두더지 사업' 책임자인 정기덕 장군의 지시는 또렷하고 엄격했다: "시낭이 조난했을 때, 시간비행사가 택할 수 있는 최선의 길은, 자네도 잘 알겠지만, 시낭과 함께 자폭하는 것일세. 이 대위, 난 자네라면 그렇게 할 수 있다고 믿네…… 만일 그렇게 할 수 없다면, 시낭에서 나가기 전에, 자폭 장치를 작동시키게. 자폭 장치를 작동시키기 전엔, 시낭 밖으로 한 걸음도 나가선 안 되네. 이건 결코 예외가 없는 지시 사항일세. 알겠나?"

그는 무거운 마음으로 떠올렸다. 오랫동안 풀지 못한 피로와 끊임없는 걱정으로 갑자기 늙어버린 정 장군의 얼굴을. 조선공화국의 첫 우주 정거장 '청해진호'의 사령관을 지낸 정 장군에게도 시낭 '가마우지'의 수리와 운용을 맡은 '두더지 사업'은 벅찰 수밖에 없었다.

'할 수 없지. 그럼 가마우진 지금 없앤다 치고…… 내가 가마우지와 함께 죽을 수 있을까?' 그는 몸을 돌려 자폭 장치를 먼 눈길로 바라다보았다.

'죽을 수도 있지. 만일 압둘 김처럼 잡힐 처지라면, 나도 망설이지 않고……' 그는 자신 있게 대답했다.

'그래도 압둘 김이 결국은 헛 죽음을 한 걸 생각하면, 역시 안전하게 지금 가마우지와 함께……' 이내 다른 목소리가 대꾸했다. 사진으로 본 압둘 김의 죽은 모습이 떠올랐다.

26세기에서 온 시간비행사가 '가마우지'의 출입문을 열었을 때, '조선물리연구소'는 준비가 되어 있었다. 제2연구동 뒤쪽 산자락에서 큰 폭발이 일어나고 낯선 물체가 나타난 지 10분 안에, 가스총으로 무장한 연구소의 경비원들은 시낭을 에워쌌다. 20분이 지나자, 경찰들이 왔고, 50분이 지나자, 군인들이 닿았다. 마침 연구소장은 남북조시대(南北朝時代)에 북조(北朝)였던 조선민주주의공화국의 공군 소좌였다. 그래서 그는 군인들과 그들이 쓰는 말로 얘기할 수 있었다. 끈질긴 설득 끝에 그는 현장의 지휘 책임을 맡은 관구 사령관에게 갑자기 나타난 낯선 물체가 가상 적국에서 보낸 최신 병기가 아닐 가능성도 있음을 인정하도록 만들었다. 더 늦기 전에 핵지뢰를 써서 그 물체를 폭파하자는 주장까지 나온 상황에서 시낭이 제대로 보존될 수 있었던 것은 온전히 그의 공이었다.

어쨌든, 시낭이 나타난 지 아홉 시간 뒤 압둘 김이 출입문을 열었을 때, 연구소는 준비가 되어 있었다. 자신이 나온 세상이 큰 건물들이 선 문명 세상임을 깨닫자, 그 시간비행사는 놀라서 문을 닫으려 했다. 그러나 그는 채 문을 닫지도 못하고 제1연구동 옥상에 숨은 저격병이 쏜 가스 유탄(榴彈)에 맞아 쓰러졌다. 그는 곧 정신이 들었으나, 자신이 붙잡힌 것을 깨닫자, 입을 열지 않은 채, 이내 죽었다. 의사들의 얘기로는, 정신 통제에 의한 자살 같았다. 아무런 외상 없이 뇌파가 갑자기 멈췄다고 했다.

자신이 곧 그 사람처럼 무거운 책임을 진 시간비행사가 되리란 생각에서였는지 모르지만, 언오가 보기에 21세기에서 죽은 26세기 사람의 조용한 얼굴엔 어쩐지 자신에게 맡겨진 책임을 제대로 다하지 못한 부끄러움이 어린 듯했다.

'난 처지가 다르지,' 이내 거센 반론이 나왔다. '지금 내가 꼭 죽어야 할 까닭이 있을까? 역사에 충격을 주지 않으면, 될 것 아닌가?'

잠깐 생각한 다음, 그는 덧붙였다. '그리고 정 안 되면, 시간 줄기를 보존하기 위해 내가 죽는 수밖에 없는 처지가 되면, 그때 죽으면 될 것 아닌가?'

물론 그런 반론이 마음을 가라앉히는 것은 아니었다. 정 장군이 강조했듯이, 지금과 같은 경우에 가장 안전한 길은 시간비행사가 시낭과 함께 자폭하는 것이었다. 지금 그의 선택에 달린 것이 너무 크기 때문에, 그것이 가장 좋은 길일 터였다. 지금 그가 잘못 판단하면, 그가 태어난 세상은 그냥 사라지는 것이었다.

그러나 그는 마음속 깊은 구석으로 느끼고 있었다. 아니, 알고 있었다. 자신이 끝내는 살길을 고르리라는 것을. 생각해보면, 자신이 좌초한 곳이 정상 시공임을 알고 안심했을 때, 그 시공이 사람들이 사는 세상임을 알고 반가워했을 때, 이미 고른 것이었다.

'죄송합니다, 함장님.' 그는 마음속 정 장군 얼굴에 말했다. 정 장군의 표정 없는 얼굴에 옅은 그늘이 스쳤다. 몇십 년 동안 많은 부하들을 데리고 일한 노병에게 믿었던 부하가 자신의 기대를 저버리는 일은 새롭거나 대수로운 경험이 아닐 터였다. 비록 이번 일처럼 중요한 고비에서 사람의 됨됨이를 잘못 판단했다는 자책감은 무척 크겠지만.

그는 몸을 돌려 밖을 내다보았다. 고개를 흔들어서 정 장군 얼굴을 억지로 마음속에서 밀어냈다. 정 장군의 표정 없는 얼굴은 흔들리면서 밀려났지만, 부끄러움은 마음속에 그대로 남았다. 그러나 그 부끄러움은 정 장군이 그에게 품었던 믿음을 저버린다는 사실에 대한 것이었지 살기로 한 자신의 결정에 대한 것은 아니었다. 살기로 한 것은 부끄러운 일이 아니었다. 살길이 있을 때 사는 것은 목숨을 가진 생명체들에겐 언제나 옳았다.

비보라를 길게 뿌리면서, 바람 한 떼가 몰려왔다. 흐트러진 몸매를 가다듬는 나무들이 싱싱했다. 문득 땅 위에 선 것들을 너그럽게 적시는 빗발이 부드럽고 선선한 삶의 손길로 느껴지면서, 그 손길이 자신의 결정을 지지해주는 듯했다. 그는 두 팔을 들고 어깨를 한껏 폈다. '살 때까진 살아봐야지.'

그는 조종석으로 돌아와서 수첩을 꺼냈다. 몇 번 고친 뒤에야, 그는 아까 보낸 신호에 덧붙일 말을 정했다. '……시간비행사 혼자서는 임무를 더 수행할 길이 없음. 임무의 계속 수행을 위해서는 협의가 필요함. 응답 바람……'

이번에도 전자뇌로부터는 응답이 없었다. 구차스러운 소리를 하고 싶지 않았지만, 상황이 상황인지라 덧붙였는데, 역시 헛일이었다.

'다 끝났지.' 무거우면서도 텅 빈 마음으로 그는 자리에서 일어났다.

'백악기의 자연 탐사를 위해 꾸렸던 배낭을 이젠 엉뚱한 세상에서 그저 살아남기 위해서……' 씁쓸하게 입맛을 다시면서, 그는 배낭을 집어 조종석 위에 놓았다.

이번 여행이 백악기 말기를 목적지로 삼은 것은 자연스러웠다. 압둘 김의 여행도 백악기 말기를 목적지로 삼았었다. 시간여행의 목적지를 고를 때, 먼저 생각해야 할 것은 역사에 충격을 줄 가능성을 되도록 줄이는 일이었다. 어떤 시간여행이든 목적지의 역사에 크든 작든 충격을 줄 수밖에 없겠지만, 역사의 피륙은 꽤나 질기고 탄력적이어서 어지간한 충격은 받아들일 수 있었다. 그러나 충격이 너무 크면, 역사의 피륙이 찢어지고, 그 틈으로 새로운 시간 줄기가 흘러나왔다. 그렇게 되면, 시간비행사가 태어난 세상이 속한 시간 줄기는 마르고, 그 세상은 실존의 영역에서 사라지는 것이었다. 대신 비슷한 세상이 들어설 터였다. 물론 비슷한 것은, 아무리 비슷하더라도, 같은 것이 아니었으므로, 충격을 받은 시간 줄기 속의 사람들에게 자신들과 아주 비슷한 사람들이 자신들의 세상과 아주 비슷한 세상에서 살게 되리란 생각은 별다른 위안이 되지 못할 터였다.

시간 줄기에 충격을 줄 가능성을 크게 줄이려면, 시간여행은 아득한 과거를 목적지로 삼아야 했다. 논리적으로도 아득한 미래를 목적지로 삼는 데 문제가 없었다. 그러나 미래로의 여행은 물리적으로 불가능했다. 압둘 김이 지녔던 '시낭 운용 지침'을 연구한 물리학자들의 얘기로는, 미래로의 여행은 시간 역학 이론에서 공집합(空集合)으로 나왔다.

미래로의 여행이 공집합이란 사실은 21세기의 물리학에 큰 충격을 주었다. 21세기까지 사람들이 생각해낸 물리학의 근본적 법칙들은 모두 시간의 대칭성을 보여주었다. 즉 과거와 미래를 구별하지 않았다. 뉴턴의 역학, 전기 역학, 상대성 원리 그리고 양자 역학과 같은 근본적 법칙들이 모두 그랬다. 유일한 예외는 열역학이었다. 그것은 시간에 대해서 비대칭적이었고 과거와 미래를 구별했으니, 엔트로피가 커지는 방향을 미래라 불렀다.

열역학만이 시간에 대해서 비대칭적인 까닭은 현대 물리학의 가장 큰 수수께끼였다. 뉴턴의 역학은 개별 입자의 행동을 다루고 열역학은 입자들의 집단을 다루므로, 열역학은 공리적(公理的)이 아니며 뉴턴의 역학에서 끌어낼 수 있다는 가정이 자연스럽게 나왔다. 많은 입자들이 모이면, 개별 입자의 움직임에선 볼 수 없는 비가역성(非可逆性)이 어떤 과정을 거쳐서 나온다는 것이었다. 마치 물질의 조직 수준이 높아지면, 생명 현상처럼, 낮은 수준에선 볼 수 없었던 특질들이 나타나듯이. 그래서 시간 역학이 알려지기 전까진, 21세기 물리학은 시간이 근본적으로 대칭적이란 가정을 따르고 있었다.

게다가 물리적으로 가능하다 하더라도, 미래로의 여행은 필연적으로 현재의 역사에 큰 영향을 미쳤다. 미래의 세상이 어떠한가 알게 되면, 그 지식만으로 역사의 흐름은 이내 바뀔 터였다. 먼 뒷날의 세상이 어떤 모습을 지녔는가 하는 구체적 지식은 그만두고라도, 먼 뒷날에도 사람들이 산다는 지식만으로도 인류의 장래를 걱정하는 사람들은 큰 영향을 받을 것이었다. 시간여행이 가능하다는 지식 한 토막으로도 이미 21세기는 급작스럽게 다른 세상으로 바뀌었다. 미래에 관한 지식을 받아들인 태도는 사람마다 달랐지만, 그 지식으로 영향을 받지 않은 사람은 없었다.

그런 사정 속에서 백악기 말기가 자연스럽게 시간여행의 목적지로 나왔다. 먼저, 대략 1억 4천4백만 년 전에서 6천5백만 년 전 사이인 백악기는 시간비행사의 출현이 역사에 줄 충격을 크게 걱정하지 않아도 될 만큼 멀었다. 21세기까지 알려진 인류의 화석은 모두 상한이 대략 250만 년 전인 홍적세에 속했다.

게다가 백악기 말기엔 지구 환경에 커다란 변화가 있었다. 당시에 생존했던 종들 가운데 4분의 3이 죽었을 만큼 극심한 변화였다. 당시 지배적 종이었던 공룡이 거의 멸종했음은 널리 알려져 있다. 따라서 시간비행사가 백악기 말기로 가면, 그가 그때의 역사에 상당한 영향을 주어도, 그 영향이 후세로 이어질 확률은 적었다.

다음엔, 백악기는 과학적으로 흥미로운 시대였다. 백악기 말기에 그때까지 번창했던 공룡이 갑자기 사라진 까닭은 오랫동안 풀리지 않은 수수께끼였다. 운석이 지구에 부딪혀서 그렇게 되었다는 학설이 상당한 근거를 지녔다. 운석이 지구에 부딪히면, 하늘을 덮은 먼지와 구름이 햇빛을 가리므로, 기온이 갑자기 내려가고 식물들은 광합성을 제대로 할 수 없게 된다는 얘기였는데 그럴듯한 얘기였고 떠받치는 증거들도 여럿 있었지만, 정설로 자리 잡을 만큼 확실한 것은 아니었다.

공룡이 어떤 생명체였느냐 하는 것도 흥미로운 문제였다. 공룡이 덩치만 크고 어리석은 동물이어서 멸종하게 되었다는 얘기는 이미 오래전에 잘못된 것으로 드러났다. 공룡이 쥐라기와 백악기에 걸쳐 지배적 종 노릇을 했다는 사실만으로도 그런 생각이 틀렸음을 알 수 있었다. 생각해보면, 적어도 1억 5천만 년 동안 지배적 종 노릇을 한 동물을 지배적 종 노릇을 한 지 150만 년도 채 못 된 인간이 깔보았다는 것은 우스운 일이었다. 그렇긴 하지만, 공룡이 온혈동물로 빠르게 움직였다는 '공룡 온혈설'이 과연 맞는지는 알 수 없었다.

마지막으로, 많은 다른 일들과 마찬가지로, 이번에도 결정적인 것은 경제적 고려 사항이었다. 백악기 말기가 비록 아득하긴 하지만, 6천5백만 년 전으로의 여행은 비교적 짧았다. 이 점이 안전하고 흥미로운 다른 시기들이 목적지에서 제외된 까닭이었다. 예를 들면, 포유류의 조상인 포유류형 파충류가 번창했던 시절을 목적지로 잡을 수 있었다. 그러나 포유류형 파충류를 관찰하기 위해선, 가장 가까운 트라이아스기 후기를 잡더라도, 1억 2천만 년 전으로 가야 했다. 그 시기까지 시낭을 보내자면, 백악기 말기로 보낼 때보다 마흔 갑절가량 많은 에너지가 들었다. 시간여행에 드는 에너지는 시낭의 질량에 비례하고 시간 거리의 세제곱에 비례했다. '가마우지'가 백악기 말기까지의 여행에 쓰는 에너지는 21세기의 인류가 한 달 동안 쓰는 에너지보다 좀 많았다. 26세기에서도 시낭의 운전에 드는 에너지는 고려 사항이었을 터였다. '가마우지'가 아주 작고 여행에 필수적인 시설들만 갖추었을 뿐 시간비행사의 편의를 위한 시설은 거의 갖추지 못했다는 사실이 그런 추론을 뒷받침했다.

그래서, 시간여행이 발명되었을 때, 백악기 말기가 시간여행의 목적지로 떠오른 것은 자연스러웠다. 필연적이라고 단언한 사람들도 있었다. 우연히 시낭을 손에 넣은 21세기 사람들이야 선택의 폭이 훨씬 좁을 수밖에 없었고.

그는 배낭에 든 물건들을 하나씩 시낭 바닥에 꺼내놓았다. 대부분 자연 관측에 필요한 기재들이었다 — 촬영기, 갖가지 기록계들, 그리고 표본 채집 기구들. 그는 그것들에서 야외에서 살아가는 데 필요한 것들을 골랐다 — 탈수 식량 두 끼분, 세면도구대, 구급낭, 수통, 정수약(淨水藥)병, 여섯 발들이 탄창 두 개, 손전등, 쌍안경, 나침반, 주머니칼, 그리고 지도 두 장.

'겨우 이것밖에 안 되나?' 그는 무거운 손길로 그것들을 다시 배낭에 넣었다. 지갑, 수첩 그리고 성냥갑은, 물에 젖지 않도록, 필름을 넣었던 비닐 봉지에 넣어서 볼펜과 함께 비행복 주머니에 넣었다.

배낭을 대강 꾸리고서, 그는 남겨놓은 탈수 식량 봉지에 물을 부었다. 군용 식량이라 맛하곤 원래 거리가 먼 음식이었지만, 배가 고프던 참이라, 그런대로 들어갔다.

칫솔을 세면도구대에 넣으면서, 그는 안타까운 눈길로 시낭 안을 둘러보았다. '이걸 내 손으로 없애야 하다니. 가마우지가 과연 이해할라나? 나로선 시낭을 없앨 수밖에 없다는 걸?'

시낭을 없애는 것은 끔찍한 일이었다. 인류의 지식이 피워낸 꽃이란 사실 때문만은 아니었다. 비록 기계였지만, 그것은 생명을 가진 기계였다. 전자뇌가 자폐증에 빠졌다는 사실이 '가마우지'가 이성과 감정을 아울러 갖춘 생명체임을 무엇보다도 설득력 있게 말해주었다. 아마도 지금 전자뇌가 죽은 것이 아니라 외부와의 접촉을 끊은 상태에 있으리라는 점을 생각하면, 시낭을 폭파하는 것은 목숨을 가진 존재를 죽이는 일이었다.

"할 수 없지." 한숨을 길게 내쉬고서, 그는 주머니칼을 꺼냈다. 시낭에서 생존에 도움이 될 만한 것들을 뜯어가려는 생각이었다. 그러나 막상 둘러보니, 뜯어갈 만한 것들이 눈에 뜨이지 않았다.

무리도 아니었다. 21세기 사람으로선 26세기의 지식과 기술로 만들어진 시낭에서 뜯어갈 만한 것들을 찾기 어려웠다. 현대에서 5백년은 긴 시간이었다. 그가 시낭을 대하는 것은 물레방아와 돛배를 쓰던 16세기 사람들이 핵융합 발전소나 우주 정거장과 같은 21세기의 기계들을 대하는 것과 비슷할 터였다. 실은 어려움이 훨씬 클 터였다. 지식이 쌓이고 발전하는 속도가 점점 빨라지므로, 21세기의 기술과 26세기의 기술 사이에 있는 차이는 적어도 기원 전후의 한(漢) 제국이나 로마 제국의 기술과 현대의 기술 사이에 있는 차이는 될 터였다.

게다가 시낭은 처음부터 하나의 유기체로 꾸며져서, 별다른 연관이 없는 범용 부품들을 모아 만든 21세기의 기계들과는 크게 달랐다. 뜯어낼 만한 부품들이 거의 없어서, 점검 장치의 탐침에 달린 전선을 빼놓으면, 줄로 쓸 만한 것도 없었다.

주머니칼의 제일 긴 칼을 세우면서, 그는 갑자기 참담해진 마음으로 시낭 안을 둘러다보았다. 자신이 꼭, 의식은 잃었지만, 아직 목숨이 붙어 있을지도 모르는 가난한 여인의 주머니를 뒤지는 사람처럼 느껴졌다.

시낭에서 가져갈 것을 뜯어내는 일은 그래도 반 시간 넘게 걸렸다. 잘 때 깔개로 쓰려고 조종석을 싼 인조 가죽을 뜯어낸 덕분이었다. 그것을 빼놓고는, 시낭에서 가져갈 만한 것은 탐침의 줄과 '시낭 운용 지침'뿐이었다.

"이젠 다 됐나?" 시낭 안을 다시 둘러보면서, 그는 모자를 눌러썼다. '원산 괭이갈매기들'의 표지가 앞에 달리고 챙이 긴, 빨강 운동모자였다. 사관학교에 들어간 때부터, 그는 원산의 직업 야구단 '괭이갈매기들'의 팬이었다. 원산은 남조의 수도였던 서울이나 북조의 수도였던 평양은 말할 것도 없고 새로운 조선공화국의 수도가 된 개성보다 훨씬 작았다. 자연히, '괭이갈매기들'의 성적은 언제나 거꾸로 읽는 편이 빨랐다. 그런 사정이 오히려 그를 '괭이갈매기들'의 열렬한 후원자가 되도록 했다.

둘러보는 눈에 시낭 바닥에 놓인 물건들이 들어왔다. 잠시 생각에 잠긴 눈길로 그것들을 내려다보다가, 그는 촬영기 앞에 앉았다. 촬영기를 들고 이리저리 들여다보다가, 주머니칼을 꺼내서 나사 돌리개를 폈다. 촬영기의 렌즈는 화경(火鏡)으로 쓰일 수 있었으므로, 성냥이 떨어졌을 때는, 요긴할 수도 있었다.

"이젠 정말 다 됐나?" 촬영기 렌즈를 세면도구대에 넣고서, 그는 마지막으로 둘러보았다.

주표시반이 멍한 얼굴로 그를 쳐다보았다. '마지막으로 한 번만 더 시도해봐? 나쁠 건 없지.'

그는 수첩을 꺼내 들고 조작반 앞으로 다가섰다. 아까 써놓았던 신호가 적힌 곳을 펴놓고서, 주표시반을 주머니칼로 두드리기 시작했다. '가마우지. 여기는 시간비행사……'

전자뇌에선 역시 응답이 없었다. 울컥 화가 치밀었다. '상황이 위급한데, 이럴 수가 있나……' 그는 조작반을 차려던 발길을 가까스로 멈췄다.

차츰 화가 가라앉았다. 대신 야속하다는 생각이 들었다. 그는 얼른 머리에 떠오르지 않는 모스 부호로 천천히 두드리기 시작했다. '가마우지. 여기는 시간비행사. 나는 실망했소.'

역시 응답이 없었다. 전자뇌의 자존심에 호소해도 소용이 없었으므로, 이제 더 할 일이 없었다. 그는 자폭 장치 앞으로 다가갔다. 어쩔 수 없이 머뭇거려지는 손길로 투명한 뚜껑을 열고 작동 단추를 눌렀다. 피피핑, 하는 소리가 나면서, 파일럿 램프에 파란 불이 켜졌다. 그는 익힌 대로 단추들을 차례로 눌러나갔다.

전자석. 전원 연결 단추를 누르고서, 그는 배낭을 어깨에 메었다. 시낭 안을 비감한 마음으로 한 바퀴 둘러본 다음, 입을 꾹 다물고 마지막 단추인 전자력 증폭 단추를 눌렀다. 이내 날카로운 경적이 울리면서, 커다란 경고등에서 붉은 불이 껌벅거리기 시작했다.

마지막 인사 삼아 조작반 쪽을 향해 고개를 끄덕여 보이고서, 그는 서둘러 시낭 밖으로 뛰어내렸다. 땅이 미끄러워서, 기우뚱했다. 시낭의 출입문을 닫은 다음, 그는 북쪽으로 뛰기 시작했다. 아까보다 바람이 약했고 빗발도 성겼다.

자폭 장치는 작동한 뒤 10분 동안 준비하고서 3분 안에 자신으로부터 4미터 안에 있는 모든 물질들을 플라스마로 만들 터였다. 이어 플라스마를 응집시켰던 전자석의 힘이 떨어지면서, 플라스마의 에너지로 그때까지 남아 있던 자폭 장치의 중심부가 내파되도록 되어 있었다. 자폭 장치는 삼중 여재(餘材) 체계여서, 고장 날 가능성은 거의 없었다. 시낭 자체가 이중 여재 체계인 점을 생각하면, 자폭 장치의 비중과 신뢰도를 짐작할 수 있었다. 따라서 그는 자폭 장치의 마지막 단추를 누른 뒤 10분 안에 멀찍이 피해야 했다.

시낭이 초월시공에서 나올 때의 폭발로 시낭 둘레는 어지러웠다. 그는 뿌리 뽑힌 소나무를 건너뛰었다. 신창에 진흙이 묻어서, 걸음이 둔했다. 미끄러지고 넘어지면서, 그는 북쪽의 산자락을 바라고 정신없이 뛰었다.

4

　온몸을 거세게 흔든 충격파가 멀어져갔다. 시낭의 자폭 장치가 마침내 내파된 것이었다. 아직도 울리는 귀에서 손을 떼고 눈을 뜬 다음, 언오는 엎드린 채 시계를 들여다보았다.

　'여섯 시 이십구 분이라. 얼마나 지난 셈인가? 십사 분? 십삼 분이라 했으니, 비슷하게 맞아들어간 셈이군. 임무 하난 그래도 제대로 해낸 셈인가?' 그는 비뚤어진 웃음을 입가에 흘렸다.

　폭파 현장을 살피고 싶은 충동을 누르고서, 그는 그냥 골짜기 바닥에 엎드려서 기다렸다. 오래지 않아서, 뜨거운 바람이 거세게 몰려왔다. 시낭의 폭파 현장과 그가 엎드린 골짜기 사이에 야트막한 산자락이 있어서, 충격은 생각했던 것보단 작았다. 바람도 그리 오래 가지 않았다.

　그는 천천히 몸을 일으켜 바람이 뿌리고 간 흙과 모래를 등에서 털어냈다. 폭파 현장 위엔 구름 덮인 하늘 아래 기괴한 아름다움을 지닌 잔광이 아직 어려 있었다.

'이젠 없구나. 가마우지가 없구나.' 문득 가슴속에서 치민 단단한 아픔의 덩이가 숨을 막았다. 그 단단한 덩이가 문득 검고 차가운 바람으로 풀렸다. 시낭의 잔광을 마음에 새기는 눈길로 바라보면서, 그는 꼼짝하지 않고 속을 갉아내는 듯한 그 바람에 몸을 맡겼다.

텅 빈 마음을 가만히 들여다보다가, 그는 자신이 '가마우지'에게 품었던 정이 깊었음을 깨달았다. 회한이 독한 안개로 빈 가슴을 채웠다. '결국 부드러운 말 한마디 해주지 못하고…… "나는 실망했소"라는 말이 마지막 인사였으니……'

고칠 길 없는 병에 걸린 여인에게 따뜻한 위로의 말 대신 야멸찬 인사를 하고 떠나온 사내처럼 느껴졌다. 그러고 보면, '가마우지'는 그에겐 정든 여인이었다. 비록 긴 시간은 아니었지만, '가마우지'는 그를 배 속에 품었던 여인이었다. '인공지능연구실'의 어떤 정신과 의사가 말했듯이, 그녀는 '강철 자궁'이었다. 비록 '가마우지'에 강철로 된 부분은 거의 없었지만, 그 표현은 적절했다. 시낭은 모체였고 시간비행사는 태아였다. 아득한 초월시공을 거쳐 다른 세상으로 나올 태아였다.

그가 '가마우지'를 여자처럼 느끼게 된 데는 배를 여성으로 가리키는 영어의 영향도 있었다. '국제연합'에서 나온 '관찰단' 사람들은 '가마우지'를 늘 '그녀'라 불렀다. 어쨌든, 또렷이 의식하진 못했었지만, 그가 '가마우지'에게 깊은 정을 두었음은 분명했다. 아마도 그래서, 그녀가 그의 애타는 신호에 아무런 반응을 보이지 않앉을 때, 야속하다는 생각이 들었을 터였다.

'내가 속이 좁아도…… 마지막 인사로 건넬 만한 말들이 얼마나 많은가. "나는 실망했소"라니. 그건 그만두고, 화가 난다고 발길로 차려고까지 했으니……' 그는 눈을 감았다.

'만일……' 문득 무서운 생각이 떠올랐다. '만일 전자뇌가 마지막 순간에 깨어났다면? 자폭 장치가 작동해서 위급한 처지에 놓인 것을 깨닫고서, 자폐증에서 깨어났다면?'

자폭 장치가 내뿜는 거센 열에 타 죽으면서 비명을 지르는 시낭의 모습이 눈앞에 어른거렸다. 한번 자폭 장치가 작동되면, 시낭이 할 수 있는 것은 없었다. 시낭과 자폭 장치 사이의 관계가 그랬기 때문에, 시낭은 자폭 장치를 전혀 통제할 수 없었다.

'자신이 곧 죽으리란 걸 깨달았을 때, 가마우진 무얼 생각했을까? 내가 없는 걸 알고서, 무얼 느꼈을까? 분노? 배신감?'

그는 힘들게 눈을 떴다. "배신감이라면, 아마도 함장님께서 할 말씀이 많으시겠지." 변명 아닌 변명을 중얼거리면서, 그는 일부러 정 장군의 얼굴을 떠올렸다. 눈앞에 떠오른 옛 함장의 얼굴은 여전히 말이 없었다.

'그러나저러나, 연구소에선 소동이 났겠지? 시낭이 없어진 걸 보고, 벌컥 뒤집혔겠지?' 생각하고 싶지 않은 장면을 떠올리고서, 그는 무심한 손길로 비행복 앞자락에 묻은 젖은 흙을 털었다.

정상 시공에서 바라보는 사람들에게 시낭은 시간여행 중에도 낭대 위에 그대로 얹혀 있어야 했다. 미래로 갈 수 없었으므로, 시낭이 과거에서 돌아올 데는 처음에 떠났던 시공밖에 없었다. 자연히,

밖에서 바라보는 사람들에게 시낭은 그대로 있는 것처럼 보일 터였다. 그들이 보기엔 시간비행사가 시낭의 문을 닫고 나서 조금 있다가 다시 문을 열고 나올 터였다. 후줄근한 차림과 좀 지친 얼굴로.

"함장님, 저로선 이것이 최선입니다." 시낭이 문득 없어지고 낭대만 덜렁 남은 광경을 놀란 얼굴로 바라보는 정 장군의 모습을 향해 그는 나직이 말했다. 정 장군이 말없이 그를 돌아다보았다.

그는 마음을 다잡고 배낭을 메었다. '이제 두더지 사업의 서류엔 "임무 중단. 시낭 및 요원 실종"이라고 기재되겠구나. 누가 그 사항을 기재할까? 무슨 생각을 하면서?'

한참 올라가니, 고개가 나왔다. 가쁜 숨을 몰아쉬면서, 그는 젖은 풀 위에 주저앉았다. '좀 쉬었다 가자. 이만하면……' 이제 시낭이 폭파된 현장에서 꽤 멀어졌으니, 걸음을 그리 서두를 까닭은 없었다.

그는 비행복 앞자락을 열고 땀을 훔쳤다. 비행복은 따로 비옷이 없어도 될 만큼 방수가 잘 되었다. 보기엔 여느 비행복과 비슷했지만, 실은 압둘 김이 입었던 옷을 연구하여 만든 것이어서, 무척 기능적이었고 그의 몸을 잘 보호했다. 옷 속의 온도와 습도에 맞추어 그 기능이 상당히 잘 조절되었다. 그래도 길 없는 산비탈을 젖은 덤불과 나뭇가지를 헤치면서 바삐 올라왔더니, 땀이 몸을 적셨다.

숨을 돌리자, 막막한 처지가 마음을 무겁게 조여왔다. 낯선 세상에 홀로 떨어진 것이었다. 이제 21세기로 돌아갈 길은 없었다. 거기 사는 사람들도 만날 수 없었다. 아내 배 속에 든 아이에게 생각이 미치자, 그리움과 안타까움으로 살이 시려왔다. 출산할 날이 한

달 남짓하니, 이제 녀석도 어엿한 인격이었다. 딸이란 얘기를 듣고서, 그는 여러 달째 계집애 이름을 고르고 있었다. 이제 그에게 그 아이는 아직 존재하지 않는 세상의 일이었다. 아직은 가능성의 영역에 머무는 세계 속에서 가능성으로 존재하는 사건에 지나지 못했다.

'가능성…… 얼마나 차가운 말인가.' 자신도 모르게 그는 두 손을 모았다. 그 조그만 태아를 감싸려는 것처럼. 21세기 90억 사람들의 무게보다도, 자신이 평생 알고 지낸 사람들을 모두 포함한 그 엄청난 무게보다도, 아직 태어나지 않은 그 작은 몸뚱이의 무게가 훨씬 무겁게 마음에 얹혔다.

갈곳 없는 막막한 마음이 하늘로 향했다. 먹장구름이 하늘을 가득 덮고서 몰려가고 있었다. '만일 시냥이 좌초한 사실이 이미 이곳 역사에 충격을 줬다면, 그 아인 이 세상 맛을 보지도 못하고서 엄마 배 속에 든 채로 사라지겠지. 제 이름도 갖지 못한 채…… 어저께 전화했을 때, 이름이라도 지어서……'

시간 줄기가 받은 충격으로 문득 사라지는 21세기의 세상이 떠올랐다. 그 세상을 덮은 사람들의 소리 없는 비명이 귀를 찔렀다. 그는 어금니에 힘을 주어 흔들리는 마음을 다잡았다.

'실존의 세계에서 문득 가능성의 세계로 바뀔 때, 그래서 단단한 시공에서 시공의 가능성으로 사라져갈 때, 사람들은 어떻게 될까?' 이마의 땀을 손등으로 훔치면서, 그는 좀 가라앉은 마음으로 생각했다. '그들은 무얼 느낄까? 그들의 눈엔 세상이 어떻게 비칠까? 갑자기 세상이 어두워지고 물체들의 모습이 흐릿해질까?'

목숨이 깃든 따스한 살이 벌레가 벗어놓은 허물처럼 마르고 얇아지는 광경이 눈앞에 떠올랐다. '그런 허물마저 이내 사라지고. 한 줌 연기도 남기지 않고……'

뒤쪽에서 번갯불이 번쩍했다. 돌아다보니, 시낭의 잔광은 사그라지고 없었다. '그렇게 되면, 그들이 실제로 살았다는 사실은 어떤 무게를 지닐까? 아무런 무게도 지니지 못한단 말인가? 그들이 태어나서 괴로워하고 즐거워하고 다투고 사랑했다는 사실이?' 그는 아무 생각 없이 풀줄기 하나를 뽑아서 입에 넣고 앞니로 깨물었다.

그렇진 않을 터였다. 무엇보다도, 그가 그 세상에서 왔다는 사실이 있었다. 미래로의 여행이 시간 역학의 방정식에서 공집합으로 나온다지만, 과거의 세상을 찾았던 사람이 자신이 떠나온 시공으로 돌아갈 수 있다는 사실은 지금 그가 좌초한 세상에서도 그가 살았던 세상이 모습을 갖추지 못한, 추상적 미래만은 아님을 말해주었다. 그것은 이미 존재한 적이 있는, 그래서 경험의 확실한 손길만이 줄 수 있는 또렷한 모습을 지닌 미래였다.

'그렇긴 하지만, 아직은 가능성의 영역에 머문다는 것도 부인할 순 없잖은가? 만일 내가 이 세상에 큰 충격을 주어 역사의 흐름을 돌린다면, 내가 아는 이십일세긴 나올 수 없잖은가?' 그는 두 손에 힘을 주어 비볐다.

'언제라도…… 어쩔 수 없이 시간 줄기에 충격을 주게 될 경우가 생기면, 망설이지 말고 죽자.' 입안에 도는 풀줄기의 비릿한 맛을 마음 한구석으로 느끼면서, 그는 다짐했다. '아직은 제 어미 배

속에 든 내 아일 위해서라도……'

그러나 그 얘기는 속이 빈 것처럼 울렸다. 자신이 쉽게 죽지 못하리라는 생각 때문만은 아니었다. 과거를 찾은 사람은 여행 중에 가볍게 죽을 수 없었다. 과거 속에서 죽은 시간여행자는 닫힌 회로 속에 갇히는 것이었다. 지금 자살하면, 그는 오랜 세월이 지난 뒤 다시 21세기에 태어날 터였다. 그래서 다시 백악기 말기로 시간여행을 하다가 이곳에 좌초하여 자살할 터였다. 세월이 지나 21세기가 되면, 다시 태어나 백악기 말기로 떠나고, 그래서 다시 이곳에 좌초하여 자살하고…… 이 세상이 끝날 때까지, 이 우주의 시공이 지쳐서 허물어지거나 닳아 없어질 때까지, 그는 그 운명을 되풀이해야 하는 것이었다.

'나이 서른하나에 스스로 목숨을 끊는 일을 이 우주가 지칠 때까지 되풀이한다는 건…… 비록 압둘 김은 그 끔찍한 운명을 망설임 없이 택했지만. 하긴 나도 이번이 처음이 아닌지 모르지. 내가 지금 기억하진 못하지만, 내가 벌써 여러 번, 어쩌면 수백 번이나 수만 번 시간여행을 한지도 모르지. 난 이미 이 세상과 이십일세기를 잇는 회로에 갇힌 셈이니까……'

서늘한 바람 한 무더기가 스쳤다. '내가……' 그는 정신을 차렸다. '내가 넋을 놓고 있었구나. 이러고 있을 때가 아니지.'

그는 너덜거리는 풀줄기를 내던지고 배낭을 집어 들었다. '시낭은 제대로 없앴으니, 이젠 시간비행사가 사라질 차례지. 그러나저러나, 시낭이 자폭하는 걸 본 사람들은 그걸 어떻게 설명할까? 벼락이라 하기엔 불덩이가 너무 컸고. 더구나 십 분 넘게 타올랐으

니. 그것만으로도 이 세상의 역사가 큰 충격을 받았을까?'

그의 눈앞에 사건들이 연쇄 반응을 일으키는 모습이 떠올랐다. '다른 건 그만두고라도, 시낭이 자폭하는 광경을 쳐다본 사람들은 눈이 멀었겠지. 이 세상에서 큰 일을 하도록 된 사람 하나가 눈이 멀었다면? 그래서 다른 사람이 그 일을 하게 된다면? 또는 아무도 하지 못한다면? 그 조그만 사건의 파문이 끝없는 동심원들을 그리면서 역사 속으로 퍼져나가면, 역사의 모습은 어떻게 될까?'

5

　숨을 깊이 들이쉬고서, 언오는 불더미 아래쪽을 향해 길게 불었다. 조그만 불길이 솟으면서, 연기만 내던 잔가지들에 불이 확 옮겨 붙었다. '아, 이제……' 한숨을 내쉬면서, 그는 천천히 윗몸을 일으켰다.

　모닥불을 피우려고 여러 시간 고생하고서야, 그는 비 온 뒤에 밖에서 불을 피우는 것이 얼마나 어려운 일인가 깨달았다. 어두운 데다가 연장이라곤 주머니칼뿐이어서, 나무를 모으는 데도 시간이 오래 걸렸다. 나무들이 젖어서, 관솔과 삭정이만을 모아놓고 불쏘시개를 살랐는데도, 불은 제대로 붙지 않고 연기만 조금 내다가 꺼지곤 했다. 성냥을 반 갑은 없애고 두툼한 '시낭 운용 지침'을 불쏘시개로 거의 다 태우고서야, 겨우 불이 붙었다.

　'얼마나 걸렸나?' 손등으로 이마를 문지르면서, 그는 시계를 보았다. '꼬박 네 시간이 걸렸나? 아, 참.' 그는 옆에 놓인 손전등을 껐다. 뱀이 나올까 겁이 나서, 켜놓았던 것이었다. '아산공업단지'의 콘크리트 덮인 골목들과 잘 다듬어진 정원들에서 어린 시절을 보낸 그는 뱀을 무척 무서워했다.

잘 타는 듯하던 불이 수그러들고 있었다. 그는 급히 땅바닥에 엎드려 훅훅 불었다. 불길이 다시 살아나자, 부지깽이로 불더미 밖으로 굴러 나간 토막들을 안으로 밀어놓고 잔가지 몇 개를 불더미 위에 얹었다. 먼 데 놓인 나무들을 가까이 옮겨놓고 나서, 빗물이 들어가서 찌걱거리는 신을 벗었다. 모닥불 양쪽 불에 타지 않을 만한 곳에 한 짝씩 놓고 양말을 귀에 걸쳐놓았다. 젖은 양말을 벗고 빗물에 젖은 발을 말리니, 경황이 없는 가운데서도 마음이 한결 개운했다.

'불이 이리 좋구나. 그런데 성냥을 너무 많이 썼지?' 잔병이 많은 어린애를 보살피듯 간댕간댕하는 불을 보살피는 사이에도, 마음은 바쁘게 움직였다. '가뜩이나 준비가 부족한데……'

야외 생활에 대한 준비가 부족한 줄은 '가마우지'에서 나오기 전에 이미 잘 알고 있었다. 그러나 막상 한데서 밤을 지내려 하니, 준비가 부족하다는 사실이 새로운 뜻을 지니고 다가왔다. 주머니칼 하나로 나무를 하는 것은 생각보다 훨씬 힘들었다. '톱 한 자루만 있다면……' 하는 생각이 계속 떠올랐다. 그러나 연장 없이 나무를 하는 일의 어려움은 실은 문제도 아니었다. 지금 그에겐 살아가는 데 정말로 필요한 것들이 없었다. 천막도 야외 침낭도 없었다. 실탄이 열여덟 발밖에 되지 않는 가스총 말고는 사냥이나 낚시를 할 도구도 없었다. 그래서 탈수 식량이 떨어지면, 당장 어떻게 양식을 마련해야 할지 막막했다. 양식을 구한 다음에도, 밥이나 물을 끓일 그릇이 없어서, 애를 먹어야 될 판이었다.

'자연 탐사를 제대로 하기로만 됐더라도, 지금 이렇게까지……'

야외 생활에 대한 준비가 부족했던 것은 이번의 시간여행에서 본격적 자연 탐사는 계획되지 않았기 때문이었다. 이번 여행은 실제론 '가마우지'의 시운전이었다. 실은 압둘 김의 여행도 시운전이었을 가능성이 높았다. 무엇보다도, '가마우지'가 26세기의 기계치곤 아주 작고 여러모로 거칠었다는 사실이 그런 생각을 뒷받침했다. 자연히, 백악기 말기의 세상을 탐사하는 일은 부차적 목적이었다. 자연 탐사와 같은 일로 시낭이 백악기의 세상에 오래 머물면, 아무래도 시낭에 대한 위험은 커졌다. 그래서 그런 부차적 목적 때문에 주목적인 시운전을 위태롭게 해선 안 된다는 주장은 큰 설득력을 지녔다.

궁극적으로, 21세기 사람들은 '가마우지'에 대해서 아는 것이 거의 없었다. 그들에게 시낭이나 시간여행은 마법과 다름없었다. '시낭 운용 지침'을 연구해서 얻은 시간 역학 지식은 대단한 것이 못되었다. 존 프라이엄, 이쉬트반 모우리츠, 모우틸랄 찬드라굽타와 같은 물리학자들의 연구에 힘입어, 시간 역학이 25세기에 갑자기 발전했으며 그 성과가 '모우리츠의 법칙들'이란 형태로 정리되었다는 것을 알아냈지만, 그런 법칙들로 정리될 때까지 있었던 연구 업적들을 알 수 없었으므로, 그것들을 실제로 이용하기는 어려웠다. 하긴 다섯 개로 추정되는 '모우리츠의 법칙들' 가운데 제3법칙은 동시성에 관한 것이라는 사실만 알려졌고 제4법칙에 관해선 아예 아무것도 모르는 형편이었다. 그래서 시간 역학에서 실제적 이익을 얻은 분야는 물리학이 아니라 수학이었다. '모우리츠의 법칙들'은 사람들이 여태까지 생각지 못했던 수학의 분야들과 기법들을 보여주었다.

사정이 그러했으므로, 시낭의 상태를 바꾸는 것은, 특히 시낭의 질량을 늘리는 것은, 현명치 못하다고 여겨졌다. 자연히, 목적지의 확인에 직접 관련되지 않은 활동들은 대부분 다음 기회로 미루어졌고, 그가 탐사를 위해 지닐 물건들도 최소한으로 줄어들었다.

그는 주머니칼로 굵은 가지를 잘라내기 시작했다. 곧 손바닥이 와락거렸다.

'장갑 한 켤레만 있어도, 사뭇 나을 텐데. 어떻게 하다가 장갑을 빠뜨렸지?' 벌겋게 자국이 난 손바닥과 아까 나무하다가 긁힌 손등을 내려다보면서, 그는 벌써 여러 번 했던 생각을 다시 떠올렸다. 배낭을 꾸릴 때, 그는 분명히 잿빛 인조 가죽 장갑을 준비했었다.

'그건 그렇고, 이젠 어떻게 한다?' 제법 기운을 내며 타기 시작한 불더미 위에 잘라낸 나뭇가지를 얹어놓고 부지깽이로 불을 다독거리면서, 그는 앞으로 살아 나갈 일에 대해 생각하기 시작했다.

'우선 사람을 피해야 하는데……' 역사에 충격을 주지 않는 것이 절대적으로 중요했으므로, 그로선 이 세상 사람들을 만나지 않아야 했다.

그가 이 세상 사람들을 만나면, 역사에 대한 충격은 피하기 어려웠다. 물리적 충격이나 문화적 충격을 줄 가능성이 크기도 했지만, 다른 면에서의 충격이 뜻밖으로 클 수 있었다. '역사보존연구실' 사람들의 얘기로는 그가 몸에 지닌 병원체들만으로 역사가 바뀔 수 있었다. 고대인들은 후세에 변이가 일어난 병원체들에 대한 저항력이 작으므로, 그들이 그와 접촉하기만 해도, 전염병이 발생할 수 있었다. 실제로 15세기 이후 유럽 사람들과 접촉한, 여러 고립된 사회들에서 그런 일이 일어났다. 유럽 사람들이 저지른 여러 잔인한 일들보다도 그들이 옮긴 병들 때문에 아메리카와 오세아니아의 원주민들은 훨씬 큰 피해를 입었다.

그래서 모두 그럴 가능성을 줄이려 애썼다. 시낭 안은 철저히 소독되었고 그는 무균실에서 자외선을 쬐었다. 그를 무균실에서 시낭으로 운반한 운반차와 시낭은 언제나 정압을 유지하도록 해서, 병원체가 들어올 틈을 줄였다. 그러나 그가 몸속에 지닌 병원체들은 어쩔 수 없었다. 그가 뜻밖의 상황에서 고대인들과 접촉할 경우를 상정한 토론에서 '생리연구실'의 역학자(疫學者)들은 유행성 감기의 발생을 특히 걱정했었다.

'아무리 궁리해봐도, 내가 이 땅에서 살길은 보이지 않는구나,' 잘라낸 나뭇가지를 다시 불더미에 얹으면서, 그는 탄식처럼 중얼거렸다. 지금 이곳이 역사 시대의 한반도임은 분명하니, 이곳에서 사는 사람들은 그의 직계 선조들임도 분명했다. 따라서 이곳에선 시간 줄기의 충격 허용 한도가 특히 낮을 터였고 다른 곳에서라면 별다른 문제가 되지 않을 행동도 역사에 큰 충격을 줄 수 있었다. 그가 이곳 사람들과 어울리다 보면, '과거로 시간여행을 한 사람이 자신의 선조를 어릴 때 죽이면, 그래서 그 선조의 대가 끊기면, 어떻게 되는가?'라는 시간여행의 고전적 역설이 실제로 나올 수 있었다.

그런 역설이 제시하는 문제는 심각했다. 시간 역학을 연구한 사람들의 얘기에 따르면, 그런 역설은 시간 줄기가 흡수할 수 있는 충격의 최대치인 '찬드라굽타 치'를 넘었다. 그래서 그런 역설이 일어난 세상은 '인과성 보존의 법칙'이라 불리는 '모우리츠의 제5 법칙'에 따라 역사의 흐름에서 완전히 떨어져 나가서 '가능성의 특이점'을 이루었다.

'이것저것 생각하면, 내가 한시바삐 이 땅을 떠나야 하는데. 사람들이 살지 않거나 아주 드문 곳으로 가는 길밖에 없는데. 여기서 떠난다 치고, 떠나선 어디로 가나?' 신 위에 걸쳐놓은 양말에서 김이 오르는 것을 하염없이 바라보면서, 그는 막막한 마음으로 물었다. '사람이 살 만한 곳이라면 이미 사람들이 살고 있을 것 아닌가?'

그는 신을 불에서 좀 멀리 놓고 양말을 뒤집어 널었다. 마음은 무겁고 황량했지만, 밤은 그런대로 평화롭게 깊어가고 있었다. 이젠 불이 제대로 지펴져서, 밑바닥의 굵은 나무토막들에 불이 붙고 있었다.

무척 가깝게 들리는 산새 울음이 견디기 어려울 만큼 그의 마음을 외롭게 했다. '사람들로부터 떨어져서 혼자 사는 삶은 과연 어떤 것일까?'

연기를 내는 부지깽이를 내려다보면서, 그는 깊은 산속이나 외진 바닷가에서 혼자 살아가는 자신의 모습을 그려보았다. '사람들의 목소리를 듣지 못하고, 언제나 자신의 얘기에만 귀를 기울이

고…… 그런 삶이 과연 살 만한 가치가 있을까? 내가 그런 외로움을 견뎌낼 수 있을까? 평생?'

'평생'이란 말의 긴 여운이 사라지면서, 그의 마음은 어쩔 수 없이 지난 한 해를 향해 돌아섰다. 사람들 속에 묻혀 온 세상 사람들의 눈길을 받으면서 지낸 한 해였다. '시간 줄기의 수호자'에게는 사생활이 있기 어려웠고 그의 말 한마디 몸짓 하나까지 대중매체들을 통해 세상 사람들에게 알려졌다. 그때를 생각하니, 지금 자신을 둘러싼 정적이 귀에 쟁쟁 울리는 듯했다. 앞으로는 더욱 외로울 터였다.

'그때가……' 때로는 지겹게 느껴졌던 그 시절에 대한 그리움이 가슴을 시리게 적셨다.

'그러나저러나, 사람이 살지 않는 곳이라면, 시베리아밖에 더 있겠나? 그 춥고 황량한 시베리아밖엔?' 취재 여행 중 만났던 겨울 시베리아의 모습이 떠올랐다. 21세기의 기술을 지닌 사람들에게도 겨울 시베리아는 혹독한 환경이었다.

'아니면, 아예 태평양을 건너 아메리카로 가거나……' 나뭇가지를 자르던 손길을 멈추고, 그는 생각을 되짚어보았다. 생각해보니, 괜찮았다. 그는 입맛을 다셨다. "아메리카라."

아메리카 원주민의 역사는 인류 역사의 주류에 늦게 합류했고 그것에 미친 영향이 아주 작았으므로, 그가 아메리카 대륙으로 가는 것은 역사에 대한 충격을 줄인다는 점에서 좋았다. 게다가 아메리카는 시베리아보다는 훨씬 살기 좋은 곳이었다. 거기로 가는 일도, 막상 따져보니, 그리 어렵지 않을 듯했다. 길이 먼 데다 추운 땅을 지나야 했지만, 한반도를 벗어나면 사람들이 적을 터이므로, 오히려 마음이 편하고 움직이기가 수월한 점도 있을 것 같았다. 베링 해협은 결빙기에 건너면 되니까, 아메리카가 바다 건너편에 있다는 사실도 큰 문제가 되지 않았다.

문득 마음이 부풀었다. 보지 않는 눈으로 밤하늘을 올려다보면서, 그는 마음을 정했다. '그래, 아메리카로 가자. 아메리카로.'

산새가 다시 울었다. 이번엔 그리 외롭지 않게 들렸다. 불더미에서 나무토막 하나가 내려앉으면서, 불꽃이 소리를 내며 타올랐다. "이럴 줄 알았으면, 세계 지도를 한 장 가져오는 건데," 나무토막을 다시 올리면서, 그는 중얼거렸다.

'흠, 세계 지도라. 물에 빠진 걸 건져놓으니까, 보따릴 내놓으란 얘기가 되나?' 혼자 아는 농담이었다. 하긴 이 세상에서 그와 농담을 나눌 사람은 없었지만.

원래 그가 배낭 속에 넣어올 물건들 속에 지도는 들어 있지 않았다. 가져올 지도가 없다는 간단한 사실 때문이었다. 2억 년 전만 하더라도, 지구의 대륙들은 한데 모여 범대륙(汎大陸)이란 뜻인 판게아 대륙을 이루고 있었다. 1억 8천만 년 전인 트라이아스기 말기엔 로라시아라 불리는 북부 대륙 집단이 곤드와나랜드라 불리는 남부 집단에서 갈라져나왔다. 이어 대륙들 사이의 틈이 점점 넓어지면서, 북대서양과 인도양이 생겨났다. 6천5백만 년 전인 백악기 말기까지는 남대서양이 커지고 마다가스카르가 아프리카 대륙에서 떨어져 나왔다. 아직 유라시아 대륙에 붙어 있던 북아메리카 대륙은 남아메리카 대륙으로부터 상당히 떨어져 있었고, 혼자 바다

한가운데에 있던 인도 아대륙(亞大陸)은 유라시아 대륙을 향해 서서히 움직이고 있었다.

그런 세상에서 현대의 지도는, 그것도 대전이나 충청남도의 도엽과 같은 아주 작은 지도는, 아무 뜻이 없었다. 지도를 가져오는 것이 아니라, 지도를 만들어서 가져가야 할 판이었다. 하긴 시낭을 이용한 연구 사업 애기가 나오자마자, 지질학자들은 백악기 말기의 지도를 만들자고 했었다.

그가 지도를 가져온 것은 우연이었다. 배낭을 꾸리다 보니, 명색이 여행인데, 지도가 없는 것이 아무래도 허전했다. 잠수함을 타면서 해도를 곁에 두고 살아온 터라, 가까운 길을 떠날 때도, 지도가 없으면, 어쩐지 불안했다. 그래서 자연 탐사 계획이 제대로 살아 있었을 때 지형 정찰 훈련에 쓰였던 지도 두 장을 충동적으로 배낭에 넣었다.

고개를 들어 북쪽 하늘을 올려다보았다. 구름이 많이 걷혀서, 별이 빛나고 있었다. '북아메리카 원주민들을 실제로 만나는 건 어떤 경험일까? 유럽 사람들이 타락시키지 않은, 점잖고 위엄 있는 그들의 모습을 실제로 본다는 건? 그들과 함께 산다는 건?'

문득 다른 생각이 떠올랐다. '만일…… 만일 내가 그들과 함께 살면서 그들의 삶에 근대 문명의 씨앗을 뿌린다면?'

주머니칼을 내려놓고, 그는 두 손을 비행복 바지에 천천히 문질렀다. 엄청난 생각이었다. 눈앞의 풍경이 쫙 갈라지면서, 새로운 풍경이 나타난 듯했다. 어쩔한 마음을 다잡고 다시 칼을 잡아 썩은 나무토막을 세로로 쪼갰다. 속에서 지네 비슷한 벌레 두 마리가 기어 나왔다. 그는 질겁해서 나무토막을 떨어뜨렸다. 불그스레한 벌레들은 볼수록 징그러웠다. 그 벌레들을 조심스럽게 털어내어 칼로 집어 멀리 던진 다음, 나무토막을 불더미 한옆에 세웠다.

'그래서 그들이 유목 생활을 점차 그만두고 정착해서 농사를 짓도록 하면? 도시를 이루고 마침내 근대적 국가를 세우도록 하면? 그들이 침입하는 유럽 사람들에 대해 자신들을 지킬 수 있도록 할 수도 있을까?' 그는 들뜬 목소리로 물었다.

'그렇게 되면,' 좀 차분한 목소리가 대꾸했다. '골치 아픈 문제를 만드는 것이지. 그건 북아메리카 원주민들의 비참한 역사를 덜 비참한 역사로 바꾸는 것이긴 하지만, 그러면 이십일세기의 역사는 어떻게 되나?'

'하지만……'

'하지만이라니. 무엇이 하지만인가?'

'결국 아메리카 원주민들의 역사를 덜 비참하게 만드는 것과 내가 아는 이십일세기를 바꾸지 않는 것 가운데 어느 쪽이 더 중요하냐, 하는 문제가 되나?'

한참 생각해보아도, 뚜렷한 답은 나오지 않았다. 자신이 태어난 세상을 지키는 일은 무엇보다도 중요했지만, 유럽 사람들에게 쫓겨 거의 다 사라진 북아메리카 원주민들에게 자신들을 지킬 기회를 주는 일도 큰 가치를 지닌 일이었다. '두고두고 차분하게 생각해보자. 하루 이틀에 결정을 내릴 문제는 아니니.'

그래도 그는 가슴에서 흥분의 물살이 거세게 솟는 것을 느꼈다. 지금까지 생각해본 적 없는 가능성이, 아주 위험하지만 탐색해볼 만한 가능성이, 아득한 지평을 가진 평원처럼 눈앞에 열린 것이었다. 쫓긴 짐승처럼 숨어 살지 않고 사람들 사이에서 보람 있는 일을 하면서 살 수 있는 길이 보인 것이었다.

'먼저, 그곳 원주민들에게 문자를 가르쳐주고. 한글을 가르쳐주고.' 그리도 멋진 문자인 한글을 지닌 사람들이 빠르게 지식을 쌓아가는 모습이 눈앞에 떠올랐다. 그는 입맛을 다셨다. '다른 것들은 그만두고라도, 한글만 지녀도……'

'적당한 짐승이 없어서 축력을 이용할 수 없었고 그래서 바퀴를 실용화하지 못했다는 그 문명에 손수레를 만들어주고…… 그래서 뒷날 유럽 사람들이 아메리카에 상륙했을 때엔, 이미 강력한 원주민들의 나라가 있다면, 시우 제국이나 아파치 제국이 있다면……' 자신이 태어난 세상에 대한 책임감의 두터운 지층을 뚫고 나온 그의 상념은 우람한 나무처럼 개어가는 밤하늘 속으로 마냥 가지를 뻗었다.

6

'일어나야지,' 내키지 않는 마음으로 언오는 스스로에게 일렀다. 마음속 목소리였지만, 부어오른 혀로 낸 것처럼 둔탁하게 느껴졌다. 그는 햇살을 가렸던 팔을 얼굴에서 떼고 시계를 보았다. '벌써'와 '아직'이란 말들이 잠시 그의 머릿속에서 부딪혔다.

'열 시 삼십일 분이라…… 일어나야지.' 그는 무거운 몸을 억지로 일으켰다. 쑤시지 않는 구석이 없는 듯했다. 앞머리에 고인 묵직한 아픔을 흩어버리려고, 그는 머리를 조심스럽게 흔들어보았다. 머리뼈 속에서 골이 따로 노는 듯했다.

'그럭저럭 일곱 시간은 되나? 잘 만큼 잔 셈인데.' 얼굴에 따갑게 닿는 햇살이 맑지 못한 마음을 더욱 산란하게 했다. 해는 벌써 맑게 갠 하늘 속에 높이 솟아 있었다.

간밤엔 2시 넘어 불이 거의 다 사그라진 뒤에야, 자리에 누웠다. 모닥불 옆에 손에 잡히는 대로 풀잎들과 나뭇잎들을 모아서 깔고 그 위에 조종석에서 뜯어낸 인조 가죽 조각을 깐 다음, 배낭을 베개 삼아 베었다.

그러나 좀처럼 잠이 오지 않았다. 단단한 땅바닥이 배겨서, 한 자세로 오래 누워 있을 수가 없었다. 자리를 볼 때는 땅이 반반한 것 같았는데, 막상 누워보니, 돌이 배겨서, 돌아눕기도 쉽지 않았다. 그리고 추웠다. 비가 온 뒤라서 그런지, 한여름이었는데도, 땅에서 올라오는 한기가 대단했다. 비행복이 한기를 얼마큼 막아주었지만, 잠은 오지 않고, 푹신한 침대에 깨끗한 이불을 덮고 누운 자신의 모습만 눈앞에 어른거렸다. 게다가 산짐승들과 뱀이 겁나서, 푸근하게 잠 속으로 빠져들 수 없었다. 사그라진 모닥불이 끄느름하게 연기를 내서 마음이 한결 놓이긴 했지만, 바위틈에서 커다란 구렁이가 나와서 자신의 몸을 칭칭 감는 광경이 자꾸 떠올랐다. 물론 그것이 어리석은 생각인 줄 알았지만, 그래도 그는 머리맡에 놓인 가스총을 거듭 확인했다.

땅기는 살을 달래가면서, 그는 조심스럽게 일어섰다. 인조 가죽 깔개를 집으려고 허리를 굽히자, 머리가 흔들리면서, 피가 눈으로 몰리는 듯한 느낌이 들었다. 눈을 감고 쪼그려 앉았다. 세상이 한 바퀴 비잉 돌았다. 이마를 짚어보니, 꽤 뜨거웠다. '지금 병이 나면, 큰일인데. 지금처럼 중요한 때에 마음이 흐려져서 판단을 잘못하면……'

구급낭 속에 든 '정심환'이 생각났다. '정심환'은 암페타민 유도체를 주성분으로 하는 약으로, 복용하면 이내 신체 기능의 효율을 높여주었다. 그래서 몸과 마음이 여느 때보다 활발하게 움직여야 할 경우에 쓰였다. 그러나 그 약의 기능은 근본적으로 몸이 비축한 에너지를 빨리 쓰도록 하는 것이었으므로, 일단 그 약을 쓰게 되면, 나중에 몸이 값을 치러야 했다. 구급낭에 든 약들에 대해서 설명할 때, 의사는 그 점을 거듭 강조했었다.

'아직은 그걸 쓸 때가 아니지. 다른 약들은……?' 그는 구급낭 속에 든 약들을 하나씩 떠올렸다. '생리연구실'에서 꾸려준 구급낭엔 갖가지 약들이 들어 있었지만, 마땅한 것은 없었다. 지금 그의 몸이 정상이 아닌 것은 분명했지만, 무슨 병 때문에 그런 것은 아닌 듯했다. 아무래도 초월시공 속으로의 여행에 따른 피로에다 좌초에서 받은 충격이 겹친 탓인 듯했다.

깔개를 접어서 배낭에 넣은 뒤, 그는 아래쪽 덤불로 내려갔다. 한참 애를 써도, 변이 나오지 않았다. 어저께는 마음이 워낙 바빠서 깨닫지 못했으나, 속이 무척 탔던 모양이었다. 10분 넘게 쪼그리고 앉았다가 그냥 일어섰다. 아침 용변을 거른 것은 조그만 사건이었다. 임관한 뒤 '황주'에 처음 올랐을 때 이틀 동안 변을 보지 못한 것을 빼놓으면, 이번이 처음이었다.

개운치 못한 마음으로 올라와서, 그는 맨손체조를 시작했다. 유치원에 들어간 뒤 하루도 거르지 않은 아침 일과였다. 체조를 거푸 세 번 하고 나니, 비로소 땀이 배면서, 몸이 좀 풀렸다. 손등으로 이마에 밴 땀을 훔치고서, 어깨를 펴고 가슴 가득 공기를 들이마셨다.

'공기 하난 정말 좋구나.' 가슴 밑바닥까지 시원하게 훑는 맛이 있는 공기였다. 산속이라 그런 것만은 아닌 듯했다. 이 세상의 공기가 원래 맑다는 것을 그는 느낄 수 있었다.

'물이 없으니, 세순 생략하고……' 그는 배낭에서 탈수 식량 봉지를 꺼냈다.

'먹고살 일이 큰일이구나. 당장 다음 끼니를 걱정하게 됐으니……' 어두운 생각을 하면서, 그는 수통을 꺼내어 식량 봉지에 물을 부었다. 물이 식량의 반에도 채 섞이지 않았을 때, 수통의 물이 떨어졌다.

큰비가 내린 뒤라, 멀리 내려가지 않고서도, 수통에 맑은 물을 채울 수 있었다. 물은 충분치 못했지만, 물을 본 김에 고양이세수를 했다. 손수건으로 얼굴을 닦다 보니, 수염이 까슬까슬했다.

'이럴 땐 단정한 몸가짐이 중요한데. 한번 허물어지기 시작하면, 걷잡을 수 없게 된다는데……' 적잖이 부끄러운 마음으로 그는 생도 시절에 배운 교훈들과 단정한 용모를 늘 강조했던 정 장군의 모습을 떠올렸다.

다시 올라오자, 그는 수통의 물로 면도를 했다. 수동 면도기가 익숙지 않았지만, 그런대로 살갗을 베지 않고 면도를 마쳤다. 일과를 제대로 했다는 생각이 주는 개운함에다 면도용 로션의 따끔하고 시원한 느낌이 겹쳐서, 마음이 좀 맑아진 듯했다.

다시 식량 봉지를 열고 물을 부었다. 아침 겸 점심으로 늦은 식사였지만, 음식은 잘 넘어가지 않았다. 탈수 식량이 군대 음식답게 맛이 없는 데다가, 입맛도 없었다. 습관은 무서운 것이어서, 한 손에 아침 신문을 들지 않은 것도 좀 허전했다.

'오늘 아침엔 시낭이 없어진 것이 누구에게나 머리기사겠지.' 시낭이 나타난 뒤로는 모두가, 신문을 보든 텔레비전을 보든, 시간여행에 관한 기사들을 머리에 뽑도록 자신의 컴퓨터에 지시해놓았을 터였다.

'낭대만 덜렁 남은 연구동 풍경을 텔레비전으로 본 사람들은 무슨 생각을 할까? 무슨 반응을 보일까? 가마우지가 처음 나타났을 때처럼, 소동이 일어날까?' 시낭이 나타나서 시간여행이 가능하다는 사실이 알려진 뒤 일어났던 소동을 그는 내키지 않는 마음으로 떠올렸다.

2077년 7월 10일 세상 사람들은 꼭 한 달 전에 26세기를 떠난 시낭이 조선공화국 대전에 불시착했다는 조선공화국 정부 대변인의 발표를 좀 어리둥절한 기분으로 들었다. 공상 과학 영화에서나 나오던 얘기가 현실 속의 사건으로 다가온 것이었다.

시낭의 출현은 처음엔 흥미로운 화제에 지나지 않았다. 대부분의 사람들에게 시간여행은 먼 곳과 아득한 때를 연상시켰고, 그들은 막연하게 시간여행이 새로운 모험의 가능성을 열어준 것으로 여겼다. 그것이 품은 엄청난 뜻이 사람들의 마음속으로 들어오는 데는 시간이 걸렸다.

마침내 사람들은 깨달았다. 시간여행은 이미 일어난 일을 바꿀 수도 있다는 것을. 그리고 그렇게 바뀔 수 있는 것들 속엔 자신들이 이미 태어났다는 사실까지도 들어간다는 것을. 병이나 사고로 죽는 것만 걱정해온 사람들에게 시간여행은 훨씬 무서운 죽음의 가능성을 보여준 것이었다. 잘못하면, 아니, 자신의 잘못이 없는

데도, 어느 날 갑자기 자신과 자신이 사는 세상이 송두리째 없어질 수도 있다는 사실에서 사람들은 딛고 선 대지가 문득 갈라지면서 컴컴한 심연이 드러난 듯한 느낌을 받을 수밖에 없었다.

그런 심연에서 광기의 검은 기운이 올라와 단숨에 세상을 덮었다. 모든 사회들에서 사람들은 세상의 종말이 닥친 것처럼 행동하기 시작했다. 폭력과 파괴가 전염병처럼 사회에 번졌고, 내일을 생각지 않는 쾌락주의가 세상을 휩쓸었다. 정신병에 걸린 사람들이 부쩍 많아졌고, 스스로 목숨을 끊는 사람들이 크게 늘어났다.

자신들의 존재에 대해 근본적 불안을 느낀 사람들은 당연히 그들이 잃은 믿음을 되돌려줄 수 있는 것을 찾았다. 모든 사회들에서 종교 활동이 부쩍 활발해졌다. 특히 새로운 종교들과 종파들이 나타나서 번창했다. 시낭의 출현은 『묵시록』에서 이미 예언된 일이라고 주장한 '복음재해석교회'는 가장 두드러진 예였다. 존 더 리빌러라는 설교사가 북미연방 샌프랜시스코에서 세운 그 기독교 종파는 두 달 사이에 스물이 넘는 나라들에서 1억 가까운 교도들을 모았다고 발표했다. 기독교가 큰 영향력을 가진 사회들에선 악마를 숭배하는 종파들도 여럿 나왔고 많은 교도들을 모았다.

조선에선 미륵불 신앙에 장수 설화가 심어진 '미륵하생교(彌勒下生敎)'가 세력을 폈다. 압둘 김이 실은 시간비행사가 아니라, 잘못된 역사를 바로잡아 민중을 구하려고 나온, 그러나 너무 일찍 나와 반민중 세력에게 살해된, 미륵불이란 것이 그 종파의 교리였다. 시낭이 나타난 곳이 『정감록(鄭鑑錄)』에서 '정씨왕조(鄭氏王朝)'가 세워질 땅으로 일컬어진 계룡산 줄기라는 점이 그런 교리를 더욱 그럴듯하게 만들었다.

어쨌든, 미륵하생교도들로서야 미륵불의 현신을 적당(敵黨)의 손에 놓아둘 수는 없었다. 교단은 압둘 김의 시신을 내놓으라고 조선 정부에 요구했다. 정부로선 물론 거절할 수밖에 없었다. 무엇보다도, 시낭이나 시간비행사에 관한 문제들은 이미 조선 안의 문제들이 아니었다. 인류의 운명이 걸린 터라, 시낭에 관련된 문제들은 국제적 문제들이 될 수밖에 없었고 궁극적 결정권은 '국제연합'으로 넘어간 지 오래였다.

그러자 미륵하생교단은 '신원호법운동(伸寃護法運動)'을 일으켰고 전국의 미륵하생교도들이 대전으로 몰려들었다. 사흘 동안 '조선물리연구소'는 사람들의 물결 위에 뜬 외딴 섬이었다.

부르르 몸이 떨렸다. 그 바람에 입에 넣은 숟가락이 씹혔다. 마음을 가다듬고서, 그는 씹을 것도 없는 음식을 한참 동안 씹어서 넘겼다.

시야를 완전히 덮은 사람들, 맑은 늦가을 하늘 아래 선선한 바람에 나부끼던 울긋불긋한 깃발들, 거대한 짐승의 울음처럼 밀려와서 사그라지고 다시 밀려오던, 그 사람들이 내던 소리들——어릴 적 천주교도였던 어머니를 따라 성당에 다녔지만 종교와는 인연이 깊지 않았던 그는 광신자들이 내뿜는 귀기가 얼마나 무서운지 그때 처음 알았다. 연구소를 지키던, 비교적 훈련이 잘된 군인들도 그 기운에 질린 듯 모두 얼굴이 핼쑥했다.

사흘째 되던 날 저물 무렵, 한껏 흥분된 교도들이 갑자기 움직이기 시작했다. 연구소 안에서 바라보는 사람들에겐 무서운 광경이었다. 한꺼번에 몰려오는 사람들은 한 마리 거대한 길짐승이었고, 연구소는 그들의 먹이였다. 한때는 연구소의 외곽이 뚫려 위험한 지경까지 갔으나, 진압용 헬리콥터까지 지원받은 경비단은 끝내 연구소를 지켰다.

연구소로선 위험한 고비를 넘겼지만, 일이 끝난 것은 아니었다. 혼란 속에서 교도들이 거의 쉰 명이 죽고 수백 명이 다쳤으니, 일이 그대로 마무리되기는 어려웠다. 군인들이 가스 무기들을 쓴 덕분에 총탄에 죽은 사람은 없었다. 죽거나 다친 사람들은 거의 다 가스에 정신을 잃은 사이에 뒤에서 몰려온 사람들에게 밟힌 것이었다. 물론 그런 사정이 실제로는 별 뜻을 지닐 수 없었다. 교도들이 볼 때, 죽은 사람들은 모두 믿음을 지키기 위해 순교한 것이었다. 정부가 한 일은 결국 순교자 마흔아홉을 만들어내서 미륵하생교에 후광을 얹어준 것이었다.

그래서, 비록 미륵불의 현신을 얻진 못했지만, 교단은 '신원호법운동'을 통해서 많은 것들을 얻었다. 교도들이 폭발적으로 늘어났고, 순교자들의 모범이 신앙심을 불러일으켜서, 순교를 자원하는 교도들이 셀 수도 없이 나왔다. 자신을 얻은 교단은 이내 '제2차 신원호법운동'을 일으켜서 미륵불의 현신을 꼭 얻어내겠다고 선언했다.

이번엔 정부에서도 미리 손을 썼다. 경찰청의 간부들이 교조 강운 대종사를 개성 진봉산(進鳳山)의 미륵사로 찾아가서 담판을 벌였다. 경찰이 교단과 교조의 약점들을 쥐고 있어서, 어렵지 않게 타협책이 나왔다. 그 약점들이 무엇인지는 알려지지 않았지만, 일곱이란 숫자를 좋아하는 조선 사람들에게 마흔아홉이란 숫자가 지닌 주술적 힘을 이용하려고, 교단에서 크게 다친 교도들을 치료하지 않고 내버려두어서 순교자 셋을 더 만들었다는 얘기가 흘러나왔다. 사정이 어찌 되었든, 교단에선 '제2차 신원호법운동'을 예정대로 일으키되, '건설적 사업'으로 원력(願力)을 전환하여 계룡산에 '조선미륵대찰'을 짓기로 했다. 정부에선 다섯 해가 걸리리라고 예상된 대찰의 창건에 적극적으로 협조하고, 대찰이 서면, 미륵불의 현신이 그곳에 안치되도록 주선하기로 약속했다. 그동안 미륵불의 현신은 보존 시설이 가장 잘된 '조선물리연구소'의 특별 시설에 그대로 보관하기로 했다.

그렇게 되자, 미륵하생교는 세력이 더욱 커졌다. 특히, 이미 나온 경전인 『미륵하생묵시경(彌勒下生默示經)』에 더해서 『미륵상생묵시경(彌勒上生默示經)』이 반포되자, 교세는 정말로 마른 들판의 불길처럼 뻗어나갔다. 계룡산에 '조선미륵대찰'이 세워지고 교도들의 원력이 쌓이면, 미륵불의 제2현신이 훨씬 거대한 시낭을 타고 나타나서, 대찰 옥상에 있는 용화탑(龍華塔) 아래에서 법회를 세 번 연 다음, 신심이 깊은 순서대로 교도들을 그 시낭에 태워 도솔천(兜率天)으로 데려가서 지금은 상상도 할 수 없는 의술로 8만 년씩 살도록 한다는 것이 『미륵상생묵시경』의 골자였다. 시낭의 출현으로 뿌리째 흔들린 세상에서 미륵하생교가 빠르게 뻗어나간 것은 당연했다. 그가 떠나올 때, 정부의 공식 추계로도 교도들이 6

백만 명을 넘었다.

반면에 시낭의 출현을 교리에 따라 매끄럽게 설명할 수 없었던 기성 종교들이나 종파들은 모두 영향력이 줄어들었다. 기성 종교들 가운데 유일하게 교세가 커진 종파는 시낭을 '인류를 유혹하려고 악마가 만든 물건'이라 선언하고 당장 없애야 한다고 주장한 '여호와의 증인'이었다.

물론 모든 사람들이 그렇게 세상의 종말이 닥친 것처럼 행동했던 것은 아니었다. 시간여행의 발명을 인간의 능력을 넓힌 일로 여긴 사람들도 있었다. 시낭의 출현을 진화의 산물로 본 사람들도 있었다. 생물이 대체로 식물에서 동물을 거쳐 사람으로 진화해온 것은 1차원적 생물에서 3차원적 생물로 발전한 것으로 볼 수 있다는 얘기였다. 식물은 대개 한곳에 뿌리를 내리고 줄기를 뻗으니, 선을 이용하는 1차원적 생물이었다. 동물은 지구를 둘러싼 얇은 막인 생물권을 이용하는 2차원적 생물이었다. 사람은 지구를 벗어나 우주 공간을 마음대로 이용하는 3차원적 생물이었다. 그런 관점에서 보면, 시간여행을 이용하는 사람들은 시간 속을 마음대로 움직이는 4차원적 존재였고, 시낭의 출현은 지구 생명체의 진화에서 필연적으로 나온 현상이었다. 따라서 역사가들이 잘못된 역사 해석을 바로잡아 새로운 사서를 쓰듯, 이제는 시간비행사들이 잘못된 역사를 바로잡아 새로운 역사를 만들어야 한다고 그들은 주장했다.

'가마우지'가 작동하자마자 그가 시간여행을 떠난 것은 그런 사정 때문이었다. 시간여행도 자연 법칙을 이용한 기술이며 핵융합 발전이나 유전공학 같은 문명의 다른 이기들과 마찬가지로, 잘못 쓰이면 재앙이 되나, 잘 쓰이면 삶을 보나 낫게 만들 수 있다는 것을 사람들에게 보여줄 필요가 있었다. 자연스럽게 그는 '국제연합'과 모든 정부들의 적극적 지원 아래 세계적 영웅이 되었다. 한 일이 없이도 '시간 줄기의 수호자'라는 이름을 얻었고, 콜럼버스나 닐 암스트롱에 비겨졌다. 그런 이름은 물론 그의 마음에 견디기 어려울 만큼 무겁게 얹혔으나, 그로선 어떻게 해볼 도리가 없었다.

'시낭이 없어졌다는 것을 알고서, 사람들은 어떻게 느꼈을까? "시간 줄기의 수호자"가 시간 줄기를 제대로 지키지 못했다는 것을 알고서, 사람들은 무슨 생각을 했을까? 무슨 욕을, 무슨 저주를 퍼부었을까?' 부끄러움이 그의 마음을 벌겋게 물들였다. 부끄러움만은 언제나 새롭게 다가왔다.

'그리고 내가 먹을 욕들을 대신⋯⋯' 그에게 퍼부어질 비난을 대신 뒤집어써야 할 사람들에게 생각이 미치면서, 단단한 아픔의 덩이가 가슴을 치받았다.

아픔에 문득 두려움이 덮였다. '마침내는 내 아이까지⋯⋯ 아비의 더러운 이름이 불쌍한 내 딸아이에게까지⋯⋯'

억지로 식량 봉지를 비우고 나서, 그는 타다 남은 나뭇조각들을 한데 모았다. 합성수지로 된 봉지를 태우려는 것이었다. 합성수지 숟가락은 쓸모가 있을 것 같아서, 세면도구대에 넣었다.

물론 합성수지처럼 이 세상에 없는 것들은 함부로 버릴 수 없었다. 후세의 고고학자가 몇백 년이나 몇천 년의 지층에서 합성수지로 된 물건을 발견하면, 역사는 갑자기 뒤죽박죽이 될 터였다. 이

쉬트반 모우리츠의 말대로, "역사는 모순을 싫어했다." 역사가 그런 착시물(錯時物)을 어떻게 처리하는지는 확실치 않았다. 그렇게 뚜렷한 착시물이 존재한다는 사실 자체가 '찬드라굽타 치'를 넘는다는 설부터 역사는 주머니 속에 물건을 넣듯 자신의 피륙으로 그런 착시물을 싸버려서 후세에 영향을 미치지 않도록 한다는 설에 이르기까지 여러 주장들이 나왔다. 물론 귀결이 나지 않는 논쟁이었지만, 어떤 설이 맞든, 역사가 골치를 썩일 일임은 틀림없었다. 역사의 피륙이 비록 튼튼하기는 하지만, 역사에게 조그만 짐이라도 주는 일은 결코 조그만 일이 아니었다. 시간여행이 발명된 뒤로는 '시간 줄기를 지켜라'가 첫번째 계명이 되었다.

타다 남은 나뭇조각들을 모아 피웠으므로, 오늘은 불이 생각보다 쉽게 붙었다. 어젯밤과는 달리 살갗에 따갑게 닿는 불기운을 피하면서, 그는 제대로 타지 않고 지글거리는 합성수지 봉지를 부지깽이로 찍어서 불더미 속으로 넣었다.

'함장님께선 이 일을 어떻게 수습하실까? 어쩌면 이미 문책을 당해 물러나셨는지도 모르지……'

그의 마음속에 다른 가능성이 환한 빛덩이로 떠올랐다. '아, 그렇지. 시낭이 없어진 것만 갖고선 무슨 일이 일어났는지 잘 알 순 없지. 그렇다면, 시낭이 없어졌다는 사실을 사람들이 재앙으로 받아들이지 않을 수도 있겠다. 시간여행 중에 사고를 당해서, 시간 줄기에 충격을 주지 않는 채, 그냥 사라질 수도 있으니까.'

한결 밝아진 마음으로 그는 식량 봉지를 말끔히 태우는 일에 마음을 쏟았다. 합성수지가 검게 녹아 붙은 부지깽이까지 다 태웠다.

"이만하면……" 사그라진 불더미를 내려다보면서, 그는 만족스럽게 중얼거렸다. "이만하면, 후세의 고고학자들이 확대경으로 살펴더라도……"

다시 짐을 꾸리고 자신이 묵었던 자취를 지운 다음, 그는 동쪽에 있는 240미터 봉우리로 올라갔다. 갈 길을 살피려는 생각이었다. 길이 가파르지도 않고 빨리 걷는 것도 아닌데, 이내 숨이 찼다. 봉우리에 올라서서 배낭을 벗자마자, 그는 땅에 주저앉아 숨을 몰아쉬었다. 온몸이 땀으로 젖었는데도, 몸이 풀리지 않고 탈진한 것처럼 자꾸 까라졌다.

숨을 돌린 다음, 쌍안경으로 둘레를 살펴보았다. 농사철이어서 그런지, 가까이엔 사람들이 보이지 않았다. 멀리 앞쪽으로 내려다보이는 골짜기에 집이 대여섯 채 있었다. 지도에 다리골로 나온 마을이었다.

"아, 사람들이구나." 초점을 맞추자, 좁다란 들판에 있는 사람들이 눈에 들어왔다.

잠시 쌍안경을 내렸다가 다시 눈에 댔다. 가슴을 채운 반가움에 고마움이 섞이는 것을 느끼면서, 그는 그 사람들을 자세히 살폈다. 모두 흰옷을 입고 머리에 삿갓 비슷한 것들을 쓰고 있었다. '논에서 무슨 일을 하는데…… 아, 모를 내는 모양이구나.'

사람들이 흙탕물 속에 들어가서 허리를 구부리고 일하는 모습을 살핀 다음, 그는 쌍안경을 내렸다. '모를 낸다면, 지금은……'

팔뚝으로 눈두덩을 문지르고서, 그는 벼농사에 관한 지식을 더듬었다. '조선조 전기? 빨라도 고려조 후기겠지?'

어저께 논이 있음을 보고, 그는 이 세상이 아무리 빨라도 기원전 10세기 이후의 세상임을 알았다. 3천 년으로 줄어들었던 시간대가 이제는, 넉넉잡아서, 천 년 안쪽으로 좁혀진 셈이었다.

'천 년이라……' 그는 두근거리는 마음으로 배낭을 메었다. '천 년이면, 순간이나 마찬가지지. 육천오백만 년 전으로 가던 시간여행에서야 순간이지.'

얼마 가지 않아서, 다리골로 가는 조그만 산길이 나왔다. 산길을 따라 좀 내려간 곳에 밭이 있었다. 쌍안경으로 가까이에 사람이 없음을 확인한 다음, 그는 조심스럽게 그곳으로 내려갔다. 밭둑에 골라낸 돌들이 수북이 쌓인 산전이었는데, 보리가 익고 있었다. 보리 둘레에 수수와 콩이 심어져 있었다. 아래쪽 밭엔 낯선 작물이 심어져 있었다.

'무얼까? 조? 조 같기도 한데.' 그는 실제로 조를 본 적은 없었다. 사진에서 본 조의 모습에선 탐스러운 이삭만 기억에 남았으므로, 잎새만으로 확실하게 말할 수는 없었다.

그러나 중요한 것은 거기 심어진 작물들이 아니었다. 조선 땅엔 마땅히 있어야 했으나 없는 작물들이었다. 자세히 살펴보아도, 감자나 고구마는 없었다. 옥수수도 고추도 담배도 없었다.

그는 만족스럽게 고개를 끄덕였다. '임진왜란 뒤에 들어온 작물은 하나도 없구나. 분명 지금이 제철일 텐데…… 하지만, 우연히 그것들이 이곳에 심어지지 않았을 수도 있잖은가?'

잠시 망설이다가, 그는 길을 따라 내려갔다. 산자락을 돌아서자, 비탈에 일군 밭 한 뙈기가 나왔다. 보리밭이었는데, 한쪽은 막 벤

듯 낫 자국이 아직 뚜렷했다. 그 한쪽에 콩하고 배추 비슷한 채소가 심어져 있었다. '이렇게 되면, 임진왜란 이후에 들어온 작물들이 하나도 보이지 않는 사실을 우연이라고 보긴 힘든데……'

문득 생각 하나가 떠올라서, 그는 밭 둘레를 살폈다. '그러고 보니, 망초가 없구나. 이런 데선 흔히 볼 수 있는 망초가. 또 뭐가 없나? 그렇지. 달맞이꽃도…… 하긴 외래종 나무도 보지 못한 것 같은데. 아직까지 아까시나무를 보지 못했지.'

그는 입맛을 다셨다. '그러면 어떻게 되나? 이 세상이 개화기 이후는 아니란 것이 확실해졌지. 좀더 과감하게 말하면, 십칠 세기 이후가 아니란 것이. 그러면 십이삼 세기에서 십륙칠 세기 사이란 얘긴데……' 성취감이 가슴 밑바닥에 묵직하게 고이고 있었다. 시간비행사가 자신이 좌초한 곳이 어떤 세상인지 혼자 알아낸다는 것은 쉬운 일이 아니었다. 실제로 시간대를 6백 년 안쪽으로 좁힌 것은 작지 않은 성취였다.

'육백 년이라. 좀더 좁힐 길은 없을까?' 그는 잠시 생각해보았다. 찾아보니, 길은 여럿이 있었다. 비석 같은 것을 보면, 꽤 정확하게 연대를 짚을 수 있을 터였다. 심어진 작물들로 판단하더라도, 조금 더 확실하게 연대를 짚을 길이 있었다. 한반도에서 목화 농사가 시작된 때는 아주 정확하게 알 수 있으니, 지금 이곳에서 목화가 재배되는가 알아보면 되었다.

'하기야 비석이나 목화를 찾지 않더라도……' 실은 그는 이미 지금이 어느 시대인지 자신 있게 짚을 수 있었다. 논리적으로 지금은 1578년이어야 했다. 시간여행을 할 때, '가마우지'가 5백 년마다 정상 시공으로 나오게 되었다는 점, 저번 여행에서 처음 나온 정상 시공에 좌초했으므로 고장 형태가 비슷한 이번에도 그랬을 가능성이 높다는 점, 12세기에서 17세기 사이의 시간대는 '가마우지'가 처음 나왔어야 할 정상 시공을 포함한다는 점 따위를 생각하면, 1578년은 고려될 수 있는 시간대에서 '두드러진 지형'이었다. 그가 21세기를 떠난 것이 6월 10일인데, 지금 이곳이 한여름이란 사실도 '가마우지'가 정확하게 5백 년 전의 세상으로 나왔음을 가리켰다.

"일천오백칠십팔 년 유 월 십 일이라…… 아니, 십일 일이지." 문득 푸근해진 마음으로 그는 중얼거렸다.

마음이 푸근할 만도 했다. 자신이 좌초한 세상이 어떤 세상인가 좀더 잘 알게 된 것도 마음이 든든해지는 일이었지만, 18세기나 19세기가 아니라, 임진왜란 이전의 세상이란 것이 마음을 한결 든든하게 했다. 이 세상과 21세기 사이에 5백 년의 거리가 있으며 그 사이엔 임진왜란과 개화기라는 큰 사회적 변동들이 높은 산줄기들처럼 솟아서 그의 모습을 21세기로부터 가려준다는 사실이 땡볕을 가려주는 활엽수의 너그러운 그늘처럼 그의 불안한 마음을 쓰다듬었다.

'불행 중 다행이라고 해야 하나?' 그 물음에 답하는 것처럼, 한결 가벼워진 걸음으로 산길을 되짚어 오르는 그의 등 뒤에서 산새 한 마리가 맑은 목청을 높였다.

7

'별이 많기도 하다.' 맑은 밤하늘을 올려다보면서, 언오는 탄식하듯 생각했다. 21세기에선 보기 힘들던 하늘이었다. 물론 우주 정거장들이나 월면 기지들에서 사는 사람들은 훨씬 많은 별들을 볼 수 있었지만.

강 건너 산 위에 북두칠성이 걸려 있었다. '저 별빛이 이십일 세기엔 오백 광년 밖을 지나겠지. 오백 년 묵은 별빛이 되어서……'

'묵은 별빛'이란 표현이 그럴듯해서, 그는 입가에 흐릿한 웃음을 띠었다. 그 조그만 동작이 힘들게 느껴졌다. 하긴 소리 내어 웃을 기운은 그만두고라도, 입을 크게 벌릴 기운도 없는 것 같았다. 온몸이 마른 것처럼 물만 당기고, 두 끼를 굶었는데도, 밥 생각이 없었다.

'묵은 별빛……' 생각이 다시 지금 그가 놓인 처지로 옮겨갔다. 그는 두 손을 펴서 모닥불에 쬐었다. 불기운이 괜찮기도 했지만,

열이 꽤 높은지 몸이 으슬으슬했다.

'아직까지 자지 않고 앉았을 사람은 없겠지.' 고개를 들어 보이지 않는 앞쪽을 바라보았다. 이곳은 매방산(梅芳山) 서쪽 산골짜기였다. 골이 빗물에 깊게 팬 데다 왼쪽에서 내려온 산자락으로 가려져서, 강 건너 마을에선 이곳의 불빛이 바로 보이지 않을 터였다.

'어떻게 한다?' 불더미에서 굴러나온, 타다 만 나무토막들을 부지깽이로 밀어 넣으면서, 그는 벌써 몇 번이나 자신에게 던진 물음을 다시 던졌다. 낯선 세상에 좌초한 일로부터 받은 충격이 차츰 가셔가자, 살아갈 일을 생각할 여유가 생겼다. 처음엔 자신의 생존보다도 자신의 출현이 이곳의 역사에 줄 충격을 더 걱정했지만, 어느 사이엔가 살아가는 일이 그의 마음에서 큰 자리를 차지하게 되었다.

'몸만 제대로 움직여도……' 사소하지만 그로선 풀기 어려운 문제들에 부딪칠 때마다, 그는 자신이 야외에서 살 준비가 전혀 되어 있지 않다는 사실을 절실하게 느꼈다. 몸이 점점 약해지고 쉽게 회복될 가망도 없어지자, 그 사실이 점점 마음을 조여왔다. 그는 본질적으로 문명인이었다. 발달된 기술과 풍부한 에너지를 바탕으로 삼아 유기적으로 이루어진 문명사회에서만 살아갈 수 있는 사람이었다. 로빈슨 크루소가 아니었다.

'로빈슨 크루소……' 그는 다시 흐릿한 웃음을 입가에 띠었다. '그 친구도 문명에서 완전히 벗어나 혼자 힘으로 생존했던 건 아니잖나. 필요한 걸 대부분 난파선에서 가져왔으니. 게다가 결국 구출되어 문명사회로 돌아갔으니, 내 처지와는 달라도 한참 다르지.'

그는 목이 마른 것을 참고 마른침을 삼켰다. '무엇보다도 그 친구는 십칠 세기 사람이었지. 십팔 세기 사람이었던가? 어쨌든, 산업혁명 이전의 사회에서 살았고. 그것도 힘들기 그지없는 돛배를 탔지. 난 극도로 분화된 이십일 세기 사회에서 아주 특수화된 일만 했잖나. 잡지 기자란 직업이 야외 생활과는 거리가 멀고. 군대도 하필이면 해군에서, 그것도 잠수함에서…… 하기야 내가 이렇게 된 것부터가……' 그저 서글프다는 것밖엔 별다른 뜻이 담기지 않은 한숨이 나오면서, 그의 마음은 그가 이 세상에 나오게 된 내력을 더듬기 시작했다.

그가 시간비행사가 된 것은, 거슬러 올라가면, 그가 잠수함을 탔다는 사실에서 비롯했다. 그는 2069년에 해사를 나와 이듬해부터 잠수함을 탔다. 2074년엔 대위로 진급했는데, 바로 그해 겨울에 교통사고를 당했다. 핵잠수함 '한산도호'가 남중국해까지 나갔다 돌아온 다음 날이었다. 원산 어영담로(魚泳譚路)의 술집에서 동료들과 나오다가, 그는 빙판길에서 미끄러진 자동차에 치일 뻔한 젊은 여자를 구하고 자신은 발을 치었다. 별것 아닌 수술이 어떻게 잘못되어서, 재수술을 받았는데, 끝내 왼발을 조금 절게 되었다. 그것으로 언젠가는 자신의 잠수함을 지휘해보겠다던 그의 오랜 꿈은 끝났고, 육상 근무를 하는 대신 그는 군복을 벗었다.

오래전 일이었지만, 그 일을 떠올리게 되면, 아직도 어처구니없다는 생각이 들었다. 교통 전산망의 지휘를 받아 자동으로 움직이는 비행차들만이 다니는 시대에서, 사람이 직접 모는 자동차는, 박물관이 아니면, 구경하기도 쉽지 않았다. 하물며 그 낡은 기계를 도심까지 몰고 나온 사람이랴. 그로선 시꺼먼 매연을 내뿜는 20세기의 유물을 모는 일에서 즐거움을 얻는 사람들의 마음을 헤아리기 어려웠다. 그것은 '창조적 시대착오'에도 끼기 어려웠다. 어쨌든, 그런 차에 치일 가능성은 무시해도 좋을 만큼 작았다. 그리고 비록 신경과 힘줄이 많이 다쳤다곤 해도, 그가 받은 수술은 최신형 치료 로봇에겐 쉬운 수술이었다. 그런 수술이 두 번이나 실패할 확률은 실질적으로 '0'이었다. 그렇게 확률적으로 일어나기 어려운 일들이 자신에게 겹쳐서 일어난 것이었다.

다행히, 다음 일자리는 쉽게 찾을 수 있었다. 2070년대는 조선 사회가 활력을 찾았을 때였다. 2043년의 통일로 거의 한 세기에 걸친 남북조 시대가 끝난 뒤, 이질적 사회들이 하나로 되는 과정에 어쩔 수 없이 따랐던 혼란과 침체에서 조선 사회가 마침내 벗어난 것이었다. 마침 과학소설을 주로 싣는 『만일에』라는 월간 잡지에서 취재 기자를 쓰려 한다는 얘기를 들었다. 과학소설을 즐겼던 터라, 그는 마음이 끌려서 개성에 있는 그 잡지사를 찾아갔다. 그리고 과학 기사를 쓰는 일을 맡았다.

한번은 '22세기를 지향하는 과학 기술'이란 세미나를 취재하다가, 과학기술부에 다니는 고등학교 동창생과 술을 마셨다. 그 친구의 얘기에서 그는 대전의 '조선물리연구소'에 무슨 일이 있다는 느낌을 받았다. 그 친구는 흥분을 가까스로 누르는 모습이었고 "이젠 물리학에 혁명이 일어날 때가 됐다"는 얘기를 여러 번 했다.

그 친구와 헤어지자, 그는 편집장에게 전화를 걸어서 간략하게 상황을 설명했다. 그리고 그 길로 대전으로 내려갔다. 특종의 예감으로 한껏 부푼 가슴으로. 2077년 6월 28일 밤이었다.

아직 새벽 안개가 덜 걷힌 '조선물리연구소' 정문은 육군 헌병들이 지키고 있었다. 헌병들은 연구소 안으로 들어가는 모든 차량들을 검색했다. 그의 가슴이 흥분으로 거세게 뛰었다. 민간 연구소를 군인들이 지킬 만한 일이라면, 분명히 예사는 아니었다. "이젠 물리학에 혁명이 일어날 때가 됐다"던 동창생의 얘기가 귓전을 맴돌았다.

그가 착검한 소총을 든 헌병에게 취재하러 나온 잡지 기자라고 밝히자, 초소 안에서 중위가 나왔다. 그의 신분증을 손에 쥔 채 그의 얘기를 잠자코 들으면서, 중위는 그를 저울질하는 눈길로 훑어보았다. 그가 얘기를 마치자, 중위는 연구소는 출입이 통제되고 있으니 먼저 과학기술부의 허가를 받아 오라고 했다. 그리고 공손하나 결연한 몸짓으로 그의 신분증을 돌려주었다.

'그때 그냥 돌아섰으면, 내가 지금 이렇게……' 잃어버린 세상을 향한 그리움이 가슴을 저릿하게 움켜쥐는 것을 느끼면서, 그는 뗏목을 만들 나무에서 잘라낸 생나무 토막 하나를 불더미 위에 올려놓았다. 뒤쪽 산줄기에서 나는 산새 울음에 그의 가슴이 저려왔다.

특종 기사가 실린 『만일에』 8월호의 모습이 눈앞에 어른거려서, 그는 그곳을 떠날 수가 없었다. 점심을 거른 채, 땡볕 속에서 한나절을 서성거렸다. 신통한 수가 생각나지 않아서, 요기나 하려고 근처 음식점들을 살피는데, 우주군 대위가 군용차를 타고 연구소로 들어갔다. 멀리서 언뜻 보았지만, 낯이 익었다. 기억을 더듬어보니, 그와 함께 '황주'에 탔던 해사 한 해 후배였다.

"그러면 그렇지. 지성이면 감천이라고……" 득의에 차서, 그는 주먹 쥔 팔을 휘저었다.

마침내 그 후배와 연락이 되었고, 그 후배의 도움을 받아, 연구소 안으로 들어갈 수 있었다. 연구소는 꽤나 부산했다. 공기 조절도 제대로 되지 않아서 후텁지근하고 냄새나는 임시 건물 속에서 민간인들과 군인들이 뒤섞여 정신없이 일하고 있었다. 대기실 비슷한 곳에서 반 시간은 기다린 뒤에야, 그는 정기덕 장군 방으로 안내되었다. 그 후배는 정 장군의 부관이었다.

정 장군은 2073년에 우주군 준장이 되어 새로 만들어진 우주 정거장 '청해진호'의 사령관이 되었다. 우주군엔 잠수함 승무원 출신 요원들이 많았다. 바깥으로 나갈 수 없는 좁은 공간에서 고도로 훈련된 일을 해야 하고 외부와의 접촉이 끊긴 채 한꺼번에 오래 근무해야 한다는 점에서, 우주 정거장과 가장 비슷한 것이 잠수함이었다. 뛰어난 잠수함 함장이었던 정 장군이 '청해진'의 사령관으로 뽑힌 것은 자연스러웠다. 정 장군이 아직 '청해진'에 있는 줄로 알았던 그는 민간인 차림의 정 장군을 보고 적잖이 놀랐다.

정 장군은 잠자코 그의 얘기를 들었다. 그리고 그에게 좀 기다리라고 말했다.

그는 부관과 함께 대기실에서 기다리다가 식당에서 저녁을 들었다. 자정 가까이 되어서, 부관이 전화를 받더니, 비로소 환한 웃음을 지었다. "이제 됐습니다, 형님."

그의 신원 조회가 끝나고 비밀취급 인가가 났다는 얘기였다. 부관은 그를 상황실로 안내했다. 그리고 '조선물리연구소'에서 일어난 일에 대해서 설명하기 시작했다.

이튿날 아침 정 장군은 그에게 '두더지 사업'에 참여하라고 권했다. 그렇지 않아도, 시간비행사 요원을 구하려던 참이었다면서. 말이 권유였지, 실제로는 명령이었다. 초특급 비밀을 알게 된 터라, 거절하면, 연금될 것이 뻔했다.

정 장군의 권유를 받는 순간, 그의 머릿속으로 안타까운 생각이 스쳤다. '다 잡은 특종을 이렇게 놓치는구나.'

정 장군이 그를 시간비행사로 뽑은 까닭은 분명치 않았다. 정 장군이 믿을 만한 사람이었다는 것이 그의 가장 큰 장점이었을 터였다. 그가 시간비행사의 자격을 제대로 갖추었다는 점도 있었다. 시낭에 여러 모로 가까운 기계인 잠수함을 탄 적이 있었고 과학 기사를 쓰는 기자고 예편한 뒤 '개성국립대학교'에서 한 해 동안 과학사를 청강해서 과학에 대한 지식도 어느 정도 갖추었다. 갓 결혼해서 시간 줄기를 지킬 마음이 크리라는 점도 보탬이 되었을 터였다.

"난 지금 자네의 도움이 필요하네," 그에게 등을 보이면서 창밖을 내다보던 정 장군이 나직이 말했다. 그리고 몸을 돌려 그를 바라보았다. "도와주겠나?"

"알겠습니다, 함장님," 소파에서 벌떡 일어서는 순간, 마음을 채 정하기도 전에, 엉겁결에 말이 먼저 나와버렸다. 그는 옛 상관에게 반사적으로 거수경례를 했다.

'함장님께서 권하셨더라도, 내가 굳이 사양했다면…… 과연 내가 그때 사양할 순 없었을까?'

그가 정 장군의 제의를 그렇게 선뜻 받아들인 것은 자신의 잠수함을 지휘해보지 못하게 된 데 대한 보상 심리가 적잖이 작용했을 터였다. 21세기 최초의 시간비행사가 되는 일에 따르는 매력이 대단했지만, 역시 그것이 가장 큰 요인이었다.

그날로 그는 연구소에 갔었다. 아직 시낭의 출현이 공표되기 전이었다. 아내와 잡지 편집장에겐 취재가 오래 걸릴 듯하다는 전화로 끝냈다.

다시 떠오른 아내와 아이 생각을 누르면서, 그는 왼발 뒤꿈치에 생긴 물집을 살짝 쓰다듬었다. 떠나오기 며칠 전에 새로 받은 신이어서, 아직 덜 길들여진 것이었다. 발갛게 부풀어 오른 물집을 따고 싶어서 손이 근질근질했다. 시계를 보니, 11시가 넘고 있었다. 금강은 2시에 건널 생각이었다.

'아직도 두 시간 넘게 남았으니, 한숨 졸아볼까?' 그는 신을 다시 신고 불 곁에 드러누울 차비를 했다.

8

춥다는 느낌이 또렷해지면서, 잠기가 물러가기 시작했다. 잠시 막막한 시공을 당황히 헤매던 마음이 16세기 금강 상류에 있는 산골짜기 위에 날개를 접고 내렸다. 아직 잠기가 덜 가신 마음을 안도감이 따스하게 적시는 것을 느끼면서, 언오는 본능적으로 숨을 죽이고 바깥 소리들에 귀를 기울였다. 마을에서 떨어진 산이 한밤중에 내는 갖가지 소리들이 한꺼번에 그의 귀로 몰려왔다.

한참 들어보았으나, 그 소리들 속에 위협적으로 느껴지거나 위험을 알리는 소리는 없었다. 왼쪽 등성이 너머에서 들려오는, 좀탁한 산새 소리가 마음을 푸근하게 했다.

눈을 감은 채, 그는 모로 누워 옹송그렸던 몸을 조심스럽게 폈다. 오랫동안 쓰이지 않았던 기계가 움직이기 시작하는 것처럼, 온몸의 살과 뼈들이 삐걱거렸다. 으스스 떨렸다. 다시 움직이기 시작한 기계에서 두껍게 슨 녹 조각들이 떨어져 나가듯, 잠기가 흩어지자, 갑자기 더 추워진 듯했다.

몸을 바로 하고 천천히 손을 뻗었다. 이젠 익숙해진 권총집 인조 가죽의 감촉이 더듬는 손길을 맞았다. 무거운 눈꺼풀을 열자, 별들이 가득한 하늘이 떨어져 내려왔다.

가벼운 충격을 느끼고, 그는 잠깐 눈을 감았다가 떴다. 벌써 여러 번 본 광경이었지만, 별들이 가득 박힌 이 세상의 하늘은 그의 조그만 몸과 마음을 단숨에 삼켜버릴 듯했다. 그 별들이 뜻하는 광막한 시공이 가슴을 눌러서, 숨이 답답해졌다.

마음을 가다듬고서, 그는 모닥불을 살폈다. 불은 없었다. 어두워서 잘 보이지 않았지만, 오래전에 사그라진 듯했다. 눈이 어둠에 익숙해지자, 불을 피웠던 자리에 뒹구는, 타다 만 나무토막들이 드러났다.

'벌써 사그라졌나? 몇 신데?' 다시 배낭을 베고서, 그는 왼팔을 얼굴 가까이 댔다.

'두 시 사십 분? 벌써? 이거 너무 오래 잤구나.' 그는 서둘러 일어나 앉았다. 아까 시간이 좀 남았길래, 눈을 붙여보려고 모닥불 곁에 누웠었다. 까라진 몸이 점점 깊이 까라지고, 잠은 좀처럼 오지 않아서, 한참 동안 좁다란 인조 가죽 깔개 위에서 몸을 뒤치락거렸는데, 그만 잠이 깊이 들었던 모양이었다.

손수건을 꺼내 침침하게 느껴지는 왼쪽 눈에서 젖은 눈곱을 씻어냈다. 어제저녁부터 눈곱이 많이 끼었다. 몸이 나빠지고 있다는 얘기였다. 앉아서 존 것도 아니고 제대로 누워서 두 시간 가까이 잤는데도, 앞머리엔 묵직한 아픔이 검은 못물처럼 고여서 머리가 움직이는 대로 출렁거렸다. 이마를 짚어보니, 열은 아까보다 좀 가라앉은 것 같기도 했지만, 몸은 훨씬 더 까라진 듯했다.

갑자기 바로 뒤쪽에서 어린애가 서럽게 우는 듯한 소리가 났다. 몸이 오싹했다. 무슨 짐승의, 아마도 늑대나 여우의, 울음이리란 생각이 들었지만, 한번 써늘해진 마음은 좀처럼 풀리지 않았다. 그는 서둘러 손전등을 켰다.

깔개를 접어서 배낭에 넣은 뒤, 그는 강이 보이는 곳까지 걸어나갔다. 손가락으로 머리를 빗으면서, 아래쪽을 내려다보았다. 이틀 동안 비와 이슬을 맞으며 잤기 때문에, 머리는 쑥대머리였다.

모래밭을 안고 길게 누운 강이 어둑한 밤 풍경 속에 흐릿하게 드러났다. 뗏목을 만들어서 강을 건널 일이 새삼 아득하게 느껴졌다.

'내가 맘이 이리 약해졌나? 저 강 하날 놓고서…… 지금 몸이 말이 아니긴 하지만,' 다시 침침해진 눈을 손수건으로 씻으면서, 그는 마음속 목소리에 힘을 주어 스스로에게 일렀다. 그러나 자신감은 서지 않고, 강 한가운데서 뗏목을 붙잡고 허우적거리는 자신의 모습만 떠올랐다.

'도리가 없나? 강은 당장 건너야 하고. 몸은 이렇고. 천생 정심환을 먹어야 하나?' 판단이 서지 않아서, 그는 한참 망설였다. 어떻게 해서든지, 약을 먹지 않고 이 고비를 넘기고 싶었다. 그러나 그냥 강을 건널 자신이 없었다.

마냥 머뭇거릴 수는 없었다. 그는 배낭이 놓인 곳으로 돌아와서 구급낭을 꺼냈다. 빨간 알약은 어둠 속에서 검은 독약처럼 느껴졌다.

정심환은 하루에 네 알을 복용하도록 되어 있었다. 신체 조건이 정상적일 때에도, 여덟 알이 최대 복용량이었다. 더 많이 복용하면, 영양을 충분히 공급해주어도, 몸이 비축한 에너지를 급속히 소비해서 탈진했다.

수통을 다시 배낭에 넣은 다음, 그는 자신이 묵었던 자취를 지웠다. 타다 만 나무토막들 가운데 불쏘시개로 쓸 만한 것들을 골라서 배낭에 넣고, 나머지는 아래쪽 덤불 속으로 던져버렸다. 신으로 흙을 긁어모아서 재를 대강 덮은 다음, 오른쪽 비탈에서 내려와 옆으로 뻗어간 칡덩굴들을 끌어와서 가려놓았다.

낮에 메었을 때보다 훨씬 무겁게 느껴지는 배낭을 추스르고서, 그는 칡덩굴로 칭칭 동여맨 나뭇동을 집어 들었다. 뗏목을 만들 나무들이었다.

처음엔 뗏목을 제대로 만들어 타고 건널 생각이었다. 막상 나무를 마련하려니까, 생각했던 것보다 훨씬 어려웠다. 연장이 주머니칼밖에 없다는 것도 작지 않은 문제였지만, 몸이 제대로 말을 듣지 않는 것이 훨씬 큰 문제였다. 뗏목을 만들기 좋고 자르기 쉬워 보이는 소나무 밑동에 칼을 댔다가, 나무에 생채기만 내놓고 그만두었다. 다행히, 봉우리 바로 아래 골짜기가 끝나는 곳에서 나무꾼이 도끼로 찍어 자빠뜨려놓은, 아직 잎새가 덜 시든 소나무 두 그루를 찾았다. 그것들을 뼈대로 삼고 조그만 나무들을 칡덩굴로 얽어 붙이면, 궁색하나마 조그만 뗏목을 만들 수 있을 것 같았다. 그 위에 배낭을 얹고 자신은 그것을 붙잡고 강을 건널 생각이었다.

나뭇동을 끌고 골짜기를 내려가는 일은 생각했던 대로 힘들었다. 골짜기가 가파르게 비탈진 데다가 빗물에 움푹 팬 곳들이 많았다. 칡덩굴과 억새가 우거지고 곳곳에서 찔레덤불이 길을 막았다. 배낭과 권총집이 거치적거리는 데다가 나뭇동의 가지들이 자꾸 덤불에 걸려, 나아가기가 쉽지 않았다. 뱀을 밟을까 봐 풀에 덮인 곳을 디딜 때마다 마음이 조마조마했다.

한참 내려가자, 땀이 나면서, 몸이 풀리기 시작했다. 나뭇동을 끄는 일이 한결 수월해졌다. 그러고 보니, 머리도 맑아진 듯했다. '이제 약 기운이 돌기 시작한 건가? 어쨌든, 좀 살 것 같다.'

아래쪽으로 내려오자, 골짜기는 점점 넓어지고 덜 비탈져서 개울이 되었다. 그러나 나아가기는 오히려 더 힘들었다. 역귀, 방동사니, 갈대 그리고 줄기에 잔가시들이 있고 잎사귀가 예닐곱 쪽으로 갈라진 풀이 개울 바닥을 가득 덮었고 조금 높은 곳엔 찔레덤불과 억새가 무성했다. 게다가 개울가에도 웅덩이들이 많았고 단단해 보이는 땅도 발이 빠지는 수가 많았다.

'누가 이 꼴을 보면, 도깨빈 줄 알겠다. 하긴 도깨비지. 오백 년 뒤의 세상에서 찾아온.' 흐릿한 웃음을 지으면서, 그는 고개를 들어 둘레를 살폈다. 오른쪽 개울둑 위에 버드나무들이 가지를 두껍게 드리우고 서 있었다. 누가 뒤에서 그를 살피는 듯한 느낌이 들면서, 무서움이 왈칵 그를 붙잡았다. 금세 누가 귀기 어린 목소리로 깔깔 웃으면서 나뭇가지 뒤에서 나올 것만 같았다. 뱀이나 산짐승에 대한 두려움과는 다른, 온몸에 소름이 쪽 끼치는 무서움이었다.

그는 나뭇동을 내려놓고 손전등을 왼손에 옮겨 쥐었다. 오른손에 느껴지는 권총집의 묵직함이 마음을 좀 가라앉혔다. 가슴이 거

세게 뛰고 있었다. '내가 별 방정맞은 생각을 다 하는구나. 이런 일에 경험이 없어서, 신경이 너무……'

문득 달이 없다는 것이 생각났다. 달려드는 물것들을 쫓으면서, 그는 하늘을 살폈다. 별빛만 가득했다. 찬찬히 생각해보니, 어젯밤에도 달을 본 기억이 없었다. '그믐이라 달이 없나? 설마 달이 없는 세상은 아닐 테고.'

기억을 더듬어보아도, 떠나올 때 달을 본 것은 생각나지 않았다. 시간여행에선 달의 위치를 고려할 필요가 없었으므로, 배를 탈 때와는 달리, 그는 이번엔 달에 대해선 전혀 마음을 쓰지 않았었다. '그때가 음력으로 며칠이었더라? 그러고 보니, 이 세상에선 음력을 쓰겠구나. 오늘이 음력으로……'

"어이쿠." 한가로운 생각을 하다가, 그는 무슨 덩굴에 발이 걸려 넘어졌다. 잡았던 나뭇동을 놓으면서 두 손으로 앞을 짚었지만, 그는 물풀로 덮인 웅덩이 속으로 고꾸라졌다.

웅덩이는 그리 깊지 않았지만, 몸이 반은 물속에 잠겼다. 그는 허우적거리면서 일어났다. '제기랄, 썩은 물에 목욕을 했구나.' 입안에 물이 들어간 것만 같아서, 그는 여러 번 침을 뱉었다.

웅덩이에서 나오자, 그는 손전등부터 살폈다. 불빛이 여전한 것으로 보아, 이상은 없는 듯했다. 가스총에도 물이 들어갔겠지만, 총탄은 물에 젖어도 괜찮으므로, 나중에 총열을 닦으면 별 문제는 없을 터였다.

손전등을 마른땅에 내려놓고 배낭을 벗었다. 손수건으로 얼굴을 훔치니, 역겨운 냄새가 났다. 물풀이 어지러운, 썩은 물이 고인 웅덩이를 보니, 온몸이 근질거렸다. 당장 옷을 벗고서 씻고 싶었다. 거머리 같은 물벌레가 속으로 들어갔을 수도 있었다. 물론 지금 몸을 씻을 수는 없었다. 신을 벗어 물이나 빼려다가, 소용없을 것 같아서, 그것도 그만두었다.

강이 가까워질수록 나아가기는 점점 힘들어졌다. 이제 개울은 질편한 늪이었다. 조심해서 디뎌도, 발이 개울 바닥에 깊이 빠졌다. 억새와 갈대에 베여서 손에선 피가 났고 땀으로 덮인 얼굴은 풀잎에 긁혀서 와락거리는 데다가, 물것들이 달려들었다.

'이놈의 물것들만 없어도, 좀…… 잠이나 자잖고, 왜 이리 지랄들일까?' 지금 지랄을 하는 것은 그 물것들이 아니라 자신이라는 생각이 들어서, 그는 쓴웃음을 지었다.

'얘기가 잘못되었구나. 하긴 물것들이야 곤히 자다가 갑자기 뛰어든 괴물에 놀란 셈이지.' 그는 웃음을 거두었다. '게다가, 비록 미물들이지만, 이 세상에 존재할 권리가 있지. 나야……'

그는 자신이 이 세상에 억지로 들어온 틈입자라는 사실을 잠시도 잊지 않았다. 그리고 그런 처지에 걸맞게 겸허한 마음으로 살 생각이었다. 더구나 이 세상이 그런 틈입자를 몰아내려 할지 모른다는 두려움이 마음 한구석에 있었다. 그래서 이 세상의 눈길이 자신에게 쏠리는 것이 싫었다. 물것들을 깨운 것도 그가 이 세상에 있다는 것을 알리는 일이었다. 따지고 보면, 물것들은 이 세상의 유기적 부분이었고 이곳의 역사를 짜는 데 들어가는 무수한 올들 가운데 하나였다.

마침내 강가가 나왔다. 개울에서 벗어나 모래밭으로 올라서자,

그는 배낭을 벗고 권총집이 달린 허리띠를 풀었다. 그러고는 숨을 돌리지도 않고 옷을 입은 채, 강물 속으로 들어갔다. 깨끗하고 차가운 물에 얼굴을 씻으니, 살 것 같았다.

강가로 나와서 다리를 씻다 보니, 어느 사이엔가 왼발의 물집이 터져 있었다. 아까는 정신이 없어서, 아픈 줄도 몰랐었다. 어쩌면 약 기운에 그랬는지도 몰랐다. 강을 건넌 다음에 물집을 따고 치료할 생각이었는데, 이젠 어쩔 수 없었다. 강물에 상처를 씻은 다음, 방부제 연고를 바르고 반창고를 붙였다.

숨을 돌리자, 그는 나뭇동을 풀어 뗏목을 엮었다. 벌써 4시가 다 되어가고 있었다. 끌고 올 때는 그리도 무겁고 거추장스러웠는데, 엮어놓으니 뗏목이라 부르기도 뭣할 만큼 작고 초라했다.

배낭을 뗏목 위에 잡아매어 건널 준비를 마치자, 그는 강가에서 뗏목을 만든 자취를 지우기 시작했다. 칡덩굴 부스러기들, 잔솔가지들과 솔잎들을 손에 잡히는 대로 주워서 물에 버리고 개울 바닥에 남은 발자국들을 대강 지웠다.

그렇게 자취를 지우다 보니, 마음이 차분해졌다. 그가 지금까지 자신이 묵었던 자취들을 꼼꼼히 지워온 것은 물론 이곳 사람들로부터 자신의 존재를 감춰야 하는 시간비행사의 책임에서였지만, 깔끔한 것을 좋아하는 그의 성격에서 나온 부분도 있었다. 그는 매사에서 일을 벌이기보다는 깔끔하게 마무리하는 것을 좋아했다. 하다못해 집안일을 할 때도 그랬으니, 음식을 만들 때는 거들지 못해도, 설거지를 할 때는 팔을 걷어붙이고 나섰다. 그의 그런 모습을 보면, 그의 아내는 웃음을 머금고서 그를 '세상에서 설거지를 좋아하는 유일한 남자'라고 불렀다.

생각이 아내에게 미치면서, 아픔과 구분할 수 없는 짙은 그리움이 가슴을 쥐었다. 모래밭에 남은 발자국들을 지우던 발길을 멈추고 그리움과 절망의 물살에 몸을 맡긴 채, 그는 한동안 가만히 서 있었다.

문득 서글퍼졌다. 말할 수 없이 그립기는 해도, 아내가 어쩐지 먼 존재로 느껴졌다. 그녀가 사는 세상이 아득하게 느껴지고 그녀의 배 속에 든 자신의 아이마저 전보다 실감이 훨씬 덜했다.

마음의 어둑한 구석으로부터 시 한 구절이 스산한 바람 한 점으로 다가와서 가슴의 벽을 서늘하게 훑었다.

　　같이할 꿈을 꾸지 못한 세 해로
　　멀어진 사람들……

'한산도호'를 탔을 때, 수측하사관 이성훈 상사에게서 빌려 본 시집에서 읽은 시였다. 헤어진 연인이 자신의 마음속에서 점점 낯선 사람이 되어가는 것을 안타까워하는 시였다. 이 상사의 부인이 몇 해 전에 이혼 소송을 낸 뒤 바로 재혼했으며 이 상사의 일곱 살 된 아들이 제 어머니와 살고 있다는 것을 알고 있던 그는 밑줄이 여러 번 그어진 그 시에서 큰 감동을 받았다.

　　가슴은 아직
　　고집스러운 몸짓으로 거부한다.

그래도 희망이 없음을 아는 듯
돌아서는 몸짓엔 얼핏
허수한 구석이 보인다.
풀죽은 가슴의 늦가을이여.

같이할 꿈을 꾸지 못한 세 해로
멀어진 사람들,
우리는 어느 너그러운 세상에서
어떤 모습으로 만나게 되어 있는지.
엉겁결에 갈라진 길은
점점 사이가 뜨는데.

'세 핸 그만두고, 아직 만 사흘도 되지 않았는데, 벌써……' 안
타깝고 미안한 마음으로 그는 아내의 얼굴을 떠올렸다. 그러나 아
무리 애써도, 그녀의 얼굴도 그녀가 사는 세상의 모습도 또렷이 떠
오르지 않았다. 좀더 또렷이 그려보려 애쓸수록, 그 세상과 자신이
선 곳을 갈라놓은 막막한 시공이 빈 가슴을 더욱 비도록 만들 따름
이었다. 그 비어 있음의 무게가 가슴을 눌러서, 숨이 가빴다.

'같이할 꿈이 없는 사람들로부터 마음은 얼마나 빨리 멀어지는
가. 산다는 게 무언지.' 그는 고개를 숙이고 천천히 저었다. 서글픔
이 가슴 밑바닥에 파란 물로서 잔잔히 고여 있었다.

그런 서글픔에 문득 따스한 느낌이 섞이기 시작했다. '목숨이란
게 원래 그런 거지. 목숨을 가진 것들은 살아가는 데 필요하지 않

은 것들은 잊도록 되었지. 잊어야 할 것이 아내일지라도. 그녀 배 속에 든 자신의 아이일지라도.'

고개를 들어 한참 동안 별들이 가득한 하늘을 살폈다. 아직은 태어나지 않은 21세기의 세상이 자리잡을 공간을 찾는 것처럼. 그 잃어버린 공간에 작별의 눈길을 보내는 것처럼.

한숨을 길게 쉬고서, 그는 모래밭에 남은 발자국들을 마저 지우기 시작했다. 하나하나 꼼꼼히 지웠다. 이미 멀어진 세상과의 질긴 인연에서 올들을 하나씩 풀어나가듯. 그 시의 제목이 '회복기'라는 것이 뒤늦게 떠올랐다.

9

뒤쪽에서 닭 우는 소리가 났다. 이곳에선 보이지 않는 북쪽 마을에서 났지만, 아직 어둠에 덮여 조용히 가라앉은 세상에 그 소리는 밝고 힘차게 울렸다.

뗏목의 뼈대가 되었던 소나무 둥치 하나가 아래쪽 강둑에 걸려 멈추었다가 빙 돌다가 하면서 느릿느릿 내려가는 것을 좀 조급한 마음으로 바라보던 언오는 정신을 차렸다. 그러고 보니, 어느 사이엔가 날이 새고 있었다. 동쪽 하늘이 부연했다. '벌써…… 이러고 있을 때가 아니구나.'

서둘러 배낭을 둘러메고서도, 그는 잠시 그대로 멈춰 서서 강을 바라보았다. 짙어지기 시작한 안개 아래 유장하게 흐르는 강의 모습을 보자, 자신이 강을 건넌 일이 새삼 대견스러워졌다. '이제 고비를 또 하나 넘겼구나.'

그는 강둑 위 좀 높은 곳으로 올라가서 둘레를 살폈다. 이곳은

102

남동, 남서, 북서의 삼면이 금강에 둘러싸여 반도처럼 되었는데, 지도에는 금호리(黔湖里)로 나와 있었다. 그가 선 곳은 북동쪽에서 흘러온 조그만 개울이 강으로 들어가는 곳이었다. 북동쪽의 산자락이 강 가까이 내려와서, 이곳에선 가장 가까운 마을도 보이지 않았다. 강가엔 논들이 있었는데, 모내기가 한창이어서, 어수선했다. 산자락 가까이에 오동나무들과 감나무들이 많이 서 있었고, 그 아래쪽에 보리밭들이 있었다. 군데군데 보리를 베어낸 밭이 보였다.

잘 익은 보리가 눈을 가득 채우면서, 갑자기 배고픔이 검은 기운처럼 빈 배 속에 짙게 서렸다. 그러고 보니, 배고픔을 느낀 지는 한참 된 듯했다. 강을 건너는 일에 마음이 쏠려서, 배고픔을 또렷이 느끼지 못했던 듯했다.

'저 보릴 잘라 갖고 올라가? 빨리 뭘 좀 먹어야 하는데……'

잠시 생각한 다음, 그는 고개를 저었다. 지금은 사람들 눈에 뜨이기 쉬운 이곳에서 어정거릴 때가 아니었다. 한시라도 빨리 이곳을 떠나서 약 기운이 떨어지기 전에 산속으로 들어가야 했다. 먹을 것을 마련하는 일은 급했지만, 사람들 눈에 뜨이지 않도록 깊이 숨는 일은 더 급했다. 보리야 나중에 다른 곳에서 어렵지 않게 구할 수 있을 터였다.

그는 개울을 건넜다. 어제 계획했던 대로 강을 거슬러 동쪽으로 가려는 것이었다. 강가로 난 길을 따라 경부선 매포역(梅浦驛) 자리 쪽으로 4백 미터쯤 올라가면, 강을 따라 뻗은 산줄기로 올라가는 작은 산길이 나올 터였고, 그 산줄기는 금강과 뒤에 경부선이 놓일 골짜기 사이에 솟은 산줄기로 이어졌다. 그 산줄기의 북쪽 끝에 부강(芙江)이 있었다. 그는 이 근처에선 가장 큰 마을일 부강을 피해 뒤에 경부선의 부강 터널이 뚫릴 고개를 지나 동쪽으로 갈 셈이었다. 동쪽으로 이어진 산줄기는 속리산 근처에서 소백산맥에 합쳐졌다.

마음은 급한데, 걸음은 더뎠다. 원래 발을 저는 데다 뒤꿈치의 물집이 터져서 헤어진 왼발에 자꾸 마음이 쓰였다. 산자락이 급하게 비탈진 그대로 강으로 들어가서, 길다운 길도 없었다.

강가로 난 길로 접어드는데, 풀숲에 선 산딸기나무들이 눈에 뜨였다. 아직 제철이 아닌 모양이어서, 산딸기들은 퍼렇거나 노르스름했지만, 눈여겨보니, 불그스름한 것들도 더러 있었다.

배고픔의 억센 손길이 다시 내장을 움켜쥐었다. 생각할 겨를도 없이, 그는 바로 곁에 있는 산딸기나무로 다가가서 불그스름한 산딸기 하나를 따서 입에 넣었다. 제대로 씹히지도 않는 열매가 입안에 고인 침과 함께 목을 넘어가자, 저릿한 느낌이 목에서 배 속으로 퍼졌다. 배 속에 자리 잡았던 배고픔이 갑자기 몸을 일으키더니 미친 짐승처럼 그의 몸을 잡아 흔들기 시작했다. 머리가 어찔해지면서, 귀에서 소리가 났다.

그는 좀 익었다 싶은 산딸기들을 눈에 뜨이는 대로 따서 제대로 씹지도 않고 삼켰다. 익지 않은 열매들이라, 씨만 많고 씹을 만한 살은 없었지만, 배 속의 배고픔은 검붉은 아가리를 벌리고 계속 보챘다.

산딸기를 찾아 풀숲을 한참 헤맨 뒤에야, 그는 정신을 차렸다. '이래선 안 되지. 산딸기로 해결될 문제가 아닌데……'

억지로 마음을 추스르고서, 그는 다시 걷기 시작했다. 그러나 산딸기로 해서 깨어난 배고픔은 수그러들지 않았다. 배가 아파오고 마음속엔 먹을 것 생각만 가득했다. 참아보려 애썼지만, 참기가 어려웠다. 하긴 참기만 해서 될 일도 아니었다. 빨리 무엇을 먹어서 '정심환'이 마구 뽑아낸 에너지를 늦기 전에 채워주어야 했다.

마침내 산등성이로 올라가는 산길이 나왔다. 눈여겨보지 않으면, 그냥 지나치기 쉬울 만큼 작은 길이었다. 그는 배낭을 내려놓고 신을 벗었다. 왼발을 살펴보니, 반창고는 물집이 터진 곳에서 옆으로 밀려났지만, 상처가 더 커진 것 같진 않았다.

숨을 돌리면서, 그는 곧장 위로 난 가파른 산길을 올려다보았다. 문득 마음이 막막해졌다. 아직 기운은 좀 남아 있었지만, 가파른 산길을 타고 올라갈 마음은 선뜻 나지 않았다. 그리고 더 참기 어려울 만큼 배가 고팠다.

'배가 이리 고플 수가 있나?' 배가 정말로 고팠던 적이 없었던 그로선 이렇게 배를 쥐어짜는 듯한 배고픔은 새로운 경험이었다. '빨리 뭘 좀 먹어야 하는데, 산속에 과연 먹을 것이 있을까?'

한참 생각해봐도, 산속에서 구할 만한 것은 떠오르지 않았다. 기껏해야 나무 열매나 버섯 따위였다. 운이 좋으면, 가스총으로 짐승을 잡을 수 있겠지만, 실제로 사냥을 해본 적이 없는 터라, 자신이 없었다.

아까 본 보리밭이 눈앞에 떠오르면서, 누렇게 익은 보리 이삭들이 무척 먹음직스러운 모습으로 다가왔다. '지금 무턱대고 산속으로 들어갈 순 없잖나?' 입안에 고인 침을 삼키면서, 그는 자신에게

동의를 구했다. '그 보릴 잘라 갖고 올라가는 게 옳잖을까?'

'무슨 소리야?' 다른 목소리가 냉큼 대꾸했다. '빨리 이곳을 떠나야지. 벌써 날이 다 밝았는데.'

그는 갑자기 초조해진 마음으로 강 건너편 마을을 바라보았다. 두 집에서 연기가 오르고 있었다.

"그래도 그 길밖엔 없는데," 그는 신음하듯 중얼거렸다. 눈앞에 어른거리는 보리 이삭들이 하도 먹음직스러워서, 그냥 있기가 힘들 지경이었다.

'만일 이러다가 산속에서 탈진하게 되면……' 산속에서 탈진하게 되면, 목숨만 위험한 것이 아니었다. 더 큰 위험은 몸에 지닌 21세기의 물건들을 제대로 없애지 못해서 이 세상에 착시물들을 남기는 것이었다.

'착시물을 남기지 않기 위해서라도……' 그는 마음을 정했다. '돌아가서 보릴 조금 잘라오자. 사람을 만나게 되면, 그때 상황에 따라 처리하고.'

배고픔이 재촉하는 바람에, 그는 왼발에 마음을 쓸 겨를 없이 뛰다시피 걸었다. 마음은 벌써 보리밭에 가 있었다.

'그런데 보린 어떻게 먹나? 그릇이 없어서. 익혀 먹을 길이 마땅찮은데.' 바삐 걸으면서, 그는 배낭 속에 든 물건들을 하나씩 꼽아보았다. 그릇으로 쓸 만한 것은 역시 없었다.

'할 수 없지. 불을 피우면, 무슨 수가 생기겠지. 정 안 되면, 날로 먹어도 되고. 일부러 생식하는 사람들도 있는데. 나중에 소화제를 먹으면 되고. 지금 같아선 산딸기 씨까지 소화시킬 것 같다.'

곧 아까 뗏목을 밀고 닿았던 곳이 나왔다. 마을 쪽에서 개 짖는 소리가 아득히 들려왔다. 아직 사람들의 모습은 보이지 않았지만, 마음은 더 조급해졌다. 그는 개울둑을 따라 북동쪽으로 올라갔다. 혹시 산딸기를 찾을까 해서, 뛰다시피 걸으면서도, 그는 연신 두리번거렸다.

얼마 올라가지 않아서, 개울에 바로 붙은 보리밭이 나왔다. 근처에 사람이 없다는 것을 확인한 다음, 그는 그리로 올라갔다. 배낭을 벗어놓고 서둘러 이삭들을 주머니칼로 자르기 시작했다.

마음이 무척 급했다. 배가 고프기도 했지만, 사람들 눈에 뜨일까 걱정이 컸다. 벌써 날이 훤했다. 금세 누가 나타나서 "거 누구요? 거기 보리 이삭을 자르는 사람이?" 하고 외칠 것만 같았다.

다시 배낭을 메자, 마음이 좀 놓이면서, 왈칵 부끄러운 생각이 들었다. 다급한 처지라곤 하지만, 남의 것을 훔친 것은 꽤나 찜찜했다. 도둑질은 철이 든 뒤로는 처음이었다.

올라온 길을 되짚어 내려오려고 밭둑 위로 올라서다가, 그는 걸음을 멈췄다. '굳이 개울을 따라 내려가서 돌아갈 까닭이 없잖나. 산줄기는 개울을 따라 올라가도 나올 테니, 이쪽으로 올라가는 게 오히려 빠르겠다. 길도 훨씬 좋고.'

골짜기 위쪽에 사람이 사는 것 같진 않았다. 개울을 따라 오른쪽 산자락에 길이 나긴 했지만, 풀로 뒤덮인 품이 사람들이 자주 다니지 않는 듯했고, 밭들이 있었지만, 모두 조각조각 일구어진 산전들이었다. '잘됐다. 이쪽이 오히려 안전할지도 모르겠다.'

개울을 따라 골짜기를 올라가니, 마침내 길이 거의 끊기고, 마지막 밭이 나왔다. 일군 지 얼마 되지 않은 듯, 밭가에 골라낸 돌들이 아직 흙이 묻은 채 수북이 쌓여 있었다. 거기 선 보리도 아래쪽 밭들의 보리보다 키가 작았고 이삭도 작았다.

그는 그 보리 이삭들을 잘라서 비행복 주머니들을 채웠다. 아까 잘된 보리 이삭을 자를 때보다 부끄러움이 훨씬 컸다. '나중에 누가 이삭을 잘라간 것을 보면, 이 밭 임잔 무슨 생각을 할까? 이런 밭을 일군 사람이라면, 아주 가난한 사람일 텐데……' 그래도 밭에서 나오다가 뒤늦게 운동모자를 쓴 것에 생각이 미치자, 그는 망설이지 않고 모자를 벗어 보리 이삭들로 채웠다.

개울 바닥을 따라 한참 올라가니, 개울이 둘로 나뉘면서 골짜기가 문득 넓어져 산비탈이 되었다. 왼쪽 개울을 따라 조금 올라가니, 칡덩굴이 뒤덮은 찔레덤불이 길을 막았다. 그 아래엔 바위 무더기들이 있었고 그 사이에 맑은 물이 흐르고 있었다.

맑은 물은 보자, 마음을 단단히 동여맸던 끈이 툭 끊어졌다. '이젠 더 못 참겠다. 좀 먹어야지, 언제 불을 피우고 자시고……'

그는 보리 이삭이 담긴 운동모자를 조심스럽게 내려놓고 배낭을 벗었다. 이삭 하나를 집어 꺼끄러기들을 대충 떼어내고 손바닥으로 비볐다. 꺼끄러기 조각들을 불어내어 손바닥에 알곡들만 남자, 입에 털어 넣었다.

조급한 마음을 누르면서, 그는 보리에 단맛이 돌 때까지 꼭꼭 씹었다. 마침내 잘 씹혀 죽이 된 보리알들이 목을 넘어가자, 아픔에 가까운 쾌감이 온몸으로 저릿하게 퍼져 나갔다.

10

'왜 이렇게 목이 말라?' 보리를 굽느라고 새까매진 손을 비행복 바지 자락에 문지르고서, 언오는 다시 수통을 집어 들었다. 날곡식을 먹어서 그런지, 물을 연신 마셨어도, 목은 여전히 말랐다.

'좀 참고서 구워 먹었으면, 좋았을 텐데……' 보리를 불에 익힐 때까지 기다릴 수 없어서, 그는 날로 꽤 많이 먹었다. 배고픔이 견딜 만하게 가라앉은 뒤에야, 보리를 불에 굽기 시작했다.

그릇이 없어서, 보리를 제대로 익힐 수는 없었다. 이삭을 그냥 불 위에 얹어놓으면, 낟알들이 이삭에서 떨어져 흩어져버렸다. 고심 끝에 나온 것이 땅을 좀 파고 평평한 바위 조각을 깐 다음 그 위에 이삭을 비벼 낟알들을 놓고 불등걸을 덮어서 익히는 것이었다. 탄 낟알들이 많고 아예 불기가 닿지 않은 것들도 있었지만, 그래도 그냥 먹는 것보다는 훨씬 맛이 좋았다. 소금만 있으면, 더 바랄 것이 없을 듯했다.

'그것 참,' 그는 혀를 찼다. 수통이 가볍더니, 두 모금을 마시자, 물이 떨어졌다. 물을 뜨러 온 길을 되짚어 골짜기로 내려가는 것이 내키지 않았다. 한시라도 빨리 깊은 산속으로 들어가고 싶은 생각이 그를 몰아세우고 있었다.

나무가 우거진 골짜기라 그리 멀리 내려가지 않아도 물을 찾을 수 있으리라고 생각했는데, 막상 찾아보니 먹을 만한 물은 아까 날보리를 먹었던 곳 가까이 가서야 나왔다. 시원한 물이 들어가자, 목마름이 가시면서, 먹은 것이 무겁게 얹혔던 속이 좀 트였다.

다시 산길을 올라오는데, 갑자기 몸이 까라지기 시작했다. 이마에 진땀이 나면서, 온몸에서 힘이 빠져나갔다. 산길이 문득 가파르게 느껴졌다. '벌써 약 기운이 떨어졌나?'

참나무 둥치를 잡고 숨을 돌리면서, 그는 시계를 보았다. '여덟 시 사십삼 분이라. 약을 먹은 게 세 시가 좀 지나서였으니, 아직은 약 기운이 좀 남았을 텐데……' 몸이 워낙 약해진 데다가 어저께는 굶었고 오늘도 먹은 게 시원치 않았으므로, 빨리 탈진한 것 같았다.

'어쨌든 불 피운 곳까지 올라가야, 뭐가……' 그는 참나무 둥치에 기댔던 몸을 억지로 일으켰다.

불을 피운 곳으로 가까스로 올라오자, 그는 그대로 땅에 주저앉았다. 숨을 돌린 뒤에야. 배낭을 벗었다. 온몸이 땀으로 젖어 있었다. 지금도 몸속엔 약 기운이 좀 남아서 살을 말리고 있을 터였다. 눈이 들어가서, 눈꺼풀이 땅기는 느낌이 들었다.

"아하," 좀 비뚜로 자란 늙은 소나무 아래 배낭을 베고 눕자, 신음에 가까운 탄식이 절로 나왔다. 눈이 스르르 감겨왔다. 아직 정신은 맑았지만, 몸은 속이 빈 듯했다. 목마름과 짠 것을 먹고 싶은 생각이 함께 났다.

'부족한 염분을 채워달라고 몸이 안타깝게 신호를 보내는데……해 줄 것이 없으니……' 속이 타서, 그는 무거운 눈을 힘겹게 떴다.

머리 위 소나무 가지 사이에 파란 하늘이 고여 있었다. 문득 자신에 대한 연민이 연둣빛 물살로 가슴을 적셨다. '내가 이렇게 어려운 처지에 놓인 줄 누가 알까? 모두 욕이나 하겠지.'

개미 한 마리가 목으로 올라왔다. 그는 윗몸을 반쯤 일으키면서 손으로 그것을 털어냈다. 몸을 일으킨 김에 아예 일어나 앉았다. 그리고 가슴을 채운 달콤한 자기 연민을 흩어버렸다. '지금 내가 그런 생각에 잠길 처진가? 약해진 몸과 마음을 추스를 길을 냉정하게 생각해야지.'

다시 누워 하늘을 올려다보면서, 그는 좀 가라앉은 마음으로 앞일을 생각해보았다. 지금 먼 길을 급히 가는 것은 아무래도 위험했다. 시간여행에서의 좌초로 큰 충격을 받은 데다가 독한 약까지 먹었으니, 몸에 큰 무리가 갔을 터였다. 따라서 먼저 푹 쉬면서 정심환으로 소진한 몸의 기력을 다시 채우는 것이 합리적이었다. 답답한 얘기였지만, 그 길이 옳았다.

'어디 사람들 눈에 뜨이지 않을 만한 곳이 있으면, 며칠 푹 쉬면서 기운을 차리는 것이 좋긴 한데. 하긴 여기도……' 생각해보니, 이곳도 괜찮은 셈이었다. 금강을 따라 내려가면, 부강이 나오고, 거슬러 올라가면, 바로 매포가 나왔다. 둘 다 금강 상류의 이름 있는 포구들이니, 마을이 크고 사람들의 내왕이 많을 터였다. 따라서 먼 곳으로 갈 수 없다면, 섣불리 움직이기보다는 이곳에 머무는 것이 오히려 나을 터였다. 게다가 보리밭이 바로 아래에 있고 물도 쉽게 구할 수 있었다.

'지친 몸을 끌고 돌아다니다가 고생은 고생대로 하고 일을 그르치느니, 차라리 여기서 며칠 묵는 게……' 몸이 까라져서 꼼짝하기도 싫은 판이라, 그는 쉽사리 마음을 정했다.

'그러면 먼저 먹을 걸 구해와야지. 사람들이 보리를 베러 올라올지도 모르니, 일찌감치 갔다 오는 게 좋겠다.' 보리밭까지 내려갈 일이 아득했지만, 그는 억지로 마음을 다잡아 일어나 앉았다. '자, 힘을 내서 일어서자.'

아까 물을 떴던 곳까지 내려오자, 그는 배낭을 멘 채 개울가에 드러누웠다. 다리가 풀리고 숨이 차서, 더 걸어갈 수 없었다. 눈꺼풀이 땅기고 진땀이 밴 이마는 뜨거웠다.

'이러다가 내가 그냥 지쳐 쓰러져버리는 건 아닐까?' 기운이 없는 것도 큰일이었지만, 열이 나는 것이 더 걱정스러웠다. 먹은 것이 변변치 않았으니, 살을 말리는 열이었다.

'지금 내가 죽으면, 딴 건 그만두고라도, 여기 배낭에 든 착시물들은 어떻게 하나?' 그는 윗몸을 일으켜 배낭을 벗었다. '이 속에 든 것들은 모두 착시물들인데…… 결국 내가 가마우지와 함께 죽는 게 옳았단 얘긴가?'

문득 마음 한구석에서 분노 비슷한 무엇이 불끈 솟았다. '그랬을지도 모르지. 내가 살려고 한 것이 구차하고 어리석은 짓이었는지도 모르지. 그러나 일단 살기로 한 이상, 살아야 하는 것 아닌가?

기를 쓰고 살아야지, 이제 와서 죽으면, 뭐가 되나?' 그는 벌떡 일어나 찬물로 얼굴을 씻었다.

골짜기 맨 위쪽에 있는 보리밭에 닿았을 때, 그는 더 버티기 어렵다는 것을 깨달았다. 머리가 흔들려 걸음이 비틀거리고 온몸의 살이 뒤틀리면서 조여드는 듯했다. 보리밭에서 되비치는 햇살이 얼굴을 찌르는 것처럼 따가웠다. 그는 순간적으로 마음을 정하고 배낭에서 구급낭을 꺼냈다. 정심환 한 알을 둘로 쪼개서, 반쪽만 먹었다.

주머니칼로 보리 이삭들을 자르기 시작하면서, 그는 마음이 조마조마했다. 아까와는 달리, 그러나 남의 것을 훔친다는 죄의식은 거의 없었다. '도둑질이 벌써 익숙해진 건가?' 경황이 없는 가운데서도, 자신의 씁쓸한 농담에 입가가 일그러졌다.

다시 산 위로 올라와서 배낭을 벗는데, 갑자기 배가 아파왔다. 배 속이 온통 뒤틀리는 아픔이었다. 이어 변의가 급하게 느껴졌다.

'배탈이 난 것도 무리가 아니지. 정심환을 먹어서 몸의 기능이 일시적으로 아무리 높아졌다 하더라도, 날보리를 그냥 씹어 먹고서야……' 속으로 혀를 차면서, 그는 신으로 흙을 모아 변을 덮었다. 아픔이 가시고 배 속도 개운해졌지만, 영양을 보충하려고 급히 먹은 곡식이 제대로 소화되지 않고 그냥 나와버린 것이 못내 아쉬웠다.

'그러나저러나, 큰일인데. 먹은 것이 거의 없는 셈이니. 당장 탈진할 텐데……' 기운을 차리려고 다시 정심환을 먹었으니, 몸을 축내지 않으려면, 영양이 많은 음식을 먹어야 했다. 날보리만으로는 너무 부족했다. 그러나 날보리라도 먹으면서 견디려면, 몸이 제대로 움직여야 했다. 꼼짝없이 악순환 속에 놓인 것이었다. '애초에 정심환을 먹은 게 잘못이지. 어렵더라도 그냥 버텼어야 하는 건데……'

그는 비행복 주머니들을 뒤져 남은 보리 이삭을 다 꺼냈다. 배탈이 났어도, 배는 마냥 고프기만 했다. 자학에 가까운 마음으로 꺼럭만 떨어낸 보리 이삭을 씹으면서, 자신의 처지를 돌아다보았다.

근본적 문제는 산속에선 사람이 살기 어렵다는 사실이었다. 산속에서 이틀을 보낸 뒤에 새삼 깨달은 것은 산속에선 먹을 것을 찾을 수 없다는 사실이었다. 먹거리는 사람들이 사는 곳 가까이에서만 찾을 수 있었다.

몸이 약해지면, 착시물의 처리도 미리 생각해두어야 했다. 그가 지닌 물건들은 거의 모두 착시물들이었고 저절로 없어지기 어려운 것들이었다. 비행복, 가스총, 시계, 손전등, 수통, 쌍안경…… 따지고 보면, 그의 몸 자체가 착시물이었다. 교통사고로 다친 왼발엔 인조 뼈가 들어 있었고, 어릴 때 놀다 부러뜨린 앞니엔 인조 이가 덧씌워져 있었다. 만일 이곳에서 죽게 된다면, 그는 먼저 태울 만한 것들을 다 태워 없애고 없애기 어려운 것은 호젓한 곳에 숨긴 다음, 마지막으로 자신의 몸을 숨겨야 할 터였다.

'말이 쉽지, 태우는 것도 어디 쉽겠나.' 그는 속으로 중얼거렸다. 물건들이 죄다 내화재로 만들어져서, 태우는 일이 쉬울 리 없었다. 비행복만 하더라도, 섭씨 천4백도는 되어야 불이 붙었다. 모닥불로는 어림없었다. 한숨이 절로 나왔다.

어쨌든, 이제는 결단을 내려야 했다. 만일 여기서 혼자 버틸 수 없다면, 더 늦기 전에 사람들이 사는 곳으로 내려가서 도움을 받아야 했다. 다시 보리 이삭들을 씹으면서, 그는 그 사실을 함께 씹었다.

문득 아메리카 대륙으로 가려는 자신의 계획이 너무 비현실적으로 생각되었다. 지금처럼 약해진 몸으로는 도저히 그렇게 멀고 어려운 길을 갈 수 없을 것 같았다. 그는 잘 씹힌 보리를 조심스럽게 삼키고 물로 입안을 씻어 넘겼다.

'도대체 난 어떻게 된 인간인가? 어떻게 해서든지, 이 고비를 넘기고 아메리카로 가야지. 지금 인가를 찾아가면, 역사에 대한 충격은 어떻게 하나?' 그러나 그 목소리엔 힘이 들어 있지 않았다. 그는 이미 느끼고 있었다, 벌써 자신의 결심이 허물어졌음을, 지금 자신이 사는 길은 인가를 찾아가서 도움을 받는 길뿐임을.

마음을 가다듬고서, 그는 남은 보리 이삭들을 간추려서 배낭 속에 넣었다. 더도 말고, 따뜻한 밥 한 그릇에 뜨거운 된장국을 한 사발 들이키면, 금세 몸이 나아질 것만 같았다.

'더 생각할 것이 뭐가 있나?' 다른 목소리가 채근했다. '몸이 이 지경인데, 인가에 가서 도움을 받아 기운을 차리고 아메리카로 가는 게 낫지. 혼자 산속을 헤매다가 쓰러져서 착시물을 그대로 남기는 것보다야 사뭇 낫지. 그나마 약 기운이 떨어지기 전에 해야······'

그는 마음을 정했다. 지도를 꺼내어 펴놓고 쌍안경으로 아래쪽을 살폈다. 남쪽 강 가까운 논에서 열이 넘는 사람들이 두 패로 나뉘어 일하고 있었다. 모내기 준비를 하는 모양이었다. 써레로 논을 고르는 사람들도 있었고, 못단을 지고 오는 사람들도 있었고, 못단을 군데군데 던져놓는 사람들도 있었다. 뒤에 경부선이 놓일 골짜기 중간 산기슭에 집들이 예닐곱 채 있었다. 지도엔 그곳에 마을이 없었다. 대신 산자락 너머에 윗말과 아랫말이 나와 있었다. 아마도 경부선이 놓일 때 마을이 안쪽으로 옮겨 앉은 듯했다.

그는 그 작은 마을을 살폈다. 그리고 마을이 자리 잡은 골짜기의 맨 위쪽에 선 집을 찾아가기로 마음을 정했다.

'나중엔 어차피 만나겠지만, 우선은 저 사람들 눈에 뜨이지 않는 게 낫겠지?' 지도를 접어 배낭에 넣으면서, 그는 조금 전보다 훨씬 차분해진 마음으로 자신에게 말을 건넸다.

'이젠 저걸 치우는 게 뜻이 없구나.' 배낭을 메고 한 바퀴 둘러보는 눈에 치우다가 만, 불을 피웠던 자취가 들어왔다. 시시각각으로 처지가 바뀌고 생각도 바뀌고 진로도 바뀐다는 생각이 그의 마음 속을 희미한 주사선으로 스쳤다.

그는 숨을 깊이 쉬었다. 갈 길이 뚜렷해졌다는 것은 어쨌든 반가운 일이었다. 부끄러움과 두려움이 가득한 마음으로 21세기 사람들에 의해 '시간 줄기의 수호자'라 불렸던 시간비행사 이언오는 16세기의 경부선 자리로 내려가기 시작했다.

이
방
인

제 2 부

1

그의 기척을 먼저 느낀 것은 사립문 가까이 앉은 아이였다. 예닐 곱 살 되어 보이는 사내아이였는데, 소매 없는 윗도리와 잠방이를 입고 있었다. 옷고름을 제대로 매지 않아서, 누르스름하고 성긴 천으로 만든 윗도리 아래 단추 같은 배꼽이 드러났다. 그래도 그 아이는 보릿짚을 갖고 장난하는 것이 아니라 제법 일을 거들고 있었다.

그와 눈길이 마주치자, 아이는 흠칫하면서 두 손으로 모으던 보릿짚을 놓았다. 그리 영리해 보이진 않았지만 무던한 마음씨가 드러난 넓적한 얼굴에 놀람과 두려움이 그늘로 앉았다.

언오는 급히 얼굴에 웃음이 띠었다. 마음씨 좋게 보이는 웃음을 짓는다고 했지만, 그다지 성공적이지 못했음을 그는 당기는 얼굴 살갗에서 느꼈다. 무서워할 까닭이 없다는 것을 보여주려고 그는 고개를 서너 번 끄덕였다.

무엇인가 이상하다고 느꼈는지, 문 쪽에 등을 보이고 마당 안쪽에 쪼그리고 앉아 보릿짚을 묶던 노파가 흘긋 돌아다보았다. 바로 문밖에 서서 안을 들여다보는 그를 보자, 그녀 몸이 그대로 굳었다. 눈길이 마주쳤다. 검게 그은 그녀 얼굴이 누레지면서, 제대로 묶이지 않은 보릿짚단이 풀어졌다.

아이에게 지어 보였던 부드러운 웃음이 겸연쩍은 웃음으로 바뀌는 것을 느끼면서, 그는 고개를 깊이 숙여 인사했다. 운동모자를 썼음을 깨닫고, 급히 모자를 벗고서, 다시 고개를 숙였다. 노파와 아이의 눈길이 따갑게 느껴지면서, 낯이 달아올랐다. 자신이 지금 있을 권리가 없는 자리에 억지로 비집고 들어왔다는 느낌을 떨쳐 버릴 수 없었다.

노파가 엉거주춤 일어서더니, 그를 향해 돌아섰다. 두려움에 질려, 그녀는 나무로 만든 사람처럼 뻣뻣하게 움직였다. 아이의 윗도리처럼 누르스름하고 성긴 천으로 만들어진 저고리와 잿빛 치마를 입고 있었다.

팽팽하게 당겨진 공기가 그의 몸을 조여왔다. 시간이 잠시 멈춘 듯, 아무것도 움직이지 않았고 아무 소리도 들리지 않았다. 노파의 거칠어 보이는 치마에 묻은 검부러기들이 눈에 들어왔다.

문득 아이가 용수철처럼 튀어 일어나더니, 노파에게로 달려들었다. 마당 가득 깔린, 햇살에 잘 마른 보릿짚을 맨발로 밟는 그 아이의 모습이 운동 경기 중계방송의 느린 그림처럼 그의 눈에 들어왔다.

아이가 달려들자, 노파의 굳은 몸이 문득 풀렸다. 그에게서 감추려는 듯, 그녀는 아이를 치마폭에 받아들이고서 두 팔로 감싸

안았다.

마음이 환해지는 것을 느끼면서, 그는 웃음을 지었다. 무서운 사람을 보자 어른에게로 무작정 달려드는 아이의 모습과 손자가 분명한 그 아이를 감싸야 한다는 생각에 몸을 마비시킨 놀람과 두려움에서 깨어나는 노파의 모습이 그리도 자연스럽게 어울렸다. 이번엔 웃음이 얼굴에 좀 자연스럽게 앉았다. 숨을 길게 내쉬고서, 그는 아프게 움츠렸던 어깨를 천천히 폈다.

자연스러워진 그의 웃음과 몸짓에 좀 안심이 되었는지, 노파가 옹크렸던 몸을 조심스럽게 폈다. 한 손으로 아이를 감싸안고 다른 손으로 치마에 묻은 검부러기들을 털면서, 불안과 안심이 뒤섞인 웃음을 얼굴에 슬쩍 올렸다. 누레진 얼굴에 그 웃음이 어색하게 앉았다.

좀 멋쩍어져서, 그는 흘긋 돌아다보았다. 가까이엔 아무도 없었다. 모두 들판으로 일하러 나갔는지, 마을이 텅 빈 듯했다. 개 짖는 소리조차 나지 않았다. 움직이는 것이라곤 개울가 둔덕에서 풀을 뜯는 까만 염소 두 마리뿐이었다. 사립문 바로 옆 돌담 위로 뻗은 호박 덩굴에서 붕붕거리는 호박벌 소리가 양감(量感)있게 다가왔다.

모자를 다시 쓰고서, 그는 아직도 꼼짝하지 않고 선 노파를 살폈다. 그녀는 나이가 짐작이 가지 않을 만큼 얼굴이 햇볕에 그을렸고 주름이 많았다. 체수도 작았다. 보릿짚이 어지럽게 널린 마당에 맨발로 서서 따가운 햇살을 받는 그녀는 예순 살이 넘어도 살결이 곱고 주름이 적은 현대의 여인들과는 아주 다른 모습이어서, 그는 뒤늦게 가벼운 충격을 받았다.

'사람이 저렇게…… 얼마나 힘들게 살았으면, 저렇게……' 힘든 삶을 살아온 그녀에 대한 연민이 그의 가슴에 조용히 번졌다. 그러나 어쩐지 자리에 어울리지 않는 감정인 것처럼 느껴져서, 그는 그것을 속으로 눌러 넣었다.

문득 그녀 눈에는 그가 무척 크게 보이리라는 생각이 들었다. '육척장신'이란 말로 미루어보면, 예전엔 여섯 자면, 즉 180센티미터가량이면, 무척 큰 키였음이 분명했다. 산업혁명 뒤로 사람들의 키와 몸집이 부쩍 커졌다는 증거들도 많았다. 그리고 그것은 대부분의 종들에서 개체의 몸집은 점점 커진다는 사실과도 맞았다. 191센티미터에 83킬로그램인 그는 이곳 사람들의 눈에 거인으로 보일 터였다.

노파와 아이의 눈에 비친 자신의 모습이 그의 눈앞으로 스쳤다—웃옷과 바지가 하나로 된 이상한 옷을 입고, 처음 보는 검은 신발을 신고, 허리에 이상하게 생긴 물건을 차고, 앞에만 챙이 있는 빨간 모자를 쓰고, 상투를 트는 대신 머리를 짧게 깎은, 몸집이 무척 큰 사내. '동화에 나오는 거인처럼 보이겠지. 맘씨 좋은 거인으로 보여야 될 텐데.'

아이는 그를 빤히 쳐다보고 있었다. 노파의 치맛자락을 틀어쥐어 앞을 가린 채. 아직 그의 얼굴을 바로 보지 못하는 노파와는 달리, 녀석은 이제 그를 그리 무서워하는 것 같지 않았다.

그는 혀끝으로 입술을 축였다. 몇 번 숨을 깊이 쉬고서야, 말문이 열렸다. "지나가는……" 긴장이 되어서, 목소리가 제대로 나오지 않았다.

그는 가볍게 헛기침을 했다. "할머니, 저는 지나가는 사람인데
요. 밥 좀 얻어먹을 수 없을까요?"

노파가 그의 얼굴을 빠히 쳐다보고 있었다. 잠시 말이 없더니,
입술을 달싹였다. 말이 제대로 나오지 않는 모양이었다. 두 손으로
아이의 어깨를 쓰다듬으면서, 안타깝다는 낯빛을 지었다.

"할머니, 저는 지나가는 사람입니다." 그는 아까보다 좀 천천히
그리고 또박또박 말했다. "배가 무척 고픕니다. 밥 좀 얻어먹을 수
없겠습니까?"

노파의 얼굴이 좀 밝아졌다. 고개를 끄덕이더니, 무어라고 웅얼
거리면서, 그녀는 흘긋 집을 돌아다보았다. 그녀 눈길이 향한 곳에
부엌으로 보이는 곳이 있었다.

그는 숨을 길게 내쉬었다. 조여졌던 가슴이 풀리면서, 속에 얹혔
던, 단단한 무엇이 아래쪽으로 내려갔다. 뒤쪽에서 염소의 방정맞
은 울음이 들려왔다.

생각해보면, 그가 이 세상 사람들과 만나는 것은 어렵고 위험한
일이었다. 물론 첫 대면이 가장 어렵고 위험할 터였다. 그들과의
첫 대면을 별 탈 없이 마치려면, 그는 먼저 자신이 그들에게 악의
를 품지 않았으며 위협적인 존재가 아니라는 것을 보여주어야 했
다. 그런데 그것이 쉽지 않았다. 이 세상 사람 누구에게도 그는 위
협적으로 보일 터였다. 실제로 위협적이었다. 그의 정체를 짐작할
수 없었으므로, 그들은 그가 이 세상에 대해 지닌 엄청난 잠재적
위협을 알 수는 없겠지만, 그가 자신들에게 위협적 존재라는 것을

본능적으로 느낄 수도 있었다.

이제 그는 그 어려운 첫 대면을 무난하게 시작한 것이었다. 노파가 그의 말을 알아들은 것은 확실했고, 비록 그는 그녀의 말을 알아듣지 못했지만, 그녀의 몸짓을 보면, 그녀가 그의 부탁을 단번에 거절할 것 같진 않았다.

그는 용기를 얻어 한 걸음 나아갔다. "할머니, 죄송합니다. 워낙 먼 데서 와서요. 배가 무척 고픕니다." 그는 왼손으로 배를 어루만졌다.

다시 그를 쳐다보더니, 노파가 고개를 끄덕였다. "들어오쇼셔."

노파의 말이 마음속으로 들어오자, 저릿한 기운이 몸속으로 흘렀다. 5백 년의 세월을 넘어 16세기 사람과 21세기 사람 사이에 대화가 이루어진 것이었다. 따지고 보면, 그와 그녀 사이에 뜻이 제대로 통하리라는 보장은 없었다.

물론 그녀와 그는 조선어를 썼다. 그러나 둘이 똑같은 말을 쓰는 것은 아니었다. 긴 세월이 사이에 있었으므로, 이 세상 사람들이 쓰는 조선어는 그가 쓰는 조선어와는 상당히 다를 수밖에 없었다.

16세기와 21세기 사이의 5백 년 동안에 세상은 크게 바뀌었다. 조선은 16세기 말엽과 17세기 초엽에 왜란과 호란을 겪었고 19세기 말엽엔 우세한 서양 문명을 맞아 사회의 뿌리까지 흔들리는 충격을 받았다. 당연히, 말이 크게 바뀌었다.

게다가 조선은 20세기 초엽에 일본의 식민지가 되었다. 그 지독한 경험이 조선어에 미친 영향은 크고 깊었다. 다른 나라의 식민지가 된 사회에선 전통문화가 뒤틀리고 시들 수밖에 없지만, 일본은 처음부터 조선을 영구적으로 영유하려 했으므로, 일본의 정책은 전통문화에 유난히 적대적이었다. 자연히, 조선의 전통문화는 심중한 해를 입었다. 조선 사람들은 자신들의 말과 글을 제대로 쓰지 못하고 공적인 자리에선 늘 일본의 말과 글을 써야 했으며, 심지어 이름까지 일본식으로 갈아야 했다. 언어는 사회가 발전하는 대로 따라서 바뀌어야 생명력을 제대로 지녀갈 수 있는데, 조선어는 그렇게 진화할 기회를 거의 반세기 동안 갖지 못했다. 그래서 조선어는 갑자기 늙어버린 언어가 되었다.

조선어의 불행은 조선이 일본의 식민 지배에서 벗어난 뒤에도 이어졌다. 두 나라로 나뉘어 비참한 전쟁까지 치른 남북조 시대의 경험은 조선어에 여러모로 나쁜 영향들을 미쳤다. 지독한 전체주의 체제였던 북조에선, 조지 오웰이 『1984』에서 예언했던 언어 조작이 실제로 일어났고 그 해독은 북조 언어의 깊은 곳까지 병들게 했다. 통일된 뒤 이질적인 두 조선어들이 통합되면서 일어난 혼란도 작지 않았다.

그러나 그런 사정에서 예상되는 변화는 조선어가 실제로 겪은 변화에 비기면 작았다. 20세기 말엽부터 조선어는 가장 근본적 수준에서 존립 기반을 잃기 시작했던 것이다.

16세기에 제1차 과학혁명이 시작된 뒤로, 과학과 기술의 발전은 점점 가속되었고 사회도 따라서 빠르게 바뀌었다. 사회의 변화에서 가장 두드러진 모습은 지구가 하나의 커다란 공동체를 이루었다는 사실이었다. 2078년에도 지구엔 아직 120개 가까운 나라들이 있었지만, 모든 나라들이 모든 분야들에서 서로 긴밀하게 짜여서 실제로는 하나의 생활권을 이루었다. 민족국가들의 권위는 아직 컸지만, '국제연합'은 아쉬운 대로 세계 정부 노릇을 했다.

그런 상황은 세계의 모든 사람들이 쓰는 세계어가 나오도록 만들었다. 국경이 낮아지고 성기어져서 사람들과 재화들과 정보들이 자유롭게 교류되는 범지구적 공동체에서 여러 언어들이 쓰이는 것은 비합리적이었다. 물리적 계량 단위들에서 화폐에 이르는 모든 척도들이 통일되고 비행차 부품에서 우주 정거장에 이르는 모든 물건들이 표준화된 사회에서 하나의 언어가 쓰이게 되는 것은 필연적이었다. 이미 19세기부터 국제어 노릇을 많이 해왔다는 사정 때문에 영어가 그런 세계어의 자리를 자연스럽게 차지했다. 그래서 21세기 중엽엔 모든 나라들에서 그곳의 민족어와 영어가 아울러 쓰였다.

물론 모든 나라들은 자신의 민족 언어들을 지키려 무던히도 애썼다. 그러나 경제 논리를 오래 거스를 수는 없었다. 사람들은 편리하고 효율적인 것을 고르게 마련이었고, 어떤 이유에서든지 경제적 논리를 무시하는 개인들이나 사회들은 경쟁자들에게 뒤질 수밖에 없었다. 그래서 어디에서고 민족의 역사와 문화가 담긴 민족 언어를 지켜야 한다는 지식인들의 목소리는 경제적 논리를 따르는 대중들이 매일 하는 투표 속에 묻혀버렸다. 영어에 너무 깊이 침윤된 모국어로 시를 쓰는 일에 절망한 어떤 일본 시인은 그런 현상을 '대중의 선택'이라 불렀다.

그런 추세를 결정적으로 가속시킨 것은 지구 밖에도 인류 사회들이 생겨났다는 사실이었다. 북미 연방의 월면 기지가 '정적의 바다'에 처음 세워진 뒤, 강대국들은 다투어 월면 기지를 세웠다. 월면 기지들은 처음엔 본국들과 튼튼한 탯줄을 유지했다. 그러나 월면 기지들이 점차 본국들의 도움 없이도 살아갈 수 있게 되면서, 그들과 본국들 사이엔 이해가 다른 경우들이 점점 많아졌다. 둘 사이의 관계를 규정한 제도들과 관행들이 어쩔 수 없이 본국들에 유리하게 되었으므로, 월면 기지들의 불만은 점점 커졌다. 그런 불만은 월면 기지에 사는 사람들이 뭉쳐서 지구에 대항해야 되겠다는 인식을 낳았다. 지구에서 멀리 떨어진, 낯설고 혹독한 환경에서 살아가는 사람들에게 민족국가들 사이의 국경은 애초부터 큰 뜻을 지닐 수 없었다. 마침내 2073년 월면 기지들은 제각기 본국과의 탯줄을 끊어버리고 한데 모여서 '월면자유공화국'으로 독립했다.

자신들을 '월인(月人)'이라 부르는 사람들의 출현은 민족국가에서 쓰이던 민족이란 말의 뜻을 근본적으로 바꾸어놓았고 '지구인'이라는 개념을 또렷하게 만들었다. 자연히, 민족어들이 지닌 호소력은 줄어들었다.

2076년엔 'L-5'의 우주 정거장들도 국경을 넘는 협력체를 만들었다. 달보다 지구에 훨씬 가깝고 연구와 관광에 의존하는 아주 작은 공동체라, 'L-5'는 본국과의 탯줄을 끊을 수 없었다. 그래서 'L-5'가 지구로부터 정치적으로 독립하려는 움직임은 아직 없었지만, 이미 경제적으로 본국으로부터 독립한 터라, 'L-5'가 정치적 독립을 선언하는 것은 시간문제라고 여기는 사람들도 많았다. 2058년에 처음 건설된 화성의 식민지가 커져서 화성이 독립할 날도 그리 멀지 않았다는 얘기도 있었다. 자연히, 지구를 하나의 사회로 보는 경향은 점점 깊어질 터였고, 민족국가의 쇠퇴와 더불어 민족어들이 설 땅도 점점 줄어들 터였다.

그래서 22세기엔 모든 민족어들이 작가들과 어문학자들에 의해 명맥이 이어지는 '박물관 언어'들이 되리라는 것이 정설이었다. 세계어가 된 영어는 삶의 모습이 바뀌는 대로 따라서 바뀌며 생명력을 지녀가겠지만, 다른 언어들은 사람들의 삶에서 떨어져서 21세기의 모습을 지닌 채 얼어붙으리라는 얘기였다. 녹음 기술이 발명된 터라, 아무리 오랜 세월이 지나더라도, 소릿값도 바뀌지 않을 것이었다.

그런 환경 속에서 조선어는 어쩔 수 없이 쇠퇴했다. 더 큰 수로에 물을 빼앗긴 수로처럼 되었다. 물이 점점 줄어들고, 제방이 무너지고, 흙이 쌓이고, 물풀이 우거지고. 그래서 배가 다니기 점점 힘들어지고. 그래서 보살피는 사람이 없어져, 더욱 황폐해지고.

게다가 그냥 쇠퇴한 것이 아니라, 영어에 깊이 침윤되었다. 영어 낱말들이 많이 들어왔고, 그것들을 따라 근대 조선어에 없던 음소들이 모르는 새 들어와 자리 잡았고, 영어식으로 말하고 글 쓰는 것이 점점 자연스러워졌다. 마침내 21세기 초엽엔 영어식으로 낱말을 만들어내는 경향이 뚜렷해졌다. 실은 그런 현상은 영어가 세계어의 자리를 공식적으로 차지하기 전인 20세기 말엽부터 나왔다고 했다.

사정이 그러했으므로, 조선어로 얘기하더라도, 중세 조선어에 대한 소양이 전혀 없는 그가 이 세상 사람들과 제대로 의사를 소통하기는 쉽지 않을 터였다. 이제 그는 그 어려운 고비의 첫 대목을 그런대로 탈 없이 넘긴 것이었다.

몸을 덮는 쨍쨍한 여름 한나절 햇살이 조금 전보다 훨씬 부드럽게 느껴졌다. 그것은 이미 낯선 햇살이 아니었다. '난 이제 이 세상에 한 발을 들여놓은 셈이지. 비록 이방인이지만.'

이방인이라는 말이 푸른 언덕을 넘는 봄바람처럼 부드러운 양감으로 그의 마음을 어루만졌다. 이 세상 사람들에겐 알려지지 않은, 따라서 그들에겐 존재하지 않는, 유령과 비슷한 존재에서 이방인이란 실체가 된 것은 뜻밖으로 마음이 든든해지고 훈훈해지는 일이었다.

'하아, 이방인이라.' 속으로 중얼거리면서, 그는 싱긋 웃었다. '뭐, 나쁘진 않지.'

"아가, 뎌그이루 좀 떨어디거라." 치맛자락을 놓지 않으려는 아이를 억지로 떼어놓고서, 노파가 그의 얼굴을 살폈다. "이리 좀 들어오쇼셔."

그녀의 투박한 목소리가 부드러운 빗방울처럼 그의 마음으로 스며들었다. 그녀의 말씨는 귀에 상당히 설었지만, 그녀의 말은 그리 어렵지 않게 알아들을 수 있었다.

"예. 고맙습니다." 다시 운동모자를 벗고 몸을 굽혀 인사한 다음, 그는 비탈진 길을 서너 걸음 올라가서 조심스럽게 사립문 안으로 들어섰다.

"보리 바솜알 하노라……" 발길로 보릿짚단을 밀치면서, 노파가 손으로 마루를 가리켰다. "뎌그이 마로로 올아가쇼셔."

보리 바심을 하느라, 아닌 게 아니라, 좁은 마당은 발을 딛기 어려울 만큼 어지러웠다. 보릿짚을 밟지 않도록 조심하면서, 그는 집 쪽으로 다가갔다.

"어셔 올아가쇼셔," 그가 토방 아래서 머뭇거리자, 노파가 다시 마루를 가리키면서 권했다.

"아, 예." 그는 토방으로 올라섰다. 손으로 다듬은 것처럼 보이는, 매끄럽지 못한 널빤지를 간 쪽마루 위에 배낭을 벗어놓고, 한결 가뿐해진 어깨를 폈다.

통통한 암탉 한 마리가 중병아리 댓 마리를 데리고 뒤꼍에서 나왔다. 그는 집 안을 한 바퀴 둘러보았다. 이 집은 마을의 동북쪽 골짜기 맨 안쪽에 외따로 서 있었다. 실은 그래서 이 집을 고른 것이었다. 집은 지은 지 얼마 되지 않은 듯했다. 마루의 기둥들이 새 나무였고, 벽의 흙도 그을음이 닿지 않아서 밝은 빛깔이었다. 토방 흙냄새가 코에 싱그럽게 닿았다.

"시장하신 닷한드이, 밥이……" 마당에 서서 그를 올려다보면서, 노파가 적잖이 난감한 낯빛으로 그의 얼굴을 살폈다.

"예. 배가 고픈데요, 할머니, 아무 거나 먹을 것이 있으면, 좀 주십시오." 다시 겸연쩍은 웃음을 얼굴에 띠면서, 그는 옆머리를 긁적거렸다.

노파가 여전히 난감한 낯빛으로 입맛을 다셨다.

"먹을 수 있는 거라면, 아무 거나 다 좋습니다." 노파가 거절할까 겁이 나서, 그는 그냥 물러나지 않을 듯한 몸짓을 했다. 워낙 다급했으므로, 마음에 걸렸지만, 억지를 좀 쓸 수밖에 없었다.

밥 얘기가 나오자, 배 속에 묵직하게 자리 잡았던 배고픔이 날카로운 손톱으로 내장의 벽을 긁기 시작했다. 여기까지 오는 동안에 배낭에 든 날보리를 다 먹었지만, 배는 여전히 고팠다. 문득 마당에서 보리알을 쪼아 먹는 암탉이 걸어 다니는 고깃덩이로 보였다. '저 닭 한 마리만 먹으면……'

"막 밥알 들헤 나이가셔……" 혼잣소리를 하면서, 노파가 머리에 쓴 수건을 풀고 흐트러진 머리를 매만졌다. 머리가 허옇게 세어 있었다. 그와 눈길이 마주치자, 그녀는 고개를 가볍게 한 번 젓더니 부엌으로 들어갔다. 그를 흘금흘금 살피면서, 아이가 뒤를 따랐다.

쪽마루에 엉덩이를 걸치고서, 그는 안도의 한숨을 길게 내쉬었다. '이제 살았다.'

부엌에서 사기그릇 부딪치는 소리가 났다. 얼굴에 문득 흐뭇한 웃음이 어리는 것을 느끼면서, 그는 배 속에서 사정없이 보채는 배고픔을 달랬다. '조금만 참으면……'

무엇에 놀랐는지, 암탉이 황급히 마당을 떠나 뒤꼍으로 도망갔다. 새끼들이 열심히 뒤를 따랐다.

그 광경이 그의 마음을 마냥 푸근하게 만들었다. 고마움이, 낯선 이방인을 너그럽게 받아준 이 세상과 지금 그를 맞아준 이 집 사람들에 대한 고마움이, 따스하게 가슴을 적셨다. 그는 조심스러운 눈길로 그를 받아들인 이 작은 집을 찬찬히 살폈다.

집은 서향이었는데, 방 두 개와 부엌이 있었다. 그리 넓지 않은 마당 오른쪽에 집에 비기면 꽤 큰 헛간이 있었다. 헛간은 둘로 나뉘어져서, 한쪽엔 투박해 보이는, 흙 묻은 농구들과 바심한 보릿짚 단들이 쌓여 있었고, 다른 쪽엔 구유가 놓여 있고 짚이 깔린 품으로 보아 소가 든 외양간이었다. 웽웽거리는 파리들이 마음을 어지럽게 했지만, 외양간에서 풍겨오는 냄새는 코에 그리 싫지 않게 닿았다. 헛간 옆 앞쪽을 거적으로 가린 움막 비슷한 것은 변소 같았다. 마당 앞쪽엔 돌담을 쌓았고, 길 옆과 뒤쪽은 나무 울타리를 둘러쳤다.

노파를 따라 부엌으로 들어갔던 아이는 어느 틈엔가 나와서 부엌문을 붙잡고 그를 살피고 있었다. 머리를 뒤로 묶었는데, 동그란 얼굴에 버짐이 피어서 희끗희끗했다. 숨을 쉴 때마다, 한쪽 콧구멍에서 누런 코가 들락날락했다. 배가 유난히 불러 보였는데, 여전히 배꼽을 내놓고 있었다.

고만한 또래의 현대 아이들에게선 보기 힘든 천진함이 귀엽게 느껴져서, 그의 얼굴에 미소가 배어 나왔다. 말을 붙여보고 싶은데, 건넬 말이 마땅찮았다. "이름이 뭐니?"

아이는 여전히 그를 쳐다보기만 했다. 누런 고양이 한 마리가 부엌에서 나오더니 그를 빤히 쳐다보았다.

"이리 온." 그는 한껏 큰 웃음을 지으면서 손짓을 했다.

아이는 얼굴이 발개지면서 고양이를 붙잡아 안고서 다시 부엌으로 들어갔다. 아직은 그에게 선뜻 다가올 용기가 없는 모양이었다.

곧 노파가 밥상을 들고 나왔다. "건건이두 읎구. 밥두 지오곰 밧가이 읎구……" 노파가 미안한 웃음을 얼굴에 띠었다.

그는 엉거주춤 일어섰다. 까만 소반에 놓인 그릇들이 눈 속으로 빨려 들어왔다. 밥을 보자, 마음이 어찔해지면서 속이 뒤집혔다.

"아, 이렇게 폐를 끼쳐서……"

"방아루 들어가쇼셔." 노파가 방문이 열린 아랫방을 가리켰다.

"괜찮습니다. 여기서 먹죠, 뭐." 그는 밥상을 향해 손을 내밀었다.

"어드리 여그이셔 잡사시나니잇가?" 상을 든 채 잠시 망설이더니, 그녀는 턱으로 그의 뒤쪽을 가리켰다. "그러하시면 뎌그이 밀대 방석을 홁마로아이 깔아쇼셔."

돌아다보니, 윗방 문 옆에 말아서 세워놓은 밀짚 방석이 있었다.

"예. 그러면 되겠네요." 그녀에게 웃음을 지어 보이고서, 그는 부리나케 밀짚 방석을 토방에 깔았다.

"막 밥알 논아이 나이가셔, 이밧가이 옳나니이다." 방석 한쪽에 상을 내려놓은 노파가 다시 미안한 웃음을 지었다. "다시 밥알 하거 있나니이다. 몬겨 요그이나 하쇼셔."

"예. 고맙습니다. 잘 먹겠습니다." 고개 숙여 인사한 다음, 그는 신을 벗고 밀짚 방석 위로 올라가 앉았다. 밥그릇에서 올라오는 구수한 냄새가 얼굴을 덮었다. 조급한 마음을 누르고서, 그는 천천히 놋쇠 숟가락을 집어 들었다.

"보리 곱삶이뿐이니이다." 노파가 미안해했다.

"아뇨. 좋은데요. 훌륭합니다." 그녀에게 다시 고개를 숙이고서, 그는 밥그릇을 당겨놓았다. 그녀 얘기대로 쌀은 한 톨도 섞이지 않은 꽁보리밥이었다.

문득 흐릿한 웃음이 그의 얼굴에 퍼졌다. '이십일 세기 사람들이 건강에 좋다고 일부러 비싼 돈 내고서 쌀밥 대신 꽁보리밥을 먹는

다는 걸 알게 되면, 이분이 뭐라고 하실라나?'

그는 밥을 한 숟가락 떠먹고서 식은 콩나물국을 떴다. 반찬은 콩나물국하고 무장아찌하고 열무 겉절이였다. 모든 음식에 고춧가루가 들어가지 않은 것이 눈에 들어왔다. 그는 속으로 고개를 끄덕였다. '역시 고추가 없는 세상이구나.'

국물이 들어가자, 입안에서 자르르한 기운이 온몸으로 퍼져나갔다. 그것은 순수한 환희였다. '아, 이것이⋯⋯'

곧 그는 정신없이 숟가락을 놀리는 자신을 발견했다. 천천히 먹으려 해도, 숟가락이 저절로 움직여서 입으로 갔다. 배고픔을 채우는 것은 즐거움보다는 아픔에 가까웠다.

밥그릇의 바닥이 보였을 때에야, 비로소 먹는 것이 온전한 즐거움이 되었다. 몸이 갑자기 생기를 되찾은 듯했다. 마치 마른 화분의 시든 화초 잎새가 물을 받고 금세 되살아나듯. 밥도 밥이었지만, 짠 반찬이 들어가니, 살 것 같았다.

"많이 시장하샸던 닷한드이⋯⋯" 노파가 물그릇을 상 위에 내려놓았다. "빨리 밥알 앉히거 있나니이다."

마침내 그는 숟가락을 멈췄다. 한 그릇을 다 비웠지만, 입안과 배 속에는 아직 아쉬움이 가득했다. 손등으로 이마의 땀을 문지르고 물그릇을 집어 들면서, 그는 상을 내려다보았다. 반찬까지 다 먹어치운 터라, 상 위엔 빈 그릇 네 개만 달랑 남아 있었다.

2

힘을 주어도, 뗏목은 앞으로 나아가지 않고 거센 물살에 밀려 아래쪽으로 떠내려갔다. 산자락에 가려 아직 보이지 않는 폭포의 물소리가 끊임없는 천둥소리처럼 위협적으로 울려왔다.

넘실대는 물결 위로 힘겹게 고개를 쳐들고, 언오는 건너편을 살폈다. 그의 아내와 아주 조그만 계집애가 강둑에서 안타깝게 손짓하는 것이 보였다. 어둠 속에서도 그와 그의 아내를 동시에 닮은 그 계집애의 조그만 얼굴이 또렷했다. 그리움이 가슴을 뻐근하게 채우면서, 가쁜 숨이 더 가빠졌다. 그 아이의 이름을 부르려고 입을 벌렸으나, 이름이 생각나지 않았다. 그제서야 그는 그 아이에겐 아직 이름이 없다는 것을 깨달았다. 다급한 마음속에서 그리움과 안타까움이 절망의 검은 물살에 묻히고 있었다.

'이름만 지어줬더라도……' 회한이 한 줄기 시뻘건 통증으로 눈앞을 스쳤다.

온몸에서 힘을 앗아가는 듯한 절망감을 누르면서, 그는 다시 발로 물을 차서 뗏목을 밀었다. 역시 소용없었다. 하긴 이제 너무 지쳐서, 제대로 힘을 쓰지도 못했다.

'이렇게 끝날 순 없지. 어떻게 해서든지 건너가서……' 입속으로 들어온 흙탕물을 내뱉으면서, 그는 자신에게 일렀다. 모든 것이 뒤죽박죽이면서, 동시에 신기할 만큼 논리적이고 자연스러웠다. 어떻게 해서 자신이 이렇게 뗏목을 붙잡고 강을 건너게 되었는지는 알 수 없었으나, 지금 건너지 못하면 아내와 딸을 영영 만나지 못한다는 것만은 분명했다.

점점 거세어지는 듯한 물살에 밀려, 그는 자꾸 떠내려갔다. 강둑에서 애타게 손짓하는 자신의 아내와 아이로부터 점점 멀어지면서 천둥소리를 내며 기다리는 폭포를 향해. 마지막 힘을 짜내어 뗏목을 미는데, 문득 세상이 뒤집혔다.

정신이 들면서, 그는 자신이 누워 있다는 것을 깨달았다. '내가 지금……'

누가 조심스럽게 그의 어깨에 손을 얹었다. 이어 그의 어깨를 가볍게 흔들었다.

그는 무거운 눈꺼풀을 억지로 열었다. 그를 내려다보는 낯선 얼굴이 눈에 들어오면서, 아직 잠기로 덮인 마음속을 위기감이 붉은 전류로 흘렀다. 그는 벌떡 몸을 일으켰다. 본능적으로 왼손을 들어 머리를 가리면서, 오른손으로 권총집을 잡았다.

낯선 얼굴이 황급히 옆으로 물러났다. 젊은 사내였다. 상투와 텁석나룻이 나이를 짐작하기 어렵게 했지만, 스물은 분명히 넘었고 서른은 채 안 되어 보였다. 땀 냄새와 논흙 냄새가 섞인 그 사내의 냄새가 그의 얼굴을 덮었다.

"손님, 나조잇 밥 겸 잡사쇼셔," 부드러운 목소리로 사내가 말했다.

'아, 그렇지.' 흔들리던 그의 마음이 문득 단단한 땅에 자리 잡았다. '내가 아까 이 집에서……'

그가 한 그릇이 채 못 되는 보리밥으로 요기를 하고 나자, 논에 샛밥을 내갔던 며느리가 돌아왔다. 며느리가 노파를 대신해서 점심을 짓는 동안, 그와 노파는 마루에 앉아 얘기했다. 처음엔 서로 말을 알아듣기 어려워서, 얘기가 자주 막혔으나, 차츰 수월하게 뜻을 통하게 되었다.

이 마을의 이름은 됴한드르였다. 그의 예상과는 달리, 이곳은 부강에 딸린 것이 아니라 동쪽으로 꽤 멀리 떨어진 문의(文義)에 속했다. 부강은 공쥬(公州) 땅이라고 했다. 21세기에 공주는 충청남도에 속했고 부강은 충청북도 청원군(淸原郡)에 속했으므로, 부강은 근세에 공주에서 청원으로 이속되었다는 얘기였다.

이 마을엔 모두 아홉 집이 살고 있었는데, 보성(寶城) 오씨가 다섯 집이고 은진(恩津) 송씨가 네 집이었다. 이 집은 오씨 집안이었다. 노파는 쉰아홉 살로 아들 둘에 딸 셋을 두었다. 남편은 재작년에 죽었고, 딸들은 시집갔다고 했다. 재작년까지 마을 아래쪽에 있는 집에서 큰아들과 함께 살다가, 작년에 작은아들이 이 집으로 제금나자, 함께 왔다고 했다.

구수한 보리밥에 열무 겉절이를 곁들인 점심을 양껏 먹고 나자,

갑자기 잠이 쏟아졌다. 간밤에 잠을 제대로 자지 못한 데다가 강을 건넜으니, 졸릴 수밖에 없었다. 마침 정심환 기운이 떨어져갈 시간이기도 했다. 그래서 토방에 깐 밀짚 방석 위에 배낭을 베고 누웠다. 그때가 1시였는데, 지금은 어둑하니, 꽤 오래 잔 셈이었다.

시계를 보려고 왼손을 쳐들다가, 그는 흠칫 멈췄다. 이곳 사람들 앞에서 시계를 보는 것은 현명한 짓은 아니었다. 그 사내에게서 적의가 느껴지지 않았고 노파의 아들이 분명했으므로, 그는 경계하던 자세를 풀고 천천히 일어섰다. 머리가 좀 흔들렸지만, 몸에 별 이상은 없는 듯했다. 안도감이 그의 몸을 부드럽게 씻었다.

마당으로 내려선 사내가 주뼛거리면서 그를 올려다보았다. 그를 좀 두려워하는 기색이었다. 사내는 몸집이 작았다. 키는 160센티미터도 채 안 될 듯했다.

사내를 안심시키려고 그는 허리를 굽혀 공손히 인사했다. "안녕하십니까? 실례가 많았습니다. 주인 되시나요?"

사내가 황급히 두 손을 가슴 앞에 모으고 고개를 깊이 숙였다. "집이 누추하야셔……"

"아닙니다. 덕분에 제가 배고픔을 면했습니다."

"뎌그이……" 사내가 몸을 돌려 마당을 가리켰다. "나조잇 밥상이 나올 사이니이다."

마당에 세 사람이 멍석을 깔고 앉아 있었다. 마당 한쪽 돌담 곁에서 마른 풀 더미가 끄느름하게 타고 있었는데, 마당에 어린 연기에선 매캐하면서도 향긋한 냄새가 났다.

"예. 고맙습니다." 사내가 한 것을 본받아 읍하고서, 그는 사내를 살폈다.

흙이 많이 묻은 베 잠방이 아래 드러난 종아리에 핏자국이 서너 군데 있었다. 거머리에게 물린 자국들인 모양이었다. 징그럽게 생긴 벌레에게 피를 빨리는 모습이 떠오르면서, 진저리가 쳐졌다. 자동화된 기계들이 농사를 짓는 현대에선 생각할 수 없는 모습이었다. 한쪽 종아리의 상처엔 아직 피가 제대로 마르지 않았는데도, 전혀 마음을 쓰지 않는 사내가 어른스럽게 보였다.

"스승님, 여그이루 오쇼셔," 부엌에서 상을 들고 나오면서, 노파가 웃는 얼굴로 말했다. 그녀 언동엔 그에 대한 친근감이 짙게 어려 있었다.

'스승님? 날 스승으로 부를…… 아, 스승님은 스님을 뜻하는 모양이구나.' 그는 자신의 모습을 흘긋 내려다보았다. 하긴 불가의 수도승으로 보일 만도 했다.

"예." 그는 입가에 웃음을 띠었다. '내가 졸지에 스님이 되었구나.'

아까 노파가 어디로 가는 길이냐고 묻길래, 그는 전라도 지리산에서 혼자 도를 닦다가 평안도 묘향산으로 스승을 찾아가는 길이라고 대꾸했었다. 아까 마을로 내려오면서 고심 끝에 생각해낸 얘기였다. 지금 그의 처지에선 도를 닦으려고 명산을 찾아가는 길이라고 설명하는 것이 이곳 사람들에게 가장 그럴듯하게 들릴 것 같았다.

조선에서 꾸준히 명맥을 이어온 신선 사상은, 시낭이 나타나자, 새로운 활력을 얻었다. 적잖은 사람들에게 시간여행이 불로장생과 무슨 연관이 있는 것으로 비쳤는지, 신선 사상에 바탕을 둔 종교들이 여럿 생겨났고 신선 사상에 관한 책들도 많이 팔렸다. 그도 호기심에서 그런 책을 한 권 얻어서 훑어보았다. 쓸 만한 지식은 얻지 못했지만, 신선 사상을 믿는 사람들의 세계관, 생활 방식, 그리고 독특한 용어들은 어느 정도 기억에 남았으므로, 그는 자신이 불로장생의 비법을 찾아 도를 닦는 사람으로 그리 어색하지 않게 행세할 수 있다고 생각했다. 그래서 그렇게 둘러대었던 것인데, 선가의 수도승을 본 적이 없는 노파가 그 얘기를 듣고 그를 불가의 수도승으로 생각한 모양이었다.

'그러고 보니, 사람들이 날 그렇게 봐도, 별 문제가 없겠다. 나도 자연스럽게 스님 노릇을 하고. 나중에 진짜 스님이 나타나면, 좀 곤란해지겠지만. 그러면……' 권총을 벗어놓고 갈까 망설이다가, 그는 그냥 마당으로 내려섰다. 조심해서 나쁠 것은 없었다.

멍석 위에 앉았던 사람들이 일어나서 노파로부터 상을 받았다. 상 위에 놓인 큼지막한 나무 함지엔 막걸리가 가득했다. 그와 주인이 다가가자, 그 사람들이 그를 흘금거리면서 자리 한쪽을 비워주었다.

"실례합니다." 그는 불승들이 하는 식으로 합장하고 인사했다.

사람들이 엉거주춤 일어나서 제각기 답례했다.

"스승님, 이리 올라오쇼셔," 좀 어색한 인사가 끝나고 그가 멍석 한쪽 귀퉁이에 엉덩이를 걸치고 앉자, 맞은편에 앉은 사내가 말했다. 수염이 탐스러운 사내로 언동에 무게가 있었다. 마흔이 좀 넘은 듯했는데, 그 자리에서 웃어른인 듯했다.

"아, 예. 고맙습니다." 그는 신을 벗고 멍석 위로 올라가 제대로 자리 잡았다. 호기심이 가득 담긴 눈길들이 따갑게 느껴졌지만, 적의를 드러내는 사람은 없어서, 마음이 적이 놓였다. 비로소 사람들에게서 풍겨오는 냄새가 그의 마음속으로 들어왔다. 여름 한나절 논에서 힘든 일을 한 사내들이 풍기는 건강한 냄새는 그의 마음을 마냥 푸근하게 했다.

"저는 이언오라 합니다. 전라도 지리산에서 혼자 도를 닦았는데, 도를 닦는 일이 너무 어려워서, 훌륭한 스승님을 찾아, 평안도 묘향산으로 가는 길입니다. 지닌 양식도 떨어지고 노자도 떨어져서, 이렇게……" 말끝을 흐리며, 그는 미안한 웃음을 지어 보였다.

사람들이 고개를 끄덕였다.

"아, 그러하시나니잇가? 나난 송긔슌이라 하나이다." 수염이 탐스러운 사내가 말했다.

"나난 오병운이라 하나이다." 송의 왼쪽에 앉은, 서른이 좀 넘어 보이는 사내가 말했다.

"나난 오쳔규라 하나이다." 이번에는 송의 오른쪽에 앉은, 서른쯤 되어 보이는 사내가 말했다.

'아, 이 사람이 이 집안의 맏아들인 모양이구나.' 그러고 보니, 얼굴이 노파와 주인과 많이 비슷했다.

"스승님, 나난 오백규라 하나이다." 주인이 말했다.

"아, 예. 이렇게 뵙게 되어서 반갑습니다." 그는 다시 합장하고 고개를 숙였다.

"이 외딴 산골아이 귀한 손님이 찾아오시았난드이, 백규 자네 므슥으로 스승님 대접한다?" 송이 주인에게 말을 건네고서 껄껄 웃었다.

주인이 얼굴을 붉히면서 뒷머리를 긁적거렸다. "내놓알 것이라 곤⋯⋯" 주인이 나무 함지를 가리켰다.

"그러하면 곡차랄 스승님끄이 몬져 올리게나," 송이 권했다.

주인이 조롱박으로 술을 퍼서 그에게 내밀었다.

무심코 손을 내밀다가, 불승은 술을 마시지 않는다는 것이 생각나서, 그는 어색하게 손을 거두었다. 송이 술을 '곡차(穀茶)'라 한 뜻이 비로소 마음에 들어왔다. 어쨌든, 그런 사정이 아니더라도, 약해진 몸을 생각하면, 지금 술을 마시는 것은 좀 뭣했다. "도를 얻은 고승대덕에게나 술이 곡차이지요. 소승은 그렇지 않아도 도를 제대로 닦지 못해서 훌륭한 스승님을 찾아 이렇게 길을 나섰는데, 술을 곡차라 하면서 마실 수는 없습니다." 겸연쩍은 웃음을 띤 얼굴로 말끝을 흐리면서, 그는 사람들을 둘러보았다.

좌중에 웃음이 터졌다. 좀 서먹서먹하던 분위기가 사뭇 부드러워졌다.

"그러하시면⋯⋯ 스승님끄이셔는 아니 드신다 하시니, 자아, 아자비 몬져 받아쇼셔." 주인이 송에게 바가지를 내밀었다.

푸근하고 따스해진 마음으로 그는 슬그머니 좌중을 둘러보았다. 마침내 이 세상 사람들과 농담까지 주고받게 된 것이었다. 그들의 말씨가 이상하게 들리고 그의 말씨는 그들에겐 틀림없이 더 이상하게 들릴 터였지만, 그들은 그런대로 큰 불편 없이 의사를 소통하고 있었다. 생각해보면 아득해지는 5백 년의 세월을 조선어라는 실로 이어서.

"어허, 스이훤하도다." 바가지를 비우고서, 송이 입맛을 다셨다.

그는 자신도 모르게 침을 삼켰다. 노르스름한 막걸리에서 풍기는 구수한 냄새가 더할 나위 없이 고혹적이었다. '그냥 받아먹을 걸 그랬나?'

좌중에 술 바가지가 돌아가면서, 얘기가 많아지고 분위기도 더욱 부드러워졌다.

다시 입안에 고인 침을 삼키면서, 그는 홀긋 부엌 쪽을 살폈다. 목이 마른 참이라, 술도 무척 마시고 싶었지만, 실은 술보다도 안주로 나온 겉절이가 더 먹고 싶었다. 빨리 저녁 밥상이 나오기를 고대하면서, 그는 사람들의 얘기에 귀를 기울였다. 오랫동안 가물어서 모를 내지 못하다가 이번 비로 모를 내게 된 듯했다. 그래서 지금은 온 마을이 정신없이 바쁜 눈치였다.

"스승님." 주인이 은근한 목소리로 그를 불렀다.

"아, 예."

"술을 드시지 아니하시면, 겉절이라도 겸 드쇼셔. 그러한다로이 먹을 만하나이다." 주인이 그 앞으로 투박한 나무 젓가락을 밀어 놓았다.

"아, 예. 고맙습니다." 그는 사양하지 않고 젓가락을 집어 들었다. 고춧가루도 들어가지 않는 열무 겉절이를 씹어 삼키는 것은 쾌락이었다. 주인과 눈길이 마주치자, 그는 고개를 끄덕였다. "겉절이가 아주 맛있습니다."

주인의 웃음이 밝았다.

"나이일까지 나이면, 다이강 끝이 나거있디?" 함지 가득했던 막

걸리가 거의 동났을 때, 송이 누구에게랄 것 없이 물었다.

"녀이. 나이일까지 나이면……" 술 바가지를 비우고 겉절이 한 쪽을 손으로 집으면서, 오쳔규가 받았다.

"그러하면 모라이난 읍나이아이 가보아야디. 이번어이 규암공 신도비랄 셔이우는드이, 그저 이실 수는 없디."

"비셕은 다 깎았다 하더니잇가?" 주인이 물었다.

"모라난드이." 송이 고개를 저었다. "나보고 오라난 그 이별만 왔아니."

그는 마음을 기울여 그들의 얘기를 들었다. 아까 노파와 얘기할 때도 그랬었지만, 그들의 느리고 투박하고 어쩐지 어눌하게 들리는 말씨가 가문 땅에 떨어지는 빗발처럼 그의 가슴을 축축이 적셨다. 그들은 외국어에 침윤되고 점점 쓰이지 않아서 '박물관 언어'가 되어가는 조선어가 아니라 생생하게 느껴지는 조선어를 쓰고 있었다. 그는 그것이 그렇게도 고마웠다.

"쟉안 아하이야, 블을 혀야디?" 며느리와 함께 저녁상을 들고 부엌에서 나오면서, 노파가 말했다.

사람들을 따라 그도 자리에서 일어섰다. 배 속에서 쪼르르 소리가 나서, 그는 혼자 겸연쩍은 웃음을 지었다.

"아직은 아니 혀도 다오이거있나이다." 송이 대꾸했다. "아직 하이 졈 남았난드이……"

그는 하늘을 올려다보았다. 아직 해가 좀 남았지만, 별빛은 초롱해지고 있었다. 문득 그 많은 별들 가운데 어느 하나가 이미 이 세상 사람이 된 그를 잔잔한 눈길로 내려다보고 있는 듯한 느낌이 들면서, 소름이 쪽 끼쳤다.

3

　"가심이는 다시 한 번 둘레를 살펴보았습니다. 근처에는 아무도 없었습니다. 그래서 가심이는 굴 앞으로 다가가서 '열려라 참깨' 하고 외쳤습니다." 자신에게 쏠린 사람들의 눈길을 뿌듯한 마음으로 느끼면서, 언오는 잠시 뜸을 들였다.

　누가 입맛을 다셨다. 그의 다음 말을 기다리는 사람들의 긴장된 마음으로 밤공기가 팽팽해진 듯했다.

　"그러자 굴을 막았던 무거운 바위가 스르르 옆으로 물러났습니다. 가심이는 놀라서 한참 동안 커다란 굴을 멍하니 바라다보고만 있었습니다. 아우 바바가 가르쳐준 대로 주문을 외쳤을 때까지도, 가심이는 바바가 거짓말을 했을지 모른다고 생각했던 것입니다. 가심이가 바바였다면, 가심이는 굴 문을 여는 길을 가르쳐주지 않았을 것이기 때문입니다." 헛기침으로 목청을 고르면서, 그는 슬쩍 사람들을 살폈다.

둘러앉은 사람들은 모두 마음이 얘기에 빠진 얼굴로 그를 쳐다보고 있었다. 그와 눈길이 마주치자, 노파는 그녀 무릎을 베고 잠든 손자 만석이의 머리를 쓰다듬으면서 주름 많은 얼굴에 웃음을 띠었다. 그의 얘기가 재미있다는 것보다 그녀의 집에 찾아와서 하룻밤을 머물게 된 불승이 마을 사람들에게 인기가 높다는 것이 그녀에겐 더 흐뭇한 듯했다. 그녀 뒤쪽엔 밀짚 방석 한구석에 앉은 며느리가 잠에서 깨어나 칭얼거리는 갓난애에게 젖을 물리고 있었다. 무심코 고개를 돌리다가 그와 눈길이 마주치자, 그녀는 이내 고개를 숙였다.

어둠 속에 희끄무레하게 드러난 그녀의 젖가슴에서 황급히 눈길을 돌리고서, 그는 말을 이었다. "가심이는 욕심이 많은 만큼 겁도 많았습니다. 그래서 바바처럼 선뜻 굴속으로 들어가지 못하고 문밖에서 머뭇거렸습니다. 굴속에 있다는 보물들이 탐나지 않았다면, 가심이는 그냥 돌아갔을 것입니다."

바로 앞에 앉은 송귀순이 고개를 끄덕이더니 천천히 수염을 쓰다듬어 내렸다.

'이젠 내 말씨가 좀……' 적잖이 만족스러운 마음으로 그는 자신의 목소리가 남긴 여운을 즐겼다. 지금 그는 분명히 아까보다는 이곳 사람들의 말씨에 가까운 말씨를 쓰고 있었다.

"그러나 바바가 보여준 보물들과 바바가 굴속에 있다고 한 가지가지 보물들이 눈앞에 자꾸 어른거렸습니다. 마침내 가심이는 용기를 내어 한 걸음씩 굴 안으로 들어갔습니다. 굴 문을 들어서니, 굴은 넓어져서, 큰 방이 여러 개 있었습니다. 방들을 둘러본 가심이는 숨이 막히는 것 같았습니다. 방마다 도적들이 훔쳐온 값진 물건들이 가득 쌓여 있었습니다. 좋은 물건들이 하도 많아서, 정신이 어지러웠습니다. 금과 은으로 만든 반지, 목걸이, 귀걸이, 팔지……"

말을 멈추고, 그는 생각을 가다듬었다. 막상 굴속에 가득 찬 보물들을 그럴듯하게 그리려니, 쉽지 않았다. 무엇이 이곳 사람들에게 진기한 보물로 여겨지는지 모르니, 실감나게 얘기하기가 생각보다 어려웠다.

"금화, 은화……" 말해놓고 보니, 이곳 사람들이 금화나 은화와 같은 말들을 알아듣기 어려울 것 같다는 생각이 들었다. 조선조 중기까지 금이나 은으로 만든 화폐는 유통된 적이 드물었으므로, 이곳 사람들이 금이나 은으로 돈을 만든다는 것이야 알겠지만, 그것들을 금화나 은화라고 한다는 것은 모를 듯했다.

"금돈, 은돈, 구리돈, 가지가지 돈들이 가득 쌓여 있었습니다. 번쩍거리는 보석도 많고, 고운 비단옷도 많고, 하여튼, 도적들이 오랫동안 모아놓은 것들이라, 굴속에 있는 재물들은 정말로 대단했습니다."

"아모만." 송괴순이 한마디 하고서 고개를 끄덕였다. 둘레에 앉은 사람들 서넛이 따라서 고개를 끄덕였다.

그는 지금 마을 사람들에게 옛날 얘기를 들려주고 있었다. 저녁식사가 끝난 뒤, 함께 저녁을 든 사람들 사이엔 자연스럽게 얘기가 이어졌다. 물론 마을 사람들은 그의 내력에 대해 알고 싶어 했다. 그들은 적의나 경계심을 보이지 않고 친절하게 그를 맞아주었지만, 그들이 마음을 아주 놓은 것은 아니었다. 그리고 그들을 안심시키려면, 그가 그들에게 위협적으로 느껴질 행동을 삼가는 것만으로는 모자랐다. 그들이 여러모로 이상한 그를 자연스러운 존재로 받아들일 수 있도록 해야 했다. 그렇게 하려면, 먼저 그가 자신의 갑작스러운 출현을 그들에게 합리적으로 설명해야 했다.

그래서 그는 사람들이 묻는 대로 지리산에서 혼자 도를 닦다가 나왔노라고 띄엄띄엄 얘기했다. 그러자 사람들은 그가 지리산에서 지낼 때의 얘기를 해달라고 했다. 그로선 하고 싶은 얘기는 아니었지만, 마냥 사양할 수도 없었다. 자신의 얘기를 떠받치기 위해서라도, 지리산에서 살며 겪은 일들에 관해서 몇 마디는 해야 했다. 밥값을 하는 뜻에서 신기한 얘기 한두 토막은 들려주어야 할 처지이기도 했다.

그러나 가보지 않은, 정확하게 말해서, 5백 년 전에 가본 또는 5백 년 뒤에 가볼, 지리산에 대해서 그럴듯하게 얘기하는 것도 쉬운 일은 아니었다. 그래서 약초를 캐러 지리산 속을 누빈 일을 꾸며냈다. 산삼도 몇 뿌리 캤노라고 하자, 사람들이 모두 감탄했다. 다행히, 지리산엔 여러 번 오른 터라, 지리산의 풍경을 철 따라 그럴듯하게 그리기는 어렵지 않았다. 그러다가 말머리를 슬쩍 돌려서, 지리산에서 살던 도인에게서 들은 얘기라고 『천일야화(千一夜話)』 속의 「알리바바와 마흔 도둑」을 들려주기 시작했다. 고대나 중세의 아라비아나 페르시아에서 있었을 얘기를 옛날 지리산에 가까운 마을에서 있었던 얘기로 번안했다.

어렸을 때 읽은 얘기라 줄거리만 생각났고 아무런 준비 없이 시작했는데도, 얘기는 그런대로 풀려나가고 있었다. 사람들도 재미있게 듣고 있었다. 원작이 워낙 재미있기도 했지만, 이곳 사람들에겐 현대 사람들에게보다 도둑들에 관한 얘기가 훨씬 실감나게 들리리라는 점도 있을 터였다. 생각해보니, 지금은 임꺽정이 활약했던 시절에서 몇십 년밖에 지나지 않은 시절이었다.

"가심이는 그 재물들을 모두 가져가고 싶었습니다. 그러나 너무 많아서 도저히 모두 가져갈 수가 없었습니다. 그래서 그 재물들 가운데서 값이 가장 많이 나갈 만한 것들을 고르기 시작했습니다. 가심이는 워낙 욕심이 많은 사람이어서, 가져갈 보물들을 골라놓고 보니, 그것도 너무 많았습니다. 골라놓은 것들을 죄다 가져가려면, 말 한 마리는 있어야 될 지경이었습니다. 가심이는 이번에는 골라놓은 보물들 가운데서 버리고 갈 것들을 추려내기 시작했습니다. 몇 번이나 추려낸 끝에 가까스로 지고 갈 만한 짐을 꾸렸습니다. 추려낸 보물들이 너무 아까워서, 가심이는 속이 말할 수 없이 쓰렸지요."

"하아," 노파가 탄식 비슷한 소리를 냈다. 욕심꾸러기가 너무 많은 보물들을 앞에 놓고 속을 태우는 장면이 그녀에게 실감나게 들린 모양이었다. 주인 사내가 조용히 일어나더니 제 할머니 무릎을 베고 잠에 곯아떨어진 만석이를 안아 들고 방으로 들어갔다.

그는 조용히 한숨을 내쉬었다. 얘기를 시작했을 때는 적잖이 걱정이 되었었는데, 이젠 안심해도 될 듯했다. '이런 자리에선 이내 귀에 들어올 만한 말들을 골라서 쓰는 것이 중요하겠다. 수식어도 좀 많이 쓰고. 때론 과장도 좀 하고. 책에서 소설을 읽을 때하곤 많

이 다를 테니까……'

"스승님끄이셔 목이 마라시거잇너이." 입술을 축이는 그를 보더니, 노파가 자리에서 일어섰다. "자미잇난 녀이아기랄 듣노라, 마암이 팔려셔……"

"어마님, 나이……" 갓난애를 안은 채 며느리가 급히 몸을 일으켰다.

"놓아두거라." 손짓으로 며느리를 말리고 짚신을 발에 꿰더니, 그녀는 깜깜한 부엌으로 들어갔다.

그러고 보니, 목이 꽤 말랐다. '하긴 지금쯤은 안주인이 커피를 내올 땐데……' 문득 코끝에 향긋한 커피 냄새가 어리면서, 커피 생각이 간절해졌다. 이제 평생 커피는 마시지 못하리라는 생각은 커피 생각을 더욱 간절하게 만들었다.

'이곳 사람들은 이럴 때 뭘 마시나? 커피도 아이스크림도 없는 세상인데.' 날보리를 먹어댄 지 채 열두 시간이 지나지 않았다는 것이 생각나서, 그는 쓴웃음을 지었다. '커피 생각이 난다는 건 몸이 많이 좋아졌단 얘기 같기도 한데……'

한가한 생각들을 밀어내고, 그는 말을 이었다. "가심이가 짐을 가까스로 등에 지고 나오려니까, 어느 사이엔가 굴 문이 닫혀 있었습니다. 그래셔 가심이는 문을 여는 주문을 외쳤습니다, '열려라……' 그러나 그다음 말이 생각나지 않았습니다. '열려라' 다음에 무슨 곡식 이름을 댄다는 것까지는 생각이 났는데, 그 곡식 이름이 생각나지 않았어요."

"스승님, 여그이……" 노파가 그에게 대접을 내밀었다.

"녀이. 고맙습니다." 숭늉이 구수했다. 커피 생각은 여전했지만, 콩과 보리가 눌은 숭늉엔 다른 맛과 바꿀 수 없는 구수함이 있었다.

"가심이는 '열려라 쌀' 하고 외쳐보았습니다. 그러나 굴 문을 막은 바위는 꿈쩍도 하지 않았습니다. 그래셔 '열려라 보리' 하고 외쳐보았습니다. 바위는 역시 꿈쩍도 하지 않았습니다. 가심이는 '열려라 밀' 하고 외쳐보았습니다. 바위는 들은 척도 하지 않았습니다. 가심이는 마음이 다급해졌습니다. 그래서 아는 곡식 이름은 다 외쳐보았습니다. '열려라 콩, 열려라 팥, 열려라 조, 열려라 수수, 열려라 옥수수'……" 아차 싶어서, 그는 사람들 얼굴을 슬쩍 살폈다.

그러나 사람들은 애기에 팔린 얼굴로 그를 쳐다보고만 있었다. 이상한 것을 눈치 채지 못한 듯했다. 하긴 그의 얘기 속엔 그들이 듣기에 이상한 것들이 무척 많을 터였다. 지금 그들이 들어보지 못한 곡식 이름이 대수일 수는 없었다.

"가심이는 굴 문 앞에 짐을 내려놓았습니다." 말씨가 귀에 설고 알아듣기 힘든 말들이 많을 터인데도, 용하게 그의 얘기를 알아듣는 사람들에게 고마움을 느끼면서, 그는 말을 이었다. "한참 동안 생각해보니, 곡식 이름이 아무래도 두 자였던 것 같았습니다. 문득 쌀이 아니라 찹쌀일 것 같다는 생각이 들었어요. 용기가 나셔, 가심이는 호기롭게 외쳤습니다. '열려라 찹쌀.' 그러나 바위는 이번에도 움직이지 않았습니다. 가심이는 낙심해서 땅바닥에 그대로 주저앉았습니다."

"그리 수이온 것을 모라고……" 옆에 앉은 사내가 안타깝다는 듯 중얼거렸다. 순박하게 들리는 목소리였다.

그는 흘긋 그 사내를 쳐다보았다. 아까 그 사내가 나타났을 때, 그는 좀 놀랐었다. 쪽마루 앞 기둥에 매달린 관솔불의 흐릿하고 껌벅거리는 불빛에 드러난 그 사내의 얼굴은 너무 험상궂었다. 잠시 지나고 나서야, 그는 그 사내의 얼굴이 천연두를 앓은 흉터로 해서 그렇게 험상궂게 보인다는 것을 깨달았다. 이제 보니, 얽은 얼굴이 아까처럼 험상궂어 보이지 않았다. 어쩌면 그 사내의 순박한 목소리가 그렇게 만들었는지도 몰랐다. 아니면, 벌써 얼굴이 얽은 사람들을 셋이나 본 뒤라서 그런지.

어떻게 얘기가 퍼졌는지, 마당엔 마을 사람들이 많이 모여 있었다. 멍석 위엔 저녁을 같이 들었던 사람들과 이 집 식구들이 둘러 앉았고 토방 쪽에 깐 밀짚 방석 위엔 마을 여자들이 앉아 있었다. 자리를 차지하지 못한 사내들과 아이들은 보릿짚단을 하나씩 깔고 앉았고. 불길보다는 그을음이 더 나는 관솔불이 비추는 마당엔 모깃불 연기가 자욱했고 돌담 위로 퍼진 호박 덩굴 근처엔 개똥벌레들이 부지런히 날고 있었다.

마른 쑥을 태운 향긋한 연기에 취해 정신이 얼얼한 데다가 휘휘 날아다니는 푸른 듯 노릇한 반딧불이 이국적 정취를 더해주어서, 그는 자신이 지금 자신의 얘기 속에 나오는 먼 땅에 있는 듯한 느낌마저 들었다. 문득 자신이 지금 하고 있는 얘기가 이곳 사람들에 의해 기억되어 옛날 얘기로 전해 내려갈지도 모른다는 생각이 들었다. 「알리바바와 마흔 도둑」은 『천일야화』 가운데서도 가장 널리 알려진 얘기였다. 따라서 그의 얘기 솜씨가 서투르고 사람들이 그의 얘기를 제대로 알아듣지 못하리라는 사정을 감안하더라도, 그의 얘기는 널리 퍼져나갈 수도 있었다.

'나중에 비교문학자들은 어떻게 설명할까, 『천일야화』와 아주 비슷한 얘기가 조선에 전해 내려온다는 사실을?' 그는 입가에 조용한 웃음을 띠었다. '하긴 고려 때엔 대식국(大食國) 사람들이 벽란도(碧瀾渡)에 자주 드나들었다고 하니, 그런대로 설명이 될 수도 있겠다. 이것도 내가 이 세상의 역사에 충격을 주는 길 가운데……'

"으음." 송괴순이 가볍게 헛기침을 했다.

그는 상념에서 깨어났다. 자신에게 쏠린 눈길들에 쫓겨, 그는 급히 말을 이었다. "마침내 가심이는 땅바닥에 주저앉아 울기 시작했습니다. 가져갈 길이 없는 커다란 보물 짐을 끌어안고서. 가심이가 한참 동안 울고 나서 소매로 눈물을 씻는데, 굴 문이 스르르 열렸습니다." 그는 잠시 뜸을 들였다.

사람들이 모두 숨을 죽이고 그의 얼굴을 쳐다보았다. 마을 아래쪽에서 개 짖는 소리가 아련히 들려왔다.

"도둑질을 나갔던 굴 임자들이 돌아온 것이었습니다."

4

제대로 맞지 않는 방문이 삐거덕하고 열리는 소리에 잠이 깨었다. 부연 잠기에 덮인 마음이 차츰 맑아졌다. 아직 잠에서 깨어날 때마다 자신이 누운 곳이 어디인가 생각해내야 했지만, 그 일은 점차 기계적인 과정이 되어가고 있었다.

'내가 이 세상에 익숙해지고 있다는 증거가?' 흐릿한 생각 한 줄기가 전산기 표시반의 주사선처럼 언오의 마음을 스쳤다.

누가 방 안으로 들어왔다. "스승님끄이셔는 안즉 주무시는가?" 노파가 혼잣소리를 하더니 아랫목 부엌 위에 있는 다락의 문을 열었다.

어쩐지 쑥스러운 생각이 들어서, 그는 눈을 감은 채 그냥 누워 있었다. 지금 방 안엔 그 혼자 누워 있는 것이 분명했다. 어젯밤엔 노파와 만석이가 그와 함께 아랫방에서 자고 아들 내외와 작은 아이들 둘은 윗방에서 잤다. 윗방에서도 아이들 소리가 나지 않는 것으로 보아, 모두 일어나서 밖으로 나간 듯했다.

노파가 다락에서 무엇을 꺼내갖고 밖으로 나갔다. "여그이 이시다."

"녀이," 며느리가 좀 떨어진 곳에서 대답하고서 달려오는 기척이 났다.

숨을 길게 내쉬고서, 그는 눈을 떴다. 왼쪽 눈꺼풀이 눈곱으로 달라붙어서, 눈이 제대로 떠지지 않았다. 방 안은 훤했다.

'벌써?' 그는 시계를 보지 않고서 시간을 가늠해보았다. '여덟 시 반에서 아홉 시 반 사이일 확률이 오십 퍼센트.'

시계를 보니, 9시 3분이었다. 시간을 제대로 맞힌 것이 좋은 징조인 듯해서, 마음이 문득 밝아졌다. 아프거나 이상하게 느껴지는 곳이 없는가 살피면서, 그는 자리에서 천천히 일어났다. 몸이 뜻밖에도 개운했다. 눈곱이 끼긴 했어도, 이마에 열이 없고 정신도 맑았다. 속엔 기운이 없었지만, 대신 건전하게 느껴지는 식욕이 자리 잡고 있었다. 정심환을 먹었을 때 엄습했던, 살을 말리는 검은 식욕이 아니라, 식사가 좀 늦어졌을 때 자연스럽게 찾아오는 풀빛 식욕이었다. 안도감과 자신감이 마음을 부드럽게 씻었다. 섣불리 정심환을 먹은 탓에 맞았던, 어려운 고비를 넘긴 것이었다.

그가 방문을 열고 마루로 나서자, 마당에 있던 사람들의 눈길이 그에게로 쏠렸다. 인사말이 얼른 나오지 않아서, 그는 얼굴에 웃음을 띠면서 노파를 향해 합장하고 고개를 숙였다.

노파의 주름 많은 얼굴에 환한 웃음이 앉았다. "스승님 편안히 주무셨나니잇가?"

"녀이. 아주 잘 잤습니다." 늦잠을 잔 것이 좀 겸연쩍어서, 그는 헝클어진 머리를 손가락으로 빗었다.

그와 눈길이 마주치자, 부엌문 옆에 놓인 절구통 앞에 절굿공이를 들고 선 며느리가 얼굴을 붉히면서 고개를 숙였다. 그녀가 부산하게 공이를 놀리기 시작했다. 보리를 찧는 모양이었다.

'방앗간이 없는 세상이구나.' 어린애를 등에 업고 무거워 보이는 공이로 방아를 찧는 여인을 보자, 그의 가슴에 연민의 안개가 피어올랐다. '이곳에선 모두 힘들게……'

노파가 그의 눈길을 따라 며느리를 바라보더니 다시 그의 얼굴을 살폈다. 어쩐지 불안해하는 듯한 눈길이었다.

'아, 그렇지. 이곳은 내외를 하는 세상이지. 조심하지 않으면, 오해받겠다.' 자신에게 이르면서, 그는 마루에 걸터앉아 신을 신었다.

"스승님 아참상알 보아야디." 노파가 두 손을 비비면서 부엌으로 향했다.

"어마님, 나이……" 공이를 절구통에 기대 세우면서, 며느리가 급히 말했다.

"놓아두어라. 나이 볼 사이니." 손을 저어 며느리를 말리고서, 그녀는 부엌으로 들어갔다.

"만셕이 잘 잤니?" 안주인에게 인사하는 대신, 그는 제 엄마 곁에서 누이와 함께 누룽지를 먹고 있는 아이에게 말을 건넸다.

녀석은 고개만 끄덕였다. 그래도 이젠 녀석의 수줍음이 좀 가신 것 같았다. 콧구멍에선 여전히 누런 코가 들락거리고 있었다.

"그러면 나는 세수나 하고……" 안주인보고 들으라는 혼잣소리와 함께 그는 사립문을 나와 집 아래쪽에 있는 샘으로 향했다.

시원한 샘물로 얼굴을 씻으니, 정신이 맑아지면서 기운이 좀 돌아오는 느낌이 들었다. 수건으로 얼굴을 닦으면서, 그는 골짜기 아래쪽을 내려다보았다. 사람들이 모두 모내기에 매달린 모습이 평화롭게 눈에 들어왔다. 문득 성취감으로 가슴이 부풀었다. 마침내 이 세상에 안착한 것이었다. 그것은 어느 모로 보나 작지 않은 성취였다. 싱긋 웃으면서, 그는 군가 한 토막을 휘파람으로 불었다. 개울둑에서 어제 그 염소가 화창했다.

노파에게서 숭늉 대접을 받아 들면서, 그는 밥상을 슬쩍 내려다보았다. 그릇마다 깨끗이 비어 있었다.

그와 눈길이 마주치자, 노파가 환한 웃음을 지었다. "스승님끄이셔 이리 자시니, 얼마나 고마우신디…… 건건이가 없는 더이두, 이리 자시니……"

"밥이 참으로 맛있습니다. 된장찌개가 아주…… 덕분에 살이 붙는 것 같습니다."

노파가 상을 들고 부엌으로 들어가자, 그는 숭늉을 한 모금 더 마시고서 일어섰다.

이제 며느리는 절구통에서 찧은 보리를 키질하고 있었다. 어린애를 업고서도 그녀는 능숙하게 키질을 했다. 그 모습이 오히려 그의 가슴에서 짙은 연민을 불러냈다.

배낭에서 휴지를 꺼낸 다음, 그는 슬그머니 집 오른쪽에 있는 움막으로 향했다. 움막의 삭은 초가지붕으로 올라간 박 덩굴에서 흰

꽃 예닐곱 송이가 이슬에 젖은 채 시들고 있었다. 옛날 사진에서만 본 시골 풍경을 대하자, 가슴속에 묘한 감회가 일었다.

헛간과 움막 사이에 한쪽 귀가 떨어진 오지 오줌독이 있었고 그 뒤에 오줌장군이 있었다. 어저께 보니, 노파가 뒤꼍에서 요강을 들고 와서 오줌장군에 조심스럽게 쏟았다. 화학 비료가 없는 세상에서 오줌은 무엇보다도 좋은 비료일 터였다. 그래서 오줌을 담은 그릇들은 그대로 들고 밭에 나갈 수 있을 만큼 깨끗했다. 그도 어저께 아주 조심스럽게 오줌독을 사용했었다.

그는 거적을 들치고 조심스럽게 움막 안으로 들어섰다. 침침한 움막 안에 눈이 익숙해지자, 그는 한 바퀴 둘러보았다. 변소가 눈에 뜨이지 않았다. 움막 안에는 커다란 잿더미만 있었다.

'분명히 여긴데. 사람들이 분명히 여기서……' 좀 당황해진 마음으로 나오려다가 보니, 잿더미 아래에 변을 본 자국이 있었다. 한참 살펴보고 나서야, 그는 이 집 사람들은 땅바닥에 변을 보고 재를 덮는다는 것을 깨달았다. 그렇게 해서 나중에 거름으로 쓰는 모양이었다. 생각해보면, 상당히 간편한 관행이었다.

'이 세상에서 살아가려면, 이런 것에도 빨리 익숙해져야지. 수세식 화장실을 기대했던 것은 아니잖나.' 마음을 다독거리면서, 그는 좀 반반해 보이는 곳을 골랐다.

'차츰 나아지겠지,' 아무래도 좀 불편한 마음을 달래면서, 그는 비행복 바지를 벗었다.

마음이 불안한 탓인지, 변은 좀처럼 나오지 않았다. 쪼그리고 앉아서 두리번거리는 그의 눈에 움막 한쪽에 매달린 막대기가 들어왔다. 움막의 서까래에서 내려온 새끼줄에 양끝이 묶인 긴 막대기였는데, 잘 깎아내서 번질번질하면서도 무엇이 묻어 있었다.

'아, 이것이……' 문득 깨달음이 그의 머리를 후려쳤다. 『선가귀감(禪家龜鑑)』에서 어떤 고승이 '부처는 간시궐이니라' 하고 갈파했다는 얘기를 읽은 것이 생각났다.

'이것이 바로 간시궐이구나.' 그는 충격을 받아 좀 멍한 마음으로 생각했다. 충격은 작지 않았다. 깨끗한 화장실과 휴지와 비데가 당연한 세상에서 간시궐이란 말을 '마른 똥막대기'라고 풀이한 주석을 책에서 읽은 것과 그것을 바로 눈앞에서 본 것은 느낌이 사뭇 달랐다.

속이 메스꺼웠다. 마음을 다잡고, 그는 그 막대기를 찬찬히 살폈다. 가운데가 번질번질한 것이 더욱 속을 뒤집히게 했다. '바로 저것이구나. 내가 좌초한 세상의 참모습이……'

그는 중세 사회가 낭만주의자들이 상상한 것처럼 살기 좋은 곳이 아니라는 사실을 알고 있었다. 실은 무지와 가난에 찌들어서 살기 힘든 세상이라는 것을 알고 있었다. 그러나 그런 지식도 그가 받은 충격을 크게 줄이진 못했다. 세상이 갑자기 어두워진 듯했다.

'이것이 이제 내가 살아가야 할 세상의 참모습이다.' 그는 아랫배에 힘을 주었다. '휴지가 떨어지면, 나도……'

움막에서 나오면서, 그는 그 막대기를 다시 살펴보았다. 아까보다는 덜 흉하게 느껴졌다. 충격이 좀 가시기도 했고, 현대에선 생각하기 어려운 처지에서 변을 제대로 보았다는 것이 마음을 꽤 뿌듯하게 만들기도 했다. 번들번들한 그 막대기를 문득 멀어진 눈길로 살피면서, 그는 『선가귀감』에서 읽은 고승의 말씀을 떠올렸다.

'그러고 보니,' 그는 입가에 비뚤어진 웃음을 띠었다. '내가 비로소 부처님을 만나 뵈었구나.'

5

속옷을 뒤집어 널고서, 언오는 다시 소나무 그늘로 돌아와 땅에 깔아놓은 비행복 위에 앉았다. 햇살이 쨍쨍한 데다가 햇볕에 잘 달궈진 바위 위에 널었기 때문에, 옷은 벌써 꼬들꼬들했다.

"하아," 펼쳐놓았던 지도를 접으면서, 그는 만족스러운 한숨을 내쉬었다. 몸은 개운하고 마음은 푸근했다.

맑고 차가운 산골짜기 물로 목욕하고 속옷을 갈아입었으니, 몸이 개운한 것은 당연했다. 며칠 동안 몸에 덮인 때와 함께 아침에 뒷간의 간시궐에서 받았던 꺼림칙한 느낌까지 씻겨 나간 듯했다. 몸이 생각보다 빨리 회복된 데다가 기운을 차릴 때까지 며칠 더 묵고 가라는 만석이 할머니의 얘기를 들은 참이라, 마음도 마냥 푸근했다. 그로선 며칠 더 묵어가고 싶은 생각이 간절했으나 차마 얘기를 꺼내지 못하고 있었는데, 독한 약을 먹어서 몸이 약해졌다는 설명을 듣자, 그녀가 먼저 며칠 더 묵어가라고 권했다. 살림이 넉넉지 못한 집안이라서, 더 묵을 염치는 없었지만, 사정이 사정인지라, 그는 못 이기는 체 그녀의 권유를 받아들였다.

'그냥 고맙게만 여길 게 아니라, 뭘 좀……' 그는 다시 한 번 배낭에서 나온 물건들을 살펴보았다. 역시 마땅한 것이 없었다. 답례로 줄 만한 물건들은 모두 착시물이거나 그가 앞으로 살아가는 데 꼭 필요한 것들이었다.

'얘기 값만으로는 아무래도 부족한데.' 그는 입맛을 다셨다. 만석이 할머니가 그에게 더 묵어가라고 권한 데는 어젯밤 그가 마을 사람들에게 들려준 「알리바바와 마흔 도둑」이 재미있었다는 점도 있었을 터였다. 마을에서 화제가 된 인물이 자기 집에 머문다는 사실이 그녀에겐 자랑스러우리라는 점도 있었을 터였다. 그러나 그런 점들을 들어서 그냥 넘기기엔 그녀의 친절이 너무 고마웠고 그 집안에 끼친 폐가 너무 컸다.

'배낭 하나만 덜렁 메고 나왔으니……' 그는 다시 입맛을 다셨다. '할 수 없지. 오늘 밤에도 얘기나 잘해서 밥값을 조금이나마 하는 수밖엔. 무슨 얘기가 좋을까? 「신드바드의 모험」? 아니면, 「알라딘의 요술 등잔」도 괜찮지.'

아래쪽에서 물새 한 마리가 포르르 날아와서 속옷을 널어놓은 바위 아래 물속에 박힌 조그만 바위 위에 앉았다. 등은 잿빛이고 배는 흰빛인 자그마한 새였다. 가만히 바라보고 있으려니, 그 물새는 맑고 서늘한 목청으로 노래 한 토막을 뽑았다. 부리는 긴데 꽁지는 짧은, 그리 우아하지 못한 몸매와는 딴판으로 힘이 넘치는 목청으로 뽑은 아름다운 선율이었다.

그 짧은 선율에 담긴 삶의 풋풋한 기운이 문득 그의 몸속으로 스며들어와서 그를 이 세상의 자연스러운 한 부분으로 만들었다. 늙어 쭈글쭈글해진 세포들이 맑은 원형질로 채워져서 다시 팽팽해진 듯했다.

물새는 개울에 박힌 돌들 위로 가볍게 뛰어다니더니, 포르르 포르르 날아서 아래쪽으로 사라졌다. 개울 위로 드리운 나뭇가지들이 싱싱했다.

파릇한 진액이 살을 가득 채운 듯, 몸에 힘이 넘치는 느낌이 들었다. 그는 자리에서 일어나 바위 위로 껑충 올라갔다. 옷을 마른 곳에 옮겨 넌 다음, 아래쪽을 내려다보았다.

마을이 자리 잡은 골짜기는 평화스러웠다. 야트막한 담이나 울타리를 두르고 그리 넓지 않은 터에 자리 잡은, 지붕이 잘 삭은, 고만고만한 집들이 숲과 어우러져서 자연스러운 풍경을 이루었다. 골짜기 어귀 너머 들판에서 일하는 사람들도 들판의 한 부분처럼 보였다. 어디에선가 음메 하고 소가 길게 우는 소리가 아련히 들려왔다. 이 세상의 시공과 완벽하게 조화되어 언제까지나 바뀌지 않을 듯한 풍경이었다. 전에 경부선이 한가운데를 가로지른 마을이라고는 잘 믿어지지 않았다.

"이곳에 있었던가?" 두 손을 허리에 대고, 그는 나직이 뇌었다. 무대 위에 혼자 선 배우처럼. "이곳에 과연 있었던가, 서울로 가는 철길이?"

바위 위에 서서 쨍쨍한 햇살을 받으면서 바라보니, 분명히 이리로 지나갔을 철길은 환영처럼 생각되었다. 기차를 타고 그 철길을 따라 서울로 올라가고 진해로 내려갔던 일은 또렷이 기억되는 꿈속의 일처럼 느껴졌다.

그는 고개를 흔들고서 다시 철길 자리를 바라보았다. 문득 시 한 구절이 속에서 저절로 나왔다.

> "나는 아킬레스의 무덤 위에 서서
> 트로이를 의심하는 소리를 들었다;
> 세월이 지나면, 로마도 의심되리라."

이 세상의 시공에 꼭 맞게 다듬어져서 다른 것이 들어올 틈이 보이지 않는 풍경 앞에선, 그를 길러낸 21세기의 세상은 실감이 나지 않는, 어둑한 과거였다. 아직 태어날 기미가 보이지 않는, 흐릿한 미래였다. 실존하는 것은 오직 이 풍경뿐이었다.

문득 골짜기 어귀를 높다란 둑이 막더니, 왼쪽에서 늘씬한 하늘빛 물체가 소리 없이 나타났다. 초전도를 이용한 공기 부양 열차는 이내 오른쪽 산자락 뒤로 사라졌다. 환영처럼. 그러나 환영은 아니었다. 철길 바로 옆 나뭇가지들과 나뭇잎들이 아직 흔들리고 있었다.

6

집이 갑자기 사라지기 시작하자, 거미는 부리나케 줄을 타고 헛간 추녀로 올라가 숨었다. 살이 통통하게 오른, 작은 밤톨만 한 녀석이었다.

잠자리채를 빙빙 돌려가면서, 만석이는 제법 익숙한 솜씨로 헛간 왼쪽 추녀와 개복숭아나무 사이에 쳐진 거미줄을 말았다. 녀석은 잠자리채를 만든다고 아침부터 설치고 있었다. 긴 막대기 끝 쪽에 가는 나뭇가지를 둥글게 구부려 붙이고 삼끈으로 묶어 테를 만든 다음, 거기에 거미줄을 말아 붙여서, 그물을 씌우는 것이었다.

'흠. 그럴듯한데.' 언오의 얼굴에 웃음이 배어 나왔다. 그리 영리한 녀석은 아닌데, 가만히 보노라니, 하는 짓이 그럴듯했다. 거미줄은 실이나 천보다 구하기가 훨씬 쉽고 그물을 만들기도 편했다. 게다가 거미줄이 원래 나비나 벌과 같은 벌레들을 잡는 데 쓰이는 것이라 찐득거리므로, 거미줄로 만든 그물은 실이나 천으로 만든 것보다 잠자리를 잡는 데 나을 터였다.

거미줄을 다 말자, 만석이는 잠자리채를 내려서 둥근 테에 쳐진 거미줄을 손으로 조심스럽게 만졌다. 혼자 고개를 끄덕이더니, 코를 훌쩍거리면서 다시 거미줄을 찾아 두리번거렸다. 그와 눈길이 마주치자, 녀석은 좀 수줍은지 고개를 돌리며 사람 좋게 보이는 웃음을 얼굴에 슬쩍 띠었다.

얼굴에 앉은 웃음이 저절로 깊어지는 것을 느끼면서, 그는 녀석에게 고개를 끄덕였다. 아주 멋진 생각이라고 칭찬해주고 싶었는데, 녀석은 벌써 헛간을 돌아가고 있었다. '저렇게 잠자리채를 만드는 걸 저 녀석이 혼자 생각해냈나?'

만석이가 헛간을 돌아서 뒤쪽에서 나타났다. 녀석은 이번엔 헛간 오른쪽 추녀와 뒷간 사이에 쳐진 거미줄을 말기 시작했다. 벌써 도망쳤는지, 꽤 큰 거미줄이었는데도, 집주인은 보이지 않았다.

'오늘 아침엔 이 집 거미들이 모조리 이재민이 될 모양이구나.' 거미줄을 두 개나 말았는데도 잠자리채의 그물이 잘 보이지 않는 것으로 보아, 거미줄을 꽤 많이 말아야, 잠자리채가 완성될 모양이었다.

안주인이 부엌에서 나왔다. 등에 갓난애를 업고 옆구리엔 광주리를 끼고 있었다. 만순이가 엄마 뒤를 따라 나왔다. 네 살 난 계집애였는데, 오빠보다 훨씬 야무지게 생겼다. 녀석은 제 키만 한 막대기를 두 손으로 들고 있었다.

내외하는 세상임을 떠올리고서, 그는 안주인에게로 향하던 눈길을 급히 돌렸다. 뒷간 지붕 박 덩굴 위에서 잠자리 한 마리가 얼씬

거리고 있었다. '빨리 도망쳐라. 만석이 눈에 뜨이기 전에.'

"어마님," 안주인이 마당에서 도리깨로 보리 바심을 하는 시어머니를 불렀다.

도리깨질을 멈추지 않은 채, 만석이 할머니는 고개만 며느리에게로 돌렸다.

"어마님, 옷알 빨오려 가나이다."

"그리 하거라."

"녀이." 그에게 흘긋 눈길을 주더니, 안주인은 사립문 밖으로 나갔다. 만순이가 여전히 두 손으로 막대기를 든 채 뒤를 따랐다.

'아하,' 그는 속으로 가벼운 탄성을 냈다. '저게 바로 빨랫방망이란 것이로구나.' 영화나 텔레비전의 사극에서 본 것을 실제로 보니, 새삼스럽기도 하고 반갑기도 했다.

그는 다시 만석이에게로 고개를 돌렸다. '아무래도 저 녀석이 혼자 저런 걸 생각해낸 것 같진 않은데. 저보다 큰 아이들이 하는 걸 보고 배웠는지도 모르겠다.' 거미줄을 찾아서 잠자리채를 휘두르며 뒤꼍으로 가는 녀석을 바라보며, 그는 한가롭게 생각했다.

만석이는 보기보다는 나이가 들어서, 아홉 살이었다. 그리고 심부름을 곧잘 해서, 일손을 덜었다. 소학교가 없는 세상인지라, 녀석은 집 근처에서 하루를 보내는 눈치였다. 이 마을엔 서당이 없었고, 글을 배우려면, 매포리까지 나가야 했다.

'참, 이 세상의 아이들은 무슨 놀이들을 할까?' 호박 덩굴이 덮은 울타리 너머 안개가 걷히기 시작한 보안 하늘을 먼 눈길로 바라다보면서, 그는 잠을 제대로 자고 아침을 배불리 먹은 느긋한 마음으로 생각했다. 아욱국을 곁들인 구수한 곱삶이 보리밥은 정말로 맛이 있었다. 만석이 할머니가 익숙한 솜씨로 두드리는 도리깨 소리가 평정을 되찾은 그의 마음속 풍경에 평화로운 배경음악으로 깔리고 있었다.

'아마도 저런 장난을 하면서 놀겠지. 이 세상엔 공 같은 게 없을 테니까…… 그렇지도 않지. 공은 있을 테지. 이런 시골에 사는 아이들한테까지 차례가 오진 않을지 몰라도.' 그는 공에 관한 기억을 더듬었다. 공은 거의 모든 문명들에서 발명되었고 이미 선사 시대에 쓰였다는 얘기를 어디서 읽은 것이 떠올랐다.

'아, 그렇지.' 그는 다시 어둠 속으로 도망치려는 기억의 꼬리를 잡고서 조심스럽게 당겼다. 뒷걸음질 치면서 끌려 나온 기억이 차츰 모습을 드러냈다. '그래.「스물한 줄 바둑 대망론」이었지.'

그는 재작년에 스물한 줄 바둑을 배웠다. 스물한 줄 바둑은 몇 해 전부터 갑자기 유행했었는데, 그도 호기심에 몇 번 두어보다 매료되었다. 이미 중학교 다닐 때 전통적 열아홉 줄 바둑을 배웠던 터라, 따로 배운다고 할 것은 없었지만, 그래도 열아홉 줄 바둑과는 여러모로 달랐다. 그때 21세기 중엽에 스물한 줄 바둑을 제창했던 다케다 리이치의 그 유명한 글을 읽었다. 다케다는 전통적 열아홉 줄 바둑을 스물한 줄 바둑으로 바꿀 때가 됐다는 주장을 펴다 동료 직업 기사들로부터 따돌림을 받고 끝내 불운하게 삶을 마쳤다. 원래 스물한 줄 바둑은 20세기 초엽에 일본에서 실험적으로 시도되었는데, 별다른 호응을 얻지 못했었다. 한 세기 넘게 지나 모든 놀이들이 보다 정교하고 복잡하게 바뀌는 터라, 이제 스물한 줄 바둑으로 전환할 기운이 무르익었다고 다케다는 판단한 것이었다. 선구자의 고단한 운명을 보여준 다케다의 삶을 생각하면서, 그는 그 글을 의무감 비슷한 마음으로 집어 들었었다. 막상 읽어보니, 대단한 글이었다.

그 글에 구기 운동들의 내력이 소상하게 나왔고 바둑의 내력과 비교되었다. 이제 자세한 것들은 생각나지 않았지만, 가죽으로 만들어서 속에 새털이나 왕겨와 같은 것들을 넣은 공들이 중세 사회들에서 흔했다는 얘기는 또렷이 생각났다.

'그리고 조선에선 축국(蹴鞠)이 성행했다는 얘기가 사서들에 나오니…… 그게 비록 현대의 축구보다는 제기차기에 가까웠다지만. 그러니 공은 이 세상에도 있겠지. 그러나 그건 양반 집안이나 돈 많은 집안의 아이들에게 해당되는 얘기일 테고. 이런 시골에서 자라는 아이들에게야…… 공이 없다면, 무슨 장난감을 갖고 놀까? 잠자리채 말고……' 어느 사이엔가 진지해진 호기심으로 그는 집 안을 둘러보았다.

초라한 집 안은 장난감이란 말이 어울리지 않았다. 그는 21세기의 아이들이 가졌던, 최신 기술을 이용한 장난감들과 그런 장난감들을 이용한 놀이들을 떠올렸다. 그때는 심상하게 보아 넘겼지만, 이렇게 떨어져서 바라보니, 모두 대단한 것들이었다. 특히 컴퓨터를 이용한 전자 경기는 이 세상 사람들은 상상도 할 수 없는 신기한 놀이였다.

컴퓨터와 인터넷의 발전은 사람들의 삶의 다른 분야들에서와 마찬가지로 놀이 문화에도 혁명을 불러왔다. 그래서 20세기 말엽에 아이들의 놀이로 등장한 전자 경기는 원시적 모습을 빠르게 벗어 버리고 어른들까지도 즐기는 다양하고 흥미로운 놀이로 진화했다. 마침내 어떤 환경 속에서 문제들을 해결하는 각본의 주인공에 경기자의 개성과 능력이 공명회로(共鳴回路)를 통해 투사되는 '환경 변조 경기'가 나왔고 크게 유행했다. 특히 길가메시, 오디세우스, 손오공, 미야모토 무사시와 같은 주인공들을 등장시킨 연속 각본들은 대단한 성공을 거두었다.

그런 전자 경기는 이미 오래전에 오락을 넘어 교육과 직업 훈련 같은 분야들에 널리 쓰였다. 그것은 실제 상황을 다른 방법으로 재현하기 어려운 군사 훈련에서 특히 쓸모가 컸으니, 이미 20세기 말엽에 컴퓨터를 이용한 모의 훈련은 군대에서 긴요한 훈련 수단이 되었고 21세기엔 전자 경기 프로그램을 쓰지 않는 병사들의 개인 훈련이나 부대들의 기동 훈련은 생각할 수 없었다.

그도 전자 경기를 무척 즐겼고 스스로 프로그램들을 만들기도 했다. '황주호'를 탔을 때엔, 컴퓨터 프로그램을 정말로 잘 다루는 병사와 함께 동해의 특수한 상황들을 고려한, 특히 자세하게 조사된 수온약층(水溫躍層) 자료를 도입한, 잠수함 결투 프로그램을 만들어서 동료 승무원들과 함께 즐겼었다. 그 결투 프로그램은 꽤나 인기가 높아서, 다른 잠수함 승무원들 사이에서도 이름을 얻었다.

전자 경기는 사람의 천성이나 심리를 파악하는 데도 쓰였다. 전자 경기의 가능성은 적성 검사에서 유감없이 발휘되었다. 종래의 적성 검사는 어떤 일에 대한 적성을 측정할 때, 그것을 구성한다고 여겨진 요소들로 나누어 측정할 수밖에 없었다. '환경 변조 경기'

를 이용한 검사는 그런 구성 요소들을 따로따로 측정하면서도, 그런 요소들의 개성적 조합이 갖는 효과도 아울러 측정할 수 있었다.

문득 전에 '풍도(馮道) 프로그램'으로 정치가로서의 적성을 재보았던 일이 생각났다. 꽤 오래전 일이었는데도, 몸이 으스스 떨렸다.

그가 '만일에'에 들어간 지 얼마 되지 않았을 때였다. 하루는 취재 팀장이 그에게 평양에 있는 '현대정치학연구소'에 가보라고 했다. 거기서 하는 정치적 적성검사가 갑자기 정가에서 화제가 되었다는 얘기였다.

'현대정치학연구소'는 꽤 컸다. 성재로(誠齋路)에 있는 80층 건물의 25층 모두를 사무실로 쓰고 있었다. 그가 찾아온 까닭을 듣더니, '수리정치학연구실'의 황익용 박사는 선선하게 자신이 맡은 연구 사업에 대해 설명해주었다. 사업의 개요는 '풍도 프로그램'이라는 '환경 변조 경기' 프로그램을 이용하여 개인의 선천적 정치력을 재는 기술을 발전시키는 것이었다. 그 프로그램은 원래 북경대학교 수리정치학연구소에서 개발한 프로그램을 조선어로 번역한 것이었다.

"기사를 쓰시자면, 이 선생님께서 직접 시험을 치러보시는 것도 괜찮을 텐데요. 수수료는 받지 않겠습니다." 연구 사업에 관한 설명이 끝나자, 곱상하게 생긴 얼굴에 밝은 웃음을 띠고서 황 박사가 덧붙였다. 황 박사는 '북경대학교'에서 수리정치학(數理政治學)을 전공한 뒤 그곳에서 연구하다가 작년에 이 연구소에 초빙되었다고 했다. 원래는 수리경제학을 전공했는데, 새로 발전하는 수리정치학에 흥미를 느껴서 전공을 바꿨다고 했다.

"고맙습니다. 큰 폐가 되지 않는다면, 저도 한번……"

"그러시면……" 황 박사가 책상에서 종이 한 장을 들고 왔다. "이것은 프로그램에 입력할 자룐데, 자세하게 기재하실수록 시험 결과가 좋아집니다."

"아, 예."

"항목이 좀 많지만, 좀 자세하게 기재해주시죠."

"알겠습니다." 그는 앞에 놓인 종이를 당겨놓고 들여다보았다. 통상적으로 이력서에 기재되는 사항들이 나온 서식이었는데, 그가 써본 어느 이력서보다 더 자세하게 적도록 되어 있었다. 다녔던 직장들에서 맡았던 직무와 직위를 자세하게 쓰라는 정도가 아니라, 소학교 다닐 때 반장 했던 것이나 동창회의 총무 노릇한 것까지 적도록 되어 있었다. 좀 색다른 것은 휴대전화에 입력된 전화번호들 수와 그 전화번호들과의 월평균 통화 수를 묻는 항목이었다. 수험자의 사생활에 관해 너무 깊이 알려고 하는 것 같아서 마음이 좀 찜찜하기도 했지만, 그는 서식에 나온 사항들을 꼼꼼히 적었다.

"수고하셨습니다." 그가 서식을 건네자, 황 박사가 웃으면서 받았다. "여기 기재된 사항들은 모두 수험자의 신상에 관한 정보들이라, 저희는 그런 정보들이 외부로 유출되지 않도록 최선을 다하고 있습니다. 물론 절대적으로 장담할 수야 없지만, 이 선생님 신상에 관한 정보가 외부로 유출될 가능성은 염려하시지 않아도 됩니다."

"알겠습니다." 듣기 좋게 하는 얘기일 수도 있었지만, 그는 마음이 한결 놓였다.

"이쪽으로 오십시오." 황 박사가 옆방으로 통하는 문을 열었다. "여기가 시험실입니다."

"아, 예." 황 박사가 가리킨 방으로 들어가 보니, 방이라기보다는 실험실이었다. 넓은 방 안에 갖가지 장비들이 늘어서 있었다.

"이것이 측정 모듈입니다." 황 박사가 방 한쪽에 놓인 커다란 장비를 가리켰다. "일방 투명경으로 되어서, 속에선 밖이 보이지 않습니다."

"아, 그렇습니까?" 그는 황 박사를 따라서 측정 설비 앞으로 갔다. 잠수함 기동 작전의 훈련에 쓰이는 장비와 비슷해서, 아주 낯설게 느껴지진 않았다.

"저 안으로 들어가셔서 저기 콕핏에 앉으시면 됩니다. 콕핏 앞에 컨트롤 보드가 있고, 그 앞에 홀로그래픽 스크린이 있습니다. 모듈을 조종하는 절차는 저희 요원이 설명해드릴 겁니다."

"알겠습니다." 고개를 끄덕이면서, 그는 방 안을 둘러보았다. 창이 없었다. 불빛이 환했지만, 어쩐지 으스스한 느낌이 들었다. 조용하고 표정이 없는 시험실 요원들이 그런 느낌을 짙게 했다.

요원들은 모두 여섯이었다. 오른쪽 자동 진료 기구로 보이는 장비 앞에 선 삼십대 사내는 의사 같았고, 그 옆에 선 스물 갓 넘었을 여자는 분명히 간호사였다. 그는 그들이 대기하고 있다는 사실에서 가벼운 불안과 안심을 함께 느꼈다. 심리적 스트레스를 많이 받는 시험이라는 얘기일 터였다.

요원들과의 인사가 끝나자, 팀장이라고 불리는 사내가 그에게 측정 설비의 구조와 작동 원리에 대해 설명했다. 설명은 길지 않았지만 요령이 있어서, 그는 이내 알아들었다.

이어 팀장은 경기 규칙과 경기의 흐름을 조종하는 방법에 대해 설명했다. 이번엔 설명이 훨씬 자세했다. 수험자는 프로그램에 나오는 이야기의 주인공이 되어 사회적 문제를 풀되, 사회적 효용을 극대화해야 했다. 사회적 효용은 그 사회의 구성원들의 즐거움을 늘리고 괴로움을 줄이는 일이었다. 괴로움을 줄이는 것은 즐거움을 늘리는 것과 같다고 평가되었다. 수험자는 이야기 속의 주인공과 공명회로로 연결되었다. 만일 수험자가 중간에 시험을 끝내고 싶으면, 그 회로를 끊으면 되었다.

"도저히 견딜 수 없는 상황이라고 판단하시면, 머뭇거리지 마시고, 이 공명회로 레버를 한껏 당겨주십시오. 그러면 회로가 끊깁니다. 무리하시면, 절대 안 됩니다. 위험할 수도 있습니다." 그의 눈을 들여다보면서, 팀장이 심각한 얼굴로 말했다.

"알겠습니다. 이걸 한껏 당기면, 공명회로가 끊어진단 얘기죠?"

"예. 한껏 당기시면, 이렇게 회로 단절 위치에 레버가 오게 됩니다."

그가 조종석에 자리 잡자, 팀장이 안전띠를 매주었다. 이어 측정 설비의 문이 닫혔다.

"이제 시험을 시작하겠습니다. 수험자는 시험을 할 준비가 됐습니까?" 굵은 남자 목소리가 나왔다.

"예." 그는 고개를 돌리다가, 밖이 보이지 않는다는 것을 떠올리고서, 그만두었다. 문득 마음 밑바닥에서 까닭 모를 두려움이 검은 연기처럼 올라왔다.

"그러면 시험을 시작하겠습니다."

불이 꺼지면서, 눈앞에 입체 영상 스크린이 생겨났다. "준비되었으면, 현재 중립 위치에 있는 공명회로 레버를 밀어서 작동 위치에 놓으시기 바랍니다."

불안한 마음을 다잡고, 그는 조종간을 천천히 밀었다. 문득 바깥 세상이 아득히 멀어지면서, 다른 세상이 입을 벌리고 다가왔다. 정신이 어쩔해진 순간, 그 세상이 그를 왈칵 삼켰다.

"때는 중세," 낮고 굵은 사내 목소리가 울려 나왔다. "제국은 이미 오래전에 쇠퇴했고, 거듭되는 외우내환으로 천하는 점점 어지러워졌다."

높다란 성벽을 두른 도시가 화면에 나왔다. 보는 이의 가슴에 아릿한 그리움을 남기는 아름다운 고도(古都)였다.

"이곳 감숙성(甘肅省) 서북쪽 주천(酒泉)에도 어지러운 천하의 먹구름은 점점 두껍게 덮이고 있었다……"

어느 사이엔가 그는 가일도란 이름을 가진, 열두 살 난 아이가 되어 있었다. 아버지는 시장 골목에 조그만 피륙 가게를 차려놓고 있었다. 상고조합(商賈組合)의 일을 보느라, 아버지는 가게에 없을 때가 많았다. 그래서 가게 일은 자연스럽게 어머니와 누나가 맡게 되었다. 그는 틈틈이 가게 일을 도우면서 근처에 있는 서당에 다니고 있었다.

어느 날 시장 골목마다 사람들이 나와서 웅성거렸다. 상고조합 골목엔 특히 많은 사람들이 모여서 큰 소리로 떠들어댔다. 누가 현청으로 가자고 외치자, 사람들이 호응했다. 그리고 큰 물결처럼 사람들이 현청으로 몰려갔다. 아버지도 다른 상고조합 사람들과 함께 현청으로 갔다. 그는 아버지가 머리에 붉은 띠를 두른 것이 꽤나 자랑스러웠다.

그도 따라가려 했다. 그러나 어머니가 보고서 눈물이 찔끔 나도록 야단쳤다. 실쭉해서 가게 한구석에 앉아 어머니와 누나가 얘기하는 것을 들으니, 지난겨울에 새로 온 태수가 욕심이 사납고 성질이 나빠서 큰일이라는 것이었다. 태수는 이곳에 오던 날부터 사람들을 함부로 다루고 가진 것을 빼앗았는데, 어저께는 시장의 장사꾼들에게 무척 높은 세금을 매겼다는 것이었다. 그래서 장사꾼들이 태수에게 세금을 내려달라고 사정하러 현청으로 갔다는 얘기였다.

그가 이웃 골목의 철물 가게 앞에서 동무들과 비석치기를 하는데, 현청으로 몰려갔던 사람들이 돌아왔다. 여러 사람들이 피투성이가 된 대장간 주인을 떠메고 왔다. 사람들이 현청 문 앞에 모여서 세금을 내려달라고 외치면서 태수와 면담하기를 요구하자, 왕숭 태수는 관리들을 풀어서 사람들을 짓밟았다는 것이었다. 다친 사람들이 여럿이라고 했다.

시장 골목은 이내 노한 사람들로 가득 찼다. 모두 더 참을 수 없다고 소리쳤다. 마침내 사람들이 손에 무기를 들고 모여들었다. 무장한 사람들이 몰려가자, 태수를 비롯한 높은 관리들은 현청을 버리고 서쪽으로 도망쳤다.

사람들은 못된 태수를 내쫓은 것을 크게 기뻐했다. 어른들은 잔 칫날처럼 떼를 지어 몰려다니면서 술을 마시고 춤추고 노래했다. 아이들도 덩달아 신이 나서 설쳤다.

그날 밤 어머니는 걱정스러운 얼굴로 아버지에게 말했다, 아무래도 뒷일이 걱정된다고, 그냥 넘어갈 것 같지 않다고. 나라에서 가만히 있을 리가 있겠느냐는 얘기였다. 술을 많이 마신 아버지는 웃는 얼굴로 걱정할 것이 없다고 했다. 태수가 나쁜 짓을 많이 했으니, 나라에서 새 태수를 보낼 것이라고 했다.

이튿날부터 아버지는 더 바빠졌다. 태수를 내쫓는 일을 주도한 사람들은 새 태수가 올 때까지 관청의 일을 맡아보기로 했는데, 아버지도 무슨 일을 맡았다는 것이었다. 그래서 아버지는 아예 가게 일은 어머니와 누나에게 맡겼고, 새벽에 나갔다가 밤늦게 들어왔다. 나는 아버지가 팔에 찬 붉은 완장이 무척 마음에 들었고 동무들에게 자랑했다.

어머니가 걱정한 대로, 그러나 평화스러운 날들은 얼마 가지 못했다. 열흘쯤 지났을 때, 높은 먼지 기둥을 세우면서, 한 떼의 군사들이 서쪽에서 다가왔다. 왕숭 태수가 서쪽 가욕관(嘉峪關)에 주둔한 군대를 이끌고 돌아온 것이었다.

성안은 발칵 뒤집혔다. 사람들은 모두 겁에 질려 허둥댔다. 관청 일을 맡아보던 사람들은 서둘러 성문들을 닫고 성을 지킬 일을 의논했다. 아버지는 시장 골목들을 누비고 다니면서 성을 지킬 사람들을 불러 모았다. 아버지는 그동안 잠을 제대로 자지 못해서 꺼칠했다. 눈은 술에 취한 것처럼 붉었고, 목이 쉬어서 목소리가 제대로 나오지 않았다.

군대는 이내 성을 에워쌌다. 그는 아버지에게 전할 말이 있다는 핑계를 대고서 성벽 위로 올라갔다. 성벽 위에 서서 밖을 바라보자, 그는 가슴이 막히는 듯했다. 그의 눈에 들어온 광경은 그가 상상했던 어떤 광경보다 환상적이었다. 비록 그와 그의 가족을 위협하는 군사들이었지만, 가을바람에 기운차게 펄럭이는 갖가지 빛깔의 깃발 아래 번쩍이는 무기들을 들고서 줄 맞춰 절도 있게 움직이는 군사들의 모습은 그의 가슴을 벅차게 했다.

흰 깃발을 든 군사를 앞세우고 군관 하나가 서문 가까이 오더니 왕숭 태수의 뜻을 알렸다. 성안 사람들이 모반의 주모자들로 지목된 세 사람을 내주면, 군대를 돌려보내고 나머지 사람들은 용서하겠다는 것이었다. 그리하지 않으면, 성을 쳐서 모두 죽이겠다고 했다. 시한은 다음 날 정오였다. 주모자로 지목된 사람들 가운데 하나는, 그가 예상했던 대로, 장호였다. 장호는 꽤 큰 가죽 가게를 하는 사람으로 그의 집에도 여러 번 찾아왔었는데, 상고조합의 간부로서 이번 일을 주동했다. 나머지 두 사람의 이름은 낯설었다. 주모자들 속에 아버지의 이름이 들어 있지 않은 것을 알자, 그는 안도의 한숨을 길게 내쉬었다. 그리고 마음 한구석에 실망감이 드는 것을 깨닫고, 얼굴이 달아올랐다. 다른 사람들이 눈치를 챌까 겁이 나서 고개를 숙였다.

성안 사람들은 이내 두 패로 갈라졌다. 한쪽엔 태수의 요구를 받아들여선 안 된다는 사람들이 있었다. 함께 일을 벌였는데, 이제 와서 주모자들만 태수에게 내줄 수 없는 데다가, 무엇보다도, 태수의 말을 믿을 수 없다고 그들은 주장했다. 다른 쪽엔 태수의 요구를 받아들이는 수밖에 없지 않느냐고 말하는 사람들이 있었다.

다음 날 아침 태수가 정한 시한이 가까워지자, 주모자들을 내주어야 한다는 목소리들이 부쩍 높아졌다. 사람들은 현청 앞에 모여서 의논했다. 옷차림으로 보아 농부가 분명한 사람이 얼굴을 붉히면서 말했다, 일을 저지른 사람들이 나서서 문제를 풀어야 할 것 아니냐고. 사람들이 박수를 치면서 옳다고 외쳤다. 그러자 그의 아버지가 나섰다. 아버지는 이젠 쉬어서 제대로 들리지도 않는 목소리로 태수의 말에 속아서 그렇게 하는 것은 아주 어리석다고 말했다. 그러자 둘러선 사람들은 아버지를 비웃으면서 욕까지 해댔다. 뒤쪽에선 세 사람을 강제로 묶어서 태수에게 내주자는 얘기까지 나왔다.

사태가 자신들에게 불리해지자, 주모자들로 지목된 세 사람이 스스로 태수에게 가겠다고 나섰다. 아버지를 비롯한 상고조합 사람들 몇이 그들을 말렸지만, 이미 형세가 기운 터라, 말리는 사람들도 힘이 없었다.

울부짖는 가족들을 남겨두고, 세 사람은 성벽 위로 올라갔다. 사람들과 작별 인사를 한 다음, 그들은 밧줄을 타고 성벽을 내려갔다.

성벽 위에 선 사람들은 모두 숨을 죽인 채 그들을 지켜보았다. 그도 어른들 사이에서 긴장과 두려움으로 졸아든 가슴으로 내려다보았다.

땅에 내려서자, 세 사람은 잠시 숨을 돌렸다. 이어 군대가 진을

친 곳을 향해 한 줄로 천천히 내려갔다. 문득 맨 앞에 선 장호가 걸음을 멈추더니 성벽 위에 선 사람들을 돌아다보았다. 다른 두 사람도 따라서 돌아다보았다.

그는 문득 부끄러워져서 고개를 돌렸다. 어디로 숨고 싶었다. 그의 집을 찾으면, 장호는 으레 그에게 과일이나 사탕을 사 주곤 했었다.

세 사람이 다가가자, 군사 대여섯이 나와서 그들을 진영으로 데리고 갔다. 군사들은 그들을 밧줄로 묶더니, 뒤쪽에 있는 태수의 장막으로 데리고 가서 땅에 꿇어앉혔다.

장막 앞 높은 의자에 앉았던 태수가 천천히 일어났다. 손에 긴 채찍을 들고 있었다. 태수가 손을 들었다 싶자, 꿇어앉은 사람들 머리 위로 채찍이 날았다.

"아," 그는 자신도 모르게 외마디 소리를 질렀다. 성벽 위에서 바라보던 사람들의 입에서 놀란 외마디 소리들이 나왔다.

채찍이 거듭 날자, 세 사람은 발길에 채인 보릿단들처럼 땅에 굴렀다. 멍멍한 그의 귀로 그들의 비명이 아득히 들려왔다. 그들은 곧 벌건 살덩이들이 되었다. 한참 때리고 나자, 분이 좀 풀린 듯, 태수가 채찍질을 멈추고 뒤를 돌아다보았다. 이어 급히 다가온 군관에게 무엇을 지시하더니, 다시 의자에 가서 앉았다.

그는 꽉 죄인 가슴을 펴고 참았던 숨을 내쉬었다. 다른 사람들도 모두 안도의 한숨을 쉬었다. 일이 잘 끝나가는 듯했다. 끔찍한 매질이었지만, 그것으로 끝난다면, 불행 중 다행일 터였다.

갑자기 건장한 군사 셋이 앞으로 나왔다. 그들은 피투성이가 되어 땅에 뒹구는 세 사람에게로 다가가더니 칼을 빼어 들었다.

웅성거리던 성벽 위의 사람들이 모두 얼어붙었다. 그는 두려움으로 가슴이 졸아들어서 숨을 쉬기도 어려웠다.

군사들은 세 사람의 목을 쳤다. 잘린 머리들이 땅에 굴렀다. 태수가 고개를 젖히고 미친 웃음을 터뜨렸다.

이어 다른 군사들이 투석기를 밀고 나왔다. 그들은 세 사람의 머리들을 투석기에 올려놓더니 성안으로 쏘아 보냈다. 잘린 머리들이 퍽 소리를 내고 떨어졌다. 조각난 머리들이 사방으로 튀었다.

사람들이 놀라서 조각난 머리들을 망연히 바라보고 있을 때, 나팔 소리가 크게 나면서, 군대의 공격이 시작되었다. 성은 이내 떨어졌다. 변변한 무기가 없는 성안 사람들이 가욱관의 정병들에 맞서기도 어려웠지만, 그들은 이미 지도자들을 잃은 데다가 두 패로 갈린 터였다.

그는 아버지가 다른 장사꾼들과 함께 서문의 누대 위에서 군사들에 맞서 싸우는 것을 멀리 숨어서 지켜보았다. 아버지가 칼을 어깨에 받고 쓰러지는 것을 보고서야, 집으로 달려갔다. 이제 그가 어머니와 누나를 지켜야 했다. 그는 이를 악물고 집으로 달렸다.

눈물 속으로 보이는 세상은 지옥이었다. 북문 쪽엔 벌써 불길이 높이 솟았고 비명이 거리마다 가득했다. 시장 골목 가까이 갔을 때, 와자지껄한 소리가 났다. 빈터에서 군사들 예닐곱이 남자 둘과 여자 하나를 에워싸고 있었다. 그들은 장난감을 갖고 놀 듯, 붙잡힌 세 사람을 도망가게 하면서 칼로 찌르고 있었다.

그는 어머니와 누나와 함께 안채의 다락에 숨었다. 그들이 두려움에 가슴을 죄면서 어둠 속에서 기다린 지 한참 되어서야, 군사들이 닥쳤다. 군사들은 거칠게 집 안을 뒤지기 시작했다. 피할 가망이 없는 상황에서 점점 가까이 다가오는 군사들의 거친 목소리와 미친 웃음소리를 듣는 것은 견디기 어려울 만큼 괴로웠고, 누가 다락문을 왈칵 열어젖혔을 때, 그는 차라리 한숨이 나왔다.

그들이 끌려 나오자, 군사들이 우르르 몰려들었다. 모두 다섯이었다.

어머니는 미리 생각해둔 바가 있었던지, 뜻밖에도 침착했다. 패거리의 우두머리로 보이는 몸집이 큰 군사에게 말했다, 무슨 말이든지 다 들을 테니, 어린 아들만은 살려달라고.

군복에 피가 튀었고 얼굴은 술로 벌게진 그 군사가 큰 인심을 쓰듯 고개를 끄덕였다.

어머니는 그에게 빨리 밖으로 나가라고 눈짓을 했다.

그는 완강하게 고개를 저었다. 어머니와 누나를 버리고서, 혼자 나갈 수는 없었다.

그러자 어머니가 말할 수 없이 애절한 눈빛으로 그에게 애원했다.

어머니의 넋이 실린 그 눈길에 떠밀려, 그는 떨어지지 않는 걸음을 옮겨 밖으로 나왔다. 그러나 멀리 도망치지 못하고 두려움과 안타까움과 부끄러움으로 졸아붙은 가슴으로 뒤꼍에서 머뭇거렸다. 문득 방에서 누나의 비명이 났다. 그 처절한 소리에 쫓겨, 그는 담을 넘어가서 숨었다. 집 안이 조용해진 뒤에도 한참 지나서야, 그는 담을 넘어 집 안으로 들어왔다.

장면이 문득 바뀌었다. 그는 주천성이 멀리 보이는 산 위에 혼자서 있었다.

"주천 사람들이 참혹한 화를 겪은 지 어느덧 11년의 세월이 흘렀다……" 해설자의 목소리가 나왔다.

이제 그는 스물세 살 난 젊은이였고 마흔 명 남짓한 도둑 떼의 우두머리가 되어 있었다. 아지랑이 너머로 가물거리는 성을 바라보면서, 그는 언젠가는 그곳에 들어가리라고 한 번 더 자신에게 다짐했다. 그는 그저 남의 물건들을 빼앗는 도둑이 아니었다. 그에겐 주천 사람들의 원통함을 풀어주어야 한다는 큰일이 있었다. 지금 성안에 있는 태수는 전에 가욕관에서 군대를 이끌고 와서 살육을 저질렀던 바로 그 사람이었다. 문득 누나의 비명이 들려오면서, 그는 주체할 수 없는 부끄러움과 분노에 다시 몸을 떨었다.

그 뒤로 그의 무리는 점점 늘어났다. 그는 주천 부근에서 출몰하는 다른 도둑 떼들과 연합을 시도했다. 마침내 세 해 뒤 그는 다른 도둑 떼들의 우두머리들을 설득해서 연합 전선을 이루었다. 거의 3백 명이 되는 연합군의 대장은 우두머리들 가운데 나이가 제일 많은 주강이 되었고, 그 자신은 선봉장이 되었다. 그러나 120여 명의 직속 부하들을 거느린 데다가 다섯 패거리들이 연합하는 데 공이 가장 컸던 그가 실질적 지도자였다.

해동이 되자, 연합군은 산에서 나와 주천성을 에워쌌다. 그날 밤 몰래 성을 빠져나와 가욕관으로 가는 왕숭 태수의 밀사가 초병에게 붙잡혔다. 그 밀사의 품에서 나온 태수의 편지에는 성안의 사정이 밝혀져 있었다. 성을 지키는 군대는 그의 예상보다 적어서, 정규군은 120명가량 되고 민병대가 2백 명가량 되었다. 민병대는 그날 급히 모집한 민간인들이었고 무기도 제대로 갖추지 못했다. 태수는 사태를 그리 심각하게 보지 않는 듯했다. 성을 에워싼 무리가 정규군이 아니고 도둑 떼이므로, 성을 굳게 지키면, 공성(攻城) 기구가 없는 터라, 곧 스스로 흩어질 가능성이 높다고 평가했다.

급히 열린 작전 회의에서 바로 새벽에 성을 치기로 결정되었다. 태수가 사태를 잘 본 만큼, 아직 수비가 덜 짜였을 때 공격하는 것이 낫다는 생각이었다.

아울러 태수의 밀사를 더 엄하게 문초해서 성안의 수비에 관한 정보들을 더 얻어내기로 결정되었다. 그는 그 밀사가 아는 것들은 이미 다 불었다고 생각했지만, 더 엄하게 문초하자는 주장을 막지는 않았다. 그 밀사가 끔찍한 고문을 당할 것이 마음에 걸렸지만, 큰일을 위해선 그런 사소한 것까지 일일이 살필 수는 없었다.

그의 걱정은 맞았다. 원래 유목민인 회흘리족 패거리의 우두머리인 사사타에게 밤새 문초 받은 태수의 밀사는, 날이 밝자, 찢긴 살덩어리가 되어 숨을 거두었다.

날 밝기 바로 전에, 연합군은 성을 공격했다. 성은 예상보다 훨씬 쉽게 떨어졌다. 왕숭 태수는 오랜 학정으로 민심을 잃었고, 성을 지키던 군사들도 싸울 마음이 없어서 모두 도망치거나 항복했다. 태수는 도망치다가 그의 군사에게 붙잡혔다.

군사에게 끌려온 태수를 보자, 그는 몸을 떨었다. 아무리 애써도, 떨리는 몸을 진정할 수가 없었다. 머리 뒤쪽에 깊이 눌러두었던 기억들이 한꺼번에 몰려나왔다. 태수가 휘두른 채찍에 맞아 피투성이가 된 반란의 주모자들, 투석기로 쏘아져 퍽 하는 소리를 내고 땅에 떨어지던 그들의 잘린 머리들, 칼날을 어깨에 받고 쓰러지던 아버지, 술에 취에 벌게진 얼굴로 어머니와 누나의 머리채를 움켜쥐던 군사들, 그에게 어서 나가라고 애원하던 어머니의 눈빛, 그리고 지금도 귀에 쟁쟁한 누나의 비명 ─ 머리로 왈칵 피가 몰리면서, 정신이 어찔했다. 자신도 모르게 벌떡 일어서면서, 그는 칼을 빼어 들었다.

'아니지. 내가 이러면 안 되지⋯⋯' 그는 가까스로 마음을 다잡았다. 태수를 그렇게 처리하는 것은 옳지 않았다. 그러기엔 태수의 죄가 너무 컸고, 그 죄를 다스리는 일이 너무 중요했다. 그는 억지로 숨을 길게 쉬면서 천천히 칼을 내렸다. 머리로 몰렸던 피가 차츰 잦아들기 시작했다.

그는 서둘러 태수와 태수의 부하들을 재판에 부쳤다. 그 일을 처리해야, 다른 일들을 제대로 할 수 있을 터였다. 성을 막 점령한 판에 재판이 제대로 될 리 없었지만, 그래도 그는 태수의 죄를 재판을 통해서 벌하고 싶었다.

재판은 그의 예상에서 크게 벗어나지 않았다. 도둑질을 하면서 사람 죽이는 일을 밥 먹듯 한 사람들로 짜인 재판부라, 붙잡힌 사람들은 모두 사형을 선고받았다. 그는 태수와 죄질이 나쁜 관리들을 한 댓 명 골라서 처형하고 나머지는 가벼운 벌을 주고 싶었다. 그러나 다른 우두머리들은 막무가내였다. 대장인 주강은 온건한 편이었으나, 나머지 세 사람은 관리들은 모조리 죽이자고 했다. 특히 사사타는 관리들만이 아니라 부유한 지주들과 장사꾼까지 죽이고서 그들의 재물을 나누어 갖자고 나왔다. 재물 얘기가 나오자,

주강까지 귀가 솔깃해지는 듯했다. 그래서 그는 서둘러 그들과 타협했다. 태수와 관리들은 처형하되, 대신 다른 사람들은 일체 해를 입지 않도록 했다. 그로선 그것이 최선이었다.

그사이에도 그의 군사들의 약탈은 시작되었다. 도둑들로 이루어진 군대가, 그것도 다섯 패거리들의 연합인 병력이, 잘 훈련된 군사들로 이루어진 군대처럼 행동하기를 기대할 수는 없었다. 그래서 성을 치기 전에, 그는 주강으로 하여금 군사들에게 태수와 관리들의 재산에 대한 약탈은 허용한다고 선언하도록 했다. 대신 민간인들에 대한 약탈은 금지되었다. 주강은 군령을 어기는 군사는 지위와 공을 따지지 않고 처형하겠다고 선언했다.

그러나 한번 약탈이 시작되자, 그런 구분이 지켜질 리 없었다. 군사들은 반반한 집만 보면, 들어가서 약탈했다. 특히 회흘리족 군사들의 행패가 심했다. 성안에선 밤새 불길이 솟았다. 그가 민가에 들어가서 여자들을 겁탈한 회흘리족 군사 둘을 본보기로 처형한 뒤에야, 민가에 대한 약탈이 좀 멎었다. 그러나 민가에 대한 약탈을 금지한 데 대한 군사들의 불만이 하도 높아서, 병영엔 불온한 기운이 돌았다. 그는 주강과 상의한 다음, 현청의 창고 두 개를 열어서 거기에 든 적잖은 재물들을 군사들에게 나눠주었다.

다음 날 아침 그는 성안을 한 바퀴 둘러보았다. 눈에 들어오는 광경마다 참혹했다. 주천의 민병대가 관군을 도와 성을 지켰기 때문에, 공격군이 싸움터의 혼란 속에서 관군과 민병대를 구분하기는 어려웠고, 자연히 민간인들의 피해가 무척 컸다.

'내가 한 일이 옳았나?' 회흘리족 부대가 약탈한 시장 골목을 바라보면서, 그는 절망에 가까운 마음으로 자신에게 물었다. '이 사람들을 이렇게 만든 것이 과연 옳았나? 물론 난 왕숭과 그 부하들을 처벌하고 열다섯 해 전에 그리도 원통하게 죽은 사람들의 한을 풀어주었다. 적어도 조금은 풀어주었다. 그렇긴 하지만, 그것이 과연 주천 사람들이 이번에 입은 피해를 정당화할 수 있을까?'

그러나 그는 마음을 모질게 먹었다. 이미 지난 일을 안타까워하고 있을 만큼 사정이 한가롭지 않았다. 무엇보다도 먼저, 약탈자들을 보호자들로 만들어야 했다. 그것은 생각할수록 어렵게 느껴지는 과제였다. 한번 약탈의 맛을 본 군대를 다시 군기가 엄정한 군대로 되돌리는 일은 무척 어려웠다. 도둑 떼를 그런 군대로 만드는 일은 훨씬 더 어려울 터였다. 따라서 그에겐 손에 쥔 권력이 지키는 일이 정말로 중요했다. 당장 군사들의 행패로부터 주천 사람들을 지키는 것은 자신의 존재뿐이었다. 그가 힘을 잃거나 죽으면, 3백 명의 군사들은 이내 주천 사람들 위에 군림하는 3백 명의 폭군들이 될 것이었다. 물론 그들은 주천 사람들을 왕숭보다도 더 모질게 괴롭힐 터였다.

그는 황량한 가슴으로 자신이 태어나서 자라난 시장 골목에 등을 돌렸다. 군진의 지휘부가 있는 현청으로 돌아가면서, 그는 군대를 완전히 장악하는 길에 대해서 생각했다. 지금 군대는 명색은 연합군이었고 공식적으로는 대장인 주강이 지휘하고 있었지만, 군사들을 실제로 장악한 것은 예전의 우두머리들이었고, 공식적 조직과는 달리, 패거리가 다른 병사들은 서로 어울리지 않았다. 그래서 주강의 명령을 제대로 따른 병력은 주강이 전부터 거느린 40여 명뿐이었고 그가 거느린 병력이 비교적 잘 따랐다. 군대 조직이 그렇게 느슨했으므로, 선봉장으로서 실질적 지도자인 그의 위치도 아직은 상당히 불안했다. 그리고 우두머리들 사이엔 암투가 끊이지 않았다. 특히 60여 명이 넘는 정예 부하들을 거느린 사사타는 지휘자로서의 능력이 큰 데다가 야심도 커서, 그와 주강에게 위협적 존재였다.

다음 날 주천에 주강을 감주절도사(甘州節度史)로 하는 인민 정부가 섰다. 사사타는 대장군으로 주천 태수가 되었고, 이응창과 서호도 대장군들이 되었다. 그는 나이가 적다는 핑계로 그들보다 격이 낮은 장군이 되어 선봉장으로 남았다. 그래서 그는 절도사부에 딸린 20여 명, 태수부에 딸린 20여 명과 대장군부에 딸린 30여 명을 뺀 2백여 명의 부하들을 직접 거느리게 되었다.

문득 눈앞에 처음 보았던 주천성의 모습이 나타났다. 이어 해설자의 목소리가 나왔다. "이리하여 긴 고난의 시절은 끝나고 주천성에는 마침내 평화가 찾아왔다……"

해설이 끝나면서, 주천성이 멀어져갔다. 점점 작아져서 점이 되더니, 마침내 사라졌다.

가벼운 충격에 그의 마음이 움찔했다. 공명회로가 끊어진 것이었다. 현실 세계의 단단한 품이 그를 다시 받아들였다.

측정 설비의 문이 열렸다. "수고하셨습니다." 아직 껍질이 벗겨진 것처럼 느껴지는 마음속으로 측정 요원의 목소리가 거칠게 밀고 들어왔다.

그가 설비에서 내려서자, 자동 진료 기구 앞에서 기록지를 살피던 황 박사가 다가왔다. "수고 많으셨습니다. 힘드셨죠?"

"예. 좀……" 그는 숨을 길게 내쉬었다.

"여기 물 좀 드시죠."

"고맙습니다." 그는 측정 요원이 내민 물 잔을 받았다. "어, 시원하다."

"옷부터 갈아입으시죠," 황 박사가 말했다. "그리고 제 사무실로 오십시오."

"예." 경의실로 가면서, 그는 자신을 내려다보았다. 아까 갈아입은 운동복은 땀으로 흠뻑 젖었고 몸에선 며칠 동안 씻지 않고 뒹군 것처럼 역겨운 냄새가 났다. 온몸이 쭈글쭈글해진 것처럼 느껴졌다.

샤워를 하고 옷을 갈아입으니, 살 것 같았다. 시계를 차다가, 그는 새삼 놀랐다. 한 시간 이십 분밖에 지나지 않았던 것이었다. 아까 시험 시간이 한 시간에서 한 시간 반쯤 될 것이라고 들었으니, 그 시간이 맞겠지만, 기분엔 여러 날 된 것만 같았다.

"어떻습니까, 이 선생님?" 그가 황 박사 방에 돌아와 자리 잡자, 황 박사가 웃음 띤 얼굴로 물었다. "좀 힘들긴 하지만, 한번 해볼 만한 시험 같지 않습니까?"

"예. 그런데요. 이건 정말…… 이런 시험이 있는 줄은 몰랐습니다. 어떻습니까, 제 성적이? 정치를 해도 밥은 먹을 만한가요?"

그의 약한 농담에도 황 박사는 소리 내어 웃었다. "이 선생님의 정치력 지수는 백십사로 나왔습니다."

"백십사요?" 그는 되묻고 잠시 황 박사의 얼굴을 쳐다보았다.

"예. 평균보다 상당히 높습니다."

그는 천천히 고개를 끄덕였다. 114면, 황 박사의 듣기 좋게 하는 얘기와는 달리, 평균에 가까운 점수일 터였다. 백 점이 평균이라면, 어느 정도 재능과 경험이 있는 사람이라면, 그 정도는 나올 것이 분명했다. 시험을 치른 뒤, 아마도 점수가 높게 나오지는 않을 것 같다는 생각이 들기는 했었지만, 실망감은 뜻밖에도 묵직하게 가슴에 얹혔다. 정치가가 될 생각은 해본 적이 없었지만, 자신의 선천적 정치력이 평균치보다 조금 높다는 사실은 적잖이 서운했다.

황 박사가 책상에서 컴퓨터 인쇄지를 가져왔다. "맞습니다. 백십삼 점 칠 점을 받으셨습니다."

"좀 실망스러운데요." 그는 겸연쩍은 웃음을 얼굴에 띠었다. "조금 전에 시험실에 계신 분한테 들으니, 최소한 백이십 점은 돼야 정치가로서…… 저는 정치해선, 밥을 굶겠습니다."

"그런 얘기를 하기도 하는데, 뭐, 꼭 그런 것도 아닙니다."

"저 혼자 생각하기엔 정치력이 아주 없는 것 같진 않았는데…… 이번 시험에서 제가 제시한 해답이 시원찮았던 모양이죠?"

"글쎄요." 황 박사가 고개를 갸웃했다. "어떻게 됐나 한번 보죠." 황 박사가 인쇄지를 반쯤 돌려서 둘이 동시에 볼 수 있도록 했다.

몸을 좀 비틀고서, 그는 인쇄지를 들여다보았다. 맨 위에 그의 고유번호와 이름과 신분증 번호가 나와 있었다. 이어 시험 시간이 나와 있었다. 그 아래에 영어 약자들을 제목으로 삼은 항목들이 있었고, 그 아래 '시험 성적'란에 152.3이라고 나와 있었다.

'백오십이 점 삼이라. 괜찮은데……' 그는 황 박사가 흘긋 살폈다.

이어 그의 나이, 성, 학력, 경력, 전에 이런 시험을 치른 경험 따위 항목들이 나와 있었고 그 아래 '조종 계수'란에 1.34라고 나와 있었다. 맨 아래 '조정 성적'란에 113.7이 적혀 있었다.

"여기 보시다시피, 이 선생님의 시험 성적은 아주 높습니다." 그가 인쇄지를 다 훑어본 것을 확인하자, 황 박사가 설명했다. "백오십 점을 넘으면, 정치를 직업으로 하지 않는 사람으로선 아주 높은 점수를 얻은 것입니다. 이 선생님의 경우, '이파크'가, 즉 선천적 정치력 지수가 낮은 것은 후천적으로 얻은 정치력이 크기 때문입니다."

"아, 그렇습니까?" 그는 고개를 갸웃했다. '난 평생 정치와는 거리가 멀었는데……'

"이 시험의 목적은, 아까 말씀드렸다시피, 선천적 정치력을 측정하는 것입니다. 그런 측정 작업은 먼저 어떤 사람이 어떤 시점에 지닌 정치력을 측정하고 후천적으로 얻어진 부분을 그것에서 빼는 것입니다. 지능 지수를 측정할 때, 정신 연령을 먼저 측정하고 그것을 역연령(歷年齡)으로 나눠서 후천적으로 얻어진 부분을 빼는 것과 비슷한 이치죠."

"아, 예. 무슨 말씀인지 알겠습니다."

"다만, '이파크'를 산출할 경우엔 역연령을 산출할 때처럼 나이만 고려하는 것이 아니라, 학력이나 경력과 같은 요소들도 고려하는 것이 다르죠. 전에 이것과 비슷한 시험을 치른 사람은 아무래도 점수가 좋게 나오니까, 시험을 몇 번 보았나 하는 것까지 참작됩니다."황 박사가 인쇄지의 한 칸을 짚었다. "여기 일 점 삼사로 나왔죠?"

"예."

"이것이 이 선생님의 조정 계숩니다. 일 점 삼사면, 높은 편인데, 그것은 이 선생님의 정치력 중에서 후천적으로 얻으신 부분이 상당히 크다는 것을 뜻하죠."

"아, 그런가요? 그런데, 황 박사님," 황 박사의 얼굴을 살피면서, 그는 조심스럽게 물었다. "만일 제 정치력 지수가 한 이백쯤 되었다면, 그 얘긴 어떻게 결말이 났을까요?"

"글쎄요." 눈가에 웃음을 띤 채, 황 박사는 그를 건너다보았다.

"질문을 바꿔야 할까요? 그 프로그램 속의 상황에 대한 가장 적절한 반응은 어떤 것입니까?"

잠시 생각하더니, 황 박사가 일어섰다. "잠깐 기다려주십시오."

황 박사가 다시 컴퓨터를 만지는 사이, 그는 생각을 가다듬고 잡지 기자로서 자신이 지금 알아내야 할 것들을 꼽아보았다. 알아내야 할 것들은 당연히 많았지만, 막상 그것들을 황 박사에게 내놓을 질문들로 만들려니까, 잘되지 않았다. 워낙 생소한 분야라 잘 모르는 데다가, 시험을 치르느라 몸과 마음이 함께 지쳐서, 더욱 그랬다.

"이걸 보시죠." 황 박사가 그의 앞에 새 인쇄지를 내려놓았다. "이 선생님께서 제시하신 해답은 포악한 태수와 태수의 부하들을 처형하고 인민 정권을 수립한 것이었습니다. 그 과정에서 병사들이 민가들을 약탈한 것은 작지 않은 사고였지만, 다행히 그런 사태는 초기에 수습되었습니다. 따라서 전체적으로는 양호한 결말이었습니다."

그는 잠자코 고개를 끄덕였다.

"사실 이렇게 결말을 내기도 쉽지 않습니다. 이야기 속의 주인공인 가일도가 나중에 주역 노릇을 하지 못하는 경우도 적지 않습니다. 직업 정치인들 중에도 그렇게 돼서 시험에 낙제하는 경우가 있습니다."

"직업을 잘못 고른 사람들도 많으니까요."

황 박사가 클클 웃었다. "맞습니다. 하여튼 이 선생님의 해답은 높은 점수를 받았습니다. 그러나 그 해답에 문제점들도 있습니다."

"예." 그는 고개를 끄덕였다.

"첫째," 황 박사가 인쇄지의 한 난을 짚었다. "보시다시피, 이 선생님의 해답 속엔 가욕관에 주둔한 군대가 고려되지 않았습니다. 원래 주천 사람들이 입은 피해는 태수가 가욕관의 군대를 끌어들여서 인민 봉기를 진압하는 과정에서 나왔다는 사실을," 황 박사가 싱긋 웃음을 지으면서 말을 고쳤다. "허구를⋯⋯"

그도 따라서 웃음을 지었다. 암울한 이야기 속의 주인공이 되었던 경험이 마음속 풍경에 남긴 먹장구름이 좀 엷어졌다.

"그런 사정을 고려할 때, 가욕관의 군대에 대비하는 방책이 해답 속에 포함되지 않은 것은 상당한 감점 요인입니다."

"예. 실은 저도 그 생각을 하긴 했었는데, 하다 보니까⋯⋯" 주천성을 공격하기 시작했을 때부터 겪은 어려운 고비들을 떠올리고서, 그는 고개를 저었다. 잘 훈련된 군대가 아니라 모두 멋대로 움직이는 도둑 떼를, 그것도 여러 패거리로 나뉜 도둑 떼를, 거느린 사람이 맞는 어려움은 겪어본 사람만이 알 수 있었다.

"그리고 가욕관의 군대가 막고 있는 외적도 있습니다. 이 선생님의 해답엔 가욕관 너머 초원에서 유목하면서 감주 전체를 넘보는 회흘리족에 대한 고려가 없습니다."

"회흘리족요? 그건 전혀 생각지 못했는데요."

황 박사가 싱긋 웃었다. "이 선생님께선 회흘리족 부하들을 거느리셨죠?"

"예." 되살아난 사사타의 기억이 입안에 떫은맛을 남겼다.

"그 사람들이 서쪽에 있는 회흘리족의 본류와 연락을 하고 있었다는 것을 아셨습니까?"

"아뇨." 그는 놀라서 황 박사를 쳐다보았다.

황 박사가 천천히 고개를 끄덕였다.

"그 사람들에 대해선 좀……" 그는 고개를 흔들었다. "워낙 말썽을 많이 부려서, 경계하긴 했지만……"

"잘 생각해보시면, 그 사람들이 서쪽에 있는 동족들과 연락을 하고 있었다는 것을 가리키는 증거들이 떠오를 겁니다. 하여튼, 이 선생님의 해답대로 결말이 난 뒤에 나올 수 있는 여러 가지 상황들 가운데 가장 확률이 높은 것은 가욕관의 군대가 다시 주천을 공격하고 위기에 처한 주천 사람들이 회흘리족 부대의 제안을 따라 회흘리족 본대에 구원을 청한다는 각본입니다."

"아, 그렇습니까?" 잠시 생각해보고, 그는 고개를 끄덕였다.

"듣고 보니, 그럴 가능성이 높은데요."

"그래서 회흘리족이 주천의 내란에 개입하여 주천 지방이 궁극적으로 회흘리족의 세력권에 편입될 확률은 이십구 퍼센트 정도 됩니다. 다른 각본들도 있지만, 내용은 비슷비슷합니다. 중요한 것은 그것들이 모두 주천 사람들에게 그다지 희망적인 상황들은 아니란 사실이죠."

어두운 마음으로 그는 인쇄지를 내려다보았다. 문득 글자들이 가물가물해지면서, 무지막지한 가욕관의 군대에게 다시 짓밟히는 주천의 모습이 나타났다. 불길이 오르고, 피가 땅을 적시고, 비명이 하늘을 채우고…… 그는 숨을 깊이 쉬고 마음을 다잡았다. 글자들이 차츰 또렷해지면서, 뜻이 마음속으로 들어왔다. 손등으로 이마의 진땀을 훔치고서, 그는 그 글자들에 마음을 모았다.

인쇄지엔 그의 해답에서 나올 상황들이 확률이 높은 것부터 나와 있었다. 모두 여섯 개였는데, 확률이 가장 높은 것은 황 박사가 방금 얘기한 대로 29.1퍼센트였고 가장 낮은 것은 2.5퍼센트였다. 대충 훑어보니, 어느 것이나 결말은 비슷했다. 군대에 의한 혹독한 지배거나 회흘리족에 의한 더 혹독한 수탈이었다. 주천의 인민 정권이 오래 살아남을 가능성은 없었다.

어둡고 허전한 가슴을 슬픔과 부끄러움이 채웠다. '그렇게 큰 희생을 치르고도, 다시 압제 속에서 비참하게 살아야 한다니……'

"너무 마음 쓰실 건 없습니다. 실제로 있었던 일은 아니니까요."

황 박사의 목소리가 자꾸 프로그램 속의 세상으로 가라앉는 그의 마음을 끌어냈다.

'그렇지. 그건 역사적 사실이 아니지. 컴퓨터 프로그램 속의 세상이지. 나는 지금 여기…… 나는 지금 취재하고 있다는 걸……' 아직도 고집스럽게 환상의 세계로 향하는 마음을 다잡고서, 그는 황 박사의 얼굴에 눈길을 맞추었다. "황 박사님, 그러면 제가 어떻게 했어야…… 어떻게 했어야, 결과가 좋았을까요?"

황 박사가 정색하고 그를 건너다보았다. "글쎄요. 어떻게 설명을 드려야 좋을까요? 지금 저희가 찾는 것은, 아까 말씀드렸다시피, 수험자의 선천적 정치력입니다. 어떤 가상 상황에서 최적의 정치적 해답을 찾는 것이 아닙니다. 그런 해답을 찾는 일은 선천적 정치력의 측정에 필요한 한도에서만 수행됩니다. 저는 물론 개인적으로 그런 일에 큰 흥미를 느낍니다만."

"최적의 정치적 해답을 찾을 수는 있습니까?"

"예. 몇 가지 기본 조건들을 상정한다면, 수리정치학 지식을 써서 상당히 일반화된 해답을 찾을 수 있습니다. 그러나 그런 해답의 실질적 의미는 그리 크지 않습니다."

"아, 예." 황 박사의 말뜻을 제대로 알아듣지 못한 채, 그는 고개를 끄덕였다.

"이 선생님, 지능지수가 얼마신가요?" 황 박사가 조심스럽게 물었다.

"군대에 있을 때 잰 것으로는 백사십팔이던가요? 그 정도 됩니다."

"백사십팔이면, 무척 높죠. 그런 분이 정치력 지수는 백십사밖에 안 된다는 것은, 물론 백십사가 낮은 것은 아닙니다만, 지능과 선천적 정치력 사이의 상관관계가 보기보다 작다는 것을 가리키죠."

황 박사의 얘기를 새기면서, 그는 천천히 고개를 끄덕였다. 하긴 그럴 터였다. 뛰어난 과학자들에게서 큰 정치적 수완을 기대하는 사람은 없으니까.

"정치 현상이 처음으로 학문적 연구의 대상이 되었을 때부터 지금까지, 정치학자들이 내세운 근본적 가정들 가운데 하나는 정치가들은 무엇보다도 자신들의 권력을 유지하고 증대시키기 위해서 노력한다는 것이었습니다. 지능지수와 정치력 지수 사이에 있는 상당한 차이는 정치가들이 보이는 권력에 대한 욕구와 집착으로 상당 부분 설명될 수 있을 것입니다."

"권력에 대한 욕구가 큰 사람이 정치가가 되리라는 것은 쉽게 이해할 수 있습니다만, 권력욕이 실제로 정치력에 그렇게 큰 도움이 되나요?"

"시험 결과는 그런 가설을 지지하는 것 같습니다. 하긴 그럴 수밖에 없다는 생각이 들기도 합니다. 강렬한 권력욕이 없이 어떻게 험한 정치판에서 오래 살아남을 수 있겠습니까? 권력욕이 적은 사람이라면, 어떻게 이 세상의 골치 아픈 일들을 지치지 않고 처리해 나가겠습니까?"

"말씀을 듣고 보니, 정말 그럴 것 같은데요. 권력에 대한 강렬한 욕구가 정치가가 되는 데 필수적 요건이라……"

"별로 유쾌한 생각은 아니죠? 그러나 그런 사실에 대해 우리가 어떻게 생각하든, 권력에 대한 강력한 욕구에 긍정적 측면이 있는 것은 사실입니다. 이 프로그램이 '풍도 프로그램'이란 사실이 그

점을 시사해줍니다. 혹시 풍도에 대해서 아시나요?"

"제가 아는 것이야, 뭐, 옛날 중국의 정치가였다는 정돕니다. 끈 질긴 생존력으로 여러 임금들을 섬겼다고……"

"잘 아시네요. 풍도는 당(唐) 말기부터 오대를 두루 거쳐 벼슬을 했습니다. 전에는 유교적 시각에서 그를 폄하했죠. 충신은 불사이군(不事二君)인데, 그렇게 여러 왕조들을 섬긴 것은 지조가 없는 짓이란 얘기였죠. 그러다가 명(明)의 이지(李贄)가 처음으로 그를 새롭게 평가했습니다. 난세의 병화에서 민중을 구제한 경세가라고. 이 프로그램은 대체로 이지의 견해에 동조하는 셈이죠."

"아, 그런가요?" 한숨을 길게 내쉬고서, 그는 잔을 들어 물을 마셨다. "이 프로그램으로 시험을 받은 사람들 가운데 이미 정치가로서 업적을 쌓은 사람들도 있습니까?"

"예."

"그 사람들의 시험 결과는요?"

"시험 결과는 선천적 정치력과 정치적 성취도 사이에 의미 있는 상관관계가 있음을 보여주었습니다. 그런데 선천적 정치력이 아주 뛰어난 사람들 가운데 몇은 종교 지도자들입니다."

"그렇습니까? 좀 뜻밖인데요."

"예. 그러나 생각해보면, 이해할 수 있는 일입니다. 어떤 종교의 중심부인 사제 집단은 신도들을 통제해야 합니다. 그 일엔 당연히 정치력이 필요할 것 아니겠습니까?"

가벼운 충격과 함께 언오는 긴 회상에서 깨어났다. 마당 가득한 햇살이 파도처럼 밀려왔다. 그는 부르르 몸을 떨었다. 긴 악몽에서 깨어난 듯, 아까 느꼈던 평정은 사라지고 까닭 모를 불안이 마음 위에 어두운 그늘을 드리웠다.

문득 다시 들리기 시작한 만석이 할머니의 도리깨질 소리가 차츰 21세기를 밀어내기 시작했다. 아직도 흔들리는 마음을 무심한 손길로 쓰다듬는 그 소리에 고마움을 느끼면서, 그는 끊겼던 생각의 끈을 찾아들었다. '모형 우주선 같은 장난감도 전자 놀이도 없는 세상에서 아이들은 무슨 놀이를 할까?'

"할미." 만석이가 뒤꼍에서 나왔다.

기운이 없는 목소리여서, 그는 녀석을 살폈다.

"므스 일가?" 도리깨질을 멈추지 않은 채, 만석이 할머니가 녀석에게로 고개를 돌렸다. "또 나왔구나. 쯧쯧. 더 놈으이 거우이 춤."

제 할머니 앞으로 다가간 만석이가 괴로운 모습으로 쪼그리고 앉았다. 입을 헤 벌린 채, 맑은 침을 줄줄 흘리고 있었다. 그사이에도 코에선 누런 콧물이 부지런히 들락거렸다.

"보자." 그녀가 도리깨를 내려놓더니 치맛자락을 들어 손자의 침과 코를 씻었다.

만석이가 욱 하고 몸을 앞으로 굽히면서 토하는 몸짓을 했다. 그러나 속에서 나온 것은 말간 침뿐이었다.

"할미가 바이랄 문질러주마." 다시 치마로 침을 씻어주고서, 그녀는 손자의 배를 문지르기 시작했다. "자아, 이놈의 거우이야. 가만이 있거라. 가만이 있거라."

"할머니." 그는 마당으로 내려섰다. "므스 일이니잇가?"

그녀가 그에게로 고개를 돌리고 어색한 웃음을 지었다. "만셕이는 거우이 춤을 많이 흘리나이다."

그는 잠자코 고개를 끄덕였다. '거우이 춤? 거우이 춤이 무엇인가? 침을 흘리는 것이 병인가?'

다시 침을 지르르 흘리면서, 만셕이가 징징 우는 소리를 냈다.

"아가, 바이 많이 알판다?"

만셕이가 고개를 끄덕였다.

"그러하면 가셔 두이를 보아라. 이리 오나라." 그녀는 손자를 데리고 헛간 뒤쪽 울타리 곁으로 갔다.

그는 그녀가 내려놓은 도리깨를 집어 들었다. 밥값을 하는 셈치고, 좀 거들 생각이었다. 나이 많은 부인이 힘든 일을 하는데, 바라보고만 있자니, 무척 미안했다. 그는 도리깨를 한 번 휘둘러보았다. 마음대로 움직이지 않았다. 도리깻열은 제대로 돌지 않고 도리깨채가 먼저 땅에 닿았다. 한 번 더 휘둘러보았으나, 역시 마음대로 움직이지 않았다.

그녀가 돌아다보고서 히쭉 웃었다. "스승님, 놓아두쇼셔."

잘못하다가는 도리깻열을 부러뜨릴 것 같아서, 그는 도리깨를 내려놓았다. '이 세상엔 쉬운 일이라곤 없구나.'

그녀가 울타리로 올라간 호박 덩굴에서 잎사귀 하나를 따서 손자의 밑을 씻어주었다.

만셕이가 일어나서 바지춤을 여몄다. 녀석이 눈 똥이 좀 이상했다. 무슨 벌레 같은 것이 속에서 움직이고 있었다.

그는 가까이 가서 살폈다. 허연 지렁이 같은 벌레가 똥 속에서 고개를 들었다. 울컥 비위가 상하면서, 아침에 먹은 것이 올라오는 듯했다. 백과사전에서 본 징그러운 기생충들의 그림이 떠올랐다. 그는 마음을 다잡고 그 벌레를 살폈다. 10센티미터도 넘는 것 같았다. 그 옆에서 또 한 마리가 고개를 내밀었다. '이것이 회충이구나. 거우이라고 한 것이 바로……'

7

억지로 힘을 내어 몇 번 더 찧고서, 언오는 절구질을 멈추었다. 왼손으로 절구통에 박아놓은 공이를 잡은 채, 오른팔을 들어 비행복 소매로 이마의 땀을 훔쳤다. 절구질은 생각보다 훨씬 어려웠다. 옆에서 볼 때는, 단순한 일이라, 상당한 숙련이 필요한 도리깨질보다 쉬울 것 같았는데, 막상 해보니, 그런 것만도 아니었다. 공이에 준 힘이 절구통 바닥까지 닿아 보리 껍질이 벗겨지는 것이 아니라, 힘이 거의 모두 보리 낱알들 속으로 흡수되어버렸다. 꽤 오랫동안 힘을 주어 찧었는데도, 절구통 속의 보리는 그대로인 듯했다.

'절구통이 돌로 된 것이면, 좀 나을 텐데…… 서투른 목수가 연장만 나무라는 격인가? 만석이 엄마는 잘도 찧던데. 갓난애까지 업고서.'

"스승님, 그만하쇼셔," 만석이 할머니가 다시 도리깨질을 멈추고 말했다. 그녀는 아까부터 별로 힘을 들이는 기색도 없이 도리깨

질을 하고 있었다. 마을 사람들이 모두 논일에 매달린 사이에, 그
녀는 혼자 쉬엄쉬엄 집 둘레의 밭에서 보리를 거두고 있었다.

"관계티 아니 하나이다." 그녀의 말에 쫓겨, 그는 다시 공이를
집어 들었다. 아까 그녀에게 강청하다시피 해서 시작한 일이었다.
앞개울에 나가서 빨래를 하고 온 안주인이 쉴 사이도 없이 다시 절
구질을 시작하는 것을 보고선, 그냥 앉아 있을 수가 없었다.

이내 팔이 아파오기 시작했다. 그 아픔에서 마음을 돌리려고, 그
는 끊어졌던 생각의 끈을 찾아서 이었다. '만석이에게 구충제를 주
는 것까지 이십일 세기가 막을 수 있을까? 물론 시간 줄기에 충격
을 줄 가능성이 아주 없는 건 아니겠지만, 이렇게 외딴 마을에서
자라는 아이에게 구충제를 먹이는 것까지…… 그리고 내가 지금
사는 이 세상의 시공은, 시간여행자라는 정말로 달갑지 않은 불청
객을 받아들인 이 세상의 역사는, 과연 그런 불청객을 보낸 세상에
대해 아무것도 주장할 수 없는 것일까?'

절구질을 잠깐 멈추고 그는 소매로 눈썹까지 적신 땀을 씻었다.
'이 세상과 저 세상 사이의 얘기는 그렇다 치고. 난 어떻게 해야 하
는가? 나의 충성심은 물론 나를 낳은 저 세상에게로…… 저 세상?
저승?' 그는 둘레를 한 바퀴 둘러보았다. 여름 한나절의 쨍쨍한 햇
살이 활짝 핀 현실감으로 그의 마음을 덮어왔다.

'어느새 그렇게 돼버렸구나. 저 세상. 그리고 이 세상……' 부끄
러움, 체념, 안도감과 같은 여러 감정들이 뒤섞인 한숨이 저절로
나왔다. 그는 다시 공이를 집어 들었다.

'그렇다면 날 너그럽게 받아들인 이 세상은 내게 아무것도 요구

할 수 없는 것일까? 이 세상에 발을 들여놓은 순간, 나는 이 세상에 대해서 최소한의 의무를 지게 된 것 아닌가? 배 속에 벌레가 가득한 불쌍한 아이에게 구충제를 주는 것 정도는 내가 이 세상에 대해 진 빚이 아닐까?' 다시 눈앞에 떠오른 회충의 징그러운 모습을 지우려고 그는 공이로 힘껏 내려찍었다.

팔이 무척 아팠다. 지친 근육을 달래가면서 쉬엄쉬엄 하면 일을 꽤 오래 할 수 있을 터였지만, 손길을 멈추면, 만석이 할머니가 다시 그만두라고 할 것이 뻔했다. '결국 이십일 세기와 십육 세기 가운데서 하나를 택해야 한다는 얘기가 되나? 구충제 문제야 그리 어려운 선택은 아니겠지만, 이 세상 사람들과 접촉하다보면, 풀기 어려운 문제들이 틀림없이 나올 텐데.'

더 참을 수가 없어서, 그는 공이를 힘껏 내려찍고서 손길을 멈췄다. 어깨로 공이를 받치고서 왼손으로 만져보니, 오른팔 근육이 뻣뻣하게 뭉쳐 있었다.

"스승님, 힘드실 사인드이······" 부엌에서 나오면서, 안주인이 말했다.

좀 뜻밖이어서, 그는 그녀를 돌아다보았다. 처음으로 그녀가 그에게 말을 건넨 것이었다.

그의 눈길을 받자, 자신의 대담성에 놀란 듯한 낯빛으로 그녀는 눈길을 내렸다. 햇볕에 그은 얼굴이 발갛게 물들었다.

"관계티 아니 하나이다." 반가운 마음에 그는 모처럼 밝은 웃음을 지으면서 대답했다. "쉬엄쉬엄하면, 뭐······"

"스승님, 힘드실 사인드이, 그만하쇼셔." 만석이 할머니가 아예 도리깨를 보릿짚 위에 던져놓고 다가왔다.

"녀이. 조곰만 더 하구요. 보기보다는 힘이 드는더이요." 싱긋 웃으면서, 그는 공이를 다시 잡았다.

"절구질도 아니 하야본 사람안 이대 하디 못 하나이다. 힘만 들고."

"녀이, 참아로 그러한더이요. 조곰만 더 찧고셔 그만두거있나이다." 그는 공이를 놀리기 시작했다.

"많이 디허뎠는드이……" 절구통 속의 보리를 살펴보더니, 그녀가 그에게 웃음을 지어 보였다.

그도 웃는 얼굴로 고개를 끄덕였다.

그녀가 마당으로 돌아가서 보릿짚을 거두기 시작했다. 머뭇거리던 안주인이 다시 부엌으로 들어갔다.

그는 좀 편해진 마음으로 공이를 놀렸다. '둘 가운데 하나를 택한다는 것은 둘의 가치를 비교한다는 얘긴데. 이십일 세기와 십육 세기가 과연 비교될 수 있을까? 그런 비교는 결국 현재와 미래의 비교일 텐데……'

머리 한구석에서 생각 한 토막이 꼬물거렸다. 한참 꼬드긴 끝에 끄집어낸 그 생각은 사관학교 시절 경영학 시간에 배운 '자본화된 가치'였다. '미래의 가치를 현재의 가치로 환산하려면, 이자를 고려해야 한다는 얘기였는데…… 얘기는 간단한데, 과연 가치를 돈처럼 다룰 수 있을까?'

물론 시원스러운 대답은 나오지 않았다. 그래도 그는 그 물음에 고집스럽게 매달렸다. 그에게 그것은 결정적 중요성을 지닌 것이었다.

'지금부터 오백 년 뒤에 백 터몬의 가치가 있는 일이라면, 이율을 연 일 퍼센트로 하면, 지금 가치가 얼마나 되나? 단리로 하면, 이자가 오백 퍼센트에 원금이 백 퍼센트라. 여섯 배니, 백을 여섯으로 나누면, 십륙 점 륙…… 십칠 터몬밖에 안 되나? 복리로 계산하면, 얘기도 되지 않는구나.' 그는 공이를 왼손에 옮겨쥐고 찧기 시작했다. 남쪽 울타리 밖 대추나무에서 매미들이 서늘한 소리를 내고 있었다.

'이율 연 일 퍼센트는 손에 쥔 백 터몬이 내년의 백일 터몬과 같단 얘긴데. 누구나 손에 쥔 백 터몬을 택하겠지. 백 단위의 행복이나 보람이라면? 당장 백 단위의 행복이나 보람을 얻을 수 있는 사람이 한 해 뒤에 얻을 백한 단위와 맞바꿀까? 그렇진 않겠지. 따라서 연리 일 퍼센트는 정당화되고도 남는데. 복리로 계산하면, 이십일 세기의 가치는 지금 가치로 환산할 때 얼마나 할인되어야 할까? 구십구 퍼센트?'

그는 절구질을 멈추고 공이를 절구통에 조심스럽게 기대어 세웠다. 팔과 허리가 아프기도 했지만, 빨리 계산을 해보고 싶었다. 그는 토방으로 올라가 어느 사이엔가 그의 의자가 된 말아놓은 멍석위에 앉았다. 거기 앉으면, 푹신한 의자에 앉을 때 느끼는 것과는 다른, 몸과 마음을 붙잡지 않는 가벼운 푸근함을 느꼈다.

안주인이 부엌에서 나와 보리를 찧기 시작했다. 그는 아까와는 다른 눈으로 그녀를 살폈다. 그녀 등에는 젖먹이가 여전히 업혀 있었지만, 그녀의 몸놀림엔 숙련된 노동의 아름다움에 가까운 간결

함이 있었다.

"어마니." 만석이가 밖에서 뛰어 들어왔다. 녀석이 의기양양하게 왼손을 쳐들어 보였다. 손가락 사이에 날개가 끼인 잠자리가 배를 꼬부렸다 폈다 하고 있었다.

'홈. 저 녀석이 마침내 아침 일과를 마쳤구나.' 미소를 지으면서, 그는 수첩을 꺼냈다.

"아참나이 큰일을 하얐구나. 놀디만 말구 일 지엄 하거라," 안주인이 아들을 가볍게 나무랐다. "삼타이루 아궁이어이셔 자이랄 파나이오나라."

"녀이." 녀석은 풀이 꺾여 비실비실 헛간으로 가더니 삼태기를 찾아 들었다.

그는 수첩을 펴고 계산을 시작했다. '일 점 영일의 오백 승이라. 홈. 한참 걸리겠구나.'

계산은 더디고 힘들었다. 현대 사람들이 참을 수 없는 것은 단순한 일을 기계적으로 반복하는 일이었다. 컴퓨터와 로봇이 나온 세상에선 그런 일은 사람의 몫이 아니었다.

'지금 내 처지에서 휴대용 컴퓨터까지야 바랄 수 없지만……' 그는 쓴웃음을 지었다. '그럼 무엇을 바란단 얘긴가?'

그는 손길을 멈추고 고개를 들어 울타리 너머 하늘을 바라보았다. 컴퓨터가 없는 세상과 공해에 찌들지 않은 하늘이 함께 그에게 무슨 얘기를 하는 듯했다.

'하긴 계산자 같은 것도 있지. 휴대용 컴퓨터가 나오기 전까지만 하더라도, 계산자가 널리 쓰였다고 했는데. 측량 같은 작업엔 대수

표가 쓰였고……' 그는 과학사를 공부하면서 다루어보았던 계산자를 떠올렸다. 그렇게 간단한 기구로 할 수 있는 계산들이 그렇게도 많음을 알고서, 그는 탄복했었다. '만일 내가 이 세상에 계산자를 도입한다면, 얼마나 많은 사람들이 얼마나 큰 혜택을 입을까?'

그는 고개를 돌려 젖먹이를 등에 업고 보리 방아를 찧는 안주인을 바라보았다. '내 머릿속에 든 지식만으로도 저렇게 힘들고 단조로운 삶을 꽤나 편하고 여유 있는 삶으로 만들어줄 수 있을 텐데……'

문득 속에서 뜨거운 기운이 단단하게 뭉쳐서 치솟았다. '어째서 옳지 못하단 말인가? 저 사람들의 삶을 조금 낫게 만드는 것이 어째서 옳지 못하단 말인가? 그것을 막을 권리가 누구에게 있단 말인가?' 누구에게 향하는지 모를 분노가 마구 솟구쳤다. 몸이 약해지니까 마음의 억제력도 따라서 약해진 듯, 그 벌건 기운은 한참 동안 몸과 마음을 달구었다.

가까스로 마음을 가라앉히고 숨을 깊이 쉰 다음, 그는 다시 수첩을 들여다보았다. 단조로운 계산을 되풀이해야 한다는 생각에 다시 맥이 풀렸다. 수첩을 그런 계산에 써버리는 것도 아까웠다. 한 바퀴 둘러보는 그의 눈에 마루 밑에 있는 관솔 조각이 들어왔다. 그는 그것을 집어들고 땅바닥에 숫자를 쓰기 시작했다.

마침내 1.01의 512승은 158.3304라는 답이 나왔다. 소수점 아래 다섯째 자리에서 사사오입을 했고 중간에 계산이 좀 틀렸을 수도 있었지만, 그런 사정이 문제될 리는 없었다.

'오백 승과 오백십이 승 사이의 차이는 얼마나 될까? 그렇게 크진 않을 것 같은데. 오백 승의 값을 백사십으로 보면 되겠지, 적어도 백삼십 이하는 아니겠지. 하기야 백이라고 해도 상관없지. 그렇다면, 오백 년 뒤의 가치는 현재엔 일 퍼센트도 안 된다는 얘기가 되나?' 심각한 낯빛으로 그는 땅바닥에 쓰인 숫자들을 내려다보았다. '이런 식으로 따지면, 이십일 세기가 십육 세기에 대해서 할 말이 거의 없는데. 만일 이율을 이 퍼센트로 하면, 오백 년 뒤의 가치는 지금 얼마만큼 값이 나갈까? 천 분의 일? 만 분의 일?'

절구통 속의 보리를 키에 퍼 담은 안주인이 까부르기 시작했다. '곡식이 밥이 되어 밥상에 오르기까지 도대체 얼마나 많은 공정을 거쳐야 하는 것일까? 저렇게 바심해서, 절구에 찧어서, 어두운 부엌에서 연기를 마시면서 곱삶이로 밥을 지어서…… 가사 로봇에게 말 한마디만 하면 식탁 위에 원하는 음식들이 모두 차려지는 세상의 주부들이 지금 이곳에 있다면……'

과학사 시간에 읽었던 아이작 아시모프라는 20세기 소설가의 글이 생각났다. "1846년에 매사추세츠의 일라이어스 하우는 최초의 실용적 재봉틀을 만들었는데, 이것은 주부의 삶에 처음으로 기술이 도입한 것으로 지금까지 있었던 모든 인도주의적 연설들보다도 훨씬 효과적으로 고래의 압제로부터 여성들을 해방시키는 과정을 시작했다."

그는 힘주어 고개를 끄덕였다. 당시에도 그럴듯한 얘기라고 생각했었지만, 지금 이 세상에선 더할 나위 없이 생생한 얘기였다. '지금 이 세상의 모든 질서들이 남존여비라는 이념에 바탕을 두었고 여인들이 그런 질서 아래서 어려움을 겪고 있지만, 저렇게 힘든 노동에 하루 종일 매달릴 수밖에 없다면, 여인들의 처지를 보다 낫게 만들려는 노력은 큰 성과를 거두기 어렵겠지.'

다시 속에서 뜨거운 기운이 치밀었다. '사정이 그런데, 어째서 내가 저 사람들을 위해서 내가 지닌 지식들을 써선 안 된단 말인가? 나를 낳은 세상을 위해서? 이십일 세기의 가치가 지금 백 분의 일이나 천 분의 일의 가치를 지닌다면, 이십일 세기가 과연 내게 무엇보다도 시간 줄기를 지키라고 요구할 수 있나? 만일 내가 이 세상을 좀 낫게 만들고 그래서 실존했던 것보다 나은 이십일 세기가 나오도록 한다면, 이십일 세기 사람들이 제시할 수 있는 반론은 무엇일까?'

'지금 내가 나서서 시간 줄기에 충격을 주었을 때, 실재 역사보다 나은 역사가 나오리라는 믿음은 무엇에 바탕을 두었나?' 다른 목소리가 이내 대꾸했다. '적어도 현재의 시간 줄기는 사람들이 살아남을 수 있음을 보여주었다. 내가 지금 그 시간 줄기에 간섭했을 때, 과연 내가 인류의 미래에 대해 책임을 질 수 있을까?'

어려운 문제였다. 계산을 하느라 어지러워진 머리가 갑자기 아파지는 듯했다. 한숨을 쉬고서, 그는 천천히 일어섰다.

안주인은 이제 애벌 찧은 보리를 다시 절구통에 넣고 물을 조금씩 쳐가면서 대끼고 있었다.

'어쨌든,' 수첩을 비행복 주머니에 넣으면서, 그는 마음을 굳혔다. '만석이에게 구충제를 준다고 해서, 역사가 뒤바뀌는 것은 아닐 테지.'

"아주머니," 배낭에서 구충제를 꺼내 들고 와서, 그는 안주인을 불렀다.

안주인과 만석이 할머니가 하던 일들을 멈추고서 그를 돌아다보았다.

"이리 좀 오쇼셔.' 그는 노란 알약을 두 사람에게 보였다.

"므슥이니잇가, 스승님?" 묶던 보릿단을 놓고서, 만석이 할머니가 먼저 다가왔다. 안주인도 공이를 절구에 기대 세워놓고 조심스럽게 다가왔다.

"이것은 거우이를 없애난 약이니이다. 만석이에게 먹이쇼셔." 그는 그 알약을 만석이 할머니에게 건넸다.

"녀이. 스승님, 감샤하압나니이다. 이리 구이한 약알……" 두 여인이 노파의 손바닥에 놓인 노란 알약을 신기한 듯 들여다보았다.

"이따가 뎜심 먹은 뒤에 먹이쇼셔."

"녀이." 두 여인이 한목소리로 대꾸했다.

"그리하고, 아주머니, 아기난 쇼승에게 주쇼셔. 쇼승이 보겠나이다."

알약에 정신이 팔린 터라, 안주인은 별말 없이 등에 업은 아기를 내려서 그에게 넘겨주었다.

"어이, 이쁘다, 우리 애기." 아기를 받아 어르면서, 그는 다시 멍석으로 가서 앉았다.

두 여인이 나지막이 얘기하더니, 만석이 할머니가 약을 손에 꼭 쥐고 방 안으로 들어갔다. 그를 홀긋 살펴더니, 안주인은 다시 절구통으로 다가갔다.

마당 가득한 햇살이 쨍쨍했다. 이 자리엔 다른 세상이 들어올 틈이 없었다. 이 원시적 세상의 생생함 앞에선, 그 화려한 21세기는 창백한 존재였다.

　아기가 몸을 뒤챘다. "쯧쯧쯧," 그가 어르자, 녀석이 방긋 웃었다. 한쪽 입가로 침이 흘렀다.

　그는 손등으로 조심스럽게 침을 닦아주었다. 문득 가슴이 더워졌다. 자신이 막 한 선택이 옳았다는 믿음이 따스한 물살로 살 속으로 퍼져나갔다.

8

"스승님."

"응?" 언오는 밥상 옆 방바닥에 밥그릇을 놓고서 밥을 먹고 있는 만석이에게로 고개를 돌렸다. 입에 든 밥을 급히 삼키고 얼굴에 웃음을 띠면서, 그는 제대로 대꾸했다, "왜 그러냐, 만석아?"

"스승님 오날 나조이도 녀잇날 녀이아기 하시나니잇가?" 녀석이 떠듬거리면서도 어려운 높임말을 틀리지 않고 해냈다.

투박한 놋숟가락으로 콩나물국을 떠 마시고서, 그는 고개를 끄덕였다. "그래." 그는 녀석이 말을 걸어온 것이 꽤나 흐뭇했다. 어저께 구충제를 먹은 뒤로, 녀석이 그를 대하는 태도가 사뭇 달라졌다.

"오날 하실 녀잇날 녀이아기난 므슥이니잇가?"

"으음." 대꾸할 말이 잘 나오지 않았다. 오늘 저녁에 할 이야기는 미처 생각해보지 못한 터였다. 다시 국물을 뜨면서, 그는 싱긋 웃었다. "잇다가 나조이에 할 녀이야기랄 미리 말하면, 자미없디 아니할까?"

녀석이 따라 웃으면서 코를 훌쩍였다. 입술 가까이 내려왔던 누런 코가 콧속으로 들어가더니 이내 다시 나왔다.

"만석아, 밥이나 먹어라. 스승님 진지 드시디 못하신다." 부엌으로 난 외문의 문지방에 엉덩이만 걸치고서 젖먹이에게 젖을 물리던 안주인이 아들을 나무랐다.

"관계티 아니 하나이다," 그는 서둘러 말했다. "만석아."

"녀이?"

"오날 할 녀이야기난……" 잠시 생각한 다음, 그는 말을 이었다, "녀잇날에 마음씨 됴티 못한 사람이 이셨는드이, 나쁜 짓을 하다가 벌을 받았거든, 그런 녀이야기다. 므스 녀이야기인디 알겠니?"

「베니스의 상인」을 생각한 것이었다. 이곳 사람들도 이내 알아들을 만한 줄거리고 길이도 맞을 듯했다.

숟가락으로 밥을 한껏 떠서 입으로 가져가다 말고, 녀석이 고개를 크게 끄덕였다. 부슬부슬한 보리밥이라, 녀석의 숟가락에서 밥알이 부스스 떨어졌다. 숟가락이 현대의 숟가락처럼 오목하지 않아서, 조심하지 않으면, 음식을 흘리기 쉬웠다.

그와 마주 앉아 밥을 먹던 바깥주인이 아들을 대견한 눈길로 살피고서 방바닥에 흩어진 밥알을 집어 자기 밥그릇에 넣었다. 그리고 밥 한 숟가락을 퍼서 아들 그릇에 담았다. "우리 만석이가 스승님 녀이야기에 자미랄 들였구나. 자아, 빨리 먹어라."

"스승님 녀잇날 녀이야기 자미이셔셔, 우리 마알 사람달히 밤마다 잠알 못 자가이 다오이았아니……" 남자 셋이 밥을 먹는 것을 옆에서 지켜보던 만석이 할머니가 주름 많은 얼굴에 웃음을 띠면서 거들었다. 식사 때는 으레 바깥주인과 그와 만석이가 먼저 먹었다. 나머지 식구들은 그들의 상을 물려받아 식사했다.

그는 미소로 그녀의 칭찬에 대꾸했다. 실제로 그의 이야기는 점점 인기가 높아지고 있었다. 어제저녁엔 마을 사람들에게 「리어왕」을 들려주었는데, 사람들의 반응은 첫날의 「알리바바와 마흔 도둑」이나 그저께의 「알라딘의 요술 등잔」보다 좋았다. 늙은 임금이 사랑하고 믿었던 두 딸들에게 버림받는 장면이 나오자, 부인네들이 앉은 쪽에선 연신 훌쩍거리는 소리가 났다.

'역시 비극이…… 그래도 「베니스의 상인」은 반응이 좋을 것 같은데. 재판정에서 상황이 뒤집히는 장면도 재미있고. 재판장의 정체가 드러나는 장면도 상당히 극적이고……'

문득 지금 런던에서 「리어왕」이나 「베니스의 상인」이 처음으로 무대 위에 올려지고 있으리라는 것이 생각났다. 지금이 1578년이라는 추측이 맞다면, 지구의 반대쪽에선 윌리엄 셰익스피어라는 극작가가 한창 활동할 터였다.

'내가 지금 여기서 셰익스피어의 작품들을 줄거리만 추려서 옛날 얘기로 만드는 것이 역사에 어떤 영향을 미칠까? 이 세상에선 저작권 문제는 일어나지 않겠지만.' 입안에 든 밥을 삼키고서, 그는 비뚤어진 웃음을 입가에 띠었다.

'아니다. 일천오백칠십팔 년이면, 아직은 셰익스피어가 주요 작품들을 발표하기 전이겠다. 그가 태어난 게……' 그는 기억을 더듬었다. '일천오백육십몇 년이더라? 아직 소년이겠다. 열댓 살쯤 됐을까? 『햄릿』이 초연된 해가 일천육백 년으로 추정된다고 했으니, 아직 스무 해 넘게 남았구나. 저작권 문제가 일어나면, 오히려 셰익스피어에게 불리하게 돌아가겠다.'

일어나서 부엌으로 들어갔던 안주인이 숭늉이 담긴 오지 대접 두 개를 방 안으로 들여놓았다. 바깥주인이 밥그릇을 비우고 숭늉 대접을 집어 들었다. 그러고 보니, 만석이도 어느새 그릇을 비운 참이었다. 이 세상 사람들은 식사를 아주 빨리 했다. 밥상 앞에선 얘기도 적었다. 음식을 즐기면서 담소를 하는 현대 사람들의 식사와는 거리가 멀었다.

상념을 끊고서, 그는 숟가락을 부지런히 놀리기 시작했다. 국그릇을 먼저 비웠다. '맛있다. 고춧가루만 들어갔으면……'

밥을 먹을 때마다 고추 생각이 점점 더 간절해졌다. 불그레한 기운이 살짝 도는, 막 독이 오르기 시작한 풋고추를 된장 듬뿍 찍어 한입 베물면, 더 바랄 것이 없을 듯했다. 밥맛이야 늘 달았다. 밥은 언제나 보리곱삶이었고 반찬이야 채소국에다 무장아찌, 새우젓, 고춧가루가 들어가지 않은 겉절이 정도였지만, 숟가락을 놓을 때는 입안과 배 속에 아쉬움이 남곤 했다.

억지로 상념을 끊기는 했지만, 머리 한쪽에서 꿈틀거리는 생각은 다시 눕기를 거부했다. '어떻게 물어보나? 올해가 무슨 해냐고 불쑥 물어보면, 이상하게 생각할 테고.'

문득 그럴듯한 생각이 떠올랐다. 그는 만석이를 돌아보았다.

"만석아."

"녀이?" 제 아버지가 남긴 숭늉을 마시고서 배를 쓰다듬던 녀석이 기대에 찬 얼굴로 그를 올려다보았다.

"너 아홉 설이라 했디?"

"녀이." 녀석이 고개를 힘차게 끄덕였다.

"나난 너이 설." 할머니 품에 안긴 만순이가 몸을 들고 얘기에 끼어들었다. 웃음판이 되었다. 할머니가 대견한 듯 부스럼이 나서 빤한 데가 드문 손녀의 머리를 쓰다듬었다.

"그래. 만순 아씨는 너이 살이디." 간단히 고칠 수 있는 부스럼을 고쳐주지 못한다는 사정이 마음에 걸려, 그는 이내 고개를 돌렸다. 부스럼 때문에 머리카락을 군데군데 잘라내서 보기 흉했고, 고름을 짤 때면 자지러지게 우는 것이 딱했지만, 어쩔 수 없었다. 기생충과는 달리, 부스럼은 어린애의 몸이 대응할 수 있을 터였다.

그는 다시 만석이를 쳐다보았다. "그러하면 만석이는 므스 띠냐? 가이띠? 도야지띠?"

"나난 말띠니이다." 녀석이 자신 있게 대꾸했다.

"경오사잉이니이다." 할머니가 덧붙이고 나서 대견스러운 눈길로 손자를 쓰다듬었다.

"그러하냐? 우리 만석이 아조 똑똑한드이."

그가 웃으면서 칭찬하자, 녀석도 따라서 싱긋 웃으면서 코를 문대어 번질번질한 소매에 코를 닦았다.

"어마님," 누가 밖에서 불렀다.

바깥주인이 열린 방문으로 밖을 내다보더니 벌떡 일어섰다. "어마님, 형이 올아왔나이다."

218

"큰아하이?"

"녀이." 바깥주인이 밖으로 나갔다. "형님 올아오샷나니잇가?"

"음. 아참밥은 먹었다?"

"큰아하이 므스 일로……" 만셕이 할머니가 중얼거리면서 만슌이를 내려놓고 일어섰다.

안주인과 둘이서만 방 안에 있기가 뭣해서, 그는 서둘러 밥그릇을 비웠다. "잘 먹었습니다." 숭늉 그릇을 내려놓으면서, 그는 안주인에게 인사했다.

그녀가 얼굴을 붉히면서 고개를 숙였다. 다시 흘긋 그를 살피더니, 젖을 빠는 아기를 토닥거렸다.

방 안의 공기가 문득 팽팽해진 듯했다. 그는 서둘러 그녀에게서 눈길을 거두고 일어섰다.

"스승님, 진지드셨나니잇가?" 그가 마루로 나서자, 오천규가 합장하고 인사했다.

"녀이. 밤사이 안녕하샷나니잇가?" 그도 급히 합장하고서 대답했다. 자신의 입에서 이곳 사람들의 말씨가 제법 자연스럽게 나오는 것이 흐뭇해서, 그의 얼굴에 웃음이 번졌다.

"녀이." 오가 다시 자기 어머니에게로 몸을 돌렸다. "시방 댱아이 가려는드이, 어마님, 북어하구 차슈만 사오면 다오이리잇가?"

"음. 북어하구 차슈만 이시면, 져이상알 차릴 수 이실 씨라. 시방 가려 한다?"

"녀이. 하이 따가와디기 젼어이 나셔는 것이……"

"그리하거라. 더운드이, 잘 갓다 오나라."

"녀이." 오가 신을 신고 마당으로 내려선 그에게로 몸을 돌렸다. "스승님, 쇼인은 그러하면 댱아이 지엄 다녀오거있나이다."

"아, 녀이, 안녕히 다녀오쇼셔."

"형님, 이것 가자가쇼셔." 바깥주인이 윗방에서 들고 나온 달걀 꾸러미를 내밀었다.

"놓아두어라."

"가자가쇼셔." 형제가 함께 사립문 밖으로 나갔다.

"할머니, 아드님이 어느 댱아이 가나니잇가?"

"문으이 댱아이 가나이다."

"오날이 댱날인가요?"

"녀이. 초하라 댱이니이다. 문으이 댱안 하랏날하구 엿쇠잇날아이 셔나이다."

"아, 그러하나니잇가?" 그는 반갑게 대꾸했다. 그리고 속으로 따져보았다. 오늘이 초하루면, 양력으로 6월 15일이니, 5월 초하루나 6월 초하루일 터였다. 확률은 반반이었지만, 5월 초하루일 가능성이 좀 높을 것 같았다.

그가 말이 없자, 그녀가 흘긋 그를 살폈다.

"그러하면, 할머니, 오날이 오월 초하라 댱이니이다?"

"녀이." 손톱이 길게 자란 왼손 새끼손가락을 세워 머리를 긁으면서, 그녀는 심상하게 대꾸했다. "오월 초하라 댱이니이다."

"녀이." 그는 고개를 끄덕였다.

그녀가 고개를 돌려 사립문 쪽을 바라보았다. 햇볕에 타고 주름이 가득한 그녀 얼굴에 문득 쓸쓸함과 그리움이 짙게 어렸다. "나이일이 아하이달 아비 져이삿날이니이다."

"아, 그러하시니잇가?" 위로의 말이 얼른 생각나지 않아서, 그는 잠시 머뭇거렸다. "할아버지끄이셔는 그러께 돌아가셨다 하햤나니이다?"

"녀이." 고개를 돌려 그를 올려다보면서, 그녀는 쓸쓸한 웃음을 얼굴에 올렸다. "시쥬를 잘 하요야 극락아이 간다 하난드이……"

가벼운 충격에 그의 마음이 한순간 흔들렸다. 그녀 얘기는 이곳 사람들에게 비친 자신의 모습이리라고 그가 여겨온 것이 실제 모습과 상당히 다르다는 것을 보여주었다. 그는 이곳 사람들이 그에게서 무엇보다도 먼저 이방인의 모습을 보리라고 생각해왔다. 이제 보니, 그들은 그를 주로 불승이란 측면에서 보고 있었다. 이상한 차림이나 말씨와 같은 그의 이방인적 특질들은 아마도 그가 불승이라는 사실에 의해 설명되었거나 옆으로 밀려났을 터였다.

'그렇다면, 내가 이 사람들에게 대접을 받는 것은 어려운 처지에 놓인 나그네나 재미있는 얘기를 들려주는 얘기꾼으로서가 아니구나. 내가 지금 복전(福田)으로 대접받고 있구나.' 실망과 안도감과 자신감이 그의 가슴에서 뒤섞여 회오리쳤다. '이젠 정색하고 불승 노릇을 해야 될 모양이구나.'

그녀 눈길을 얼굴에 느끼고, 그는 서둘러 대꾸했다. "시쥬가 그리 중요한 것은 아니이다. 참아로 중요한 것은 사람이 살아셔 착하게 지내는 것이니이다. 착하게 산 사람달한 모도 극락애 가나이다. 그러나한데," 그는 얘기를 바꾸었다. "할아버지끄이셔는 엇더이 돌아가셨나잇가?"

"곽란아로 죽었나이다. 저 아라이 강경다익 잔차이아이 갔다 고기랄 잘못 먹고셔, 고만…… 모다 서이 사람이나 죽었나이다…… 으이원만 이셨어도……"

"이 마알아이 으이원이 없나이다?"

"녀이. 부강까장 나가야 으이원이 이시니……"

무겁게 고개를 끄덕이고서, 그는 사립문 너머로 보이는 풍경을 먼 눈길로 살폈다. 이 세상 사람들의 삶에 어린 위험을 새삼 맛본 느낌이었다. 여름철에 잔치에서 음식을 잘못 먹고 곽란(霍亂) 증세를 보이면서 세 사람이 죽었다면, 아마도 식중독이었을 터였다. 식중독으로 사람이 죽은 일은 현대에서 생각하기 어려웠다. 비록 거의 모든 식품들이 자동화된 공장에서 처리되고 가사 로봇이 음식물을 관리하고 조리하는 세상에서도 식중독이 아주 없는 것은 아니었지만.

20세기 말엽에 컴퓨터 기술이 크게 발전하자, 의료 분야도 당연히 혜택을 입었다. 편리한 진료 프로그램의 출현은 21세기 중엽까지 자동 진료 기구를 거의 모든 가정들에 보급했다. 그래서 몸에 이상이 있으면, 사람들은 집에 있는 자동 진료 기구와 상의하면 되었다. 자동 진료 기구는 몸에 생긴 이상을 밝혀내고 가능한 치료법들을 제시했다. 병자는 그런 치료법들 가운데 자신의 형편과 취향에 맞는 것을 고르면 되었다. 자동 진료 기구들은 큰 병원의 의료 체계와 연결되었으므로, 그는 그런 병원에 가서 진찰받는 셈이었다. 물론 어지간한 치료는 자동 진료 기구가 할 수 있었다.

그런 기술의 출현은 필연적이었다. 사회보장제도의 보급에 따른 의료 수요의 증가, 의학 지식의 발전에 따른 고급 의료 인력의 부족, 부당 의료 행위에 대한 배상 소송의 급격한 증가와 같은 모습으로 20세기 말엽부터 모든 사회들에서 나온 의료 체계의 위기는 '의료 혁명'이라 불린 그런 치료 체계의 등장 없이는 풀릴 수 없었을 터였다. 그것은 '새로운 기술의 도입으로 나온 문제들은 그것보다 나은 기술을 통해서만 풀릴 수 있다'는 격언을 한 번 더 증명한 것이었다.

그런 혁명적 기술의 등장은 물론 의료 체계 전체에 큰 충격을 주었다. 사회가 그 충격을 받아들이고 났을 때, 두드러지게 달라진 것은 의사의 위상이었다. 21세기 후반에는 의사가 설 땅이 아주 좁아졌다. 아무리 재능이 뛰어나고 지식과 경험이 많은 의사라도 병의 진단에서 인류의 모든 지식들과 경험들을 즉시 활용할 수 있는 진료 프로그램을 따를 수는 없었다. 치료에선 사정이 더욱 심각했다. 치료 로봇은 손이 떨려서 칼을 잘못 대거나 수술 가위를 배 속에 넣어둔 채 봉합하는 일이 없을 뿐 아니라 의사보다 훨씬 상처를 덜 내고 훨씬 빨리 수술할 수 있었다. 게다가 치료 로봇들은 오랜 수련의 시절을 거칠 필요가 없었고, 하루 24시간 1년 365일을 일해도 불평이 없었고, 파업도 하지 않았다. 무엇보다도, 높은 보수를 요구하지 않았다. 치료 로봇의 등장으로 천장을 모르고 치솟던 의료비는 이내 줄어들었고, 위기를 맞았던 사회보장제도는 제대로 작동할 수 있었다.

의사들의 저항은 당연히 거셌다. 산업혁명이 진행되던 18세기에 영국에서 일자리를 잃은 노동자들이 방직 공장을 부쉈던 일과 비슷한 일들이 세계 곳곳의 병원들에서 일어났다. 그러나 어느 사회에서나 막강한 힘을 가진 의사들도 경제적 논리를 오래 거스를 수는 없었고, 병원은 의료 로봇들과 간호사들만 있는 기관이 되었다. 새로운 환경에 적응해서, 의사들은 의학 연구자들로 변신했다. 그런 변신은 모두에게 혜택을 주었으니, 산업혁명이 훨씬 많은 일자리들을 제공해서 모두 혜택을 본 것과 같은 일이 이번에도 일어난 것이었다.

이런 혁명적 변화에서 이득을 크게 본 것은 간호사들이었다. 사람은 로봇들 속에서 살 수는 없고 다른 사람들을 찾게 마련이었으므로, 환자는 특히 그러했으므로, 간호사들은 의료 체계의 중심적 존재들이 되었다. 그래서 간호사들은 이전에 성공적인 일반 개업의들이 갖추었던 특질들을 갖추어야 했다.

"다아 팔자 소관이디마난……" 만석이 할머니가 혼잣소리로 중얼거리더니 그를 흘긋 올려다보았다.

"만석이 할아버지끄이셔는 극락왕생하실 사이니이다." 그녀의 눈길에 담긴 간절함을 외면할 수 없어서, 그는 짐짓 자신 있는 목소리로 말했다. 그리고 합장하고서, 염불했다. "나무아미타불. 나무관세음보살."

"나무아미타불. 나무관서이음보살." 그녀도 서둘러 합장하고 염불했다.

어느 사이엔가 다가온 만순이가 할머니 치맛자락을 당겼다.

"아하이달 아참알 먹어야디." 그녀가 손녀를 데리고 부엌으로 향했다.

어색한 자리가 끝났다는 안도감에도 마음은 그리 가벼워지지 않았다. 어저께부터 줄곧 그의 마음을 괴롭혀온 문제가, 과연 그는 이 세상을 위해 아무것도 해주어서는 안 되는가 하는 문제가, 아직 마음 한쪽에 무겁게 얹혀 있었다. 입맛을 다시면서, 그는 그 생각을 억지로 뒤쪽으로 밀어놓았다. '나중에 다시 생각해보자.'

그는 뒷방문 앞 말아놓은 멍석으로 가서 앉았다. 그리고 새로운 문제에 마음을 모았다. '어쨌든, 이제 날짜는 확인한 거고 해를 확인해보자.'

간지를 따지는 것은 그리 복잡한 계산은 아니었다. 만석이가 아홉 살인데 경오생이라 했으니, 지금부터 여덟 해 전이 경오년이라는 얘기였다. 자연히, 지금은 무인년이었다. '가마우지'가 5백 년을 여행하고서 불시착했다는 그의 추측이 맞다면, 지금은 1578년이었고 무인년이었다. '이제 오백 년 뒤 이천칠십팔 년의 간지가 계산에서 나온 것과 같으면……'

계산을 하려고 수첩을 펴고서야, 그는 비로소 자신이 2078년의 간지를 모른다는 것을 깨달았다. '이런……'

21세기 후반에선 간지는 실용적 의미를 거의 다 잃었다. 21세기 초반까지만 하더라도, 결혼할 때 사주로 궁합을 보았다고 했다. 21세기 후반에도 궁합을 보는 관습은 조선에 남아 있었지만, 사람들은 궁합을 볼 때 사주 대신 컴퓨터 프로그램을 썼다. 궁합을 보아주는 회사에 찾아가서 두세 시간 컴퓨터와 씨름한 뒤 "심리 형상 화합도 70.8%. 판정 소견: 화합도 상당히 높음. 다른 조건에서 문제가 없다면, 결혼을 추천할 만함"이라고 적힌 소견서를 받아드는 것보다는 용하다는 점쟁이를 찾아가서 "남토여토(男土女土)니 유자부귀(有子富貴)요 개화만지(開花滿枝)로다"처럼 그윽한 뜻이 선연한 모습으로 담긴 얘기를 듣는 것이 훨씬 낭만적이었지만, 21세기 후반에서 통계가 하는 얘기를 무시할 사람은 드물었다. 여러 조사들은 점쟁이의 말을 믿은 사람들보다는 컴퓨터 프로그램을 믿은 사람들이 훨씬 잘산다는 사실을 보여주었다. 최근에는 남녀의 심리 형상 화합도만을 따지는 것이 아니라 두 사람이 환경 변조 경기를 통해서 결혼 생활에서 흔히 만나게 되는 문제들을 해결하는 형태를 보고 두 사람의 성격들이 서로 어울리는 정도를 따지기까지 한다는 얘기였다.

그래서 사주를 따지는 일은 거의 사라졌고, 자연히, 간지도 실용적 의미를 거의 다 잃었다. 아직도 달력엔 간지가 나오고, 사람들은 자신이 무슨 띠인지 알고 있었으며, 해가 바뀔 때면 신문이나 텔레비전에선 간지에 따른 새해의 의미를 들추었지만, 일상생활에서 간지를 몰라서 겪는 불편은 전혀 없었다. 그가 그나마 간지에 관한 지식을 지니게 된 것은 과학사를 공부한 덕분이었다.

'흐음. 그렇지만 내가 태어난 해를 잡으면 되지. 아, 참 더 좋은 수가 있구나.' 그는 싱긋 웃었다. 지금이 1578년이라면, 임진왜란이 일어난 1592년은 열네 해 뒤였다.

그는 수첩을 다시 폈다. '무인에서 임진까지는…… 기묘, 경진, 신사…… 맞구나.'

그는 자신도 모르게 벌떡 일어섰다. 지금이 1578년이라고 이미 단정하다시피 하고 있었지만, 그런 단정을 떠받칠 결정적 자료가 나온 것은 적잖이 반가웠다. '지금이 일천오백칠십팔 년 유 월 십오 일이라, 음력으로는 무인년 오월 초하루고. 임진왜란이 일어나기 열네 해 전 조선 땅……'

문득 몸이 으스스해지면서, 초여름 아침의 상쾌한 공기가 차갑게 느껴졌다. 거대한 그늘의 거물에 걸린 듯, 마당에 떨어지는 햇살이 기운을 잃고 맥없이 땅바닥에 주저앉고 있었다.

'열네 해 뒤라. 임진왜란이 열네 해 뒤라……' 울타리 너머 평화스럽게 펼쳐진 하늘 바깥 어느 흉흉한 하늘로부터 긴 머리 풀어헤친 채 몰려오고 있는 검은 구름장들이 눈앞에 떠올랐다.

9

'얼마나 걸릴까, 약효가 나오려면?' 언오는 울적한 마음으로 자신에게 물었다. 어제저녁 마을 사람들에게 옛날 얘기를 들려줄 때부터, 목이 잠기기 시작하더니, 잠자리에 들자, 열이 나고 코가 막혔다. 새벽에 잠이 깨었을 때는, 아프지 않은 구석이 없는 듯했다.

"으으읍." 그는 가슴에 울리지 않도록 조심스럽게 가래를 끄집어내어 빗물이 고이기 시작한 마당을 향해 내뱉었다. 청승맞게 새벽부터 내리는 부슬비가 울적한 마음을 더욱 울적하게 만들었다.

그는 다시 시계를 들여다보았다. '다섯 시 사십팔 분이라……삼십 분이 다 되어가니, 약효가 나올 때도 됐는데.'

그는 허리를 펴고 머리를 조심스럽게 흔들어보았다. 아까보다는 골치가 덜 흔들리는 듯도 했다. 이마를 짚어보니, 열도 좀 수그러진 것 같았다. '드디어 약효가 나오기 시작한 모양이구나. 흠. 모두 내가 병원체를 불시착한 세상에 옮길 것만 걱정했었지. 내가 병에

걸린 가능성에 대해선 아무도 신경을 안 썼지.'

그의 입가에 쑵쓸한 웃음이 어렸다. '두더지 사업' 요원들이 아득한 옛날 사람들로 생각되었다.

'하긴 이건 감기라기보다는 몸살이라고 하는 편이…… 내 몸이 그동안 받은 충격에 대해 보이는 지연 반응이라고 볼 수 있으니까.' 추녀 끝에서 떨어지는 낙숫물을 먼 눈길로 보면서, 그는 고개를 끄덕였다. 차가운 논리로 바깥 세상을 가늠하는 생각이 지금 어둡게 채색된 바깥 풍경을 그대로 받아들이는 마음속에서 낮은 불협화음을 내고 있다는 것을 그는 깨달았다. 그러고 보니, 부슬비 내리는 새벽 초가 추녀 끝에서 방울방울 떨어지는 낙숫물에는 보는 사람의 가슴속에서 말로 나타내기 어려운 감회를, 무슨 시원적인 것에 대한 그리움을, 불러일으키는 무엇이 있었다.

'그러나저러나, 이곳 사람들이 나 때문에 병에 걸린 것 같지 않아서 다행이다. 만 나흘이 지났는데, 더구나 저녁마다 마을 사람들을 모아놓고 얘기를 했는데, 별다른 징후가 없는 것을 보면, 적어도 급성 전염병을 옮긴 것 같진 않고. 유행성 감기라면, 대개 사십팔 시간 뒤엔 증세가 나온다고 했지? 생각보단 이 세상 사람들이 병에 대한 저항력이 크단 얘긴데……'

생각해보니, 그럴 만도 했다. 비록 한때는 서양 사람들이 '은자의 왕국'이라 불렀을 만큼 폐쇄적이었지만, 조선은 실제로는 그렇게 닫힌 사회는 아니었다. '사대교린'이라는 뚜렷하고 현실적인 외교 정책에서 잘 드러난 것처럼, 조선은 다른 나라들과 능동적으로 교섭했고 동북아시아에서 국제 질서를 세우고 지키는 데 적극적으로

참여했었다. 특히 동아시아에서 정치와 문화의 중심지였던 중국과
는 빈번한 사신들의 왕래와 무역을 통해 교섭이 끊임없이 이어졌
다. 중국은 육로와 해로로 유라시아 대륙 서쪽의 문명권들과 끊임
없이 교류했다. 따라서 조선 사람들은 중국을 통해서 간접적으로
유라시아 대륙의 다른 민족들과 교섭해온 셈이었다. 더구나 지금
은 '비단의 길'을 국제적 통상로로 정비하여 동서양의 교섭에 혁명
적 변혁을 불러온 몽골 제국이 망한 지 얼마 되지 않은 때였다.

'그러고 보니, 지금부터 단 삼백 년 전엔 마르코 폴로가 원 세조
(世祖)의 조정을 찾았겠구나.'

따라서 서양 사람들이 지닌 병원균들은 이미 조선 사람들도 지
녔을 터였다. 근대에 서양 사람들이 동양에 퍼뜨린 병원균들을 그
가 지니고 왔다 하더라도, 여기 조선 사람들은 이미 그것들에 대한
면역을 지녔을 터였다. 하긴 아메리카, 아프리카, 그리고 오세아니
아의 원주민들이 유럽 사람들과의 접촉에서 옮은 병들로 많이 죽
었지만, 유라시아 대륙의 동쪽에 자리 잡은 사회들은 그런 피해를
보지 않았었다.

오히려 유라시아 대륙을 휩쓴 전염병들은 중국에서 시작된 경우
들이 흔했다. 중세 유럽을 공포와 절망으로 몰아넣었던 흑사병이
대표적이었다. 흑사병은 14세기 중엽에 중국에서 처음 나타나서
아시아를 휩쓸었다. 당시 킵차크한국의 군대는 크리미아에 있는 제
노아 사람들의 무역항을 공격하고 있었는데, 흑사병에 군대를 많
이 잃은 킵차크한국의 칸이 시체들을 투석기에 담아 성안으로 던지
도록 했다. 그렇게 해서 무역항 안으로 퍼진 병원균을 제노아 무역

선들이 유럽의 항구들로 퍼뜨렸고 흑사병은 빠르게 내륙으로 퍼졌다. 이런 패턴은 현대에도 이어져서, 21세기 초엽 나타난 '조류 독감'은 중국에서 처음 발생해서 유럽과 다른 대륙들로 퍼졌다.

'걱정거리 하나는 덜었으니, 그나마 다행이다.' 그리 밝지 못한 웃음을 띠면서, 그는 가슴을 펴고 하늘을 살폈다. 쉽게 갤 눈치는 아니었다.

사립문 밖에서 기척이 나더니, 바깥주인이 들어왔다. 팔짱을 끼고 토방 위에 우두커니 선 그를 보더니, 싱긋 웃었다. 참으로 마음이 무던한 사람이었다. 두 손으로 보자기에 덮인 상 같은 것을 들고 있었다.

"스승님." 만석이 할머니가 아들 뒤를 따라 들어왔다. 보자기로 덮은 소쿠리를 들고 있었다. "스승님 아참 상알 가져왔나이다."

"아, 녀이." 그는 그들 쪽으로 두어 걸음 떼어놓았다.

바깥주인이 상을 마루에 내려놓고 삿갓을 벗었다. 그리고 안방 문을 열었다.

"이리 오쇼셔." 만석이 할머니가 보자기를 벗겼다. 소반 위에 음식 그릇들이 가득 놓여 있었다. 그녀는 소쿠리에서 접시들을 꺼냈다. 전과 과일이 담겨 있었다.

만석이 할아버지의 제사를 지내러 이 집 식구들은 모두 큰집으로 내려간 터였다. 비를 맞으며 자신의 아침상을 들고 온 사람들에 대한 고마움이 가슴에 가득해서, 그는 가까스로 인사를 차렸다, "비가 오는데, 이리…… 감샤하압나니이다."

바깥주인이 마루 위에 무릎을 꿇고 올라가서 상을 방 안으로 들여놓았다. 젖은 짚신 바닥에 흙이 많이 묻어 있었다.

"어셔 방 안아로 드쇼셔." 만석이 할머니가 흐뭇한 웃음을 지으면서 방으로 들어가라고 손짓했다.

문득 정신이 아득해지면서, 검붉은 아픔의 덩이가 가슴에 자리잡았다. 머리를 쌌던 흰 무명 수건을 풀어 얼굴을 훔치는 그녀의 모습에서 한순간 그는 어머니의 모습을 본 것이었다. '언제였던가, 어머니가 저렇게……' 오래된 영화에서처럼 흐릿한 잿빛 풍경 속에 선 젊은 여인과 어린애가 떠올랐다.

아픔의 덩이가 차츰 풀리면서 부풀어 오르더니, 이가 시린 듯한 그리움과 코에서 단내가 나는 듯한 부끄러움으로 나뉘었다. 이 세상에 좌초한 때부터 지금까지, 그는 어머니를 생각해본 적이 드물었다. 낯선 세상에서 생존하는 데 거의 모든 생각을 쏟아야 했던 사정이 있기는 했지만, 그것이 변명이 될 수는 없었다. 그동안에도 아내와 그녀 배 속에 든 아이 생각은 늘 마음 밑바닥에 고여 있었다.

'어머닌 지금……' 눈 녹는 이른 봄 산골짜기의 개울물처럼 그의 마음을 씻던 그리움이 절망의 마른 재가 되어 빈 가슴에 날렸다. '아들이 탄 시낭이 없어졌단 얘길 들으신 순간부터 어머닌 한시도…… 그리고 여생의 모든 순간을 기다림으로 채우시겠지. 어느 날 문득 없어진 아들이 나타나길 기다리시면서……'

"스승님, 어셔 드쇼셔. 진지 식나이다." 만석이 할머니가 재촉했다. 다시 삿갓을 집어 든 바깥주인도 웃음 띤 얼굴로 가볍게 고개를 끄덕여 그를 재촉했다.

"녀이." 그는 마루로 다가가서 신을 벗었다. 자신의 신이 그들의 젖은 짚신들과 대비되어 문득 민망해졌다.

"그러하면……" 밥상 앞에 앉자, 그는 밖을 향해 고개를 숙였다.

"어셔 드쇼셔. 딤차이 맛이 들었나이다." 만셕이 할머니가 몸을 숙여 밥상을 살폈다.

"녀이. 잘 먹거잇나이다." 그는 밥상을 당겨놓고 숟가락을 집어 들었다.

'아, 쌀밥이구나.' 탄성이 목구멍까지 올라왔다. 그러고 보니, 국도 북어가 들어간 미역국이었다. '진수성찬이구나.'

몸이 좋지 않아서, 식욕은 나지 않았다. 입맛도 깔깔했다. 그래도 몇 숟가락 밥이 들어가니, 입맛이 되살아났다. 만셕이 할머니 말대로 김치도 알맞게 익어서 맛이 좋았지만, 미역국은 정말로 입에 달았다.

나무토막들이 부딪치는 소리가 났다. 내다보니, 바깥주인이 나막신을 들고 있었다. "어마님, 여그이 격지 이시니이다."

"알았다. 어이미 것도 갖다주거라." 여전히 방 안을 살피면서, 그녀가 대꾸했다.

"그러하면, 어마님, 나난 나려가 보거잇나이다."

"그리하거라."

정신없이 숟가락을 놀리다 흘긋 밖을 내다보니, 만셕이 할머니가 얼굴에 잔잔한 웃음을 띤 채 그를 바라보고 있었다. 그녀 모습에 어머니의 모습이 겹쳤다. 문득 목이 메면서, 노래 한 토막이 떠올랐다.

어머님의 손을 놓고 돌아설 때엔
부엉새도 울었다오 나도 울었소.

남북조 시대에 남조에서 널리 불렸던 「비 내리는 고모령」이란 노래였다. 한 나라가 갑자기 이념과 체제가 다른 두 나라로 나뉘었던 시절, 식구들을 남겨두고 삼팔선을 넘어 남조로 내려온 사람들의 아픔과 그리움이 담긴 그 노래는, 조선이 통일된 뒤에도, 조선 사람들에게 사랑을 받았다. 그 노래를 배운 뒤에, 그는 고모령(顧母嶺)이란 고개가 삼팔선 근처에 있는 것이 아니라 대구 근처에 있고 그 노래 속의 정경이 북조의 공산당 정권을 피해서 남쪽으로 가는 자식을 그린 것이 아니라 일본의 식민 통치 아래 전쟁에 징집된 아들을 그린 것임을 알았다. 그러나 그런 지식도 그 노래의 맛을 줄이진 않았다. 누구에겐들 애틋한 어머니의 눈길을 뒤에 받으며 떠나온 경험이 없겠는가?

세상이 어떻게 바뀌더라도, 어머니의 애틋한 눈길을 뒤에 받으며 떠나온 경험이 없는 사람들은 드물 터이므로, 그 노래는 오랫동안 널리 불릴 것이었다. 언젠가 '신남포 월면 기지'에 근무하는 사람들이 가장 좋아하는 노래가 바로 「비 내리는 고모령」이란 보도가 있었다. 머지않아 토성이나 천왕성의 위성들에 기지들이 세워지면, 혈육과 헤어진 사람들이 다시 많아질 터였다. 그렇게 먼 땅으로 향하는 사람들은 부모에게 한 번 하직 인사를 올리면, 설령 뒤에 지구로 돌아오더라도, 부모를 다시 뵙지는 못할 것이었다. 어느 시대 어느 사회에도 '비 내리는 고모령'은 있을 터였다.

밥을 먹는 동안, 배가 불러올수록 오히려 점점 비어가는 듯한 가슴속에서 그 애절한 노래는 끝없이 울렸다.

장명등이 깜박이는 주막집에서
어이해서 못 잊느냐 망향초 신세……

10

언오가 다가가자, 큰 아이가 흘긋 올려다보더니 이내 고개를 숙이고 땅바닥에 그려진 놀이판을 내려다보았다. 열한두 살 되어 보였다. 만석이가 뒤늦게 그를 올려다보고 씨익 웃었다. 아이들은 감나무 그늘 아래 땅바닥에 금을 그어놓고 돌멩이를 말로 쓰면서 놀이를 하고 있었다.

아이들 옆에 가만히 서서, 그는 녀석들이 하는 짓들을 살폈다. 아주 간단한 놀이였다. '무슨 놀이일까? 혹시 이것이 고누라는 것 아닐까?'

그는 고누라는 놀이가 있다는 것을 어려서 바둑을 배울 때 처음 알았다. '바둑을 두십니까? 그럼 장기 둘 줄은 아시오? 그럼 고누는 둘 줄 아나?'라는 우스갯소리에서 고누가 아주 간단한 놀이라는 것을 짐작할 수 있었다. 그 뒤 노인들이 두는 바둑을 구경하다가 한 사람이 어처구니없는 실수를 하고 나서 "뭐야, 내가 지금 고누를 두고 있나?" 하고 자책하는 것을 본 적이 있었다. 그러나 사람들이 실제로 고누를 두는 것을 본 적은 없었으므로, 그것이 판이 필요하지 않을 정도로 간단한 놀이라고는 생각지 못했던 터였다.

'말을 잡는 것은 아니고……' 그는 아이들이 말을 쓰는 방법에서 그 놀이의 규칙을 읽어보았다. 판은 줄기가 있는 술잔 두 개를 포개놓은 모습과 비슷했는데, 말들을 잡는 것이 아니라 밀어붙여서 움직이지 못하게 하는 것이 목표인 듯했다.

"됐디?" 큰 아이가 만석이를 다그쳤다. 만석이의 말들이 모두 자기 진영으로 밀려나서 더 움직일 수 없게 되어 있었다.

흙과 때가 묻어 새까만 손가락으로 옆머리를 긁더니, 만석이가 고개를 끄덕였다. 녀석이 그를 올려다보더니 씨익 웃었다. 그리고 소매로 코를 훔치더니, 큰 아이에게 말했다, "한 번 더 하자."

큰 아이가 흘긋 그를 올려다보더니 만석이에게 고개를 끄덕였다. 똑똑하게 생긴 아이였다.

녀석들이 다시 말을 차렸다. 놀이의 방식은 그가 생각했던 대로였다. 술잔의 바탕 부분에다 말 셋을 늘어놓고 중앙의 둥근 테 부분으로 진출시켜서 상대의 말들을 밀어붙이는 것이었다.

이번에도 만석이가 졌다. 두 녀석의 실력이 적어도 나이만큼 차이가 나는 듯했다.

"나하고 한번 두어볼래?" 아이들 곁에 쪼그리고 앉으면서, 그는 얼굴에 한껏 부드러운 웃음을 띠었다.

녀석들에겐 뜻밖의 제안이었던 모양이었다. 녀석들은 그를 흘긋 쳐다보더니 저희끼리 마주보면서 좀 수줍은 웃음을 나누었다.

"어때? 나랑 한번 두어볼래?" 그는 은근한 어조로 큰 아이에게 다시 물었다.

큰 아이가 고개를 끄덕이더니 만석이를 쳐다보며 킥킥거렸다.

"스승님끄이션 잘 두실 사이니……" 자리에서 일어나면서, 만석이가 정색하고 말했다.

"그러면 한번 두어보자." 만석이 자리에 쪼그리고 앉아서, 그는 아이를 건너다보았다. "너는 이름이 므슥이다?" 녀석에게 묻고 나니, 어쩐지 비위에 거슬리는 야릇한 맛이 입안에 남았다. 만석이에게 말할 때와는 달리, 이 아이에게 말할 때는 자신이 5백 년 전의 사람에게 반말을 한다는 생각이 들었다.

"인슐이니이다. 송인슐이니이다." 똑똑하게 생긴 얼굴에 걸맞은 또렷또렷한 말씨였다.

"나난 이언오라 하나이다." 그는 순간적으로 결심했다, 이 세상 사람들 모두에게 높임말을 쓰기로. 그렇게 하는 것이 자연스럽고 옳을 듯했다.

두 아이들이 다시 킥킥거렸다.

"자아, 시작하사이다," 그는 아직 손으로 입을 가리고 웃는 아이에게 말했다. "몬져 하쇼셔."

막상 놀이를 해보니, 옆에서 보기보다는 어려웠다. 언뜻 생각하기보다는 수가 여럿이었다. 결정적 대목에서 그가 잘못 생각하는 바람에, 판은 이내 끝났다. 인슐이의 경험이 그의 계산력을 이긴 것이었다.

"나이 뎠나이다." 그는 고개를 숙였다.

인슐이의 얼굴에 어른을 이겼다는 자랑스러움과 얼굴을 맞댄 어른을 이겼다는 미안함이 함께 어려서 자리다툼을 하고 있었다.

흘긋 올려다보니, 만석이가 좀 서운한 얼굴을 하고 있었다. 녀석은 그가 대신 이겨주기를 기대했던 모양이었다.

"한 번 더 두사이다." 그는 싱긋 웃었다. "이번어이는 나이 이겨야 하난드이."

두 사람이 다시 판을 차리는데, 아래쪽에서 여자 목소리가 났다. "인슐아. 인슐아. 이 아하이 어디 갔댜?"

인슐이가 벌떡 일어났다. "아이고, 쇼랄……"

"므스 일이……?"

"가보아야 하거있나이다." 녀석은 그의 대꾸를 기다리지도 않고 휙 돌아서서 아래쪽으로 달려갔다. 녀석의 잔등에서 땋아내린 머리채가 손짓하듯 털럭거렸다.

만석이가 냉큼 인슐이 자리에 앉았다. 그리고 그의 얼굴을 살피며 씨익 웃었다. "스승님, 나하구 한 번……"

"그리 하사이다. 우리끼리 한 판 두어보사이다." 까닭 모르게 유쾌해져서, 그는 큰 소리로 대꾸했다. 문득 매미 소리가 귀에 들어왔다. 평화로운 여름날이 쉬엄쉬엄 지나가고 있었다.

그들이 두 판째 두는데, 만석이 할머니가 사립문을 나왔다. 그들을 보자, 그녀가 흐뭇한 웃음을 지었다. "스승님끄이서 우리 만석이하구 고노랄 두시나니잇가?"

"녀이. 만석이 도령이 아조 잘 두나이다."

"스승님, 나난 이리 두었나이다." 그가 한눈을 팔자, 만석이가 재촉했다.

"스승님, 나조이 진지 드쇼셔," 만석이 할머니가 말했다.

"녀이," 그는 대꾸하고서 만석이를 쳐다보았다. "만석 도령님, 나조이 밥알 먹어야 하니, 이번 판안 비긴 것으로 하사이다."

더 놀고 싶은지, 녀석은 서운한 얼굴을 했다.

"밥 먹고셔 다시 한 판 두사이다," 그가 은근한 어조로 달래자, 녀석이 고개를 끄덕였다.

그는 천천히 일어서서 기지개를 켰다. 서쪽 산등성이 위에 초승달이 걸려 있었다. '아, 달이구나.'

그러고 보니, 이 세상에 닿은 뒤로는 처음 만나는 달이었다. '이 세상의 달이구나.' 반가웠다. 마치 달이 어느 아득한 세상으로 사라졌다가 다시 나타난 것처럼. 그는 뻐근한 가슴으로 어둑해지는 하늘에 곱게 걸린 초사흘 달을 한참 바라보았다.

11

고개 위에 먼저 올라선 송괴순이 지게를 받쳐놓았다. 허리를 펴고 숨을 돌리더니, 허리춤에 찬 흰 무명 수건으로 얼굴의 땀을 닦으면서, 아직 가파른 길에서 허우적거리는 언오를 내려다보았다.

그는 남은 힘을 모아서 다시 걸음을 옮겼다. 온몸이 땀으로 젖었고 다리는 뻣뻣하고 가슴은 터질 듯했지만, 쇠솥에다 보리쌀 서 말을 진 사람보다 걸음이 더디다는 사실이 그의 마음을 성가시게 했다. '명색이 지리산에서 도를 닦았다는 사람인데…… 이러다가 내 본색이 들통 나겠다.'

"어, 날이 엇디나 더운디……" 소변을 보고 풀숲에서 나온 송이 가까스로 고개 위에 올라와 가쁜 숨을 몰아쉬는 그에게서 눈길을 돌리며 혼잣소리 비슷하게 중얼거렸다. 그가 자신의 더딘 걸음을 민망해하는 것을 눈치 챈 모양이었다.

숨을 좀 돌리자, 그는 배낭을 벗어놓고 삿갓을 벗어 들었다. 살

것 같았다. 배낭도 무거웠지만, 갈대로 만든 삿갓이 그렇게 무거울 줄은 몰랐었다.

"아, 힘들다." 손수건으로 얼굴의 땀을 씻다가 자신도 모르게 내 뱉고서, 그는 송을 건너다보면서 좀 겸연쩍은 웃음을 지었다.

"녜. 몇 해 견만 하더라두 펄펄 날았는듸, 마안 줄에 접어드니……" 송이 씨익 웃고서 수건으로 목의 땀을 훔쳤다.

그는 아래쪽 풀숲으로 들어갔다. 오래 참았던 오줌을 누는 쾌감을 즐기면서, 고갯길을 내려다보았다. 저 아래 지게 진 사내와 머리에 짐을 인 여인이 막 고갯길로 접어들고 있었다.

'흠. 여기까지 올라오려면, 땀깨나 흘려야 되겠지.' 천천히 움직이는 그 사람들을 굽어보면서, 그는 악의 없는 농담을 자신에게 던졌다. 굽이도는 고갯길은 꽤 길었다. 자신이 그 길을 올라온 것이 문득 대견스러워졌다. 비록 힘에 부치기는 했지만, 이번 걸음은 그가 그동안 건강을 많이 회복했음을 보여주었다. 됴한드르에서 이곳 시낭골 고개까지는 적어도 20리는 될 듯했다. 아직 문의 읍내까지는 온 만큼 더 가야 했지만, 이제부터는 내리막길이어서 훨씬 수월할 터였다. 가슴에서 온몸으로 번져나가는 조심스러운 자신감을 즐기면서, 그는 풀숲에서 나왔다.

"스승님, 이리 오쇼셔." 송은 그사이에 그늘이 제법 너른 소나무 아래로 들어가 있었다.

"녜." 무심코 대꾸하고서, 배낭을 집어 들다가, 그는 문득 깨달았다, 송의 말씨가 아주 자연스럽게 들린다는 것을. 아마도 그의 귀가 이곳 사람들의 말씨에 적응했다는 얘기일 터였다.

"여긔 앉으쇼셔." 그가 소나무 그늘로 들어서자, 송이 평평한 돌을 가리켰다. 사람들이 쉬어 가는 자리라, 소나무 아래는 벗겨진 땅이 반들반들했다.

"녜." 그는 반가운 마음으로 돌 위에 앉았다. "면벽 참선 몇 해애 몸이 약하여뎌셔……"

"스승님끠셔는 지리산애셔 도랄 닦아샷다 하샷나이다?"

속이 뜨끔했다. 도를 닦는 사람이라고 둘러댄 그의 얘기가 거짓임이 드러날 위험은 늘 있었다. 그의 얘기가 곧이들리기 어려울 수도 있었고, 그의 얘기와 언동 사이에 관찰력이 있는 사람이라면 그냥 넘기기 어려울 차이가 있을 수도 있었다. 송은 매사를 신중히 따지는 사람이었고 관찰력도 물론 있었다.

"녜." 오그라든 가슴으로 그는 송의 다음 말을 기다렸다. '괜히 쓸데없는 소리를 해가지고……'

"스승님끠 하나 엿자와볼 것이 이셔셔……"

그는 부드러운 웃음을 지으면서 고개를 끄덕였다. "므스 일을……?"

"어젓긔 화당 사난 처남이 와셔 그러하난듸, 나모하라 갔던 사람 하나이 산속애셔 죽었다 하얏나이다."

"아, 녜."

헛기침을 한 다음, 송은 말을 이었다. "열다삿 살 난 총각인듸, 하라가 디나두 아니 돌아와셔 찾아보니, 나모애 묶여 죽었다 하얏나이다."

"저런……"

"그러나한듸……" 잠시 뜸을 들인 다음, 송이 무겁게 말을 이었다, "뉘 그 총각의 간알 빼혀 먹었다 하얐나이다." 송이 흘긋 그의 얼굴을 살폈다.

그는 가볍게 고개를 끄덕였다. 끔찍한 얘기였지만, 현대의 갖가지 끔찍한 범죄들을 보아온 그에게 충격을 줄 만한 일은 아니었다. 그러나 송의 기대에 찬 눈길을 깨닫고, 자세를 고쳐 앉았다. "그러하얐나니잇가? 뉘 그리 몹쓸 짓을……?"

"으음." 헛기침을 한 다음, 송이 천천히 대꾸했다, "사람 간이 병에 됴타 하난 말이 이셔셔, 그러한 짓을 한다 하얐나이다."

차가운 기운 한 줄기가 그의 몸속을 흘렀다. 이 세상에 존재하는 악과 처음으로 마주친 것이었다. 현대의 비슷한 범죄들과는 다른 동기에서 나온 것이라, 그것은 어쩐지 기괴하게 느껴졌다. 그는 슬그머니 허리에 찬 가스총을 만졌다. "참아로 끔직한 일이외다."

송이 정색하고 그를 바라보았다. "스승님, 사람 간이 진실로 병에 됴한 것이니잇가?"

그는 고개를 세차게 저었다. "그것은 리치에 맞디 아니하난 녜 아기니이다. 사람 간이 엇디 병에 됴할 수 이시리잇가?"

문득 밝아진 낯으로 송이 고개를 힘차게 끄덕였다. "스승님 말쌈알 들으니…… 요 몇 해 흉년이 심하구 폐질이 많이 돌아셔, 폐질에 걸윈 사람달히 그러한 말알 믿구셔…… 아해달 간이 더 됴타 하야, 아해달히 많이……"

그는 멀리 보이는 마을들을 먼 눈길로 바라보았다. 언뜻 보면 평화스러웠지만, 가까이서 찬찬히 들여다보면 가난과 무지에 찌든 중세의 마을들이었다. 무거운 눈길로 그는 송을 쳐다보았다. "그러한 말알 믿은 사람달히 이해달할……?"

"녜. 디난 해애두 부강애셔 이해 하나이……"

그는 무겁게 고개를 끄덕였다. 사람의 살이나 피가 약이 된다는 생각은 거의 모든 전통 사회들에 있었다. 조선에서도 20세기 초엽까지 문둥병에 걸린 사람들이 아이들의 간을 치료약으로 알고 먹었다고 했다.

"사람의 살이나 피가 몸에 됴타난 말안 근거이 없는 녜아기니이다. 병을 디닌 사람의 살이나 피를 먹으면, 그 병을 얻게 다외니, 오히려 됴티 못하나이다." 20세기 후반에 나타나서 21세기 전반까지 창궐했던 후천성면역결핍증을 생각하고, 그는 자신도 모르게 얼굴을 찡그렸다.

"스승님 말쌈이 도리애 맛당하시디마난…… 죽어가난 어버의 입에 단지하야 피를 흘려 넣어셔 살렸다난 말두 이시니이다. 문의 읍내애두 젼에 그러한 효자이 이셨다 하압나니이다." 송이 조심스럽게 반론을 폈다.

말이 막혔다. 사람의 피가 특별한 효능을 지닌 것은 아니며 그렇게 되살아난 경우는 자연 치유일 가능성이 높다고 그가 설명해도, 송이 알아들을 것 같진 않았다. 그가 무슨 얘기를 하더라도, 송은 효성과 단지한 피의 조합은 특별한 효험이 있다고 믿을 터였다.

'지금 내가 무슨 얘길 할 수 있나?' 문득 맥이 풀렸다. 이 세상 사람들과 자신 사이에 있는 아득한 거리가, 5백 년의 세월이, 컴컴한 입을 벌리고 다가왔다. 서로 생김새가 비슷하다고 해서 생각이

제2부 · 이방인 245

비슷한 것은 아니었고, 같은 말을 쓴다고 해서 언제나 뜻이 통하는 것도 아니었다.

송이 조심스럽게 헛기침을 했다.

"아, 그러하나니잇가?" 끝내 대꾸할 말을 찾지 못한 채, 그는 별 뜻 없는 말로 대신했다. "지셩이면 감쳔이라 하얐아니……"

"녜. 효셩이 지극하면, 하날이 무심티 아니할 새니이다." 송이 힘주어 고개를 끄덕였다.

목이 말랐다. 그는 배낭에서 수통을 꺼내 마개를 열었다. "물 졈 드쇼셔."

"스승님끠셔 몬져 드쇼셔." 송이 손을 내저었다.

"괜찮습니다. 드십시오." 자신의 말씨가 16세기와 21세기 사이에서 왔다 갔다 하는 것을 깨닫고, 그는 쓴웃음을 지었다. 이곳 말씨를 빨리 배웠다고 흐뭇해했지만, 마음을 쓰지 않으면, 지금처럼 21세기의 말씨가 튀어나왔다.

"아니나이다. 스승님끠셔 몬져……" 송이 완강하게 고개를 저었다.

"그러면……" 그는 한 모금 마시고서 수통을 건넸다. "여긔……"

"녜." 송이 조심스럽게 수통을 받아 한 모금 마셨다. "어어, 싀훤하도다." 감탄을 하고서, 송은 슬쩍 수통을 살폈다. 합성수지로 만든 수통이 신기할 터인데도, 송은 아무 말도 묻지 않고 그에게 수통을 넘겨주었다.

수통에 대해 무슨 설명을 할까 말까 망설이는데, 마침 아까 본 두 사람이 고갯마루로 올라섰다. 그는 다행이다 싶어 수통을 배낭에 넣고 삿갓을 썼다. 햇살이 따가운 날씨라 목까지 덮은 삿갓이 좋기도 했지만, 삿갓을 쓰면, 자신의 모습이 조금은 덜 이상하게 보이리라는 생각에서, 바깥주인 오백규에게 빌려 쓰고 나온 것이었다. 하긴 삿갓이라도 써야, 장터에선 만날 사람들이 그를 불승으로 생각해줄 여지가 있을 터였다.

그가 삿갓을 쓴 것을 일어서자는 얘기로 알아듣고, 송이 자리에서 일어나 바지를 손으로 툭툭 쳐서 먼지를 털었다. 그리고 느긋한 어조로 숨을 돌리는 사내에게 말했다. "우리는 다시 길을 가나이다. 이리 그늘로 들어오쇼셔."

"녜." 사내가 대꾸하고서 막 올라온 여인이 머리에 진 짐을 받아 내렸다. 광주리에 자루 두 개와 닭 한 쌍이 담겨 있었다.

"인제부텀 나리막길이라서, 걸음이 죠곰……" 지게를 지고 난 송이 씨익 웃었다.

"녜." 그도 일어나서 배낭을 메었다.

"자아, 몬져 가나이다." 송이 사내에게 말하고서 가벼운 걸음으로 길을 내려가기 시작했다.

"녜. 몬져 가쇼셔." 그 사내는 건성으로 대꾸하면서 그를 살폈다. 그의 차림이 아무래도 이상한 모양이었다. 무명 수건으로 이마의 땀을 훔치던 여인도 그를 흘끔댔다.

"그러면 쇼승 몬져 나려가나이다. 나무아미타불. 나무관셰음보살." 그러거나 말거나 그는 당당하게 말하고서 합장을 했다.

두 사람이 황급히 합장하고 고개를 숙였다. "나무아미타불. 나무관셰음보살."

고갯길을 내려가면서, 그는 한숨을 길게 내쉬었다. 어젯밤 송을 따라 문의 장에 가기로 작정했을 때부터 가슴에 무겁게 얹혀 있던 걱정이 조금 가벼워진 듯했다. 비행복에 배낭을 메고 허리에 가스 총을 찬 그의 차림을 보자, 두 사람은 좀 이상하게 여기는 눈치였으나, 크게 놀란 것 같지는 않았다. 됴한드르 사람들이 아닌 이 세상 사람들과의 첫 대면을 그런대로 무사히 넘긴 것이었다.

'삿갓 덕분이겠지. 마을 사람들에게 부탁해서 삿갓을 하나 구해야 되겠다.' 괜찮은 생각 같아서, 그는 씨익 웃었다. 그리고 걸음이 빠른 송을 따라 부지런히 걷기 시작했다.

12

식은 낫날을 다시 화덕의 불 속으로 밀어 넣고서, 대장장이는 벌 겋게 달구어진 다른 낫날을 집게로 집어 들고 돌아섰다. 망치를 집 어 들더니, 낫날을 모루 위에 놓고 익숙한 솜씨로 두드리기 시작했 다. 뭉툭한 낫날이 점차 늘어나면서 얇아졌다. 대장장이가 낫날을 바꾸어 쥐고 자루에 박힐 부분을 두드리자, 좀 거무스름하면서 부 석부석해 보이는 녹슨 부분들이 껍질처럼 벗겨져 나갔다.

입을 벌린 채 감탄하는 마음으로 구경하던 언오는 고개를 끄덕 이며 가볍게 헛기침을 했다. 쇠에서 녹이 벗겨져 나가는 것을 보 니, 덩달아 몸이 개운해지는 듯했다.

대장장이가 그를 흘긋 쳐다보았다. 마흔쯤 되어 보이는 건장한 사내였다. 주홍빛이었던 쇠가 점차 검붉은 빛이 되더니 마침내 제 빛깔을 찾았다. 낫날을 다시 불 속으로 밀어 넣고서, 대장장이는 이번엔 호밋날을 집어 들었다. 힘든 일인데도, 대장장이는 쉬지 않고 손을 놀렸다. 그러고 보니, 땀도 그리 많이 흘리지 않았다. 한여름에 이글이글하는 불을 피워놓고 소매가 긴 저고리를 입은 채, 힘들 일을 하면서도.

남이 열심히 일하는 데 옆에서 멀거니 바라보기가 미안해서, 그는 고개를 돌렸다.

옆에선 송긔슌과 대장장이의 아들이 땅바닥에 엎어놓은 솥을 살피고 있었다. 송이 지고 온 솥은 바닥 한가운데에 조그만 구멍이 나 있었다.

'제 아버지를 탁해서 잘생긴 얼굴인데……' 그는 속으로 혀를 찼다.

대장장이의 아들은 곰보였다. 열네댓 살 되어 보였는데, 일은 벌써 장정 몫을 하는 눈치였다.

'비록 곰보가 흔한 세상이긴 하지만, 마음이 얼마나 아플까. 이십일 세기라면, 저런 흉터쯤은……' 그는 아쉽게 입맛을 다셨다.

대장장이 아들이 한구석에 놓인 나무통에서 동전보다 조금 큰, 동그란 쇳조각을 집어 들었다. 땜질에 쓰이는 것인 모양이었다.

'하긴 이십일 세기라면, 저런 흉터가 애초에 안 생겼겠지. 천연두 자체가 없어졌으니. 그러나저러나, 종두는 아주 간단하니까, 당장이라도 시행할 수 있을 텐데. 우두 바이러스를 찾아서 동물에 이식하면 되니까. 시간 줄기에 충격을 주는 일만 아니라면……'

문득 천연두에 대한 최초의 대응책은 중국에서 나왔다는 것이 생각났다. 천연두에 한 번 걸린 사람은 다시 걸리지 않는다는 사실은 고대 사람들도 알았다. 중국 사람들은 이 사실에 착안하여, 기원전 10세기경부터 천연두에 걸린 사람의 고름을 건강한 사람들의 살갗에 바르거나 콧구멍에 넣었다. 그렇게 하면, 정말로 병에 걸려 죽는 사람들도 생겼지만, 많은 사람들이 가볍게 앓고 나서 다시는 천연두에 걸리지 않았다. 18세기 말엽 영국에서 에드워드 제너에 의해 천연두의 예방에 관한 과학적 연구가 이루어지기 거의 3천 년 전에 일종의 종두가 중국에서 발명되었던 것이다. 이런 접종법은 차츰 다른 땅으로 퍼졌다. 실제로 영국에서 맨 먼저 종두를 실시한 사람은 제너가 아니라 그런 접종법을 오스만 튀르크 제국 사람들에게서 배운 영국 대사 부인이었다.

'중국에서 발명된 종두가 서양에까지 퍼졌으니, 중국 문물을 직접 받아들였던 조선에 종두가 알려졌을 가능성도 없는 건 아니지. 어쩌면 민간요법으로 전해졌을지도 모르지. 그렇다면, 이 세상에 종두를 보급하는 건 시간 줄기에 앞뒤가 맞지 않는 일을 도입하는 것은 아니라고 볼 수도 있잖을까?'

대장장이 아들이 손가락으로 솥을 가볍게 두드렸다. 이어 허리를 펴면서 무어라고 얘기하자, 송이 고개를 끄덕였다. 솥을 땜질하기로 합의가 된 모양이었다. 대장장이 아들이 풀무 앞으로 가더니 숯을 화덕에 넣고 풀무질을 시작했다.

그는 다시 대장장이에게로 몸을 돌렸다. 대장장이는 방금 망치질을 끝낸 호미 날을 불 속에 넣고 있었다. 목이 말랐다. 이글거리는 숯불을 보자, 아까부터 느껴지던 갈증이 갑자기 심해졌다. 수통을 배낭에서 꺼낼까 말까 망설이는데, 무엇이 그의 어깨를 건드렸다. 돌아다보니, 누가 지게 위에 닭을 여러 마리 얹어놓고서 걸어가고 있었다. 좀 이상해서 살펴보니, 지게 위에 닭들을 얹은 것이 아니라 어리를 진 것이었다. 닭 장수인 모양이었다. 두 단으로 된 어리의 윗단에서 장닭 한 마리가 그물 사이로 고개를 내밀고 그를 빤히 쳐다보고 있었다.

"하아," 그의 입에서 탄성이 절로 나왔다. 멋진 장닭이었다. 검누른 깃털과 새빨간 볏은 녀석이 대단한 전사(戰士)임을 말해주었다. 표정도 아주 의젓했다. 어쩌면 21세기엔 없어진 조선의 토종닭이란 사실로 해서 더욱 의젓하게 보였는지도 몰랐다.

입맛을 다시면서, 그는 장터를 한 바퀴 둘러보았다. 그사이에도 장꾼들이 많이 늘어나서, 그리 넓지 않은 장터는 사람들로 가득했고, 그들이 내는 갖가지 소리들이 물결처럼 밀려와서 귀가 멍멍했다.

'하아, 사람들이 많기도 하다.' 감탄인지 탄식인지 모를 생각을 하고서, 그는 한숨을 길게 내쉬었다.

꽤나 오랫동안 사람들이 많이 모인 곳에 가보지 않았으므로, 조그만 시골 장터에 모인, 실제로 따져보면, 얼마 되지 않을 사람들이 대단한 인파로 느껴졌다. 정신이 어지러웠다. 게다가 모두 흰옷을 입었으므로, 좀 낯설게 느껴지는 풍경인 데다가, 흰옷에서 거세게 되비치는 햇살이 마음을 더욱 산란하게 했다.

'이 많은 사람들이 다 어디서……' 까닭 모를 불안이 가슴에 스미는 것을 느끼면서, 그는 사방에 가득한 사람들을 다시 둘러보았다.

이곳이 현대엔 강물에 잠긴 땅이라는 것이 생각났다. 문의 읍내는 '대청 댐' 바로 위에 자리 잡았다. 언젠가 버스를 타고서 대전에서 청주로 가다가 높은 데로 옮아앉은 문의를 지난 적이 있었다. 자신이 뒤에 물에 잠길 땅에 있다는 생각이 들자, 문득 공기가 무거워진 듯 숨을 쉬기가 어려워졌다.

뒤에서 치지직 하는 거센 소리가 났다. 돌아다보니, 대장장이가 다 벼린 낫날을 담금질하고 있었다. 나무통 속의 물에서 김 한 줄기가 올라왔다. 담금질로 더러워진 칙칙한 물과 거기서 올라오는 허연 김을 보자, 가슴이 막히면서 정신이 흔들렸다. 여러 길 되는 물속에 잠긴 듯했다. 빨리 이곳을 떠나 물에 잠기지 않은 곳으로 나가야 한다는 생각이 절박하게 마음을 덮었다.

그물에 걸린 물고기처럼 느끼면서 당황히 둘러보다가, 그는 정신을 차렸다. 여러 번 본 적이 있는 증세였다. '내가 폐소공포증에 걸리다니. 잠수함을 탄 내가……'

"……면 다외디, 므스 삯이 그리 싸다?" 송의 느긋한 목소리가 귀에 들어왔다. 송은 대장장이와 낫 한 자루를 벼리고 솥 한 개를 때우는 삯을 홍정하고 있었다.

그는 급히 송에게로 몸을 돌렸다. "신형이 아버님."

"녜?" 송이 그를 돌아다보았다.

"나이 그늘에 가셔 졈 쉬고 식브나이다. 아까 그 일은 신형이 아버님끠셔 슈고로우시더라도 혼자 일을 보쇼셔."

"스승님 어듸 알파시니잇가?" 걱정스러운 얼굴로 한 걸음 다가서면서, 송이 그의 낯빛을 살폈다.

"아니이다. 죠곰 지친 닷하야셔…… 그늘에 가셔 졈 쉬면, 다욀

닷하나이다. 걱정하디 마시고 아까 부탁드린 일을 졈……"

난감한 낯빛으로 송이 수염을 쓰다듬었다. "스승님끠셔 겨셔야
하난듸……"

오늘 그가 장에 나온 것은 음식을 익힐 그릇을 구하려는 생각에
서였다. 다시 길을 떠나기 전에, 다른 것은 몰라도, 음식을 익히고
물을 끓일 냄비나 솥은 꼭 구해야 했다. 아직 이 세상 사람들의 관
습이나 말씨를 제대로 익히기 전에 장에 나온다는 것이 무척 위험
한 일인 줄 알면서도 굳이 나온 것은 그래서였다.

문제는 돈이었다. 아무리 배낭 속에 든 물건들을 꼽아보아도, 팔
만한 물건은 없었다. 살아가는 데 꼭 필요한 것들이었고, 무엇보다
도, 착시물들이었다.

여러 날 궁리한 끝에 그가 생각해낸 것은 자신이 그동안 마을 사
람들에게 들려준 이야기들 가운데 반응이 가장 좋았던 것들을 몇
개 골라서 책으로 만들어 파는 것이었다. 현실적 생각인지 아닌지
는 알 수 없었지만, 그로선 그것이 그래도 가장 그럴듯했다. 그의
머릿속에 들어 있는 그 많은 지식들 가운데 당장 현금화할 수 있는
것은 그것뿐이었다.

그래서 송괴슌에게 그런 뜻을 슬쩍 비쳐보았다. 됴한드르에서
그런 일을 상의할 만한 사람은 송뿐이었다. 큰 기대를 한 것은 아
니었는데, 다행히 송은 그의 얘기를 선뜻 받아들였다. 자신이 언문
을 아니까, 이야기책을 만드는 것은 별 문제가 없다고 했다. 이제
모내기가 끝나서, 시간도 넉넉했다. 그리고 자신의 당고모가 문의
읍내에 사시는데, 집안 형편이 넉넉하고 옛날이야기를 무척 좋아

하시니까, 재미있는 이야기책을 갖다드리면, 섭섭하게 하시진 않으리라고 했다. 그래서 그가 부르고 송이 받아 적어서, 닷새 동안에 이야기책 두 권을 만들었다. 「알리바바와 마흔 도둑」과 「리어왕」이었는데, 송의 당고모께서 좋아하시면, 몇 권 더 만들 계획이었다.

물론 이야기책 두 권으로 필요한 돈을 마련하기는 어려웠다. 그래서 그는 반지를 팔기로 했다. 그가 몸에 지닌 패물은 결혼반지와, 시간여행을 떠나기 전 마지막으로 어머니를 뵈었을 때, 어머니께서 주신 목걸이뿐이었다. 위험한 길을 떠나는 아들에게 신의 가호가 있기를 기원하면서 어머니께서 걸어주신 목걸이보다는 결혼반지와 헤어지는 것이 쉽기도 했지만, 십자가가 달린 목걸이는 아직 기독교가 들어오지 않는 이 땅에선 착시물이었다. 이야기책이야 원래 송 혼자서 팔러 가기로 되었지만, 반지를 팔 때는 함께 가기로 했던 터였다.

"나이 없어도, 신형이 아버님끼셔 잘하실 새니……" 그는 고개 들어 높은 곳을 살폈다. 문의 읍내는 남북으로 뻗은 골짜기의 서쪽에 자리 잡았다. 그는 서쪽 산기슭을 가리켰다. "나난 뎌긔……"

문득 산기슭 위쪽에 몇백 년 뒤에 옮겨 자리 잡을 문의 고을이 환영처럼 보였다. 새로운 두려움이 그의 가슴을 움켜쥐었다. 마음을 억지로 다잡고서, 그는 할 말을 입에서 밀어냈다. "나난 뎌긔 산기슭으로 올아가셔 졈 쉬겠나이다. 힘드시더라도 일을 보시고 이따가 뎌긔로 오쇼셔."

"그리하야두……" 송이 여전히 난감한 얼굴로 허리에 찬 주머니를 만졌다. 반지는 길을 나서기 전에 송에게 건넨 터였다.

"그러면⋯⋯" 더 견디기 어려울 만큼 숨이 답답해서, 그는 합장하고 고개를 숙였다.

"스승님께서 그러하시면⋯⋯" 그가 마음을 정한 것을 깨닫자, 송은 더 얘기하지 않고 합장했다.

"나무아미타불. 나무관세음보살," 조급한 마음을 달래면서, 그는 대장장이에게도 합장을 했다.

대장장이가 급히 합장했다. "나무아미타불."

대장장이의 염불이 채 끝나기도 전에, 그는 돌아섰다. 갑자기 거추장스럽게 느껴지는 배낭을 한번 추스르고서, 서둘러 사람들 사이로 빠져나가기 시작했다. 그의 행동이 송과 대장장이에게 무척 이상하게 보일 터였지만, 어쩔 수 없었다. 빨리 높은 곳으로 빠져나가지 않으면, 숨이 막혀 죽을 것만 같았다.

마음은 급했지만, 걸음은 좀처럼 나아가지 않았다. 둘레엔 흰옷을 입은 사람들이 뿌연 물처럼 느껴지는 짙은 공기를 수족관의 물고기들처럼 팔다리로 천천히 헤치고 있었다. 두려움과 조급함으로 졸아든 마음을 달래면서, 그는 숨을 깊이 쉬었다.

마침내 장꾼들이 드물어졌다. 그는 장터를 벗어나 산기슭을 향해 올라갔다. '어디까지 올라가야 되나? 물이 어디까지 찼었나?'

대청 댐이 세워져서 물이 찼던 곳을 지금 가늠하기는 쉽지 않다. 가쁜 숨을 몰아쉬면서, 산으로 올라가는 작은 길을 따라 그는 쉬지 않고 올라갔다. 산기슭에 선 나무들이 긴 물풀 다발처럼 흔들렸다.

마침내 솔숲으로 들어섰다. '이쯤이면 되잖을까?'

걸음을 멈추고 숨을 돌리면서, 그는 둘레를 살폈다. 그리 급하지 않은 비탈에 나이 든 소나무들이 늘어서 있었다. 문득 가슴이 트이면서, 솔숲의 시원한 공기와 싱그러운 냄새가 속으로 밀려 들어왔다. 한순간 정신이 흔들리더니, 뿌옇던 눈앞이 밝아졌다. 그는 가슴을 한껏 펴고 숨을 깊이 쉬었다. '후유. 마침내 빠져나왔구나.'

안도감이 온몸을 덮으면서, 다리에서 맥이 풀렸다. 배낭을 멘 채, 그는 그 자리에 주저앉았다.

"어," 숨을 돌리고 배낭을 벗다가, 그는 외마디 소리를 질렀다. 아래쪽이 물바다였다. 문의 읍내 장터와 마을은 모두 물속으로 들어가서 자취도 없었다. 갑자기 생겨난 호수 너머엔 허리께까지 물이 올라온 봉우리들이 어쩐지 어설픈 자세로 서 있었다.

'정말로……' 문득 지금까지 느껴보지 못했던 낯선 두려움이 가슴을 차가운 손으로 움켜쥐었다. '내가 지금…… 내가 지금 미쳐가는 걸까?'

이를 악물고 걷잡을 수 없이 떨리는 몸을 가까스로 진정시킨 다음, 그는 눈을 감았다. 액풀이하는 마음으로 스물까지 센 다음 눈을 떴다. 물은 여전히 거기 있었다. 문의 읍내를 삼킨 채.

'흠.' 거기 있어선 안 될 물이 아직 그대로 있다는 두려움과 물이 갑자기 사라져버리지 않았다는 그래서 자신이 미친 것은 아니라는 안도감이 섞인 묘한 기분으로 그는 두 손을 마주 비볐다.

'어쨌든, 배낭이나 벗어놓고.' 배낭을 벗어놓고서, 그는 두세 걸음 아래까지 차오른 물을 살폈다. 막 밀려온 듯 지푸라기들과 나무

조각들이 뜬 거무칙칙한 흙탕물이 출렁이고 있었다.

'몇 걸음만 덜 올라왔어도, 꼼짝없이 물속에……' 뒤늦게 오금이 저려왔다. 이어 어렸을 적에 들은 이야기가 생각났다.

앞일을 잘 알아맞히기로 이름난 토정(土亭) 선생이 하루는 아산 장에 나갔다. 그런데 이상하게도 장터에서 만나는 사람마다 죽을 상을 하고 있었다. 모두 바삐 움직이고 떠들었지만, 얼굴엔 죽음의 그림자가 짙게 어렸다. 장터를 둘러보면서 곰곰이 생각해보았지만, 토정 선생은 어찌 된 일이지 짐작조차 할 수 없었다.

토정 선생이 점점 다급해지는 마음으로 장터를 둘러보는데, 살아 있는 얼굴 하나가 눈에 들어왔다. 반가워서 살펴보니, 한쪽에 새우 젓 독이 얹힌 지게를 받쳐놓고 쪼그리고 앉은 새우젓 장수였다.

토정 선생은 그 사람에게 인사를 올리고 공손히 물었다. "지금 장에 나온 사람마다 죽을 상을 하고 있는데, 어르신 얼굴만 살아 있으니, 어찌된 일입니까?"

그러나 머리에 무명 수건을 동여맨 그 새우젓 장수는 의관을 갖춰서 양반이 분명한 토정 선생의 말은 들은 척도 하지 않았다. 허리에 찬 담배쌈지를 열고서 곰방대에 담배를 꾸역꾸역 채워 넣더니, 부시를 쳐서 불을 붙였다. 그러고는 아무 일도 없다는 듯이 담배만 뻑뻑 빨았다.

토정 선생은 새우젓 장수에게 무안을 본 것이 분했다. 마음 같아선 양반을 업신여긴 죄로 그 자리에서 호된 벌을 주고 싶었다. 그러나 토정 선생은 그 새우젓 장수가 보통 사람이 아님을 잘 알았다. 뛰어난 사람은 뛰어난 사람을 이내 알아보는 법이었다. 그래서 분을 삭이면서, 한옆으로 물러서서 기다렸다.

새우젓 장수는 담배 한 대를 다 피우더니, 곰방대를 지겟다리에 다 두드려서 재를 털었다. "어, 그럼 가볼까." 혼잣소리를 하면서 일어서더니, 새우젓 장수는 기지개를 늘어지게 켰다. 옆에서 기다리는 토정 선생은 안중에도 없다는 언동이었다.

토정 선생은 다급해져서 지게 밀삐를 어깨에 꿰는 새우젓 장수에게 물었다, "어르신, 어떻게 하면 살 수 있겠습니까?"

새우젓 장수는 여전히 들은 척도 하지 않았다. 지겟작대기를 쥔 팔에 힘을 주더니, 지게를 지고 일어섰다.

너무 다급해져서 체면을 차릴 여유도 없어진 토정 선생은 새우젓 장수의 길을 막았다. "어르신, 어떻게 하면 살 수 있겠습니까?"

새우젓 장수는 그제서야 토정 선생을 흘긋 쳐다보고는 귀찮다는 얼굴로 핀잔을 주었다, "아, 그렇게 살고 싶으면, 따라오면 될 것 아니오?"

토정 선생은 무안하고 분했지만, 듣고 보니, 옳은 얘기였다. 그래서 토정 선생은 말없이 새우젓 장수의 뒤를 따랐다.

새우젓 장수는 장터를 벗어나더니 남쪽에 있는 산을 향해 걸어갔다. 서두르는 기색은 전혀 없었다.

토정 선생이 영문도 모른 채 새우젓 장수의 뒤를 따라 산기슭을 올라가는데, 갑자기 뒤에서 천둥치는 소리가 났다. 돌아다보니, 북쪽에서 곤두선 바닷물이 밀려오고 있었다. 워낙 큰 해일이어서, 장터에 있는 사람들은 그 물을 피할 수 없음이 분명했다. 바닷물은 순식간에 장터를 덮치더니, 산기슭을 향해 몰려왔다. 물기둥이 하도 거세게 밀려와서, 산기슭이 금세 물속으로 들어갈 것만 같았다.

천둥치는 소리가 나거나 말거나, 바닷물이 밀려오거나 말거나, 새우젓 장수는 돌아보지 않았다. 여전히 쉬엄쉬엄 산길을 따라 올라가기만 했다.

토정 선생은 빨리 높은 데로 올라가고 싶었다. 곧 곤두선 물살이 닥칠 것만 같았다. 그러나 새우젓 장수를 앞설 수는 없어서, 속이 탔다.

마침내 새우젓 장수가 걸음을 멈추고 지게를 받쳐놓았다. 조그만 바위 아래 펑퍼짐한 곳이었다.

토정 선생은 거세게 몰려오는 물기둥을 돌아다보았다. 물살이 하도 거세서, 아무래도 더 높은 곳으로 올라가야만 될 것 같았다. 토정 선생은 조심스럽게 새우젓 장수에게 말했다, "어르신, 바닷물이 저리 거세니, 아무래도 더 올라가야 될 것 같습니다."

새우젓 장수는 들은 척도 않고 지게 앞에 쪼그리고 앉았다. 그러고는 담배쌈지를 열고 곰방대에 꾸역꾸역 담배를 채우기 시작했다.

토정 선생은 무안하고 분했다. 그래서 '맘대로 해라. 네가 죽어도 난 모르겠다'고 생각하고서 혼자 높은 곳으로 올라갔다.

마침내 바닷물이 산기슭을 덮쳤다. 물이 다 차오른 다음, 토정 선생이 정신을 차리고 내려다보니, 물은 새우젓 장수가 쪼그리고 앉은 곳 바로 아래까지 차 있었다.

그에게 그 이야기를 들려준 동무의 엄마는 "그래서 '이토정이 새우젓 장수만 못하다'는 말이 생겼단다"라는 말로 맺었다.

아마도 열 살이 되기 전에 들었을 그 이야기는 그의 마음에 깊은 인상을 남겼다. 커서 생각해보니, 줄거리도 재미있었지만 이름도 전해지지 않는 새우젓 장수의 모습이 생생하게 묘사된 것이 큰 몫을 한 듯했다. 이야기의 무대가 자신의 고향인 아산이고 토정 선생이 『토정비결(土亭秘訣)』의 저자로 일컬어지며 아산현감을 지낸 토정 이지함(李之菡)이라는 점과 그로선 책이나 영화에서 본 것이 아니라 어른에게서 들은 단 하나의 전래 설화라는 점으로 해서, 그 이야기는 어릴 적의 기억들 가운데 가장 흐뭇하고 소중한 것이 되었다. 토정 선생의 생전엔 담배가 들어오지 않았기 때문에, 새우젓 장수가 담배를 피울 수는 없었으리라는 생각도 그 이야기의 재미를 깎아내지 않았다.

그러나 그가 그 이야기에 관해서 가장 많이 생각한 것은, 토정 선생이 아산 장터에 들어섰을 때, 선생의 얼굴이 죽을 상이었느냐 아니면 살 상이었느냐 하는 점이었다. 새우젓 장수를 만나기 전까지 선생은 해일이 일어나리라는 사실을 몰랐고 따라서 죽음을 피할 길도 몰랐다. 그러니 죽을 상이었다고 보아야 했다. 그러나 선생은 결국 살았다. 그러니 살 상이었다고 볼 수도 있었다. 그것은 오랫동안 그의 머릿속에 성가신 물음으로 남아 있었다.

부분적이나마 합리적인 해답은 고등학교 물리학 시간에 '일반 불확정성 원리'를 배웠을 때 처음 나왔다. 토정 선생의 얼굴은, 선생이 장터에 들어섰을 때부터 새우젓 장수의 얼굴을 보았을 때까지는, 삶과 죽음이 결정되지 않은, 삶과 죽음이 가능성으로 공존한, 흐릿한 상이었다.

그러나 그 해답은 이내 새로운 물음을 불러왔다 ── '만일 그때 토정 선생이 거울을 들여다보았다면, 선생은 자신의 얼굴에서 어떤 상을 보았을까?' 관상을 볼 줄 아는 사람이 자신의 얼굴이 비친 거울을 보는 것은 결정되지 않은 사건의 가능성들 가운데 하나가 나타나도록 강요하는 행위다. 따라서 토정 선생이 거울에서 본 것은 삶과 죽음이 결정되지 않은 흐릿한 상이 아닐 터였다.

'만일 토정 선생이 대장간 앞에서 구경하고 있는 나를 보았다면, 그때 선생의 눈에 비친 내 얼굴은 어떤 상이었을까?' 가볍게 출렁이는 물결을 먼 눈길로 바라보면서, 그는 자신에게 물음을 던졌다. '살 상? 내가 결국 이렇게 살았으니? 그렇다면, 다른 사람들은 모두 죽을상이고?'

그제서야 장터에 모인 사람들이 모두 물속에 잠겼다는 생각이 그의 머리를 후려쳤다. 이것은 꿈이나 환상이 아니었다. 장터를 덮은 물은 환영이 아니었다. 거무칙칙한 물결 따라 흔들리는 지푸라기와 나뭇조각들이 그 사실을 말해주었다.

그래도 미심쩍어서, 그는 조심스럽게 아래로 내려갔다. 물가에 쪼그리고 앉아서 손가락으로 물을 만져보았다. 손가락에 닿은 물은 생각보다 차가웠다.

비행복 자락에 손을 문지르고서, 그는 천천히 일어섰다. '이 물이 환영이 아니라면, 장터의 사람들이 모두……? 신형이 아버지

도? 대장간 사람들도? 조금 전까지……'

　충격이 너무 커서 그런지, 슬퍼할 마음도 나지 않았다. 세상이 통째로 뒤바뀐 것만 같은 상황이라서, 누구의 죽음을 차분히 슬퍼할 마음이 아니었다.

　문득 눈앞에 떠올랐다, 어리에서 고개를 내밀고 의젓한 눈길로 그를 바라보던 장닭이. 가슴 어느 구석에서 둑이 터지면서, 말할 수 없이 시린 물살이 몸을 덮었다.

13

"스승님." 앞서가던 송귀순이 걸음을 멈췄다.

깊은 생각에 잠겼던 언오는 고개를 들면서 따라 걸음을 멈췄다. "네?"

"바로 뎌긔니이다." 손을 들어 왼쪽을 가리키면서, 송이 그를 돌아다보았다.

"아, 네." 그는 고개를 돌려 송이 가리킨 곳을 바라보았다.

군데군데 황토가 드러나고 새로 일을 벌였던 자국이 아직 어지럽게 남은 산기슭에 새로 만들어진 품이 완연한 비석 하나가 새 비석들이 지니는 어쩐지 좀 어설픈 자세로 서 있었다. 반가웠다. 일부러 틈을 내어 보러 온 비석이기도 했지만, 뙤약볕 속의 10리 걸음은 쉽지 않았다. 아까 일로 해서 몸과 마음이 함께 지친 터여서, 지게를 당고모 댁에 맡기고 홀가분하게 나선 송의 걸음을 따르기가 버거웠다.

송의 걸음이 가벼웠던 것은 맨몸이어서만은 아니었다. 그들이 만든 이야기책을 받자, 송의 당고모는 선뜻 베 한 필을 내놓았다고 했다. 이곳의 물가를 모르는 그로서도 후하게 느껴지는 사례였으니, 송의 걸음이 가벼울 만도 했다.

반지는 아직 팔지 못했다. 송의 얘기로는, 문의 읍내에서 그 반지를 살 만한 사람은 필방(筆房)을 하면서 청쥬(淸州)에 있는 송도 상인의 차인(借人)을 위해 일하는 사람뿐이었다. 아침에 송이 찾아갔을 때는, 그 사람은 집에 없었다. 차인에게 볼일이 있어서 어저께 청쥬에 가서 아직 돌아오지 않았다고 했다.

"뎌것이니잇가?"

"녜."

그는 고개를 끄덕이고서 삿갓을 벗었다. 한숨이 절로 나왔다.

송이 그의 얼굴을 살폈다. "스승님, 시드러우시니잇가?"

"이제는 관계티 아니 하나이다." 그는 웃음을 지어 보이고 손수건으로 얼굴의 땀을 훔쳤다. 지치긴 했지만, 몸에 이상이 있는 것 같진 않았다.

"으음," 헛기침을 하더니, 송은 길을 벗어나 산기슭으로 올라가기 시작했다.

손가락으로 머리를 빗어 넘기고 삿갓을 다시 쓴 다음, 그도 뒤를 따랐다. 풀숲으로 들어서자, 문득 마음속으로 들어온 매미 소리가 시원하게 느껴졌다. 그는 잠깐 걸음을 멈추고 한 바퀴 둘러보았다. 길어야 스무 날을 더 살 곤충들이 내는, 어떻게 보면 비장한, 그 소리들이 지금 자신이 선 세상이 환영이 아니라 실재임을 확인해주는 듯해서, 그는 보이지 않는 매미들에 대해서 고마움을 느꼈다.

배낭과 삿갓을 한쪽에 벗어놓은 다음, 그는 비석 앞으로 다가갔다. 이곳에선 의관을 정제하는 것이 예의의 기본임을 뒤늦게 떠올리고서, 그는 되돌아가서 삿갓을 집어 들었다.

송은 두 손을 앞에 모은 공손한 자세로 비석 앞에서 그를 기다리고 있었다. 명종(明宗) 때 정미사화(丁未士禍)에 얽혀 죽은 규암(圭庵) 송인슈(宋麟壽)의 신도비였다.

그가 다가가자, 송이 자랑과 기대가 어린 낯빛으로 그의 얼굴을 살폈다. 학식과 덕행으로 문중의 자랑이었다가 누명을 쓰고 죽었던 선비의 억울함을 서른몇 해 만에 풀고 이렇게 신도비를 세운 일은 이 근처에 사는 송씨들에겐 큰 보람일 터였다. 아직 문중이란 사회적 단위가 큰 뜻을 지닌 세상에서 사는 사람들이 느낄 그런 보람은 가족의 범위가 극도로 줄어들고 혈연관계가 아주 묽어진 세상에서 자라난 그로선 제대로 가늠하기 어려울지도 몰랐다.

비석 앞에서 그는 한동안 묵념을 했다. 그는 선비라는 말을 좋아했다. 그 말엔 학자나 사대부나 지사와 같은 말들로 대신할 수 없는 무엇이 있었다. 그리고 선비라는 말보다 더 잘 규암을 드러낼 말은 없을 터였다. 그는 경건한 마음으로 자신보다 반천 년 먼저 살았던 큰 선비에게 예를 차렸다.

묵념을 마치자, 그는 비석 앞으로 다가가서 거기 새겨진 글을 읽어보았다. 한문 실력이 워낙 짧아서, 무슨 얘기가 씌었는지 알기 어려웠다. 확실한 것은 규암의 시호가 문충(文忠)이라는 것 정도였다.

'그러고 보니, 내가 이 세상에선 문맹이나 마찬가지로구나.' 그를 바라보는 송의 눈길을 느끼면서, 그는 속으로 가볍게 탄식했다. '이십일 세기에선 그래도 한문을 좀 하는 축에 속했는데.'

하긴 그가 여기까지 찾아온 것은 비문에서 규암의 행장을 읽어보려는 생각 때문은 아니었다. 그는 2060년대 말엽에서 2070년대 초엽에 걸쳐 큰 인기를 모았던 '조일방송'의 연속 사극 「조선조 야화」를 통해 규암의 삶에 대해서 알 만큼 알고 있었다.

그가 규암 송인수라는 그리 널리 알려지지 않은 인물을 기억하게 된 것은 규암이 유언하는 장면 덕분이었다. 사약을 받자, 성균관(成均館) 대사성(大司成)을 지낸 학자인 규암은 어린 아들에게 남기는 유서에 "부디 글을 읽지 마라"라고 썼다. 그러고는 잠시 침통하게 생각하더니 붓을 들어 고쳐 썼다, "글을 읽지 않을 수는 없다. 다만 과거를 보지 마라." 어지러운 세상을 살아가는 지식인의 고뇌가 잘 드러난 그 장면은 그의 머리에 깊이 새겨졌고, 그 뒤로 식자우환(識字憂患)이란 말을 만나면, 그는 무심히 넘길 수 없었다. 그래서 며칠 전에 규암의 신도비가 문의 읍내에서 북쪽으로 10리쯤 되는 곳에 섰단 얘기를 송긔슌에게 들었을 때, 그는 꽤나 반가웠다. 그러나 이렇게 일부러 찾아올 마음을 품게 된 것은 신도비의 비문에서 지금의 연대를 확인할 수 있으리라는 생각에서였다.

그는 비문이 끝나는 곳을 찾았다.

一時之誣百世之光銘以垂後永言不忘
萬曆六年戊寅伍月 日

거기 있었다. '만력 육 년 무인 오월 일'이라 새겨진 구절이. 만력은 명(明) 신종(神宗)의 연호였다. 임진왜란이 일어난 1592년이 선조 25년이며 만력 20년이었으므로, 만력은 그에겐 낯익은 말이었다.

과학사를 공부하면서, 그는 여러 문명들과 나라들의 역사를 연관시켜 기억할 필요를 느꼈다. 그래서 생각해낸 것이 조선 역사에서 중요한 사건이 일어난 해에 세계의 다른 곳들에서 일어난 일들을 함께 기억하는 방안이었다. 고조선의 건국이나 고구려의 건국과 같은 일들이 일어난 해에 세계의 다른 곳들에서 일어난 일들을 기억하는 것은 여러 문명들이 점차 합쳐져서 하나의 지구 문명이 되는 과정을 살피는 데 작지 않은 도움이 되었다.

근세에서 그런 목적에 맞는 사건으로 자연스럽게 떠오른 것은 임진왜란이었다. 그리고 16세기 말엽은 조선이나 동북아시아 사회들에서만 중요한 변화들과 사건들이 일어난 것이 아니었다. 그때는 세계의 거의 모든 문명들에서 근대 사회가 마련되고 태어나는 기미가 느껴지기 시작했다.

중국에선 환관의 발호라는 내우와 '북로남왜(北虜南倭)'라는 외환으로 명 왕조가 빠르게 무너지고 있었다. 아직은 서북쪽의 달단족(韃靼族)이 훨씬 큰 위협이었지만, 곧 명을 멸망시킬 여진족(女眞族)도 이미 상당히 강성해진 터였다.

일본에선 한 세기에 걸친 전국시대(戰國時代)가 마침내 끝나고 하나의 국가로 통일되었다. 권력을 잡은 도요토미 히데요시(豊臣

秀吉)는 큰 군대를 보내 조선을 침략했지만 비참하게 실패했다. 그 불행한 전쟁의 여파로 도요토미의 후계 세력은 힘을 비축한 도쿠가와 이에야스(德川家康)에 의해 제거되었고, 폐쇄적 안정을 추구한 도쿠가와 막부(幕府) 시대가 열리게 되었다.

인도 대륙에선 아크바르 대제가 무굴 제국의 기초를 다지고 있었다. 언오의 생각엔 아크바르 대제는 동양에서 마지막으로 나타난 참다운 제국의 창건자였다. 그는 자신이 정복한 너른 영토를 다스리고 지킬 수 있는 통치 조직을 만들었고 개명된 통치 정책을 마련했으며 학문과 예술을 장려했다. 무엇보다도, 그는 토착 문화와 종교에 대해 너그러웠다. 유대교, 기독교와 더불어 인류 역사상 가장 공격적인 종교인 회교를 믿은 사람이면서도, 그는 협량한 광신자들에 맞섰고 토착 힌두교도들을 탄압하는 제도들을 없앴다. 아마도 그런 토착 문화에 대한 애착과 토착 신앙에 대한 존중이 참다운 제국의 창건자와 단순한 정복자를 가르는 가장 좋은 기준일 터였다. 그래서 아크바르 대제는 정복자에 머물지 않고 참다운 뜻에서 제국을 창건한 사람들의 반열에 ― 조그만 바빌론 왕국을 번창하는 제국으로 키운 함무라비 왕, 페르시아 제국을 세운 키루스 대왕, 그리스 제국을 세운 알렉산드로스 대왕, 원 제국을 세운 쿠빌라이 칸과 같은 사람들이 모인 자리에 ― 오른 인물이었다.

조금 더 서쪽 서남아시아와 동지중해에선 오스만 튀르크 제국이 융성하고 있었다. 비록 1571년의 레판토 해전에서 스페인과 베니스를 주축으로 한 기독교 세력의 함대에 졌지만, 오스만 튀르크 제국은 북아프리카와 동지중해에 대한 지배력을 늘리고 있었다.

오스만 튀르크 제국의 북쪽 동유럽에선 근대에 가장 활발한 움직임을 보일 다민족국가가 나온 참이었다. 몽골족이 세운 서아시아의 한국(汗國)들이 이울면서 갑자기 모습을 드러낸 모스크바 대공국은 이미 한 세기 전에 러시아 제국으로 발전할 기초를 다진 상태였다. 모스크바 대공국의 급작스러운 발전은 동양 사람들에게도 직접적으로 영향을 미친 역사적 사건이었다. 16세기 말엽 모스크바의 한 상인 집안에 고용된 한 무리의 코사크 병사들이 서시베리아로 진출하여 시비르를 중심으로 한 타타르 한국을 정복했다. 그들은 오브, 예니세이, 레나와 같은 큰 강들의 동서로 흐르는 지류를 이용하여 놀랄 만큼 빠르게 시베리아 전역으로 뻗어나갔고 반세기 뒤엔 태평양 연안에 닿았다. 먼 뒷날 조선에 남북조 시대가 나오게 된 배경을 이룰 역사의 피륙 한 조각이 이미 동유럽에서 짜이고 있었던 것이다.

가장 큰 변혁이 일어나고 있는 곳은 물론 조금 더 서쪽 서유럽이었다. 봉건제의 무너짐, 문예부흥, 기독교 개혁 운동, 민족국가들의 태동, 포르투갈과 스페인을 머리로 한 해외 진출과 같은 일들에서 보듯, 다른 어느 곳보다 변혁의 기운이 뚜렷한 그곳에서 뒷날 근대의 가장 중요한 사건으로 일컬어지게 된 일이 일어나고 있었다. 니콜라우스 코페르니쿠스라는 폴란드 천문학자가 남긴 『천체의 회전에 대하여』라는 책이 발간된 지 반세기인 1592년, 이탈리아의 파두아 대학엔 갈릴레오 갈릴레이라는 스물여덟 살 된 학자가 수학 교수로 취임했고 독일에선 요하네스 케플러라는 젊은이가 막 튀빙겐 대학에서 석사 학위를 받은 참이었다. 영국에 사는 윌리엄 하비는 아직 어렸지만, 꼭 반세기 뒤엔 그곳에서 아이작 뉴턴이 태어날 터였다. 그들은 자신들이 무슨 혁명을 이루고 있다고 여기지 않았지만, 그들이 이룰 지적 업적들은 이전의 것들과는 근본적으로 달랐고, 그 뒤로 사람들이 세상을 바라보는 방식은 본질적으로 바뀌었다. 이웃의 회교도들을 통해서 발달된 아라비아 문명에 쉽게 접할 수 있었던 스페인에서 12세기에 시작된 문예부흥은 자신보다 훨씬 중요한 사건을 낳은 것이었다. 뒷날 '과학 혁명'이라 불린 이 변혁은 이미 무엇으로도 멈출 수 없는 힘찬 흐름이 되고 있었다.

유럽 사람들의 갑작스러운 해외 진출은 세계의 다른 사람들 모두에게 큰 위협이 되었지만, 그들의 바로 남쪽에 사는 아프리카 사람들에겐 특히 큰 재앙이 되었다. 라틴 아메리카의 농장 농업은 대서양을 넘는 노예 무역을 이미 중요한 산업으로 만들었다.

유럽 사람들이 재발견한 아메리카 대륙에선 인류 역사상 가장 끔찍한 인종과 문명의 말살이 유럽 사람들에 의해 저질러지고 있었다. 그런 재앙은 대서양을 건너온 유럽 사람들의 탐욕과 무지와 폭력에서 비롯했지만, 실제로 아메리카 원주민들이 빠르게 사라지도록 만든 것은 유럽 사람들이 퍼뜨린 병원균들이었다.

지금이 무슨 해인가는 그동안 충분히 확인되었지만, 기록으로 받쳐진 것은 이번이 처음이었다. 따라서 비문에서 확인한 만력 연호는 나름대로 뜻이 있었다. 그러나 막상 대하고 보니, 만력이란 말은 그의 마음에서 그리 큰 반가움을 불러내지 않았다.

그는 입맛을 다시면서 고개를 끄덕였다. '아까 받은 충격이 너무

커서……'

아까 본 세상은 그로선 설명할 길이 없었다. 이제 와서 생각해보면, 환영 같기만 했다. 그러나 대청호(大淸湖)의 물속에 잠긴 문의 읍내는 분명히 환영이 아니었다. 그는 그 거무칙칙한 흙탕물에 손을 담갔었다.

그는 그 물에 떠서 가볍게 흔들리던 소나무 껍질을 떠올렸다. '내가 그때 잠깐 미치지 않았다면, 그 세상이 환영일 수는 없지.'

그 세상은 오전 10시 40분쯤부터 11시 50분쯤까지 한 시간 남짓 존재했었다. 몸과 마음이 탈진해서 배낭을 베고 누웠던 그는 깜박 잠이 들었다. 누가 '스승님' 하고 부르는 소리에 잠이 깨어, 흐린 물속 같은 잠기운을 헤치고 고개를 들어 아래쪽을 내려다보았다. 문의 읍내를 덮었던 물이 밖으로 빠져나가고 있었다. 다른 세상으로 빠지는 것처럼 빠르고 소리 없이. 정신이 흔들리는 것을 느끼면서, 그는 힘겹게 일어나 앉았다.

물이 빠진 산기슭에서 흙탕물이 남긴 앙금에 덮인 조상(彫像) 하나가 움직였다. '스승님 여긔 겨셨나니이다'라는 송긔슌의 낮고 차분한 목소리가 마음속으로 들어오면서, 세상이 문득 맑아졌다. 이어 바로 아래에 멈춰 서서 숨을 고르는 송의 익숙한 모습과 무척 날카롭게 느껴지는 매미 소리가 동시에 마음속으로 비집고 들어왔다. 송의 뒤쪽 장터에서 가느다란 연기 두 줄기가 솟고 있었다.

그는 자신이 순간적으로 미쳤었다고 생각하진 않았다. 무엇보다도, 자신이 그때 '혹시 내가 지금 미쳐가는 건 아닐까?'라고 생각했었고 그렇지 않다는 것을 확인하려 애썼다는 사실이 있었다. 지금 그로선 그 세상이 환영이었다고 할 수는 없었고 좀더 합리적이고 구체적인 설명을 찾아야 했다.

송을 따라 산기슭을 내려오면서부터 지금까지, 그가 생각해낸 합리적인 가설들 가운데 가장 그럴듯한 것은 '일반 파동 함수'의 내파(內破)였다. '가마우지'의 좌초로 이 세상의 시공이 받은 충격이 너무 커서, 이 시공의 '일반 파동 함수'는 '일반 불확정성 원리'에 따라 정상적으로 무너지지 않고 내파되었을 가능성이 컸다. 그렇게 되면, 내파의 충격으로 시공의 피륙이 찢어지게 되고, 그 틈으로 현재의 시간 줄기에 대한 '평행 우주'가 잘못 들어올 수 있었다. 다시 말하면, '일반 파동 함수'가 정상적으로 무너졌을 경우처럼 '평행 우주'가 제대로 들어오지 않고 어긋나게 들어올 수 있었다. 그렇지 않다면야, 20세기에 만들어진 대청호가 16세기에 나타날 수는 없었을 터였다. 그가 태어난 21세기와 그가 좌초한 16세기가 속한 현재의 시간 줄기에 대한 평행 우주들 가운데 어느 것도 본류에 대해 4백 년의 시차를 가질 수는 없을 노릇이었다.

그러나 그런 가설은 그가 느닷없이 폐소공포증을 느꼈던 사실을 제대로 설명할 수 없었다. 그것은 큰 결점이었다. 자신이 폐소공포증을 느꼈다는 사실은 그에겐 믿음의 바탕을 흔든 큰 사건이었다.

그는 문의 장터에서 폐소공포증을 느꼈고 대청호의 물에 손을 담갔던 이언오가 현재의 시간 줄기에서 존재하는 이언오가 아니라 그 평행 우주 속에서 존재하는 이언오일 가능성도 생각해보았다. 자신이 다른 우주 속에서 존재하는 비슷한 사람으로 문득 바뀔 수 있다는 가설은 가볍게 받아들일 수 있는 생각은 아니었지만, 그런 가설은 적어도 잠수함을 탔던 그가 느닷없이 폐소공포증을 느꼈다는 사실을 설명할 수 있었다.

그러나 그런 가설은 이내 부정되었다. 그때 물에 덮인 문의 읍내를 바라보며 되살렸던 그의 기억들은, 시간여행에 관한 기억들과 문의 장터에서 있었던 기억들을 포함하여, 모두 현재의 시간 줄기와 부합되었다. 그의 옷차림이나 배낭 속에 든 물건들도 아침에 됴한드르를 떠날 때 그대로였다.

그는 속으로 한숨을 쉬었다. 세상엔 도저히 설명이 되지 않는 일들도 있었다. 그리고 5백 년 전으로 시간여행을 한 사람에겐 별 이상한 일들이 일어날 터였다.

별 뜻 없이 고개를 끄덕이고서, 그는 비석에서 물러섰다. 한 실재와 다른 실재 사이의 비좁은 틈으로 문득 나타났다가 사라진 환영 같은 또 하나의 실재가 이 세상의 시공에 아직 던지는 그림자에 밝은 햇살이 가려진 듯, 세상이 문득 어둑해졌다.

14

다시 손이 아파오기 시작했다. 언오는 목탁을 다듬던 손길을 멈추고 허리를 폈다. 와락거리는 오른손바닥을 바지에 문지르면서, 숨을 깊이 쉬었다. 그는 윗방 문 앞 토방에 말아놓은 멍석을 깔고 앉아 그저께 바깥주인이 까뀌로 대강 다듬어준 참나무 토막을 주머니칼로 다듬는 참이었다.

'이만하면, 겉보기론 제법……' 그는 잔잔한 만족감으로 목탁을 내려다보았다. 아직 속이 덜 파여서 무겁고 소리가 제대로 나지 않았지만, 보기엔 제법 목탁 같았다.

안주인의 다듬이질 소리가 한적한 집 안을 더욱 한적하게 하는 듯했다. 바깥주인은 아침 일찍 자기 형과 함께 나무하러 갔고, 만석이는 점심을 먹자 제 할머니에게 떼를 써서 어레미를 얻어가지고 다른 아이들과 함께 개울로 고기를 잡으러 갔다. 만석이 할머니도 조금 전에 큰아들네로 내려가서, 집 안에 그와 안주인만 있었다.

그는 안주인의 뒷모습에 흘긋 눈길을 주었다. 그녀는 안방에 젖먹이를 눕혀놓고 만순이와 함께 마루에 앉아서 빨래한 옷들을 다듬이질하고 있었다. 그는 이내 눈길을 거두고서 다시 목탁 옆구리에 뚫린 구멍으로 칼날을 집어넣고 조심스럽게 속을 후비기 시작했다. 단단한 나무를 조그만 구멍을 통해 무딘 칼날로 조금씩 후비는 일이라, 손만 아프고 일은 제대로 되지 않았다.

처음엔 일이 힘들어서라기보다는 마음이 답답해서 눅진하게 앉아 나무를 다듬기 어려웠다. 그러나 차츰 마음이 일의 성격에 적응하더니, 이제는 그런 점이 오히려 마음을 차분하게 했다. 조선 땅을 벗어날 때까지는 불승으로 행세하려는 그에게 그런 일을 하는 것은 수련의 뜻을 지닌 셈이기도 했다. 그래서 그 일은 자신이 됴한드르 사람들 앞에서 버젓이 불승 노릇을 하고 있다는 사실 때문에 그가 늘 마음 한구석에 지녀온 미안함과 부끄러움을 더는 듯도 했다. 이젠 목탁을 다듬을 때면, 그는 참선하는 것처럼 마음이 맑아졌다.

'이젠 목탁도 다 되어가고…… 떠날 일만 남았구나.' 곧 먼 대륙을 향해서 어려운 길을 다시 떠나야 한다는 생각이 마음에 옅은 그늘을 드리웠다.

떠날 준비는 다 된 셈이었다. 몸이 전과 같을 수야 없었지만, 그런대로 기운을 차렸고, 반지를 판 값으로 먼 길을 가면서 혼자 살아가는 데 필요한 도구들도 아쉬운 대로 갖추었다.

반지 값으로는 송기순이 문의 읍내에 두 번이나 나간 덕분에 쌀 여덟 섬을 받았다. 값은 베로 받았는데, 시세는 쌀 열다섯 말 한 섬에 베가 세 필이었다. 베 스물 네 필에서 퉁노구, 놋그릇, 톱, 대삿갓, 홑이불 같은 것들을 사는 데 아홉 필을 썼고, 세 필은 노자로 쓸 생각이었다. 나머지 열두 필은 이 마을 사람들에게 나누어주고 갈 생각이었다. 마을 사람들이 그에게 베푼 친절과 도움을 돈으로 따질 수야 없었지만, 그래도 폐를 끼치지 않고 떠날 수 있게 된 것은 마음이 적잖이 가벼워지는 일이었다.

그러나 막상 떠날 때가 되니, 선뜻 떠나고 싶은 마음이 나지 않았다. 어느 사이엔가 이곳 생활에 익숙해져서, 잘 곳과 먹을 것을 걱정하지 않아도 되는 이 마을을 떠나 먼 땅으로 갈 일이 아득하게만 생각되었다. 게다가 그는 추운 시베리아와 알래스카를 지나가는 데 필요한 장비를 전혀 갖추지 못했다.

'당장 나가라고 등을 떠미는 것도 아니니, 조금 더 머물러도 안 될 일은 없는데……' 그는 가벼운 자학으로 아픈 손에 힘을 주어 목탁을 후볐다. '기운을 차렸다곤 하지만, 아직 몸이 완전히 회복된 것도 아니고……'

"스승님."

그는 상념에서 깨어나 손길을 멈추고 고개를 들었다. 앞에 안주인이 서 있었다.

"아, 네." 그는 당황스러운 마음으로 엉거주춤 일어섰다.

"스승님 옷알 가져왔압나니이다." 그녀가 두 손으로 그의 속옷을 내밀었다.

"아, 네. 감샤하압나니이다." 그는 손에 든 목탁과 주머니칼을 급히 멍석 위에 내려놓았다. 그리고 본능적으로 두 손바닥을 비행복에 문지르고서 두 손을 내밀었다.

옷을 건네는 그녀 손이 그의 손을 살짝 스쳤다. 그는 그녀가 일부러 그의 손을 만졌음을 느꼈다. 하긴 그녀가 지금 그에게 와서 속옷을 건네야 할 까닭도 없었다. 지금까지 그의 속옷은 만석이 할머니가 그에게 건네거나 안방에 있는 그의 배낭 곁에 놓아두었었다.

두 사람의 눈길이 마주쳤다. 다른 때와는 달리, 안주인은 그의 눈길을 피하지 않고 거센 눈길로 받았다. 그녀의 가볍게 핏발 선 눈 속에서 뜨거운 기운이 일렁이고 있었다. 그 일렁이는 기운이 소용돌이처럼 그의 마음을 세차게 끌어당겼다. 어느 사이엔가 가슴이 거세게 뛰고 있음을 그는 깨달았다. 그녀의 손길이 스친 왼손에서 뒤늦게 자릿한 감촉이 되살아났다. 잘 다듬어진 속옷의 부드러운 감촉과 섞이면서, 그 자릿한 감촉이 문득 증폭되어 온몸으로 퍼져나갔다.

짧은, 길어도 6, 7초를 넘지 않았을, 그러나 두 사람이 서로의 속마음을 읽기에 충분한 시간이 지난 뒤에, 그들은 동시에 눈길을 돌렸다. 그러고는 이내 다시 서로의 눈을 찾았다. 자신이 본 것이 환영이 아니었음을 확인하려는 눈길로.

환영은 아니었다. 가볍게 핏발 선 그녀 눈 속엔 아직 뜨거운 기운이 묵직한 몸짓으로 일렁이고 있었다. 조금 전처럼 거세진 않았지만 언제고 다시 타오를 준비가 되어 있는 기운이. 그리고 그는 느꼈다, 그녀가 지금 자신의 눈 속에서 똑같은 기운이 일렁이는 것을 보고 있음을.

그녀 눈길이 문득 거칠고 대담해졌다. 자신이 그의 눈 속에서 본 것이 환영이 아니었음을 마침내 확인한 눈길이었다. 입을 반쯤 벌린 채, 그녀는 가쁘게 숨을 쉬었다.

그녀 눈 속에서 높은 물결로 일렁이는 욕정을 보면서, 그는 자신의 욕정이 자줏빛 알몸으로 부풀어 오르는 것을 느꼈다. 그 욕정이 한결 거세어진 자신의 눈길 속으로 빨려 나가 그녀 눈 속으로 빨려 들어가는 듯했다. 입안이 마르다는 느낌과 피가 핏줄 속을 흐르는 소리가 너무 크게 울린다는 생각이 동시에 들었다.

그녀 눈 속에서 문득 파란 불길 한 줄기가 솟구쳤다. 그녀 눈길이 그의 아랫도리를 찾았다.

알몸으로 그녀 앞에 섰다는 느낌이 들면서, 마음속에서 거센 욕정의 물살을 이기지 못한 둑 하나가 무너졌다. 뜨거운 물살이 이미 혼란스러워진 의식을 덮쳤다. 그는 자신도 모르게 그녀에게 한걸음 다가섰다.

"어마아," 마루 쪽에서 만순이가 제 엄마를 불렀다. "어마아, 이거⋯⋯"

아이의 목소리에 두 사람을 바깥 세상으로부터 떼어놓아 함께 묶었던 자장이 문득 사라졌다. 본능적으로 한 걸음씩 물러나면서, 그들은 만순이를 돌아보았다.

"이거⋯⋯" 만순이가 다가오면서 손에 든 것을 엄마에게 보였다.

"므스 일이다?" 안주인이 딸에게로 한 걸음 다가섰다. "바리거라. 개아미 바리거라."

만순이가 실망한 얼굴로 엄마를 올려다보았다. 녀석이 자랑스럽게 내밀었던 손에서는 큰 개미 한 마리가 꿈틀거렸다.

"지지다. 만순아, 개아미 바리거라."

만순이가 실망한 낯빛으로 개아미를 땅바닥에 놓아주었다.

"녀석 참……" 손에 든 속옷을 한옆에 내려놓으면서, 그는 아쉽게 중얼거렸다. 녀석 때문에 그렇게도 매혹적인 육감의 세계가 빨리 깨어진 것이 정말로 아쉬웠다. '단 몇 분만 더……'

그는 한숨을 길게 내쉬었다. 살을 가득 채웠던 욕정의 물살이 잦아들기 시작했다. 차츰 드러나는 을씨년스러운 갯벌 위로 스산한 바람이 불었다.

'이젠 정말 떠날 때가 됐구나.' 마음 한구석에서 차분한 목소리가 말했다. '여기 더 있다간 끝내…… 만순이 덕분에 이렇게 끝난 것을 다행으로 알고 떠나자. 당장.'

'당장?' 매혹의 순간을 아직 아쉬워하는 다른 목소리가 물었다. '아무리 그렇다 하더라도, 당장 떠나긴……'

'당장은 아니더라도…… 대신 내일 아침엔 무슨 일이 있어도 떠나자. 이런 욕심이 바로 내가 몸을 완전히 회복했다는 증거 아닌가?'

여러 감정들이 뒤섞여 들끓는 가슴으로 그는 안주인을 내려다보았다. 그녀는 그에게 등을 돌리고 앉아서 치맛자락을 들어 딸의 코를 닦아주고 있었다. 갈색 나무 비녀를 지른 머리 아래 드러난 뜻밖에도 보얀 덜미가 말할 수 없이 고혹적이어서, 그는 가슴에 아픔을 느꼈다.

"자아, 만순아, 뎌긔 가셔 놀아라. 우리 만순이 착하디." 안주인이 일어나서 딸을 돌려세웠다.

만순이는 내키지 않는 몸짓을 하면서 그를 바라보았다. 그와 놀고 싶은 눈치였다. 그러나 제 엄마가 등을 밀자, 아까 놀던 자리로 돌아갔다.

안주인이 조급한 몸짓으로 그를 향해 돌아섰다. 두 사람의 눈길이 다시 마주쳤다. 문득 그녀의 얼굴과 목이 발갛게 물들면서, 그녀가 몸을 살짝 비틀었다. 그녀의 눈길과 몸짓엔 속마음을 내비친 여인이 사내에게 보이는 수줍음과 대담함이 고혹적 모습으로 섞여 있었다.

아쉬움의 시린 물살이 늦가을 파도처럼 그의 가슴을 씻었다. 그는 이미 알고 있었다. 그녀는 이미 그에겐 닿지 않는 열매임을. 비록 그의 손길을 조바심하며 기다리는, 달콤한 진액으로 가득한, 잘 익은 열매였지만, 이제 그는 그 열매를 향해 손을 뻗을 수 없었다. 그렇게 할 수 있었던 매혹의 순간은 지나간 것이었다.

그가 머뭇거리자, 그녀가 문득 불안해진 눈길로 그에게 말없이 물었다.

그녀가 무안해하지 않도록 웃음을 지으면서, 그는 만순이 쪽을 보았다. "만순 아씨가 개아미말 잡았나이다?"

"네." 그녀도 웃음을 지으면서 딸을 돌아다보았다.

만순이는 마루로 올라가지 않고 마루 밑을 살피고 있었다. 무슨 벌레라도 찾는 모양이었다.

그녀가 다시 돌아서자, 그는 가볍게 고개를 숙여 감사한 뜻을 나타냈다.

그녀도 이제 깨달은 모양이었다. 매혹의 순간이 지나갔음을. 그의 얼굴을 흘긋 살피더니 수줍게 고개를 숙였다.

그는 멍석에 주저앉았다. 아쉬움의 물살이 여전히 가슴을 시리게 씻는 것을 느끼면서, 그는 목탁을 집어 들었다. 그리고 순간적인 충동에서 주머니칼로 목탁을 두드리기 시작했다. "나무아미타불. 나무관세음보살……"

안주인의 낯빛이 흔들렸다. 그녀는 잠시 머뭇거리더니 합장을 했다. 그리고 그늘 진 얼굴로 돌아섰다.

그녀에 대한 연민이 그의 가슴에 독한 안개로 피어올랐다. 왜 그녀에게 연민을 느끼는지 알 수 없었다. 그저 그녀가 안쓰러웠다.

그는 계속 목탁을 두드렸다. 한 사내의 그리 크지 않은 가슴에 받아들일 수 있는 것들을 모두 받아들이려는 마음으로. 거센 욕정이 만들어낸 매혹적 세계도, 그녀의 보얀 덜미도, 그늘 진 얼굴로 돌아선 그녀 모습도. 차츰 마음이 차분해지면서, 뒷간 옆쪽 대추나무 쪽에서 유난히 큰 매미 소리가 들려왔다. 끝나가는 한 철을 아쉬워하는, 이미 되돌아갈 수 없는 세상에 작별을 고하는, 그 노랫소리가 그의 가슴속에 오래 울렸다.

15

무거운 생각에 잠겼던 언오는 고개를 들었다. 저만큼 됴한드르에서 나와 들판을 가로지른 길이 매포리로 가는 길과 금호리로 가는 길로 나뉘었다. '여기서 작별하는 것이 좋을 텐데. 여길 넘기면, 천생 금호리까지……'

갈림길에 닿자, 그는 걸음을 늦추면서 바로 뒤에 선 송괴슌을 돌아다보았다. "이제 그만 돌아가쇼셔."

"죠곰만 더 가사이다. 금호리까장만이라두……" 그의 얼굴을 살피면서, 송이 처연한 낯빛으로 대꾸했다.

금호리로 가는 길로 접어들면서, 그는 걸음을 멈추었다. "이리비를 맞으시면……" 그는 삿갓 앞자락을 올리고 하늘을 살폈다. 서두르지 않고 부슬부슬 내리는 품으로 보아, 비는 쉽게 그칠 것 같지 않았다.

두 사람이 따라 멈추면서, 하늘을 살폈다. "관계티 아니 하나이다. 비 많이 오실 것 같디 아니 하나이다." 오백규가 진지하게 말했다.

그는 금강을 따라 내려갈 생각이었다. 원래는 금강을 거슬러 올라가 보은 쪽으로 해서 동쪽의 소백산 줄기를 타고 강원도로 갈 생각을 했었다. 그러나 조선 땅을 아주 떠난다는 생각을 하자, 고향인 아산을 한번 보고 싶어졌다. 삭막한 공업단지에서 자란 그에겐 고향의 옛 모습을 볼 기회를 놓치기가 너무 아까웠다. 내포(內浦) 지방의 공세미(貢稅米)를 가득 실은 배들이 서울을 향해 돛을 올리던 고향 포구가 눈앞에 어른거렸다. 그래서 작지 않은 위험들이 따르는 일이었지만, 서쪽으로 돌아가기로 한 것이었다.

"금호리까장 가시면, 헤여디기 쉽겠나니잇가?" 그는 두 사람에게 쓸쓸한 미소를 지어 보였다. "발셔 옷이 젖었는듸, 이리 하다가난 감기 걸위시겠나이다. 두 분끠션 이제 돌아가쇼셔. 금호리까장 함끠 가시더라도, 헤여디기 섭섭하기는 마찬가지일 새니이다."

두 사람이 금호리까지 배웅해주면, 덜 서운할 터였다. 그러나 우장이 시원찮은 두 사람이 빗속에 10리 길인 금호리까지 가는 것은 무리였다.

"금호리야 바루 지척인듸⋯⋯" 오가 혼잣소리 비슷하게 말했다.

오의 순박한 얼굴이 그의 마음에 무겁게 얹혔다. 송이 배웅 나온 것과는 달리, 오가 이리 멀리 배웅 나온 것은 그의 마음에 작지 않은 짐이 되었다. 안주인과의 그끄저께 일이 어쩔 수 없이 마음에 걸렸다. 막상 따지고 보면, 두 사람의 눈길이 잠깐 마주친 것뿐이어서, 일이라고 할 만한 것도 못 되었다. 그래도 그로선 자신을 극진히 대접해준 사람에게 큰 잘못을 저질렀다는 생각을 떨쳐버릴 수 없었다.

이곳에서 헤어지고 싶어 하는 그의 마음을 헤아린 듯, 송이 무겁게 고개를 끄덕였다. "알겠나이다. 그러하야두 스승님과 이리 헤어디기는 너무 섭섭하나이다."

"인연이 이시면, 다시 만나 뵐 날이 이실 새니이다." 불승다운 말이었지만, 여기서 헤어지면 다시 만날 수 없음을 아는지라, 그는 그 말이 목에 걸렸다.

"그러하시면 우리는……" 오를 흘긋 살핀 다음, 송이 두 손을 맞잡고 처연한 얼굴로 말을 맺었다. "그러하시면 우리는 여긔셔 스승님끠 작별 인사랄 올이겠나니이다."

그보다 훨씬 작별을 아쉬워하는 송의 모습이 그의 가슴에 차가운 바람으로 불었다. 5백 년의 세월을 건너온 이방인으로선 감히 바라지도 못했던 우정이었다. 그냥 두고 가기엔 너무 아쉬운 정이었다.

"그동안……" 자신이 됴한드르 사람들에게, 특히 두 사람에게, 품은 고마움을 나타낼 인사말이 떠오르지 않아서, 그는 잠시 머뭇거렸다. "내내 안녕히 겨시기를 비나이다. 나무아미타불. 나무관세음보살."

두 사람이 서둘러 합장하고 고개 숙여 인사했다. "나무아미타불. 나무관세음보살."

'여기가……' 길이 산모퉁이를 돌아가는 곳에서 언오는 걸음을 멈추었다. 이제 길은 강을 따라나간 산줄기 뒤에서 나오지 않을 터였으므로, 그곳이 됴한드르가 보이는 마지막 지점이었다. 부슬비에 후줄근히 젖는 산기슭에 무거운 눈길을 주고서, 그는 천천히 돌아섰다.

빗물 머금은 삿갓 앞자락을 올리고서, 그는 춥고 쓸쓸한 마음으로 들판 너머 됴한드르를 바라다보았다. 뒷산 골짜기를 덮은 안개 아래 웅숭크린 조그만 마을은 실제보다 훨씬 멀게 느껴졌다. 그를 배웅하러 나왔던 마을 사람들은 이제 보이지 않았다.

그는 들판 속으로 난 길을 살폈다. 송긔슌과 오백규는 저만큼 개울가에 버드나무들이 늘어선 곳을 지나고 있었다. 도롱이를 걸치고 움츠린 채 걷는 두 사람의 모습이 너무 쓸쓸해서 가슴이 아렸다.

'내가 정말로 됴한드르를 떠나왔구나.' 비에 젖는 마을을 다시 살피면서, 그는 탄식했다.

됴한드르를 떠나기는 생각보다 힘들었다. 너무 오래 묵었으니 이제는 떠나야 한다고 아무리 간곡하게 얘기해도 사람들이 막무가내로 붙드는 바람에, 그는 이틀을 더 묵었다. 그동안 정이 들었던 마을 사람들과 헤어지는 일도 생각보다 힘들었다. 어머니처럼 그를 보살펴준 만석이 할머니나 서로 마음이 끌렸던 안주인, 너그러운 바깥주인, 그리고 어느 사이엔가 우정을 품게 된 송긔슌과의 작별은 말할 것도 없었다.

그러나 뜻밖에도 힘들었던 것은 아이들과 헤어지는 일이었다. 만슌이와 헤어질 때가 특히 힘들었다. 그가 아주 떠난다는 사실을 마침내 깨닫자, 녀석은 그에게 달려들어 다리를 꼭 껴안았다. 제 할머니가 억지로 떼어놓자, 녀석은 몸에서 기운이 모두 빠져나간 듯 젖은 땅바닥에 털썩 주저앉더니 눈물을 주르르 흘렸다. 서투른 솜씨로 일을 거든다고 나서기보다는 어린애를 돌보아주는 것이 두루 좋다는 것을 깨달은 뒤로, 그는 되도록 녀석과 함께 지냈는데, 오빠와 갓 난 동생 사이에 끼어 어른들로부터 별다른 귀여움을 받지 못했던 녀석은 잘 대해준 어른에게 마음이 꽤나 쏠렸던 모양이었다. 아예 말이 나오지 않는지 그저 마른 눈시울만 붉히던 만석이 할머니나 부엌에서 혼자 울었는지 눈이 붉어진 안주인과 인사할 때도 눈물을 참았던 그였지만, 녀석을 일으켜 안았을 때는 끝내 눈물을 보이고 말았다.

침침해진 눈을 손등으로 씻고, 마음에 새기려는 듯 그는 다시 마을을 찬찬히 바라다보았다. 거기 있었다, 낯선 세상에 혼자 좌초한 이방인을 너그럽게 받아들인 피난처가, 그의 생애에서 가장 어려웠던 스무나흘 동안 그를 따뜻하게 품어주었던 보금자리가.

'이제 됴한드르는 날 잊겠지. 어느 날 문득 찾아왔다가 문득 떠난 나그네를 차츰 잊겠지. 그래서 언젠가는 저 마을에서 옷차림과 말씨가 이상한 불승이 들렀던 자취가 모두 사라지겠지.' 허전한 가슴으로 그는 생각했다.

'그러나……그러나 내가 머물렀던 자취가 모두 씻겨 나갈까? 내가 정말로 사람들 마음에서 완전히 잊힐까?' 가까스로 눈물을 참고서 합장하던 안주인의 모습이 아프도록 선연하게 떠올랐다. '다른 사람들은 몰라도……'

눈을 감고서, 그는 자신의 속마음을 살폈다. 비록 그녀가 대담하게 내비친 속마음을 그가 외면한 셈이었지만, 그런 외면이 양심 때문만은 아니었음을, 실은 그의 소심함에서 나온 부분도 작지 않았음을, 그는 인정할 수밖에 없었다. 그래서 지금 자신이 그녀가 평생 그를 기억하리라는 확신에서 작지 않은 만족감을 느끼고 있음을 확인한 것은 반가운 발견은 아니었지만 뜻밖의 일로 다가오지도 않았다.

하긴 새로운 발견도 아니었다. 저 세상에 남은 아내가 살아가는 모습을 그려볼 때마다, 그는 그녀가 재혼하지 않고 혼자 유복자를 키우면서 살아가리라는 생각이 들었다. 다른 여자들은 물론 그렇게 하지 않겠지만, 자신의 아내만큼은 그렇게 할 것만 같았다. 그런 생각이 비현실적이고 위선적이란 점을 일러도, 도대체 21세기에 수절하는 여자가 어디 있겠느냐고 면박을 주어도, 아내가 혼자 살아가는 것이 과연 그녀와 아이에게 좋은 일이냐고 물어보아도, 그런 생각은 그다지 흔들리지 않았다.

그는 눈을 뜨고 쓸쓸하게 입맛을 다셨다. 비록 어리석고 이기적이었지만, 자신의 매력에 대한 그런 눈먼 믿음은 그의 자아의 크고 중요한 부분이었다. 그렇게 볼썽사나운 것을 평생 품고 다녀야 한다는 것은 괴로운 일이었지만, 그가 할 수 있는 일은 없었다. 그 문제에 관해서 그는 이미 자신과 타협을 본 처지였다.

'시간 줄기에 충격을 줄까 걱정해야 할 내가 저 마을 사람들에게 잊히는 걸 아쉬워하고 있으니. 저 세상에서 한때 "시간 줄기의 수호자"라고 불렸던 내가 지금……' 문득 부끄러워진 마음으로 그는 자신의 모습을 내려다보았다. '이런 행색을 하고서도 하는 생각마

다……'

　소리 내어 혀를 차고서, 그는 마음을 가다듬었다. 그리고 마음에 새겨두려는 눈길로 마을을 살폈다. 세월에 내주어야 할 몸을 애써 감추지 않는 것들의 자연스럽고 부드러운 선들을 지닌, 옅고 짙은 잿빛으로 삭은 지붕들이 부슬비에 조용히 젖는 모습이 그의 가슴속에서 잔잔한 향수를 불러냈다. 서양 문명의 거센 물살에 오래전에 씻겨 나간, 그리고 다시 씻겨 나갈, 조선의 그 나직하고 부드러운 목청이 그의 넋을 맑은 슬픔으로 채웠다.

　그 집들과 거기 사는 사람들에게 마음속으로 작별 인사를 하고 눈길을 거두다가, 그는 마을로 돌아가던 두 사람이 걸음을 멈추고서 그를 돌아다보고 있다는 것을 깨달았다.

　그가 자신에게로 고개를 돌리는 것을 보자, 송이 합장하고 고개를 숙였다. 앞쪽에 선 오가 따라서 합장하고 고개를 숙였다. 그도 급히 합장하고 고개를 숙였다.

　그들은 잠시 그대로 서 있었다. 그는 자신이 먼저 움직여야 한다는 것을 깨달았다. 그가 등을 돌릴 때까지, 그들은 그렇게 서 있을 터였다. 그는 마지막 인사로 다시 합장하고 고개를 숙였다. 눈을 감고 마음의 힘을 한데 모아, 그들이 잘 살아가기를 기원했다.

도
망
자

제 3 부

1

길이 안쪽으로 굽더니 문득 넓어졌다. 금강의 북쪽 강변을 따라 난 길이 가파른 산비탈에서 벗어나 모래밭으로 나온 것이었다.

'이제 됴한드르를 완전히 벗어났구나.' 섭섭함과 홀가분함이 섞인 한숨을 길게 내쉬고서, 그는 걸음을 멈추었다. 여기는 이미 금호리였다. 그는 배낭을 벗어 길섶의 풀 위에 내려놓고 숨을 돌렸다. 호젓했다. 비는 여전히 부슬부슬 내리고, 근처엔 사람이 보이지 않았다.

눈길이 저절로 강 쪽으로 향했다. 이곳이 바로 24일 전에 뗏목을 밀고 헤엄쳐 강을 건넌 곳이었다. 그는 먼 눈길로 뗏목을 만들 나무를 했던 골짜기를 더듬었다. 내가 짙게 긴 골짜기가 가슴에서 아련한 향수를 불러냈다. 그러나 뗏목을 엮었던 건너편 강변은 생각보다 훨씬 초라했다. 모래밭도 생각처럼 넓지도 깨끗하지도 않았다.

강물은 차갑게 보였다. 강을 건너던 때가 떠오르면서, 몸이 부르르 떨렸다. 이어 정심환을 먹은 탓에 몸이 탈진해서 맞았던 어려운 고비가 생각났다. '자칫했으면, 그때……'

삿갓을 고쳐 쓰고서, 그는 고개를 돌려 퍼런 산딸기를 따 먹었던 곳을 찾았다. 이젠 산딸기도 제대로 맛이 들어서 먹을 만할 터였다. 오면서 보니, 산자락의 산딸기들이 빨갛게 익어 있었다. 무심코 침을 삼키고서, 그는 쏩쓸한 웃음을 지었다. 그때 느꼈던 배고픔은 아직도 생생하게 남아 있었다. 아마도 그 기억은 평생 지워지지 않을 터였다.

'그때에 비기면, 지금은 한결 여유가 있지.' 허리를 펴고서, 그는 가볍게 한숨을 내쉬었다.

그동안 이 세상 사람들과의 어려운 첫 대면을 무사히 넘겼고 위험했던 건강을 되찾았다. 혼자 살아가는 데 필요한 도구들도 많이 갖추었고 먼 길을 가는 데 필요한 노자로 베 세 필까지 지닌 터였다. 그리고 사람들의 눈을 피해서 어렵게 길을 가는 것이 아니라, 불승 노릇을 하면서 사람들의 도움을 받을 수 있게 되었다. 무엇보다도, 그런 일들을 이 세상의 역사에 별다른 충격을 주지 않고서 해낸 것이었다. 시간 줄기에 대한 충격이 아주 없으리라고 확신할 수는 없었지만, 그의 불시착으로 새로운 시간 줄기가 나올 것 같진 않았다. 찬찬히 따져보면, 그가 다시 이곳에 섰다는 것은 낯선 시공에 혼자 좌초한 시간비행사로선 작지 않은 성취였다.

'그렇게 볼 수 있겠지.' 흙 묻은 신을 내려다보면서, 그는 마음속으로 자신에게 고개를 끄덕여 보였다. 그러나 그런 생각은 뿌듯한 성취감을 불러오지 않았다. 불시착한 뒤 최선의 길을 찾기 위해 애써온 자신의 모습이 어쩐지 공허한 몸짓들의 연속이었던 것처럼 느껴졌다. 오히려 의식의 둑 너머에서 까닭 모를 절망의 검은 물결이 일렁이는 것이 어렴풋이 느껴졌다.

그는 다시 고개를 돌려 강물을 내려다보았다. 아까보다 훨씬 차갑게 보이는 검푸른 강물은 물결도 없이 밀려서 내려가고 있었다. 그 강물을 따라 그의 눈길도 점차 아래쪽으로 내려갔다. 저 위쪽 됴한드르 앞들판에서 굽어 이쪽 산기슭에 부딪혔던 강물이 이 근처에선 여울을 이루면서 반대쪽으로 흘렀다. 눈길을 따라 어느 사이엔가 마음도 아래쪽으로 흘러가고 있었다. 온몸의 힘이 마음을 따라 살에서 빠져나가 강물에 녹아 흐르는 듯했다. 강물은 좀 높은 강 언덕에 가려져서 곧 보이지 않게 되었으나, 그의 마음은 강물을 따라 먼 곳으로 흘러갔다.

퍼뜩 정신이 들었다. 그는 남은 힘을 모아 아득한 곳으로 사라져 가는 마음을 불러들였다. 그러나 아무런 목적 없이 그저 아득히 먼 세상으로 흘러가고 싶어 하는 마음은 좀처럼 돌아오려 하지 않았다. 한참 애를 쓰고서야, 그는 가까스로 마음을 불러들였다.

몸과 마음이 갑자기 지친 것처럼 느껴졌다. 앉아서 쉴 곳을 찾아 그는 강 바로 옆에 있는 나무 그루터기로 가서 엉덩이를 걸쳤다. 바로 아래에 넘실거리면서 흐르는 강물이 있었다. 깊어 보이는 강물을 본능적으로 경계하면서, 그는 무거운 눈길로 넘실거리는 물결을 내려다보았다. 강물에 있는 무엇이 그의 마음을 불러내고 있다는 것을 깨닫고, 그는 몸을 부르르 떨었다. 흘러가는 강물엔 사람의 마음을 불러내어 먼 곳으로 끌고 가는 힘이 있다는 것을 그는 처음으로 알았다. 그 힘 속에 죽음의 손길이 검은 신경처럼 뻗어 있었다.

모든 것들이 부질없다는 생각이 차가운 바람으로 그의 마음 속 풍경을 뒤흔들었다. 그랬다, 이 세상의 모든 것들이 부질없었다──이렇게 사람들을 피해 먼 대륙을 찾아가는 일도, 그의 삶도, 그가 지금 살고 있는 이 세상도, 그가 두고 온 세상도, 거기 사는 사람들도, 그들의 기억도. 모두 부질없고, 모두 허망했다. 손에 잡히는 것은 없었다. 광막한 우주 어느 곳에도 단단하고 확실한 것은 없었다. '확실한 것이 있다면, 언젠가는 내가 죽으리라는 것뿐……'

문득 의식의 둑을 허물면서, 절망의 검은 물살이 그의 몸과 마음을 덮쳤다. 그 물살을 헤치려는 일이 부질없음을 느끼면서, 그는 저항하지 않고 그 물살에 몸과 마음을 맡겼다. 세상이 빙 도는 느낌이 들면서, 자신이 지금 강 바로 옆 그루터기 위에 앉았기 때문에 강으로 떨어질지 모른다는 생각이 마음 한구석을 흐릿한 주사선으로 스쳤다.

2

쓸쓸한 마음으로 언오는 다시 집들을 살펴보았다. 모두 조그만 초가들이었으나, 제각기 흙담이나 나무 울타리를 두르고 있었다. 이렇게 궂은 날엔 다른 사람들에게 함부로 들어오지 말라는 몸짓으로 선 담과 울타리가 그 안에 들어앉은 사람들에겐 무척 든든하게 느껴질 터였다. 그런 만큼 밖에 선 사람에겐 담과 울타리가 높아 보였다.

'모두 저렇게 둘러치고 앉아서……' 누구에게 향하는지 모를 노여움이 마음 밑바닥에서 일었다.

저만큼 사람 하나가 나타났다. 도롱이를 걸치고 삿갓을 쓴 데다가 삽을 든 품이 들판으로 물꼬라도 살피러 나가는 눈치였다.

서로 가까워져서 그 사람 얼굴이 제대로 눈에 들어온 순간, 그는 갑자기 그 사람에 대해 적대감이 거세게 이는 것을 느꼈다. 좁은 길이었지만, 그는 한쪽으로 비켜서는 대신 자신도 모르게 거세게 나아갔다.

그 사람이 놀라서 황급히 길섶 풀숲으로 비켜섰다. 가까이서 보니, 나이가 지긋한 사람이었다. 그 사람의 마른 정강이와 맨발이 눈에 들어왔다.

그 사람을 지나치자, 문득 부끄러움이 그의 마음을 벌겋게 달구었다. 그것은 좁은 길에서, 그것도 비가 와서 질고 미끄러운 진흙길에서, 해선 안 될 짓이었다. 그 사람의 맨발과 튼튼한 구두를 신은 자신의 모습이 대비되었다. 더구나 손에 목탁과 염주를 들고 불승 노릇을 하는 판이었다. 그 사람의 눈길이 등에 따갑게 느껴져서, 그는 쫓기듯 걸었다.

다행히, 길은 곧 흙담을 끼고 왼쪽으로 돌았다. 날이 궂어서 나다니는 사람도 없었다. 너른 마당을 가진 기와집이 나왔다. 마당 한쪽에 쌓인 두엄에서 검붉은 물이 빠져나오고 있었다. 그동안 익숙해진 두엄 냄새였지만, 비에 젖은 두엄에선 속을 뒤집는 역겨운 냄새가 났다.

"내가 미쳤지. 그런 짓을 다하고……" 그리 높지 않은 흙담 위로 솟은 해바라기들 사이로 그 집 안쪽을 살피면서, 그는 중얼거렸다.

문득 정말로 자신의 마음에 이상이 생긴 것은 아닌가 하는 생각이 들었다. 미친 것까지는 아니더라도, 마음이 정상적이 아닐 가능성은 있었다. 자신이 이번처럼 까닭 없이 다른 사람에 대해 적대감을 느끼거나 공격적 자세를 드러낸 적은 기억에 없었다. 그래서 더욱 당황스러웠다. 게다가 문의 장터에서 심한 폐소공포증 증세를 보인 일도 있었다. 그 사건의 충격은 아직도 그의 마음 깊숙한 곳에 남아서 그를 불안하게 하고 있었다.

'시간여행을 떠난 뒤, 거푸 받은 충격 때문에 내 마음이 크게 흔들린 것은 당연한데. 하긴 시낭이 갑자기 나타났다는 사실이 더 큰 충격을 주었을 수도 있지. 어쨌든, 충격이 너무 커서, 내 마음에 금이 간 것은 아닐까? 보통 때는 느껴지지 않다가, 힘을 쓰게 되면 아픈, 아주 가는 골절처럼? 아니면, 지금 내 마음이 단순히 충격에 대한 지연 반응을 보이는 걸까?'

그는 자신의 마음속 어둑한 풍경을 살폈다. 아까 그 사람에 대해 느꼈던 적대감은 아마도 이 세상에 속하지 못한 그가 이 세상에 속한 그 사람에 대해 품은 감정인 듯했다. 그것은 갖지 못한 자가 가진 자에 대해 어쩔 수 없이 품게 되는 감정과 비슷했다. 어쩌면, 그것은 아까 강변에서 느꼈던 절망감과도 관련이 있을 터였다. 그의 몸과 마음을 덮쳤던 그 절망감은 궁극적으로 자신이 어느 세상에도 온전히 속하지 못한 존재라는 생각에서 나온 것이었다.

처음 이 세상에 좌초했을 때, 그는 사람이 사회에 속하지 않고서 살아나가기 어려운 까닭은 주로 물질적 조건 때문이라고 생각했었다. 당장 먹을 것과 잘 곳을 마련하기 어려운 처지에선, 당연한 생각이었다. 이제 보니, 정신적 조건도 언뜻 보기보다는 훨씬 중요했다. '사람은 사회적 동물이다'라는 진부한 얘기가 지금은 새로운 모습으로 다가왔다. 개미나 벌처럼 무리에 속해서만 살아갈 수 있는 동물들의 경우, 무리에서 떨어져 나온 개체들은 이내 죽는다고 했다. 그러나 그는 개미나 벌처럼 무리가 기본적 단위로 되어버린 곤충들과 개체의 역할이 아주 중요한 사람과는 많이 다르다고 여겼었다.

'과연 얼마나 다른가?' 씁쓸하게 입맛을 다시면서, 그는 자신에게 물었다. 지금 그의 마음의 안정을 위협하는 것은 그가 어떤 집단에 속해서 다른 사람들과 함께 살아갈 수 없다는 사실이었다. 표한드르 사람들이 그를 친절하게 받아주었다는 사실은 막상 그들을 떠나온 지금엔 오히려 그가 외톨이라는 것을, 그가 이 세상의 어느 집단에도 속할 수 없다는 것을, 새삼 일깨워주었다.

안채의 방문이 삐걱 열렸다. 얼굴에 미소를 띤 젊은 여인이 쟁반을 들고 마루로 나왔다. 무슨 기척을 느꼈는지, 한 손으로 방문을 닫으면서, 그녀는 흘긋 그가 선 쪽을 살폈다. 담 밖에서 안을 들여다보는 그를 보자, 그녀의 얼굴이 누레지면서 입이 벌어졌다. 쟁반이 마루에 떨어지면서, 사기그릇이 깨지는 소리가 났다.

그의 마음이 얼어붙었다. 자신의 모습이 그녀에게 무척 무섭게 비치리라는 생각이 얼어붙은 마음속을 날카로운 바람으로 스쳤다. 그는 황급히 몸을 돌려 골목길을 뛰다시피 걸었다.

한동안 정신없이 걸은 뒤에야, 그는 걸음을 늦추면서 숨을 돌렸다. 그리고 천천히 고개를 저었다. '나는 이곳에선 받아들여지지 않는 존재구나.'

자신만을 위해서 살아갈 수밖에 없다는 사실이 그의 살을 시리게 했다. 아까 강변에서 느꼈던 외로움이 다시 가슴 밑바닥에서 한기처럼 스몄다. '언제까지 견딜 수 있을까? 아메리카 대륙으로 건너가면, 내가 속할 수 있는 사회가 있을까?'

3

쌍안경을 손에 든 채, 언오는 생각에 잠긴 눈길로 마을을 바라다보았다. 마을에 들르기로 마음먹었지만, 선뜻 들어갈 마음은 나지 않았다. 금강에서 꽤 멀리 떨어진 골짜기 안에 자리 잡아서, 마을은 호젓하면서도 아늑했다. 이미 금호리와 부강리를 지나와서, 마을에 들어가는 일도 좀 익숙해진 터였다. 게다가 소금 배가 들어오는 부강리에 비기면, 아주 작은 마을이었다. 그래도 마을에 들어갈 생각을 하면, 마음이 무거워졌다. 이번엔 인가에 들어가 정색하고 불승 노릇을 하면서 시주를 구해볼 참이었다.

'어차피 겪어야 될 거라면, 매도 빨리 맞는 게 낫다고……' 자신을 격려하면서, 그는 몸을 숨겼던 덤불 뒤에서 일어났다. 쌍안경과 지도를 넣고 배낭을 다시 꾸렸다. 배낭은 보기에도 묵직했다.

'지금 시주를 받으면, 짐이 더 무거워질 텐데. 양식이 떨어질 때쯤 하는 게 좋지 않을까?' 사실 당장 시주를 구할 필요는 없었다.

만석이 할머니가 이웃집에서 꾸어온 쌀로 해준 떡은 적어도 사흘은 갈 터였다. 아까 점심으로 먹어보니, 수리취를 넣어 만든 절편은 길손의 식량으로는 그만이었다. 그리고 아무도 보지 않을 때 만석이 어머니가 슬쩍 넣어준 두툼한 누룽지도 거의 하루 양식이 될 만했다.

다시 떠오른 그녀 생각을 서둘러 끊으면서, 그는 배낭끈을 어깨에 꿰었다. 그녀 생각을 드러내놓고 하기엔 아직 됴한드르가 너무 가깝다는 느낌이 들었다. '충청도 땅이나 벗어나고서……' 그는 쓸쓸한 웃음을 지었다.

숨을 깊이 쉬고서, 그는 야트막한 산등성이를 내려가기 시작했다. 일단 걸음을 옮기자, 마음이 좀 가벼워졌다. 사실 불승으로 시주를 구하는 일 자체가 어렵다기보다는 난생처음 모르는 사람들에게 손을 내미는 일이 어색했다. '서투른 불승 노릇을 시작하기엔 큰 마을보다 좀 외진 마을이 나을지도 모르지.'

지도에 합강리(合江里)로 나온 이 마을은 남동쪽으로 열린 조그맣고 아늑한 골짜기에 자리 잡았다. 열 채쯤 되는 집들이 옹기종기 모인 품이 됴한드르만 했는데, 마을 한가운데에 큰 기와집이 한 채 서 있는 것으로 보아, 됴한드르보다는 넉넉한 마을인 듯했다. 지도엔 마을에 '합호서원(合湖書院)'이 있었으나, 서원 같은 것은 눈에 뜨이지 않았다. 아마도 후세에 세워진 모양이었다.

그는 길을 따라 천천히 마을 쪽으로 올라갔다. 긴장할 까닭이 없다고 자신에게 이르면서 마음을 태연하게 가지려 애썼지만, 마을이 가까워지자, 가슴이 점점 죄어들었다. 무엇보다도, 염불을 제대

로 할 수 없다는 것이 마음에 무겁게 얹혔다. '경장을 한 구절이라
도 제대로 외고 있으면, 이렇게까지 걱정되진 않을 텐데. 아는 거
라곤 그저 "나무아미타불"뿐이니.'

혀를 차면서, 그는 잠수함을 타면서 읽었던 경장들을 생각했다.
『법구경』이나 『반야심경』처럼 여러 번 읽었던 경전들에서 많이 인
용되는 구절들을 불러내 보았다. 그러나 기억의 회로에서 밀려나
흐릿해진 지식의 조각들은 기억의 능선 너머에서 잔광으로만 모습
을 드러내어 마음을 안타깝게 간지를 따름, 온전한 구절로 맞춰지
지 않았다. 가물거리는 기억 한 조각을 불러내려다가 놓치고서, 그
는 자신도 모르게 멈췄던 숨을 크게 쉬었다. 가망이 없었다. 그는
무엇을 곧장 외기보다 그것을 찾을 수 있는 곳을 기억해두었으므
로, 그의 머릿속은 지식들을 찾아내는 지식들로 가득했다.

이젠 쓸모없게 된 그런 지식들을 생각하고, 그는 가벼운 한숨을
내쉬었다. 생각해보면, 그것은 엄청난 양의 지식이었다. 뇌의 구조
와 기능에 대한 연구가 성과를 얻으면서, 사람의 기억력을 강화하
는 일은 큰 진척을 보았고, 21세기 후반의 사람들은 단 한 세기 전
사람들이 감히 꿈꾸지 못했던 큰 기억력을 지니게 되었다. 그러나
그렇게 늘어난 기억력은 삶에 필요한 지식들을 직접 기억하는 데보
다 여러 가지 형태로 여러 곳에 보존된 그런 지식들을 찾을 수 있
는 지식들을 기억하는 데 훨씬 많이 쓰였다. 개인의 기억력이 크게
늘었지만, 인류 전체가 지닌 지식은 훨씬 크게 늘었기 때문이었다.

현대에서 지식의 생산은 점점 가속되었다. 20세기 중엽 지식의
양은 10년마다 곱절이 되는 것으로 추산되었는데, 21세기 중엽엔

해마다 곱절로 늘어나는 것으로 추산되었다. 20세기 중엽의 추산을 쓰더라도, 인류가 처음으로 외계의 탐험에 나선 1960년대로부터 그가 살았던 2070년대까지의 110년 동안에 지식의 양은 2천 배가량 늘었다. 자연히, 필요한 지식들을 직접 기억하는 대신 체외에 보존된 지식들을 찾을 수 있는 지식들을 배우고 기억하는 경향은 점점 깊어졌다. 실은 그것은 인류가 문자를 발명하고 책이란 형태로 지식을 체외에 저장하게 된 뒤로 쭉 깊어진 경향이었다. 그런 경향이 20세기 후반부터 두드러지게 된 것은 물론 컴퓨터의 등장 때문이었다.

인터넷의 출현은 개인에게 이용 가능한 지식과 정보를 혁명적으로 늘렸다. 검색 엔진들은 어떤 주제든지 관련된 정보들을 이내 찾아서 제공했다. 그러나 그런 사정은 근본적 문제를 낳았으니, 이제 중요한 것은 정보를 얻는 일이 아니라 얻은 정보를 평가하는 일이었다. 그리고 정보의 평가는 이용 가능한 정보의 양이 늘어나면서 점점 어려워지고 중요해졌다. 바로 그 일에 기억력이 동원된 것이었다. 정보의 원천들이 얼마나 좋고 믿을 만한가 판단하는 일은 검색 엔진이 해줄 수 없었고, 개인이 배워야 했고 그렇게 얻은 지식들을 기억해야 했다.

마을로 들어가는 길은 골짜기 입구에서 둘로 나뉘었다. 그는 두 길들 가운데 좀 작은 왼쪽 길로 접어들었다. 길을 따라 산기슭에 선 느티나무를 돌아가니, 산자락에 가려서 아까는 보이지 않았던 집들이 서너 채 나왔다. 그러고 보니, 마을은 묘한드르보다는 좀 컸다.

흙담으로 둘러친 아담한 초가 앞을 지나는데, 갑자기 안에서 개 짖는 소리가 났다. 이어 누런 개 한 마리가 뛰어나와 그에게 달려들었다. 그는 엉겁결에 발을 들어 그 개를 걷어찼다. "이놈의 개새끼가……"

그러나 밑창에 진흙이 묻은 구두를 신은 데다가 개가 보기보다는 날쌔어서, 그는 헛발질을 하고 말았다. 개는 그의 발길이 닿지 않을 만큼 물러나서 악을 쓰기 시작했다.

"그것 참," 문득 부끄러워진 마음으로 그는 중얼거렸다. 불승 노릇을 하는 사람이 개에게 욕을 하고 발길질까지 했다는 것이 자신에게도 민망했다. 그리 크지 않은 개에게 놀란 것도 좀 겸연쩍었다. 열없는 웃음을 지으면서, 그는 흘긋 돌아다보았다. 골짜기 위쪽에 사람들이 몇 나와 있었으나, 그를 바라보는 사람은 없었다.

그는 좀 차분해진 마음으로 개를 살폈다. 그가 가만히 서 있자, 개도 혼자 소란을 피우는 것이 싱거워졌는지 짖기를 멈추고 그를 의심이 가득한 눈길로 쳐다보고 있었다. 하긴 눈길이라고 할 만한 것도 없었다. 누르스름한 긴 털이 온몸을 덮어서, 눈이 제대로 보이지도 않았다.

'아하, 이 녀석이 바로 삽사리로구나. 청삽사리, 황삽사리 하더니, 이 녀석이 바로 황삽사리로구나.' 왈칵 반가운 생각이 들었다.

삽사리는 현대에 멸종되다시피 했던 조선의 토종개였다. 옛적부터 귀신 쫓는 개로 일컬어졌고 주인에 대한 충성심이 강하다고 했다. 『만일에』에 나온 사진으로만 보았던 그로선, 이번이 첫 대면이라, 반가울 수밖에 없었다.

"짖지 마라. 수상한 사람이 아니다. 자아……" 그는 개에게 손을 내밀고 한 걸음 다가섰다.

개는 냉큼 물러나면서 다시 세차게 짖기 시작했다.

"허어, 그것 참. 그만 짖어라," 그는 점잖게 타이르고서 돌아섰다.

그가 물러서자, 기세가 오르는지, 개는 그를 바짝 따라오면서 짖었다. 몸집은 작은 녀석이 사납기는 여간 아니었다.

금세 개가 달려들어 다리를 덥석 물 것만 같아서, 그는 마음이 조마조마했다. 소학교 영어 시간에 배운 '짖는 개는 물지 않는다'는 유명한 서양 속담이 생각났지만, 그 속담의 명성만을 믿을 수는 없었다.

"뎌 가이," 뒤쪽에서 누가 개를 꾸짖었다.

돌아다보니, 손에 가는 막대기를 든 처녀가 초가 사립문 앞에 서서 개를 부르고 있었다. 이 세상의 처녀들은 현대의 처녀들과는 얼굴 모습이나 차림이 워낙 다르기 때문에, 나이를 짐작하기가 쉽지 않았지만, 분명히 스무 살은 안 되었다는 것과 그녀 얼굴이 곱다는 것이 이내 눈에 들어왔다.

개가 그 처녀에게로 다가가서 꼬리를 흔들었다. 그녀는 허리를 굽혀 개의 머리를 쓰다듬었다. 개가 그를 돌아다보더니 서너 번 짖었다.

"노랭아, 즛디 마라," 그녀가 개에게 이르고서 그를 흘긋 바라보았다. 눈길이 마주치자, 그녀는 이내 고개를 숙였다.

순간적 충동에서 그는 그녀에게 말했다, "감샤하압나니이다."

그녀가 놀라서 그를 쳐다보았다.

시골 처녀의 순진함이 드러난 얼굴이 투박한 무명 저고리와 잘 어울려서, 그녀의 모습이 한 폭 담채처럼 눈에 들어왔다. 마음 한 구석에서 가벼운 찬탄이 일었다. '곱다. 참으로 곱다.'

그녀 모습을 살피다가, 그는 조금 벌어진 입술 사이로 드러난 이가 가지런해서 평범하다고 할 수 있는 얼굴에 세련미를 주고 있다는 것을 깨달았다. 합장하고서 가볍게 고개 숙여 인사한 다음, 그는 한껏 매력적인 웃음을 지어 보였다.

개를 쓰다듬던 손길을 멈추고서, 그녀가 허리를 폈다. 그의 인사와 웃음에 어떻게 대해야 할지 모르는 듯, 자로 보이는 막대기를 두 손으로 잡고서, 엉거주춤 서 있었다. 얼굴엔 놀라움, 두려움, 수줍음, 그리고 호기심이 서로 부딪쳐서 제대로 자리 잡지 못하고 있었다.

그런 모습이 발그스레한 기운이 막 돌기 시작한 풋과일처럼 그의 마음속 어느 잊힌 맛의 돌기를 건드렸다. "가이 잘생겼나이다," 할 말이 얼른 떠오르지 않아서, 그는 턱으로 개를 가리키면서 칭찬했다.

그제야 정신이 든 듯, 그녀는 수줍음으로 발갛게 물든 얼굴을 숙였다. 그리고 말없이 몸을 돌려 집 안으로 들어갔다. 그녀 등 위에서 펄럭거린 자주 댕기가 그의 망막에 오래 남았다. 그의 마음을 휘저은 그 자주 댕기의 모습 위에 그를 돌아다보고 자기 주인에게 무슨 얘기를 했느냐고 따지듯이 두어 번 짖고서 따라 들어가는 개의 모습이 겹쳤다.

'내가 말을 잘못했나?' 삿갓 앞자락을 들고 처녀가 들어간 집 안

을 바라보면서, 그는 입맛을 다셨다. '할 말이 얼마든지 있는데, 하
필⋯⋯.'

그 처녀가 마루 위로 올라서는 것이 담 너머로 보였다. 방문을
조금 열고서 문고리를 잡은 채, 그녀가 흘긋 돌아다보았다. 담 너
머에서 살피는 그를 보자, 그녀는 황급히 방 안으로 들어가 문을
닫았다.

그는 닫힌 방문을 잠시 멍하니 바라다보았다. 수줍음으로 발갛
게 물들던 얼굴이 눈앞에 아른거렸다. 탄식이 저절로 새어나왔다,
"참으로 고운 얼굴이다."

어쩐지 달뜨는 마음으로 그는 돌아섰다. 그리고 골짜기 꼭대기
에 자리 잡고서 마을을 내려다보는 기와집을 향해 걷기 시작했다.
가까이 가보니, 그 기와집은 상당히 컸다. 집이 여러 채였고 대문
도 두 겹이었다. 상당한 재력이 있는 토호의 집인 듯했다. 후세에
서원이 세워질 마을이었으니, 그런 토호가 있을 만도 했다.

갑자기 둘레가 환해졌다. 하늘을 덮었던 구름이 강 건너편 남쪽
하늘에서부터 갈라지면서, 환한 햇살이 쏟아지고 있었다. 마을 풍
경이 문득 산뜻해졌다. 그는 새삼스러운 눈길로 마을을 둘러보았
다. 촉촉이 젖은 초가지붕들, 푸른빛이 억세어진 벼 포기들이 가지
런히 들어찬 논들, 콩이나 목화와 같은 작물들이 심어진 산비탈의
밭들, 비를 맞고 원기를 차린 듯한 채소들이 가득한 집 둘레의 남
새밭들, 마을 어귀와 골짜기 꼭대기에 우뚝 선 정자나무들 ── 살펴
볼수록 잘 조화되었다는 느낌이 드는 풍경이었다.

"아, 그럴지도 모르겠다," 조금 전에 본 처녀의 고운 모습을 떠

올리면서, 그는 속으로 중얼거렸다.

아까 그녀가 그렇게 곱게 보인 것은 아마도 그녀가 이 세상에서 태어나 이 마을과 잘 어울리는 사람이기 때문이었을 터이다. 그녀의 얼굴이 뛰어나게 잘생겼거나 몸매가 빼어난 것은 아니었다. 현대 조선의 미녀들에 비기면, 그녀를 미녀라고 하기는 어려웠다. 그러나 지금 이 마을에선 그녀는 아주 곱게 보였다. 반면에, 서양 사람들의 모습에 아주 가까워진 21세기 조선의 미녀 하나를 흙담이나 나무 울타리를 둘러치고 다소곳이 엎드린 초가들 사이에 세워놓으면, 그녀는 자연스럽거나 아름답게 보이지 않을 터였다.

그는 흰 버선에 미투리를 신었던 처녀의 발과 검은 스타킹을 신고 굽 높은 가죽신을 신은 21세기 여자의 발을 눈앞에 나란히 놓아보았다. 어느 쪽이 더 예쁜가 얘기하기 어려웠지만, 이 마을의 진흙길엔 버선에 미투리를 신은 발이 더 어울릴 듯했다.

"음," 그는 크게 헛기침을 했다. 그것은 그리 대단한 통찰도 아니었고 실은 전부터 마음 한구석으로 느꼈던 것이기도 했다. 그러나 16세기 조선에선 조선 여인이 실제로 그렇게 자연스러운 아름다움을 지녔음을 확인한 것은 흐뭇했다.

근세 역사는 여러 문명들이 갑자기 우세해진 유럽 문명을 중심으로 하나의 문명권이 되어가는 과정이었다. 그런 과정에서 맡을 역할이 줄어든 문명들은 빠르게 쇠퇴했다. 중국을 중심으로 한 한문 문명처럼 오랜 역사와 값진 유산들을 가졌고 새로운 질서에서 맡을 역할을 어렵지 않게 찾아낸 문명까지도 유럽 문명에 밀려 크게 움츠러들었다. 그런 사정은 어쩔 수 없이 열세한 문명의 구성원들에게 큰 충격을 주었다. 그런 충격들 가운데 대처하기가 유난히 어려웠던 것은 전통적 세계관과 가치관이 흔들림으로써 사람들이 받는 정신적 충격이었다.

실은 우세한 문명과 접촉한 문명이 시드는 근본적 원인들 가운데 하나가 바로 그런 정신적 충격이었다. 그것은 물론 여러 가지 형태로 나타나지만, 가장 근본적이고 위험하고 대처하기 힘든 것은 열세한 문명의 후예들이 지니게 되는 열등감이었다.

게다가 유럽 사람들보다 몸집이 작고 체력이 달린다는 작은 사실이 19세기 이후엔 동양 사람들의 마음 가장 깊숙한 곳에 시뻘건 열등감 덩어리를 심어놓았다. 몸집이 작고 체력이 달리는 인종이 열등감을 품게 되는 것은 어쩔 수 없는 현상이었지만, 국경이 빠르게 낮아지고 교류가 많아지면서, 그런 인종적 열등감은 걷잡을 수 없이 커졌다.

특히 큰 영향을 미친 것은 운동경기들과 영화의 보급이었다. 20세기부터 운동경기들이 가장 중요한 오락이 되었고 올림픽이나 월드컵 축구와 같은 국제적 운동경기들에서의 성적은 나라들의 위신과 국력을 상징하게 되었다. 그런 운동경기들에서 백인들이나 흑인들에게 체력에서 적잖이 달리는 동양 사람들이 품게 된 열등감은 클 수밖에 없었다. 육체적 차원에서 나왔으므로, 그런 열등감은 근본적이었고 무엇으로도 덮을 수 없었다. 그것은 20세기 중엽 이후 동양 사회들이 이룬 감탄할 만한 경제적 성취로도 씻어지지 않았다.

20세기 초엽부터 동양 사회들에 들어온 서양 영화들이 한 역할도 무척 컸다. 서양 영화들이 보급되면서, 동양 사람들 사이에서도 서양 영화배우들이 점차 아름다운 사람의 전형이 되었다. 어릴 적엔 서양 아이들의 모습을 한 인형들을 갖고 놀고 좀 커선 서양 배우들을 흠모하게 되어, 어느 사이엔가 동양 사람들의 심미관은 서양 사람들의 그것에 거의 완전히 동화되었다. 전에 동양 사람들이 아름다운 얼굴의 요건으로 일컬었던 '세안장미(細眼長眉)'는 서양 사람들이 동양 사람들의 용모에 대해 내린 '째진 눈'이란 모멸적 평가 속에 묻혀버렸다.

그는 될 수 있는 대로 객관적으로 그 문제를 살피려고 애써보았다. 그러나 아무리 마음속으로 좋게 그려보아도, 눈이 작고 눈썹만 긴 얼굴은, 남자 얼굴이든 여자 얼굴이든, 아름답게 보이지 않았다. 어릴 적에 이루어져 스물 몇 해 동안 다듬어진 심미안을 뒤늦게 바꾸어보려는 일이 큰 소득을 올리기는 어려웠다.

'그리고 이 세상의 여자들만 자연스럽고 아름답게 느껴지는 것도 아니지. 내가 만난 남자들도……' 그는 문의 장에서 돌아오다 품곡리(品谷里)에서 만났던 노인의 모습을 떠올렸다. 그의 마음속에서 양반이란 말이 지녔던 부정적 색채를 많이 씻어냈을 만큼 그 노인의 풍모는 좋은 뜻에서 귀족적이었다.

'양반만 그런 것도 아니지. 양민들인 묘한드르 사람들. 천민에 가까운 문의 장터 대장장이. 관노였다는 필방 주인……'

"훠어이." 누가 소리치는 바람에 그는 상념에서 깨어났다. 옆을 돌아다보니, 길옆의 남새밭에 들어간 닭들을 열 살쯤 된 계집아이가 쫓아내고 있었다. 놀란 닭들이 아이를 피해 헛간 옆으로 해서 마당 쪽으로 도망쳤다. 누런 어미 닭 뒤를 노란 병아리들이 다리를 재게 놀리며 열심히 따랐다.

아이의 눈길을 느끼고, 그는 아이를 향해 웃음을 지어 보였다.

눈길이 마주치자, 아이는 수줍게 웃으면서 기와집으로 들어갔다.

"으음," 그는 헛기침을 해서 목청을 가다듬었다. 숨을 깊이 쉬면서 마음을 다독거린 다음, 그 집으로 다가갔다. 가슴이 거세게 뛰고 있었다.

"나무아미타불," 문간에 서서 목탁을 두드리면서, 그는 염불을 시작했다. 목소리가 떨렸다. 처음 해보는 일인 데다가, 집이 크고 대문이 우람해서, 아닌 게 아니라 주눅이 들 수밖에 없었다. 그는 자신이 송경을 못 한다는 것만이 아니라 서툰 솜씨로 깎은 목탁 소리가 맑지 못한 것도 마음에 걸렸다.

"나무관셰음보살," 마음을 도사려 먹고서, 그는 좀 단단한 목소리를 냈다.

"어마, 밧긔 스승님 왔다." 집 안 어디에선가 아이가 다급하게 외쳤다.

집 안을 살피면서, 그는 목탁을 두드렸다. 예상했던 대로, 목탁만 두드리는 일은 고역이었다. 문득 못하는 염불 대신 지금 처지에 맞는 다른 글을 낭송하는 것도 괜찮을 것 같다는 생각이 들었다. 그럴듯한 생각이어서, 그는 낭송할 만한 글을 찾아보았다. 그러나 좋은 글은 얼른 생각나지 않았다. 대신 엉뚱하게 「잠수함대가」가 떠올랐다. '검푸른 바다를⋯⋯'

쓴웃음을 지으면서, 그는 부처 말씀과는 거리가 먼 그 가사를 마

312

음에서 밀어냈다. "나무아미타불. 나무관세음보살."

안에서 누가 나오는 소리가 났다. 머리에 흰 무명 수건을 쓴 젊은 아낙이 나왔다. 손에 바가지를 들고 있었다. 얼굴이 얽은 것이 눈에 들어왔다. 그 뒤로 아까 본 계집아이가 얼굴에 수줍은 웃음을 띠고서 따라 나왔다.

"나무아미타불. 나무관세음보살." 그는 합장하고 고개를 숙였다.

"이것을 받아쇼셔." 여인이 바가지를 내밀었다. 지금 막 찧은 듯 촉촉한 보리쌀이 담겨 있었다. 그러고 보니, 여인은 보리를 찧다가 나온 모양이었다. 상기된 얼굴이 땀으로 번들거렸다.

"감샤하압나니이다." 그는 배낭의 옆주머니를 열었다.

처음 보는 배낭이 신기한지, 그녀는 보리쌀을 쏟으면서 배낭을 유심히 살폈다. 보리쌀을 다 쏟자, 그녀는 두 손으로 바가지를 공손히 잡고서 고개를 숙였다.

그는 그녀의 땀 젖은 체취가 자신의 얼굴을 덮는 듯한 느낌이 들었다. 힘들게 찧은 보리쌀로 시주한 여인에 대한 고마움이 가슴을 큰 물결로 덮었다. 그 물결이 울컥 목으로 차올라왔다. 그는 온몸의 힘을 짜내어 가까스로 목소리를 냈다. "나무아미타불. 나무관세음보살."

그는 자신도 모르게 다시 목탁을 두드리기 시작했다. 문득 눈앞에 아미타불과 관세음보살의 모습이 선연히 나타났다. 마음이 환하게 밝아지면서, 찾아도 떠오르지 않던 글이 입에서 저절로 나왔다.

"그리움으로 여기 섰노라.

조수와 같은 그리움으로."

　돌아섰던 여인이 흘긋 돌아다보았다. 문득 그의 넋의 단단한 껍질
이 갈라지면서, 맑은 기운이 그녀의 얽은 얼굴을 향해 빠져나갔다.

　　"오고 가는 바람 속에 지새는 나날이여.
　　땅속에 파묻힌 찬란한 서라벌,
　　땅속에 파묻힌 꽃 같은 남녀들이여."

　건너편 마루 기둥에 몸을 기대고서 그를 쳐다보는 계집아이의
모습이 마음 한구석으로 들어왔다. 안마당에 떨어지는 햇살의 우
물이 잔잔했다. 그는 그 우물의 햇살을 길어 가슴을 채웠다.

　　"새로 햇볕에 생겨나와서
　　어둠 속에 날 가게 했으면,
　　사랑한다고…… 사랑한다고……"

4

왼쪽 멜빵을 당겨 배낭의 균형을 맞추면서, 언오는 골짜기 위쪽으로 난 좁은 비탈길을 올라갔다. 왼쪽 주머니에 든 보리쌀이 제법 묵직해서, 배낭이 왼쪽으로 기울었다. 그래서 메고 걷기에 좀 어색했지만, 그런 어색함이 오히려 소중하게 느껴졌다. 남에게 도움을 받은 일이 이렇게 감동적일 수 있다는 것은 새로운 경험이었다.

'따지고 보면, 보리쌀 한 바가진데……' 생각에 잠겨, 그는 걸음을 멈추고 돌아다보았다.

골짜기가 한눈에 들어왔다. 이렇게 위에서 내려다보니, 막 갠 하늘에서 내리는 싱그러운 햇살을 받은 마을은 아래쪽에서 올려다볼 때보다 훨씬 더 아기자기하게 정돈되어 있었다. 바로 아래에 있는 대숲에 반쯤 가려진 기와집을 중심으로 옹기종기 모인 집들이 보는 이의 마음속에 다스한 느낌을 불어넣었다.

골짜기 아래쪽으로 난 길을 바라보다가, 그는 아까 그 길을 따라 올라온 자신의 모습을 떠올렸다. 반 시간도 채 안 된 그때가 먼 옛날처럼 느껴졌다. 그리고 어쩐지 그동안에 자신이 상당히 바뀐 것만 같았다. 아침에 금호리 강변에서 느꼈던 어두운 감정들은, 우주의 모든 것들이 부질없다는 절망감과 이 세상에 속하지 못한 이방인으로서 속한 사람들에 대해 품었던 적대감은, 어느 사이엔가 스러지고, 이 세상의 모든 것들에 대한 고마움이 그 자리를 대신 차지하고 있었다. 오그라들었던 가슴이 툭 트인 듯했다. 그런 변화는 하루에도 수십 번 있게 마련인 일상적 감정의 변화는 분명히 아니었다. 무엇이라고 또렷이 드러내기는 어려웠지만, 그에겐 그것이 어쩐지 상당히 근본적인 변화인 것처럼 느껴졌다. 그리고 그렇게 그를 바꾼 것은 모르는 여인이 시주한 보리쌀 한 바가지였다.

그랬다. 그를 바꾼 것은 낯선 사람의 정성이 담긴 도움을 받은 경험이었다. 생각해보면, 그는 지금까지 남에게 베풀려고만 한 셈이었다. 어렸을 때부터 남에게 의지하는 것은 좋지 않다고 배웠고, 남의 도움은 아무리 작은 것이라도 받지 않으려고 애썼다. 그래서 남의 도움을 받는 것을 꼭 부끄럽게 여기지는 않았더라도 어쩐지 떳떳하지 못한 일로 여기며 살았다. 군대에 있을 때는, 특히 그랬었다. 다른 사람들이 그에게 도움을 주려고 하면, 그는 고맙기보다는 당황스러웠고 남에게 초라하게 보인 자신이 마땅치 못했었다. 어쩔 수 없이 남의 도움을 받게 되면, 그런 도움을 되도록 빨리 갚으려고 안달했다.

그는 고개를 끄덕였다. '어쩌면 그것은 유능하고 자존심이 센 사람들이 빠지기 쉬운, 그리고 빠졌다는 사실조차 깨닫기 어려운, 그

래서 벗어나기가 아주 어려운 덫인지도 모르겠다.'

거의 모든 종교들에서 수도승들이 구걸해서 먹고사는 까닭을 알 것도 같다는 생각이 들면서, 그의 얼굴에 웃음이 배어나왔다. 별 이해관계가 없는 사람들 사이에 이루어지는 자선은 건네어지는 물건의 값만으로는 설명이 되지 않는 가치를 지닌 신비로운 행위임을, 주는 사람의 손길과 받는 사람의 손길 사이에 화학적 반응과 비슷한 무엇이 일어남을, 그런 무엇이 두 사람 모두를 바꾸어놓음을, 깨달은 것이었다. 다른 사람들이 힘들게 번 것을 얻어 먹고사는 일은 수도승들에겐 빼놓을 수 없는 수련의 길인지도 몰랐다.

'그런데…… 어째서 내게 그런 얘기를 해준 사람이 없었나?' 아랫입술을 내밀고 먼 눈길로 골짜기를 내려다보면서, 그는 자신이 자라난 세상을 떠올렸다. '이십일 세기엔 수도승들에게도 이런 경험을 할 기회가 없어졌다는 얘기일까?'

실제로 그것은 현대 사회에선 누구도 하기가 쉽지 않은 경험이었다. 국가의 통치 조직이 사회의 구석구석에 손길을 뻗치고 사회보장제도의 그물이 아주 촘촘해진, 적어도 이론적으로는 그러한, 사회에서 개인들 사이의 자선은 별 뜻을 지닐 수 없었다. 그런 세상에서도 개인들 사이의 자선이 없어진 것은 아니었지만, 순수한 개인들의 자선도 대개는 신문사나 방송국의 중개를 거쳤으므로, 주는 사람들과 받는 사람들이 얼굴을 마주하거나 손을 잡을 기회는 거의 없었다. 축제 분위기에 덮인 거리를 지나다 구세군 자선냄비에 달린 카드 리더에 신용 카드를 넣을 때마다, 그는 그 점을 아쉽게 떠올리곤 했었다.

자연히, 현대 사회에서 개인들의 자선은 개인적 특질을 거의 다 잃은 행위들이 되었다. 그런 자선이 대개 대중매체의 보도에 의해 생겨나게 마련이었으므로, 주는 사람들이나 받는 사람들의 이름들이 대중매체에 의해 기록되고 널리 알려졌다. 그러나 주고받는 사람들이 실제로 만나서 얼굴을 맞대지 않았으므로, 이름 모르는 여인이 이름 모르는 불승에게 건넨 보리쌀 한 바가지와는 달리, 그런 자선은 반어적으로 익명성을 띠게 마련이었다. 그것이 얼마나 큰 손실인가 그는 알 듯했다.

웃음이 고인 눈길로 그는 빤히 들여다보이는 기와집을 내려다보았다. 사내아이가 삼태기를 들고 마당의 헛간으로 들어갔다. 시주하던 여인의 모습을 떠올리면서, 그는 자신에게 많은 것을 깨우쳐 준 그 이름 모르는 여인이 잘 살기를 간절히 기원했다. '이 어려운 세상에서 부디 잘 살아가쇼셔.'

사내아이가 헛간에서 나왔다. 빈 삼태기 바닥이 검은 것으로 보아, 재를 담아낸 모양이었다. "휘어이," 남새밭에 병아리들이 들어간 것을 보자, 아이가 달려가면서 소리를 질렀다.

병아리들이 놀라서 흩어졌다. "꼬꼬댁……" 이번엔 어미 닭이 다급한 소리를 내며 흩어진 병아리들을 불러 모았다.

'모도 잘 살아가쇼셔. 이제 열 몇 해가 지나면, 말할 수도 없이 어려워질 이 세상에서, 그래도 큰 재난을 겪지 않고 잘 살아가쇼셔.' 그는 남쪽 하늘에서 몰려오는 잿빛 구름장들을 우러렀다. '열네 해 뒤에 이 땅에 닥쳐올 재난이 이 마을엔…… 나무아미타불. 나무관세음보살.'

5

어느 사이엔가 눈길이 다시 통닭에 머물고 있었다. 속으로 한숨을 쉬면서, 언오는 눈길을 돌렸다. 그러나 먹음직스러운 통닭의 모습은 끈질기게 따라와서 곁눈으로 들어왔다. 그는 아예 눈을 감았다. 억지로 마음을 한데 모으면서, 목탁 소리에 맞춰 낭송을 계속했다.

"디나간 나날이 기억에서 사라디듯,
오난 세월도 기억에서 사라디고 말 것을.
나무아미타불.
나무관셰음보살."

제상으로 쓰인, 집에서 만든 거친 나무 소반의 한쪽을 차지한 통닭의 모습이 끈질긴 몸짓으로 떠올랐다. 목도 자르지 않은 채 털만

뽑고 배만 갈라놓은 닭은 말할 수 없이 먹음직스러웠다. 방 안에 자욱한 향나무 연기의 독한 향기 속으로도 닭고기의 누린내는 짙게 풍겨왔다.

배가 고파서 그런 것은 아니었다. 쌀은 한 톨도 섞이지 않은 잡곡밥이었지만, 저녁은 든든하게 먹은 터였다. 닭고기가 그리도 먹음직스럽게 다가오는 것은 지금 그의 몸이 부족한 자양분을 찾는다는 얘기였다. 많이 축난 몸이 제대로 회복하려면 고급 단백질이 많이 들어가야 할 터였지만, 가난한 세상에서 얻어먹는 처지에선 단백질을 섭취하기가 쉽지 않았다. 더구나 불승 노릇을 하는 처지라서, 어쩌다 밥상에 고기가 올라도, 드러내놓고 먹기가 뭣했다.

"하늘 아래셔 벌어디는 므슴 일이나
다 때가 이시도다.
날 때가 이시면, 죽을 때가 이시고,
심을 때가 이시면, 뽑을 때가 이시도다."

눈을 뜨자, 눈길이 저절로 통닭 쪽으로 끌려갔다. '무슨 방도가 없을까? 어떻게 자연스럽게 닭고기를 먹는 길이……'

뒤쪽에서 부인네들이 수군거리는 소리가 났다. 사람들은 좁은 방에 들어오지 않고 방문 밖에 모여서 구경하고 있었다.

속이 뜨끔해서, 그는 황급히 눈길을 바로 했다. 사람들이 그의 속마음을 알아챈 것만 같았다. 그렇지 않아도, 사람들이 그의 행색을 이상하게 여길까 봐 마음이 조마조마한 판이었다. 흩어진 마음

을 한데 모아 단단히 다잡은 다음, 그는 염불 아닌 염불을 진지하
게 이어나갔다.

　　"사랑할 때가 이시면, 미워할 때가 이시고,
　　싸움이 일어난 때가 이시면,
　　평화를 누릴 때가 이시도다.
　　나무아미타불.
　　나무관세음보살."

　한 구절을 다 낭송하고서, 그는 잠시 숨을 가다듬었다. 향로로
쓰인 사기 종지의 향나무 조각들이 내는 독한 연기에 정신이 얼얼
했다. 촛불이 흔들릴 때마다, 기괴하게 생긴 그림자들이 춤을 추었
다. 짐승의 굳기름으로 만든 초는 거무칙칙한 그을음을 내고 있었
다. 다른 등잔과는 달리, 지금 제상 한쪽에 놓인 사기 종지에서 타
는 초는 그의 마음을 기괴한 그림자들로 덮었다. 하긴 지금 방 안
에서 기괴하게 느껴지지 않는 것은 없었다. 반자를 하지 않아 검은
서까래들이 그대로 드러난 천장은 어두컴컴해서 무엇이 웅크린 듯
했고, 흙벽에 걸린 산짐승 가죽들은 침침한 불빛 속에 살아서 움직
이는 것처럼 느껴졌다. 무엇보다도, 이 세상 사람이 아닌 이 세상
사람이 불승 아닌 불승이 되어 염불 아닌 염불을 하면서 재 아닌
재를 올리고 있었다.

　　"명예가 값던 기름보다 됴코

죽는 날이 태어난 날보다 됴하도다.
잔칫집에 가는 것보다
초상집에 가는 것이 됴하도다.”

　세 집밖에 없어서 마을이라고 할 수도 없고 이름도 없는 이곳은
지도에 정동으로 나와 있었다. 세 집은 한 집안이었다. 가장 큰 이
집에 형이 홀어머니를 모시고 살고, 바로 윗집에 동생이 살고, 조
금 떨어진 집에 누이의 가족이 살고 있었다. 움막보다 별로 나은
것이 없는 집들이 그리 오래되지 않은 것으로 보아, 그들은 이곳에
들어온 지 얼마 되지 않는 듯했다. 숨어 산다고 하는 편이 옳을지
몰랐다.

“지혜로운 사람안 마암이 초상집애 이시고
　어리석은 사람안 마암이 잔칫집애 이시도다.”

　저녁이 마련되기를 기다리는 동안, 노파가 그르게 죽은 남편 얘
기를 했다. 그끄러께 겨울에 사냥을 하다가 몸을 다쳐서 서너 달
시름시름 앓다가 죽었는데, 사는 곳이 워낙 궁벽한 산골인 데다
가 집안이 너무 가난해서, 아무것도 못했다는 것이었다. ‘뎔에 가
셔 재나 한번 올이았으면, 원이 없으련마난’이라고 거듭 뇌는 것으
로 보아, 그가 어떻게 주선해서 재를 올려주었으면 하는 마음이었
으나 차마 얘기를 못 꺼내는 눈치였다. 남편이 생전에 짐승들을 많
이 잡은 것이 자꾸 마음에 걸린다면서, 그녀는 침침한 눈으로 그의

얼굴을 더듬었다. 그 눈길에 밀려, 재를 올려주겠노라고 그가 먼저 나섰다.

"어리석은 사람의 웃음소래난

솥 밑에서 가시나모 타는 소래 같아서

이 또한 헛된 것이도다."

물론 마음이 흔쾌할 수는 없었다. 자신이 그저 불승 흉내를 내는 사람이란 사실에다 경장을 몰라 염불을 제대로 할 수 없다는 것이 마음에 무겁게 얹혔다. 그러나 그런 사정 때문에 노파의 간절한 소원을 모른 체할 수 없어서, 그는 지금 모르는 경장 대신 성경을 낭송하고 있었다. 간간 "나무아미타불. 나무관셰음보살"을 후렴으로 덧붙이면서.

서투르기 짝이 없는 불승 노릇이었지만, 하다 보니 그래도 느끼는 것이 있었다. 어제까지 그는 '관셰음보오살' 하고 '보'자를 길게 발음했었다. 그런데 어젯밤을 묵은 전월리 사람들은 '보살'이라고 짧게 발음했다. 속이 뜨끔했다. 딴 말도 아니고 '보살'이란 말을 잘못 발음하다니. 이 세상 사람들은 음의 성조와 장단에 예민한 사람들이었다. 그의 말씨가 워낙 이상해서, 그것이 유난히 문제가 될 리는 없었지만.

「전도서」는 성경에서 그가 가장 좋아하는 책이었다. 독실한 천주교 신자였던 어머니 덕분에 그는 태어나면서부터 기독교 신자였고 어릴 적부터 성경과 가까웠었다. 그러나 철이 나면서, 그는 점차 기독교 교리에 대해 회의를 느끼게 되었다. 고등학교에 들어가서 철저한 민족주의자였던 담임 선생의 영향을 받은 것이 결정적계기가 되었다. 그는 그 선생의 가르침을 통해서 기독교를 매섭게비판한 마크 트웨인의 글들과 기독교가 한문 문명을 약화하고 파괴하여 서양 문명에 대한 저항력을 잃게 한 과정을 설명한 정용훈의 『한문 문명의 생존 전략』을 읽었다. 그래서 그는 고등학교 다닐때 기독교에 등을 돌렸다. 그러나 성경에서 아주 멀어진 것은 아니었고, 「전도서」나 「잠언」처럼 유태교나 기독교의 배타적 교리가덜 담겨지고 이교적 색채가 짙은 책들은 오히려 더 가까워진 면도있었다.

"착한 사람안 착하게 살다가 망하난데,
나쁜 사람안 못되게 살면셔도
고이 늙어가더구나.
그러니 너무 착하게 살디 말이라.
디나치게 지혜롭게 굴 것도 없도다.
그러다가 망할 이유가 어디 있는가.
그렇다고 너무 악하게 살디도 말아라.
어리셕게 굴 것도 없도다.
그러다가 때도 되기 전에
죽을 까닭이 없디 않은가?
한쪽을 붙잡았다고
다른 쪽을 버리는 것은 됴티 않도다.

하느님 두려운 줄 알아야
치우치디 않고 살아갈 수 이시도다.
나무아미타불.
나무관셰음보살."

눈앞에 공세동(貢稅洞) 성당의 모습이 떠오르면서, 여러 기억들이 한꺼번에 몰려나와서 머릿속을 어지럽게 휘저었다. 아산만의 조그만 언덕에 자리 잡은 그 유서 깊은 성당은 그에겐 갖가지 추억들이 어린 곳이었다.

기억들이 차츰 제자리를 찾아가자, 또렷한 기억들 몇이 마음속에 오뚝 앉아서 그를 맞았다. 어느 비 개인 여름날 어머니의 손을 잡고 양쪽에 노란 원추리꽃들이 핀 계단을 올라가는 어린애의 모습이 한가운데에 있었다. 촉촉한 흙에서 올라오는 싱그러운 냄새에 싸인 그 장면은 가장 오래되고 행복한 기억들 가운데 하나였다. 사람들이 믿음으로 가득한 가슴에서 나오는 맑고 힘찬 목소리로 야훼와 예수를 찬양할 때, 혼자 허전함을 숨기면서 빈 가슴에서 나오는 마른 목소리로 찬송가를 기계적으로 따라 부르는 소년의 모습이 그 너머에서 어둑한 그림자를 던지고 있었다.

믿음을 잃었던 시절의 기억에 가슴 한구석이 갑자기 빈 듯 허전해졌다. 자신이 태어난 세상을 송두리째 잃은 지금도 그 기억은 그다지 바래지 않은 채 남아서 여전히 가슴을 허전하게 만들고 있었다.

이어 어두컴컴한 방 안에서 혼자 울면서 술을 마시다가 문을 열고 들어온 아들을 원망 가득한 눈으로 올려다보던 아버지의 모습이 떠올랐다. 아픔, 미움, 연민, 회한 같은 감정들이 그의 가슴을 가득 채우면서 소용돌이쳤다. 속에서 무엇이 울컥 치밀면서 욕지기가 났다. 그는 머리를 세차게 흔들었다. 그러나 아버지의 모습은 물러가지 않았다. 대신 아버지에게 모진 소리를 하는 자신의 모습이 떠오르고, 눈물로 번질번질한 얼굴로 자기 연민의 달콤한 늪 속으로 다시 가라앉는 아버지의 모습이 뒤따랐다.

그의 마음속에서 기독교 교리에 대한 믿음을 잃은 일은 늘 아버지에 대한 존경심을 잃은 일과 연상되었다. 그 두 일들은 그의 마음속에서 하나의 유기적 경험을 이루었다고 하는 편이 정확할지도 몰랐다. 비슷한 시기에 있었던 성격이 비슷한 일들이었기 때문일 터였다. 그래서 충격이 더욱 컸는지도 몰랐다.

그렇게 의지할 곳을 갑자기 잃은 경험은 그의 운명을 결정한 사건들 가운데 하나였다. 자신의 발밑에서 문득 없어진 믿음을 대신할 것을 찾는 그에게 그의 믿음을 허무는 데 큰 몫을 한 과학은 따뜻한 손길을 내밀지 않았다. 그것 자체도 회의의 대상이 되어야 함을 가르쳐주면서, 과학은 오히려 그를 더 깊은 회의의 땅으로 이끌었다. 그 땅은 넓고 자유로웠다. 그러나 열일곱 살 난 소년이 혼자 살아가기엔 그곳은 너무 혹독했다. 그에겐 일상생활에서 자신을 확실한 손길로 이끌어줄 권위를 지닌 무엇이 당장 필요했다.

마침 그에겐 군대가 그런 권위를 지닌 것처럼 보였다. 아버지의 자기 연민이 들척지근한 냄새로 곳곳에 스민 집에서 멀리 떨어지고 싶었던 그에게 먼 바다의 시원한 바람과 비정한 파도 속에서의

삶은 더할 나위 없이 매력적으로 비쳤다. 그래서 그는 선뜻 해군사
관학교에 지원했다. 같은 충동이 네 해 뒤에 그로 하여금 잠수함
병과를 고르도록 했다. 기계적 환경 속에서 철저한 훈련과 엄격한
규율에 바탕을 두고 본능에 따른 자연스러운 행동을 흔히 억제하
고 대신 과학적 지식에 따른 합리적 판단을 좇는 잠수함 승무원의
삶은 그가 멀리하려는 삶과 가장 대조적인 것처럼 보였다.

"내가 깨달은 것은 이것이도다.
해답을 얻으려고 하나하나 더듬어 찾아보았디만,
아무리 애타게 찾아도
아직 찾디 못했다는 것이도다.
해답을 찾는 남자는 천에 하나 만에 하나
있을까 말까 하디만,
여자들 가운데는 하나도 없도다."

한순간 그의 입가가 씁쓰레한 웃음으로 일그러졌다. 그가 「전도
서」를 좋아하는 까닭들 가운데 하나는 설교자의 얘기에서 2천몇백
년 전에 서남아시아에서 살았던 그 사람의 체취를 느낄 수 있다는
점이었다.

"그렇도다. 사람이란
산 자들과 어울려 디내는 동안 희망이 있도다.
그러하야셔 죽은 사자보다

살아 있는 강아지가 낫다고 하는 것이도다."

몰려오는 연상으로 혼란스러운 마음속에 목걸이를 부적으로 목에 걸어주시던 어머니의 모습이 떠올랐다. 그리움과 부끄러움이 뒤엉켜서 가슴을 휘저었다. 그러나 어머니의 기억이 불러오는 감정들은, 아버지의 기억이 불러오는 감정들과는 달리, 늘 맑아서 견딜 만했다. 주변이 없는 남편 대신 가족의 생계를 꾸려나가야 했던 어머니는 감상적 몸짓을 보인 적이 없었다.

'아마도 어머닌 모든 게 주님의 뜻이라고, 주님의 뜻은 누구도 알기 어렵다고 자신에게 이르시면서 모든 불행과 고통을 묵묵히 참아내시겠지. 그러나……' 그는 아내와 이젠 태어났을 자신의 아이에게로 뻗어가는 생각의 줄기를 잘랐다.

"헛되고 또 헛되도다.
모든 것이 헛되도다.
나무아미타불.
나무관세음보살."

그는 염불을 마치고 자리에서 일어났다. 뒤에서 웅성거리던 소리들이 뚝 그쳤다.

'모두 극락왕생하도록 하쇼셔,' 그는 눈을 감고 마음을 한데 모아 간절히 기원했다. '그러께 봄에 죽은 늙은 사냥꾼도, 그 사냥꾼 손에 죽은 짐승들도, 그리고 지금 이 험한 산골에 숨어사는 저 사

람들도 언젠가는 그렇게 하도록 하쇼셔.'

그의 마음이 아득한 시공을 건넜다. '그리고 내가 뒤에 두고 온 사람들도 그리하도록…… 어머니와 아내와 갓 태어났을 내 자식과…… 그리고……' 문득 깊어진 회한과 연민에 눈시울이 따가워지는 것을 느끼면서, 그는 덧붙였다. '그리고 아버지도…… 불쌍하게 살다가 삶을 마치신 내 아버지도……'

그는 절을 올렸다. 앞벽에 붙여진 종이에 볼펜으로 쓰인 '아미타불'을 향해. "나무아미타불. 나무아미타불."

그는 몸을 일으키고서 밖에서 들여다보고 있는 사람들을 돌아다보았다. "이제 모도 들어오쇼셔. 이리 들어오셔셔 부텨님끠 절을 올이쇼셔."

6

주발에서 김이 새어 나오기 시작하더니, 찌개가 보글보글 끓는 소리가 났다. 땀 젖은 얼굴에 싱긋 웃음을 띠면서, 언오는 톱으로 마른 나뭇가지를 자르던 손길을 멈췄다. 톱을 놓고 조심스럽게 손 끝으로 뚜껑을 만져보았다. 그냥 손으로 열기엔 너무 뜨거웠다. 그는 손수건으로 뚜껑의 한쪽을 덮고 천천히 벗겼다. 끓어오르는 거품 속에 송사리 두어 마리가 몸을 뒤척였다. 된장만 푼 국물에서 비릿하면서도 구수한 냄새가 풍겼다. 그는 채집통에서 짓찧은 마늘을 한 줌 집어 찌개에 넣고 숟가락으로 몇 번 저은 다음, 뚜껑을 덮었다.

강가의 웅덩이에서 잡은 물고기로 찌개를 끓이는 참이었다. 물고기를 잡는 도구는 삿갓밖에 없었지만, 웅덩이가 졸아붙던 참이어서, 찌개를 한 번 끓일 만한 물고기를 그리 어렵지 않게 잡을 수 있었다. 물고기라고 해봤자, 한 뼘이 됨직한 미꾸라지 한 마리를 빼놓으면, 송사리와 붕어 새끼들뿐이었지만.

찌개가 다시 끓기 시작했다. 이번엔 제법 뚜껑을 들먹거리고 있었다. 그는 다시 뚜껑을 벗기고 채집통에서 미나리를 한 움큼 집어서 찌개에 넣었다. '이번엔 마늘하고 미나리가 들어갔으니, 맛이 좀 낫겠지.'

뻣뻣하던 미나리가 비들비들해졌다. 그는 숟가락으로 미나리를 국물 속으로 밀어 넣고 뚜껑을 덮었다. 무의식적으로 국물이 묻은 숟가락을 빨면서, 시계를 보았다. '벌써…… 이제 찌개는 됐는데, 밥이……'

그는 밥을 끓이는 통노구를 살폈다. '아직 김도 제대로 나지 않으니, 두 시에 밥을 먹게 되면, 다행이겠다.'

그는 고개를 돌려 나루터를 내려다보았다. 나루터엔 빈 배만 덩그러니 매어 있었다. 사공은 아까 아산 장에 가는 사람들을 건네주고 움막으로 들어간 뒤, 낮잠이라도 자는지, 밖에 나오지 않았다.

'세 시는 빠듯하고…… 세 시 반에 강을 건넌다 하더라도, 공세동까진 적어도 두 시간이 걸릴 테니, 다섯 시 반이라. 서둘지 않으면, 저물녘에 닿겠다.'

이곳은 신창현(新昌縣) 신달리(新達里)에 있는 야트막한 산의 북쪽 기슭이었다. 바로 앞에 곡교천(曲橋川)이 서쪽으로 흘렀고 그 너머가 바로 그가 찾아가는 아산현이었다. 곡교천은 삽교천(挿橋川)의 지류로 신창현과 아산현의 경계를 이루었다.

조수가 빠져나가서, 강가엔 제법 너른 펄이 드러나 있었다. 곡교천은 강이라 부르기도 뭣할 만큼 작은 물길이었지만, 삽교천의 하구로 들어가는 까닭에 황해로 직접 통한 셈이어서, 조수의 영향을 크게 받았다. 덕분에 배가 다녔다. 20세기 초엽까지도 새우젓 배가 강척골 나루까지 들어왔었다는 얘기를 소학교 때 들었다. 20세기 중엽에 삽교천 방조제가 세워진 뒤로, 바닷물이 들어오지 않아서 수량이 줄어든 데다가, 아산의 도심인 온양(溫陽)이 커짐에 따라, 도시 하수로 검게 찌들게 되어, 곡교천은 죽은 내가 되었다. 온양으로 가는 길에 커다란 하수구가 된 곡교천을 지날 때면, 그는 새우젓 독이나 소금가마를 실은 돛배가 들어오던 옛날의 모습을 아련한 그리움으로 상상해보곤 했었다. 지도에 강청리(江淸里)로 나오는 강척골이 바로 건너편 마을이었다.

그는 자르다 만 나뭇가지를 마저 잘라서 불 속에 넣고 통노구를 살폈다. 김이 나고 있었다. 귀를 가까이 대고 들어보니, 보글보글 끓는 소리가 났다.

'드디어……' 입안에 고인 침을 삼키면서, 그는 만족스러운 마음으로 미소를 지었다. 묘한드르를 떠난 지 벌써 여드레째여서, 이제 밥 짓는 일은 꽤 능숙해진 터였다. 별것 아니었지만, 그는 자신의 밥 짓는 솜씨가 늘어가는 것이 꽤나 대견했다. 자신이 주어진 환경과 여건에 잘 적응해가고 있다는 증거 같아서, 이렇게 밥을 해먹는 일은 언제나 즐거웠고 그의 마음 밑바닥에 늘 고여 있는 불안감을 다독거려주었다.

자신이 아직도 21세기 문명의 자식이며 그 문명에서 나온 도구들의 도움을 받아 살아가고 있다는 사실을 그가 잠시라도 잊은 것은 아니었다. 당장 음식 냄새를 맡고 달려든 벌레들이 그 사실을 말해주었다. 벌레들은, 기어다니는 것들이거나 날아다니는 것들이거나, 결코 그에게 달려들지 않았다. 그의 몸에서 아직 풍기는 방충제의 페로몬 때문이었다.

됴한드르에서 묵을 때였다. 하루저녁은 방충제를 바르지 않고 자리에 누웠다. 혼자 물것들에 시달리지 않고 편히 자는 것이 같은 방에서 자는 만석이와 만석이 할머니에게 미안했다. 자신의 몫인 물것들을 어린애와 노인에게 떠넘기는 것처럼 생각되었다. 방충제가 떨어질 때에 대비해서 그냥 자보는 것도 뜻이 있다는 생각도 들었다. 그러나 물것들은 그의 생각보다 훨씬 극성스러웠고 견디기 힘들었다. 조그만 전투기처럼 매서운 소리를 내며 얼굴로 달려드는 모기는 차라리 나았다. 견디기 훨씬 어려운 것은 몸이 스멀스멀해지는 것이었다. 어둠 속에서 보이지 않는 이나 빈대가 자신의 옷속으로 슬금슬금 기어 들어오는 모습이 눈앞에 떠오르자, 소름이 끼쳤다. 아랫배에서 가려운 데를 무심코 긁는데, 무엇이 손에 잡혔다. 그는 기겁해서 손에 잡힌 그 물컹한 것을 놓았다.

그는 주발의 뚜껑을 벗기고 숟가락으로 국물을 저었다. 냄새와 빛깔이 먹음직스러웠다. 숟가락으로 국물을 떠서 입으로 불어 식혔다. '흠, 맛이 제법…… 찌개를 끓이는 솜씨도 좀 나아진 셈이구나. 미나리를 찾은 덕분이지.' 아까 고기를 잡다가 냇가에서 야생 미나리를 보고서, 찌개에 넣을 생각을 한 것이었다.

퉁노구에서 끓는 소리가 났다. 그는 퉁노구 밑의 불을 살폈다. '조금만 더 때고 불을 줄여야 하겠구나.'

다시 국물을 뜨면서, 그는 싱긋 웃었다. '그러고 보면, 밥 짓는 것도 그렇지. 밥이 끓은 다음에 뜸을 들여야 한다는 것을 아는 사람이 이십일 세기에 몇이나 될까?' 됴한드르에서 얻은 그 작은 지식에 작지 않는 자랑을 느끼면서, 그는 가슴을 폈다.

씻어온 그릇들을 흔들어 물기를 대강 털어낸 다음, 그는 그것들을 배낭에 넣었다. 아침에 신창 읍내에서 나오다가 밭에서 슬쩍 뽑아온 마늘과 아까 냇가에서 뜯은 야생 미나리에서 남은 것은 채집통에 넣었다.

'남의 것을 훔치고 물고기를 잡아먹고…… 중치곤 아주……' 밥을 맛있게 배불리 먹고 난 느긋한 마음에 그는 자신을 가볍게 놀렸다.

배낭을 다 꾸리자, 그는 일어나서 한껏 기지개를 켰다. "그것도 고기라고……" 느긋한 웃음을 지으면서, 그는 중얼거렸다. 방금 먹은 물고기들이 금세 살이 되는 듯한 느낌이 들었다.

그러나 워낙 비려서 속이 좀 이상했다. '입가심으로 커피 한 잔만 마실 수 있다면, 더 바랄 게 없을 텐데.'

그는 배낭을 메고 삿갓을 썼다. 물에 젖은 삿갓이 생도 시절에 썼던 철모처럼 묵직하게 머리를 눌렀다. 충동적으로 그는 목탁을 두드리기 시작했다. 이어 목탁 소리에 맞춰 휘파람으로 영화 주제가 「붉은 등대 너머로」를 부르면서, 산기슭을 내려가기 시작했다.

산모퉁이를 돌아서는데, 서쪽 가덕리(佳德里) 쪽에서 사람 하나가 오는 것이 보였다. 삿갓을 쓰고 장삼을 입고 있었다. 그는 본능적으로 산기슭의 나무 뒤로 몸을 숨겼다.

'하필이면 여기서 진짜 스님을 만나다니.' 그는 속으로 혀를 찼다. 그 불승도 아산으로 가는 모양으로, 나루터로 향하고 있었다.

'저 스님이 건넌 다음에 건너자면, 한참 기다려야 하겠구나.' 그는 배낭을 벗고 편하게 앉았다. 그로선 불승과 마주치는 것을 꺼릴 수밖에 없었다.

급한 걸음이 아닌 듯, 그 불승은 느릿느릿 걷고 있었다. 하긴 먼 길을 가는 사람은 뙤약볕 아래 급히 걷기도 어려웠다. 그러나 숨어서 바라보는 그로선 속이 꽤나 답답했다. 그도 급할 것이 없는 걸음이었지만, 저 세상에서 시간을 쪼개어 살았던 그에겐 이럴 때 느긋한 마음으로 기다리기가 아직도 쉽지 않았다.

불승 뒤쪽에서 백로 한 마리가 천천히 날아오더니, 나루 가까이 내렸다. 그러고는 아무것도 하지 않고 그냥 한 다리로 서서 세상을 살피기 시작했다.

'스님이나 새나 바쁠 게 없다고 저러니…… 안달한다고 될 일도 아니고. 밀린 일기나 적자.' 그는 주머니에서 수첩을 꺼냈다. 모서리가 많이 해어지고 겉장이 곧 떨어질 듯 간댕간댕하는 수첩의 모습이 그동안 밤낮으로 비행복을 벗지 않고 지내온 이곳에서의 삶을 말해주었다. 그는 수첩을 폈다.

6. 10(음 1578. 4. 25) 불시착. 가마우지 자폭.

첫 줄에 적힌 '가마우지'란 말을 보자, 언제나처럼 슬픔과 부끄러움이 가슴을 채웠다. 그러나 시간은 역시 약이었다. 이젠 그런 감정들을 속으로 밀어 넣는 일이 그리 어렵지 않았다. 그는 장을 넘겼다. 마지막 기입은 유구(維鳩)에서 적은 것이었다.

> 7. 7(음 5. 23) 오후 전월리 림 진사댁 출발. 공주목 삼기면(?) 정
> 동에서 묵음. 재 올림.

그는 볼펜을 꺼내 이어 적었다.

> 7. 8(음 5. 24) 공주목 사곡면 양지리에서 묵음.
> 7. 9(음 5. 25) 공주목 신상면 유구리에서 묵음.

어저께인 7월 12일 치를 적은 다음, 일기를 쓰는 것도 따지고 보면 부질없다는 생각을 누르면서, 그가 고개를 들었을 때, 그 불승은 나루에 이르고 있었다. 어느 사이에 날아갔는지, 백로는 보이지 않았다.

"한쇠." 불승이 강 건너편을 향해 소리쳤다. "이보게, 한쇠."

강 건너편 움막에선 응답이 없었다.

불승은 난감한 듯 무어라고 혼자 중얼거리더니, 한 바퀴 둘러본 다음, 두 손을 입에 대고 다시 크게 불렀다. "한쇠."

사공이 굼뜬 걸음으로 움막에서 나왔다.

"한쇠, 나일새. 좀 건너주개."

"녜, 스승님." 사공이 탁한 목소리로 대꾸하고 여전히 굼뜬 걸음으로 나룻배로 향했다. 한번 배로 내려서자, 사공의 몸놀림이 날래

졌다. 배는 이내 이쪽 강가에 닿았다.

낡은 나룻배가 불승을 태우고 나루를 떠나는 것을 바라보는 그의 눈 한쪽으로 건너편에서 움직이는 사람들의 모습이 들어왔다. 세 사람이 동쪽에서 나루터로 달려오고 있었다.

문득 긴장해서, 그는 자세를 고쳐 앉았다. 외진 곳의 한가한 풍경과 전혀 어울리지 않는 광경이었다. 이 뙤약볕에 나루를 향해 사람들이 열심히 달려오는 것도 좀 이상했고, 그 사람들의 차림도 심상치 않았다. 아무래도 관리들 같았다.

'관리들이 여기를 찾아올 까닭이 없을 텐데.' 그는 배낭에서 쌍안경을 꺼냈다. 쌍안경 속에 들어온 세 사람은 분명히 관리들이었다. 지금 그의 처지에서 관리들은 문제를 뜻했다. 까닭 모를 두려움으로 가슴이 죄어서, 그는 가슴을 펴고 숨을 깊이 쉬었다.

'심상찮은데. 이 뙤약볕에 저렇게 열심히 뛰어오는 것도 그렇고. 모두 손에 방망이를 든 것도 그렇고⋯⋯' 문득 가슴이 철렁했다. 맨 뒤에 선 사람은 등에 칼을 메고 있었다.

그는 배에 탄 사람들을 살펴보았다. 삿대를 젓는 사공과 배 앞쪽에 걸터앉은 불승은 태연하게 얘기하고 있었다. 아직 그들에겐 강둑 너머 뛰어오는 관리들이 보이지 않을 터였다.

'분명히 무슨 중요한 목적이 있어서 저리 뛰어오겠지. 아무래도 누굴 잡으러 오는 것 같은데. 사공? 저 불승? 아니면⋯⋯' 문득 황당한 생각 한 줄기가 머리를 스치면서, 가슴이 좔아들었다.

'설마 날 잡으러 오는 건 아니겠지.' 그는 자신을 안심시켰다. '내가 지금 여기 있는 것을 알 사람이 없지.'

배에 탄 사람들과 달려온 사람들은 거의 동시에 건너편 나루에 닿았다. 그는 다시 쌍안경으로 그들을 살폈다. 마음 한구석으로 배에 탄 두 사람이 그 관리들이 찾는 사람들이기를, 그리고 둘 가운데서도 사공이 그들이 찾는 사람이기를 바라는 자신을 발견하고, 그는 쓴웃음을 지었다. 그리고 흘긋 내려다보았다, 불승 노릇을 하는 자신의 행색을.

관리들을 보자, 배에 탄 사람들이 놀라는 몸짓을 했다. 관리 한 사람이 배에 탄 사람들에게 무어라고 말했다. 그러자 삿갓 앞자락을 쳐들고서 위에 선 사람들을 바라보던 불승이 조심스럽게 나루로 올라섰다.

그의 가슴이 쿵 하고 뛰었다. 불승이 땅으로 올라서자마자, 관리들이 잽싸게 에워싼 것이었다. 관리들이 찾는 사람이 자신이 아니라 다른 불승이었다는 사실은 이상하게도 그의 마음을 가볍게 하지 않았다. 오히려 가슴 속 까닭 모를 불안감은 훨씬 더 짙어졌다.

관리 하나가 오라를 꺼내 들었다. 불승은 순순히 두 손을 내밀어 오라를 받았다. 등에 칼을 멘 관리가 아직 배에 남은 사공에게 무어라고 말했다. 그러자 사공이 머리까지 두 손을 올려 읍하고 무어라고 대꾸했다.

관리들은 이내 떠났다. 한 사람이 앞장을 서고 불승이 뒤를 따랐다. 그 뒤에 선 사람이 불승을 묶은 오라를 잡았다. 우두머리로 보이는, 칼을 등에 멘 사람은 맨 뒤에 섰다. 관리들은 별로 말이 없었고 대신 몸놀림은 가볍고 빨랐다.

관리들이 꽤 멀어진 뒤에야, 사공은 천천히 나루로 올라와서 배를 묶었다. 허리를 펴고 관리들을 한참 바라보더니, 혼자 고개를 저었다. 그러고는 카악 하고 가래를 꺼내어 강물에 뱉고서 굼뜬 걸음으로 움막으로 향했다.

자신도 모르게 힘주어 쌍안경을 움켜쥐었던 오른손을 풀고서, 그는 망연한 눈길로 멀어지는 네 사람을 바라보았다. 불승의 등에 걸린 바랑이 그의 눈을 붙잡았다. 묶인 채 끌려가느라 걸음이 어색해진 불승의 등에 걸린 그 잿빛 바랑이 그의 가슴에서 묘한 안쓰러움을 불러냈다. 강 건너편 논에서 백로 두 마리가 무거운 날갯짓으로 날아올랐다.

7

비었다고 해야 할지 가득하다고 해야 옳을지 모를 가슴으로 언
오는 고개를 들어 언덕을 다시 둘러보았다. 모든 것이 낯설었다.
언덕의 모습을 빼놓고는. 하긴 언덕의 모습도 기억 속의 모습과는
적잖이 달랐다. 다섯 세기의 풍상은 나무가 드문 조그만 언덕을 많
이 허물어뜨렸을 터였다. 게다가 이곳은 사람들의 손길이 끊임없
이 닿은 곳이었다.

"쟝구운," 뒤쪽에서 호기롭게 장을 부르는 소리가 들렸다. "자
아, 포장 받아라."

그는 큰 곳집 앞 느티나무 아래서 장기를 두는 고지기들을 돌아
다보았다. 장기에 정신이 팔려서, 그에게 깐깐한 어조로 찾아온 까
닭을 묻던 그 사람들은 이제 그에겐 마음을 쓰지 않았다. 조운이
끝났는지, 이곳 아산 공세곶창(貢稅串倉)은 한산했다.

'저 곳집이 선 자리가 사제관이, 원래 본당이었던 사제관이, 들

어설 자리고······' 그는 고개를 돌려 잔솔들 사이에 느티나무 한 그루가 솟은 오른쪽 빈터를 살폈다. '저 자리에 본당이 세워지겠구나. 삼백 년 뒤에.'

19세기 말엽에 세워진 공세동 성당은 충청도에서 가장 먼저 세워진 천주교 교회들 가운데 하나였다. 당시 충청도 감영이 있던 공주에 세워진 본당이 그 교회에서 갈라져 나갔다는 사실에서 연조가 오래임을 알 수 있었다. 그가 어렸을 적에, 어머니는 그에게 그 사실을 자랑스럽게 들려주었다.

'저 느티나무가 본당 옆에 섰던 그 나문가? 선 자리는 비슷한데. 저만큼 크니까, 한 삼백 년은······ 적어도 이백 년은 넘었겠지. 이십일 세기엔 칠백 년 묵은 나무였어야 하는데.' 눈을 가늘게 뜨고서, 그는 기억 속의 느티나무를 떠올렸다. 우람했지만, 기억 속의 느티나무는 아무래도 7백 년 묵은 모습을 아니었다.

'저 나무가 죽고 그 자리에서 다른 나무가 자라났던 모양이구나.' 가벼운 실망을 맛보면서, 그는 언덕 아래에서 찰랑대는 바닷물을 내려다보았다. 그사이에도 바닷물은 꽤 낮아져서, 검붉은 바위들이 많이 드러나 있었다.

"아니 다외나이다. 일슈불퇴인듸······" 얼굴이 얽은 젊은이의 거센 목소리가 들렸다. 돌아다보니, 젊은이가 자신의 손을 잡는 나이든 사내의 손길을 뿌리치고 있었다.

"딱 한 슈만 물리면, 다외난듸," 물리는 것을 단념했는지, 나이든 사내가 가볍게 항의했다. "아, 차이 걸원 것을 나이 감작하얏난듸, 그것을 꿀떡 삼끼면 다왼다?"

"나난 모라나이다." 젊은이가 손을 내저었다. "자갸 차이 걸윈 것은 모라고 남의 마랄 잡안 것이야 형님 사정이디. 술 두 되 걸윈 판애셔……"

인심은 변하지 않는 듯했다. 야릇한 웃음을 얼굴에 띠고서, 그는 다시 바다를 내려다보았다. 갯벌이 너른 데다가 물이 나갈 때라, 바닷물은 흙탕물이었으나, 기름과 쓰레기가 떠다니던 21세기의 바닷물과는 달리 깨끗했다.

'요 앞으로 지나갔지, 방조제로 해서 서울로 가는 고속도로가. 저쪽은 상가였고, 우리 집은……' 그는 크게 바뀐 5백 년 뒤의 지형을 갯벌과 바다 위에 그려보았다. 그의 아파트가 들어설 곳엔 갈매기 두 마리가 날고 있었다. 어쩐지 허전한 가슴으로 그는 갯내 어린 공기를 한껏 들이쉬었다.

인공적 물질의 매캐한 냄새가 전혀 섞이지 않은 맑은 공기는 언제나 이 세상의 가장 또렷한 특질로 그의 마음에 닿았다. 20세기 후반에 가장 큰 범지구적 문제가 된 공해는 21세기에도 그리 줄어들지 않았다. 생활 수준이 높아지면, 공해도 어쩔 수 없이 늘어난다는 곤혹스러운 사실 때문만은 아니었다. 보다 나은 기술의 출현과 공해의 예방에 대한 투자는 조선 안에서 나오는 공해를 상당히 줄였다. 그러나 현대의 많은 문제들과 마찬가지로, 공해는 이미 한 나라의 울타리 안에서 다루어질 수 있는 문제가 아니었다. 조선보다 훨씬 늦게 시작된 중국의 공업화는 기상적으로 중국 대륙의 영향을 크게 받는 조선으로선 어떻게 해보기 힘든 문제를 제기했다.

'하긴 지금도 조선은 중국의 눈치만 보겠지. 아니지, 지금은 눈치 정도가 아니라 조공(朝貢)을 하고……' 가벼운 한숨을 쉬고서, 그는 생각의 줄기를 돌렸다. '흐린 저녁 바닷물이 가득한 저곳이 오백 년 뒤엔 단단한 대지가 되어 아파트들이 들어서고 저 너머에선 높다란 굴뚝들에서 독한 연기들이 솟고…… 거기서 자란 소년 하나가 여러 곡절 끝에 시간비행사가 되어 이 세상에 불시착하고…… 그래서 다시 저 바다를 바라보면서…… 그 시간비행사는, 이언오란 이름을 가졌을 나 아닌 나는, 아마도 기억하지 못할 테지. 지금 이 자리에 선 나를. 혹시 어렴풋하게나마 전생의 기억을 지녔을까?'

한참 생각해보아도, 5백 년 뒤에 다시 이 자리에 설 자신이 아닌 자신이 전생의 기억을 지녔을 것 같진 않았다. 안타까움에 그는 마른침을 삼켰다. 5백 년 뒤에, 그 아득한 세월 뒤에, 다시 이 자리에 설 자신이 지금의 자신을 기억하지 못하리라는 사실은 뜻밖으로 안타까웠다. 기억하지 못할 뿐 아니라 기억하지 못한다는 사실을 안타까워하지도 않으리라는 사실이 더욱 안타까웠다. '하긴 어떻게 알겠는가. 이 자리에 처음 선 사람은 내가 아닐지도 모르는데. 오백 년 전에 이언오라는 이름을 가진 시간비행사가 여기 서서 저 갈매기들을 보면서 지금 내가 전생의 자신을 기억하지 못하는 것을 안타까워하면서……'

아득히 돌아가는 윤회의 물길이 한눈에 들어오는 듯했다. 상상하기 어려울 정도로 크지만, 인과의 엄격한 고리로 이어지고, 성긴 듯하지만, 빠져나갈 틈이 없는 그 회로에 갇힌 자신의 모습이, 그리고 이 세상의 바람과 서리에 잘게 쪼개져 멀리 흩어진 자신의 육신이 다시 이언오라는 이름의 육신으로 모이기까지 여러 백 년 동안에 지나야 할 인과의 힘든 길목들이, 또렷이 떠올랐다. 숨이 막힐 듯했다. 머리를 흔들어 마음을 무겁게 누르는 그 심상을 몰아내고서, 그는 숨을 깊이 쉬었다.

'과연 난 지금 얼마나 자유로운가. 인과의 촘촘한 그물 속에서 얼마나 내 뜻대로 꼼지락거릴 수 있는가.' 자신도 모르게 나오는 한숨을 죽이고서, 그는 왼쪽에 길게 드러나기 시작한 갯벌을 바라다보았다. 뉘엿한 햇살에 젖은 몸을 말리는 갯벌은 그의 가슴속만큼이나 황량했다. 걸매동(傑梅洞) 자리였다. 옛날 새로 생긴 걸매포는 번창하는 포구여서 사람들이 많이 왕래했다. 그래서 중국의 교구에서 파견한 서양 선교사들이 상륙하여 선교 활동을 벌였다. 자연히, 걸매포 가까이엔 천주교 신자들이 많이 살았는데 19세기 중엽의 천주교 박해 때 많이 순교했다. 바로 그런 사정이 조그만 포구에 지나지 않았던 이곳에 성당이 일찍 세워진 계기였다.

'몇백 년 뒤엔 저 갯벌이 다시 피로 물들겠구나…… 아니지.' 고개를 저으면서, 그는 자신의 생각을 이내 정정했다. '그 사람들이 이곳에서 죽은 것은 아니니까, 피로 물든단 표현은 적합지 않지.'

뒤쪽에서 여럿이 다투는 소리가 아득히 들려왔다. 왼쪽 서강리(西江里) 쪽이었다. 돌아다보니, 다투는 사람들의 모습은 보이지 않고 아이들만 몰려다녔다. 그 너머 부두엔 작은 돛배 몇 척이 매여 있었다. 그의 얼굴에 희미한 웃음이 어렸다. 조운이 끝나 한산하기는 했지만, 그래도 서울로 가는 길목이라, 마을은 활기가 있었다.

'서울로 가는 배편이 있으면, 배를 타고 북쪽으로 가는 것도 괜찮은데.' 눈앞에 돛배를 타고 북쪽으로 가는 자신의 모습이 떠오르면서, 문득 가슴이 부풀어 올랐다. 현대의 요트가 아닌 중세의 돛배를 타고서, 중세 조선의 뱃군들이 모는 돛배를 타고서, 황해 바다를 올라가는 항해는 그로선 꿈의 여행일 터였다.

'그렇게 할 수만 있다면야, 더 바랄 게 없지만……' 이내 씁쓸한 웃음을 지으면서, 그는 고개를 저었다. '지금 내 처지에선 너무 위험한 일이 아닐까?'

그러나 배를 타보고 싶다는 생각이 한번 들자, 그는 돛배를 타고 북쪽으로 가는 자신의 모습을 머리에서 지울 수 없었다. 고향의 바닷가에 서고 나서야, 그는 자신이 얼마나 바다를 그리워했는가 깨달았다. 그러고 보니, 몸도 마음도 생기가 돌았다. 이 세상에 좌초한 뒤 처음으로 몸에 힘이 고이는 듯했다. 넋도 문득 가벼워진 듯했다. 오래간만에 가슴을 한껏 펴고 들이마신 찝찔하고 비릿한 바닷바람이 몸 구석구석을 선선한 손길로 훑어, 외국에 나가서 기름진 음식만 먹다가 된장찌개를 먹었을 때처럼, 속이 개운해지는 느낌이 들었다.

'찌들지 않은 바다를 중세의 돛배를 타고 건너는 일인데. 지금 못 타면, 나중에 두고두고 아쉬워할 텐데. 서울에 들어가지 않으면, 뭐 마포에 닿기 전에 내리면, 그리 위험할 것도 없잖을까?'

"그것 참아로. 나이 쟝알 사로……" 뒤쪽에서 좀 커진 얘기 소리가 들렸다. 장기판이 끝난 모양이었다.

그는 달콤한 상상에서 깨어났다. '배를 타고 가는 문제는 나중에

생각하기로 하고…… 빨리 이곳을 떠나야지. 또 캐묻기 전에……'

조창을 지키는 하급 관리들답게 약은 낯빛으로 그의 행색을 살피면서 간간한 말씨로 번갈아 그에 관해서 캐묻던 고지기들의 모습이 떠올랐다. 그 위에 아까 강척골 나루에서 관리들에게 붙잡혀 가던 불승의 모습이 겹쳤다. 아까 느꼈던 까닭 모를 두려움이 다시 가슴속에 번졌다.

'인연이 있으면, 다시 여기 서겠지. 그럼 오백 년 뒤에 다시……' 그는 멀찍이 물러 나간 바다와 저무는 햇살 아래 을씨년스럽게 벗고 누운 갯벌에 인사를 던졌다. 그의 아파트가 섰던 자리 위에서 날던 갈매기들 가운데 한 마리는 보이지 않았다.

'인연이 있으면, 내가 오백 년 뒤에 다시 여기 설 때, 저 갈매기도 저기에서 날겠지.' 그는 흘긋 고지기들을 살폈다.

결국 그 판을 진 모양으로 나이 든 사람이 즐겁지 못한 낯빛으로 일어섰다. 옆에서 구경하던 사람이 대신 판 앞에 앉았다. "나이 아 아님끠 한 슈랄 가라쳐드려야디."

'그리고 저 사람들도 장기 한 판을 막 끝내고……' 그는 고지기들의 관심을 끌지 않도록 조용히 언덕을 내려가기 시작했다.

8

"여긔에다⋯⋯" 부엌에 들어갔다 나온 주막 안주인이 토방 위에서 그에게 바가지를 내밀었다.

"네." 바가지를 받아 들면서, 언오는 난감한 마음으로 입맛을 다셨다. 바가지가 너무 컸다. 서너 되는 들어감 직한 바가지를 잠시 멀거니 내려다보다가, 정신을 차리고서, 마당에 벗어놓은 배낭 앞에 쪼그리고 앉았다.

배낭 옆주머니에서 퍼낸 보리쌀은 바가지 밑바닥을 겨우 덮었다. 아침에 신창에서 시주받은 곡식은 반 넘게 강척골 나루의 사공에게 주었고, 그 뒤로는 다른 집에 들러 시주를 받지 않았다. 그는 흘긋 안주인을 올려다보았다.

빤 지 여러 날 되어 보이는 행주치마 앞에 두 손을 모으고서, 그녀는 낯선 손님을 가늠하는 눈길로 그를 내려다보고 있었다. 그녀의 오른손이 왼손에 낀 은가락지를 한 쌍을 연신 만지고 있었다.

다시 바가지를 내려다보면서, 그는 덜미가 더워지는 것을 느꼈다. 지금까지 만난 사람들은 모두 그를 불승으로 대해주었고, 이젠 그에게도 불승 노릇을 하는 자신의 모습이 꽤 자연스럽게 느껴지기 시작한 터였다. 그러나 조창이 있는 포구에서 주막을 하는 나이 지긋한 여인의 날카로운 눈길을 받자, 알몸으로 선 느낌이 들었다.

턱에 힘을 주면서, 그는 가벼운 바가지를 들고 일어섰다. "길이 밧바셔 시쥬를 많이 받디 못하얐나이다. 가잔 것이 이것뿐이니이다." 그는 두 손으로 바가지를 들어 안주인에게 내밀었다. "바가지 너모 커셔, 가뜩에 적은 곡식이……"

토방에 선 채 말없이 바가지를 받아 드는 안주인의 얼굴에 가벼운 실망이 어렸다.

그녀의 표정에 찔려, 그는 시원찮은 농담을 끝내지 못하고 말끝을 흐렸다. '차라리 베를 좀 내놓는 건데.'

그녀가 아랫입술을 내밀며 경멸이 가득 담긴 눈길로 바가지 안에 든 보리쌀을 내려다보았다. 이어 혼자서 피식 웃었다.

그녀의 그런 모습을 보자, 움츠러들었던 그의 마음이 문득 단단해졌다. '하룻밤 묵고 가는 값으로야 적긴 하지만, 보시를 하는 사람들도 있는데……' 그는 허리를 펴고 헛기침을 했다. 차라리 마음이 편했다. 만약 그녀가 괜찮다는 말로 그의 마음을 편하게 해주려 했다면, 그로선 더욱 미안했을 터였다.

그녀가 흘긋 그를 보았다. 갑자기 굳어진 그의 낯빛을 보자, 그녀 눈길이 흔들렸다.

"하랏밤 묵어가난 값아로난 많이 모자라난 줄 잘 아나이다. 모자라난 것은 평안도 묘향산 보현사 큰 뎔에 시쥬하신 것으로 녀기쇼셔. 나무아미타불. 나무관세음보살." 그는 합장하고 고개를 숙여 안주인이 딴소리를 할 틈을 없앴다.

됴한드르를 떠나 여기까지 오는 동안, 그는 남의 도움으로 살아가는 사람도 언제나 사람들의 선의에만 의존할 수 없다는 것을 깨달았다. 선의를 강요하는 것이 필요할 때도 있었고, 그는 점차 자연스럽게 부처의 위세를 빌리곤 했다.

"녜." 안주인이 이내 낯빛을 바꾸었다. 온갖 사람들을 상대한 사람이라, 그녀는 역시 눈치가 빨랐다. 이미 만들어놓았던 것처럼 느껴지는 웃음이 그녀 얼굴을 덮었다. 주름이 많았지만 어쩐지 반들반들하게 느껴지는 그녀 얼굴엔 그런 직업적 웃음이 오히려 자연스러웠다.

"감샤하압나니이다." 그는 고개를 가볍게 숙여 인사하고 배낭 위에 놓아두었던 염주와 목탁을 집어 들었다.

"그러하시면 스승님끠션 어듸셔 묵으신다?" 혼잣소리 비슷하게 중얼거리면서, 그녀가 흘긋 대문 쪽을 보았다.

그도 따라서 돌아다보았다. 대문 옆 봉놋방엔 술 취한 사람 하나가 문지방을 베개 삼아 코를 골고 있었다.

"스승님끠셔 묵으시기에는 죠용한 방이 됴할 새니……" 그녀가 말끝을 흐리면서 동의를 구하는 얼굴로 그를 쳐다보았다.

머리를 누르는 삿갓을 손으로 슬쩍 밀어 올리면서, 그는 고개를 끄덕였다. "녜. 죠용한 방이 이시면……"

"월례야." 그녀가 부엌을 향해 외쳤다.

열두어 살 되어 보이는 계집애가 부엌에서 나왔다. 심부름하는 아이 같았다.

"이것 받아라."

아이는 대꾸 없이 바가지를 받았다.

"월례야, 스승님 상알 차려라."

아이가 안주인을 흘긋 올려다보았다.

"스승님 상알 이대 차려라." 안주인이 당부했다.

아이는 흘긋 그를 살피더니 여전히 대꾸 없이 부엌으로 들어갔다.

"이리 오쇼셔." 안주인이 마당으로 내려서더니 봉놋방 옆에 달린 골방으로 향했다.

"네." 한 손으로 배낭을 들고서, 그는 그녀의 뒤를 따랐다. 슬쩍 시계를 보니, 벌써 7시 40분이 되어가고 있었다. 긴 여름 해도 거의 저물어서, 날이 어둑해지고 있었다. 박 덩굴이 올라간 헛간 지붕 너머 하늘에 불그스레하게 익은 구름장이 조용히 걸려 있었다.

안주인이 낡아서 거무스레해진 창호지에 구멍이 숭숭 뚫린 방문을 열어젖혔다. "이 방이 죵용해셔 됴할 닷한듸……" 그녀가 돌아다보면서 그의 얼굴을 살폈다.

그는 몸을 내밀고 방 안을 들여다보았다. 한 평 남짓한 방이었는데, 바닥에 새로 엮은 보릿대 방석이 깔려 있어서, 벽지도 바르지 않고 반자도 하지 않은 좁고 컴컴한 방 안이 꽤나 환하고 안온해 보였다.

문득 피로의 물살이 그의 몸을 덮쳤다. 빨리 들어가서 눕고 싶었다. 방에 밴 비릿한 사람 냄새까지 익숙하게 느껴졌다. '내가 꽤나

지친 모양이구나. 사람 냄새까지 역겹지 않은 걸 보니.'

"사람달히 너모 싯구어서, 봉노난……" 그녀는 흘긋 봉놋방 쪽을 돌아다보았다.

주막은 한가했지만, 그녀 얘기는 어쩐지 생색으로만 들리지 않았다. 옅은 웃음을 지으며, 그녀 눈길을 따라 그도 봉놋방 쪽을 돌아다보았다. 자는 사람은 그와 나이가 비슷해 보였는데, 살이 햇볕에 그을리기는 했어도 차림으로 보아 농부 같지는 않았다. 공세 곳창 둘레에서 무엇을 하는 사람으로 보였다. 그 사람이 코를 크게 골더니, 입맛을 다시면서, 이쪽을 향해 돌아누웠다.

문득 안주인에 대한 그의 마음이 풀어졌다. 따지고 보면, 그가 그녀에게 언짢은 마음을 품을 까닭은 없었다. 포구에서 억센 뱃사람들을 상대로 혼자 술장사를 하면서 먹고사는 여인에게 억지를 써서 도움을 받아낸 처지였다. '이런 곳에서 혼자 주막을 하면서, 얼마나 많이 속고 억울한 꼴을 보았겠나.'

아까 그에게 이 주막을 소개한 사람의 얼굴이 떠올랐다. 그 사람은 이 주막의 이름이 '호올어미집'이라고 그에게 가르쳐주면서 음탕한 웃음을 얼굴에 올렸었다. 언청이인 얼굴에 앉았던 그 웃음에 속이 다시 메스꺼워졌다. '조금 전에 내게 보인 실망과 경멸의 표정도, 따지고 보면, 그런 사람들에게 보이는 표정이라고 보는 것이……'

그는 아직 그의 뜻을 묻고 있는 그녀의 눈길에 환한 웃음으로 대답했다. "감샤하압나니이다."

"시드러우실 새니, 방아로 들어가쇼셔." 배낭을 손에 든 그를 살피면서, 그녀가 부드러워진 목소리로 말했다. "진지를 찰힐 사이 죠곰 누우쇼셔."

"녜." 그는 풀리는 몸을 다그쳐서, 배낭을 다시 메었다. "우물에 가셔 손알 싯고 오겠나이다."

그가 몸을 돌리는데, 사람들이 우르르 문간으로 들어섰다. 그들의 몸짓에서 무엇을 느끼고서, 그는 멈칫했다.

"뎌긔." 앞장선 사람이 손을 들어 그를 가리켰다. 찢어진 윗입술 때문에 말씨가 이상하게 울려 나왔다. 아까 그에게 이 주막을 소개해준 사람이었다. "뎌 사람이니이다." 그 사람은 득의에 찬 얼굴로 뒤에 선 사람들을 돌아다보았다.

그 사람 뒤로 사람들이 문간을 메웠다. 바로 뒤에 선 사람들은 차림과 태도로 보아 관리들 같았다.

그의 몸이 얼어붙었다. 이어 낮에 강쳐골 나루에서 관리들에게 붙잡혀가던 불승의 모습이 떠올랐다. 어떻게 된 일인지는 몰라도, 그 불승이 그렇게 잡혀간 일하고 지금 자신에게 닥친 상황하고 상관이 있다는 생각이 그의 마음속에 써늘한 덩어리로 자리 잡았다.

"뎌 사람이 바로 앗가……"

바로 뒤에 있던 관리 차림의 사내가 앞장선 사람을 옆으로 밀치고 앞으로 나섰다. 검은 방갓을 쓰고 검푸른 직령을 입고 있었다. 몸집이 꽤 큰 편이었는데도 무척 다부지게 느껴지는 사내였다. 왼쪽 어깨 위로 등에 멘 칼의 자루가 올라와 있었다. 비슷한 차림을 한 사람 둘이 슬그머니 따라 나오더니, 옆으로 돌아서, 그가 도망갈 길을 막았다.

그 두 사람의 손에 들린 방망이들이 곁눈으로 들어왔다. 손때가 묻어 검은 윤기가 흐르는 그 방망이들이 그의 가슴에서 아득하게 느껴지는 슬픔을 불러냈다. 그는 어쩐지 지금 자신에게 일어나고 있는 일이 이미 겪어본 일처럼 느껴졌다. 앞에 선 사람의 몸짓과 등에 멘 칼이 특히 그런 느낌을 짙게 해주었다. 아까 강척골 나루에서 있었던 일이 다시 눈앞에 떠오르면서, 이 사람들이 아까 불승을 잡아간 사람들이란 생각이 확신의 무게로 마음 밑바닥에 자리 잡았다.

등에 칼을 멘 사람과 그는 말없이 서로 쳐다보았다. 얕잡아볼 수 없는 적수를 속으로 가늠하는 눈길이 질긴 끈처럼 두 사람을 묶었다. 어둑한 주막집 안뜰에 정적이 무겁게 앉았다. 멀리서 술 취한 사람이 악을 쓰는 소리가 들려왔다.

"스승님, 도텹을 보개 하야주쇼셔." 힘이 실렸지만 뜻밖에도 공손한 말씨였다.

말뜻을 이내 알아듣지 못해서, 그는 입을 벌린 채 말을 하지 못하고 잠시 머뭇거렸다. '도텹을……? 아아, 도첩을 보여달란 얘기구나.' 그 사람의 말을 알아들었다는 안도감과 불승임을 증명하는 도첩(度牒)이 자신에겐 없다는 걱정이 함께 들었다. 이어 관리들이 먼저 신분증을 보자고 하는 것은 21세기나 16세기나, 경관 로봇이나 사람이나, 같다는 생각이 들면서 웃음이 피식 나왔다.

황급히 얼굴에서 웃음을 지우고서, 그는 바삐 생각했다. 신원 조회가 단 몇 분 안에 끝나는 세상이 아니니, 도첩을 먼 데 있는 절에 두고 왔다고 하면, 급한 대로 변명은 될 터였다. '지리산 화엄사애

두고 왔나이다'라고 하면, 이 사람들은 어떻게 나올까?

그러나 그렇게 둘러댈 마음이 나지 않았다. 너무 초라한 거짓말로 느껴졌다. 힘이 실린 눈길로 그를 쳐다보는 사람의 눈을 들여다보면서, 그는 나직이 말했다. "쇼승은 도텹이 없나이다."

매끈하게 느껴질 만큼 차분하던 그 사람의 얼굴이 일그러졌다. 얼굴의 살갗 바로 뒤에 가득 차서 살갗을 팽팽하게 했던 난폭함이 살갗을 찢고 나온 듯했다.

"즁이 도텹이 없다니……" 말을 내뱉고서, 그 사람이 한 걸음 내디뎠다. 가죽신을 신어서 그런지, 무게가 실린 발놀림이 눈에 뜨일 만큼 가벼웠다.

그는 그 사람이 위험할 뿐 아니라 난폭하다는 것을 깨달았다. 처음에 그 사람이 보인 공손함은 언제나 난폭한 짓을 할 준비가 된 사람이 평시에 보이는 과장된 공손함이었다. 그렇게 공손한 말씨와 태도 속에서 축적된 에너지가, 때를 만나면, 간헐천처럼 한꺼번에 분출하는 것이었다.

거세게 뛰는 가슴을 진정시키려 애쓰면서, 그는 도포 아래에 찬 가스총을 꺼내어 쏘는 데 걸릴 시간을 따져보았다. '도포를 젖히고 총을 뽑는 데 이 초. 자물쇠를 푸는 데 일 초. 무장거리를 지근으로 바꾸는 데 일 초. 겨냥해서 쏘는 데 반 초…… 모두 사 초 반인가?' 그는 입술을 내밀고 속으로 혀를 찼다. 4.5초는 너무 길었다. '꼭 그런 것도 아니지. 권총을 본 적이 없는 사람들이니, 자연스럽게 하면…… 그러나 이렇게 좁은 곳에서 가스총을 쏘면……' 그는 문간을 메운 사람들을 쳐다보았다. 뒤에서 미는 판이라, 앞쪽에 있는 사람들은 가스를 피하기 어려울 터였다.

가스총은 가볍게 쓸 수 있는 무기가 아니었다. 가스총에 쓰이는 가스는 신경에 영향을 미치는 화학 작용제로 원래 20세기에 개발된 화학 무기에서 나온 것이라고 했다. 비록 독성을 약화하기는 했지만, 가스를 쐰 뒤 바로 의사의 도움을 받지 않으면 목숨이 위험할 수도 있었다. 폭동 진압용으로 쓰이기엔 너무 위험하다 해서, 경찰에도 지급되지 않았다. '조선물리연구소'의 경비원들이 갖춘 가스총들은 군대에서 나온 것들이었다.

사람들 다리 사이를 비집고 아이 하나가 대문 안으로 들어섰다. 만석이 또래였다. 흥분과 기대로 녀석의 얼굴이 달아 있었다.

'녀석. 이젠 할 수 없구나.' 그는 이곳에서 가스총을 쏠 생각을 버렸다. 적어도 말로써 이 자리를 빠져나갈 가망이 있는 한, 가스총을 쓰지 않을 셈이었다. 그러나 정 위급해지면 언제라도 가스총을 쓸 수 있다는 생각이 그의 마음을 한결 차분하게 가라앉혔다.

"쇼승은," 그는 나직하나 힘이 실린 목소리로 그 사람에게 설명하기 시작했다. "원래 전라도 지리산애 들어가서 혼자 도랄 닦았나이다." 자신이 지금 하려는 얘기가 조금 전에 주막 안주인에게 했던 얘기와는 좀 다르다는 것을 깨닫고, 그는 잠시 머뭇거렸다. 보현사에 속한 불승이 아니라 보현사를 찾아가는 불승이라고 하면, 그녀가 좀 의아하게 여길 터였다.

그 사람이 좀 누그러진 낯빛으로 천천히 고개를 끄덕였다. 그리고 왼손으로 억세어 보이는 수염을 쓰다듬어 내렸다.

그는 그 사람이 자신의 얘기를 막지 않고 들어보려는 태도를 보이는 것이 반가웠다. 헛기침으로 목을 가다듬고서, 그는 말을 이었다. "그러하다가……"

그의 옆에 섰던 관리 둘이 갑자기 달려들어 그의 두 팔을 붙잡았다.

그는 본능적으로 두 사람을 뿌리쳤다. 그러나 두 사람은 힘이 무척 셌다. 그들은 그보다 몸집은 상당히 작았지만, 그의 팔에 느껴지는 그들의 힘은 대단했다. 등에 배낭을 지기까지 한 터라, 그는 꼼짝할 수 없었다.

"아아." 그는 자신도 모르게 소리를 지르면서 눈을 감았다. 그의 오른팔을 붙잡은 사내가 팔꿈치 근처를 엄지로 세게 누른 것이었다. 쇠토막처럼 느껴지는 손가락에 팔이 저릿해지면서 마비되었다. 손에 들었던 목탁이 땅바닥에 떨어지는 소리를 그는 아득한 절망으로 들었다. 저항이 소용없음을 깨닫고, 그는 본능적 몸부림을 멈췄다.

가쁘게 숨을 몰아쉬면서 힘이 쑥 빠진 몸에 다시 기운이 채워지기를 기다리는데, 문득 섬뜩한 느낌이 들었다. 그는 가까스로 눈을 뜨고 앞을 살폈다. 어느 사이엔가 앞에 있던 사내가 칼을 그의 목에 겨누고 있었다. 칼날이 눈에 들어오면서, 써늘한 기운이 등골을 타고 내렸다. 이어 오금이 저려왔다.

그는 눈만 움직여서 칼날을 내려다보았다. 날이 어둑했고 갑자기 당한 일이라 그의 정신은 더욱 어둑했지만, 그의 목을 비스듬히 겨눈 칼날은 단단하면서도 마른 빛을 머금어 은은했다. 언젠가는 주어질 무엇을 기다리는 차분한 자세로. 그 마른 칼날에 자신의 목에서 나온 피가 방울방울 떨어져 스며들어가는 환영이 떠올랐다.

"도첩이 없는 중은 모다 잡아들이라난 사또 명이시오. 현령으로 가사이다." 그 사내가 타이르는 어조로 말했다.

그 사내의 목소리가 그의 눈앞에서 환영을 몰아냈다. 애써 마음을 가다듬은 다음, 그는 고개를 좀 뒤로 젖히고서 그 사내를 살폈다. 두 사람과 몸싸움을 하는 사이에 삿갓이 앞으로 숙여져서, 바로 볼 수가 없었다.

칼을 잡은 사내의 자세가 자연스럽다는 것이 먼저 눈에 들어왔다. 마치 그 사내의 몸의 한 부분인 듯, 그 사내의 손에 들린 칼은 그리도 가볍고 자연스럽게 보였다.

눈길이 마주쳤다. 그 사내는 얼굴에 드러난 득의와 경멸을 굳이 감추려 하지 않았다. 결코 호락호락하지 않은 적수를 손쉽게 사로잡은 사람이 보이는 표정이었다. 차림이 수상하고 몸집이 유난히 큰 사내를 별 소란을 피우지 않고 꼼짝 못하게 만들었으니, 그 사내로선 그렇게 느낄 만도 했다.

깨달음 한 토막이 그의 마음을 불그스레하게 물들였다. 조금 전에 그 사내가 왼손으로 수염을 쓰다듬은 것은 두 사람에게 달려들어 그를 붙잡으라는 신호였다. 불그스레한 마음에서 시뻘건 불길이 확 일었다. 자신이 그리 쉽게 속아 넘어갔다는 생각이 그 불길을 안쪽으로 몰았다.

"도대체……" 그는 거세게 나오던 항의를 가까스로 눌렀다. 이곳은 인권이라는 개념도 존재하지 않는 세상이었다. 사또가 잡아들이라는 명을 내리면, 그것으로 끝이었다. '지금 내가 이십일 세

기식으로 반응하고 있구나. 이곳에서 그렇게 하면……'

분노의 불길이 문득 사그라졌다. 대신 절망의 그늘이 가슴을 두껍게 덮었다. '진작 가스총을 쓰는 건데. 이젠……'

지금 그를 붙잡은 관리들은 보통 사람들이 아니었다. 수염을 쓰다듬는 신호 하나로 그리도 재빠르게 달려들 수 있는 사람들이라면, 그리고 칼을 익숙하게 쓰고 손가락으로 팔을 마비시킬 줄 아는 사람들이라면, 아산현청에서 잔일이나 하는 사람들은 분명히 아니었다.

'이렇게 끌려가면, 정말로…… 지금은 내 목숨이 문제가 아닌데. 무슨 수를 내야 하는데……' 조그맣게 오그라든 가슴을 검고 찬 기운이 두껍게 싸고서 아프게 조여왔다. 그러나 마음은 몸과 마찬가지로 마비된 듯했다. 어떻게 해야 할지 생각이 나지 않았다.

"자아, 가사이다." 그 사내가 다시 말했다. 목소리는 여전히 낮았지만, 이번엔 위협하는 기운이 섞여 있었다.

"녜. 므스 일인디 알겠나이다." 한숨을 내쉬고서, 그는 가라앉은 목소리고 대꾸했다. "가사이다."

그 사내가 한 걸음 물러나면서 그의 왼팔을 붙잡은 사람에게 슬쩍 눈짓을 했다. 그러자 그 사람이 허리춤에서 오라를 꺼냈다. "두 손알 내미쇼셔."

그가 손을 내밀자, 왼 손목에 찬 시계가 드러났다. 시계를 보자, 오라를 잡은 사람이 멈칫했다.

이미 멍해진 마음이었지만, 그래도 그는 조마조마한 마음이 되어 그 사람을 곁눈으로 살폈다.

그 사람은 잠시 시계를 살피더니 묻는 낯빛으로 그를 흘긋 올려다보았다. 그가 대꾸할 기색을 보이지 않자, 그대로 그의 두 손을 묶기 시작했다.

그는 염주를 쥔 왼손에 힘을 주었다. 그것이 그가 할 수 있는 전부였다. 오른팔은 아직도 움직일 수 없었다. 오라가 손목을 아프게 조였다. 모든 일들을 서로 말 한마디 하지 않고 익숙하게 처리하는 사람들에 대한 감탄과 그런 사람들에게 붙잡힌 자신의 처지에 대한 두려움과 사또의 명이라는 얘기에 항의 한마디 하지 못하고 두 손을 내밀어 오라를 받은 비참함이 뒤섞인 마음으로 그는 붉은 줄에 꽁꽁 묶이는 자신의 팔목을 아득한 눈길로 내려다보았다.

그의 오른팔을 잡았던 사람이 자신의 오라로 그의 가슴을 묶었다. 칼을 든 사내가 옆으로 비켜섰다. 그의 가슴을 묶은 오라를 쥔 사람이 뒤에서 그를 떠밀었다.

떠밀려 걸으면서, 그는 땅바닥을 두리번거렸다. 그러나 어디로 굴러갔는지 목탁은 눈에 뜨이지 않았다.

뒤에 선 사내가 다시 떠밀었다. 이번엔 방망이로 엉덩이를 밀어서, 꽤나 아팠다. 그는 앞선 관리를 쫓아 서둘러 걸음을 옮겼다. 칼을 멘 사내가 맨 뒤에 설 눈치였다.

"므르거라." 앞장선 관리가 의젓하게 외쳤다.

문간을 꽉 메운 구경꾼들이 조금 물러났다. 그들의 게걸스러운 눈길들이 그의 얼굴에 따갑게 닿았다. 어떻게 알고 왔는지, 구경꾼들은 많이 불어나서 문밖에도 사람들이 웅성거렸다. 스물은 될 듯했다.

문을 나서기 전에, 그는 머뭇거리면서 뒤를 돌아다보았다. 다급한 마음인데도, 그는 마당 한구석에서 뒹굴고 있을 목탁이 자꾸 마음에 걸렸다. 어린애를 혼자 남겨두고 가는 듯했다. 나오는 한숨을 되삼키고서, 그는 몸을 바로 했다. 사람들에 가려져서, 목탁은 그만두고라도 마당 바닥도 보이지 않았다.

뒤에 선 사람이 다시 방망이로 떠밀었다. 어금니에 힘을 주어 마음을 다잡으면서, 그는 문밖으로 나섰다.

9

앞장선 관리는 뒤돌아다보는 적도 없이 동쪽으로 난 길을 걸어
갔다. 힘을 들이지 않고 휘적휘적 걷는 걸음이 보기보다 빨랐다.
탈것이 거의 없고 2, 30리 길은 먼 걸음으로 여겨지지도 않는 세상
이라, 이곳 사람들은 걸음이 빨랐다.

언오는 경황없이 걸었다. 지친 데다가 오라에 묶인 몸으로 앞사
람을 따라가는 것도 쉽지 않았지만, 마음은 마음대로 고달팠다. 갑
자기 많은 사람들의 눈길을 받는 것이 큰 짐이 되었다. 시간비행사
로 뽑힌 뒤엔, 자신의 자질구레한 언행들까지 텔레비전에 나오는
처지에 익숙했던 터여서, 따지고 보면 얼마 되지 않을 이곳 사람들
의 눈길이 이렇게 짐이 되는 것은 좀 뜻밖이었다.

"아해달한 집에 가거라." 뒤에서 나이 든 사내의 무게 있는 목소
리가 났다.

"그리하거라. 아해달한 어셔 집에 가거라." 누가 이내 말을 받았

다. 뒤에서 나는 발걸음 소리와 말소리로 보아, 구경꾼들이 꽤 많이 따라오는 듯했다.

그는 고개를 숙이고 길바닥만 보면서 걸었다. 이곳이 바로 자신의 고향이란 생각이 들면서, 마음이 비감해졌다. '금의환향이라 했는데, 고향 마을에서 오라에 묶여 끌려가는 신세가 됐으니……'

문득 생각이 나서, 그는 고개를 들어 왼쪽을 살폈다. 노을도 스러진 하늘 속에 공세곶창이 자리 잡은 언덕이 검게 솟아 있었다. 그는 자신도 모르게 숨을 들이켰다. 언덕 꼭대기 가지를 풍성하게 벌린 느티나무 옆에 낯익은 벽돌 건물이 서 있었다. 간절한 소망으로 높은 곳을 향해 첨탑을 뻗친 그 모습에 가슴이 안타까움과 그리움으로 졸아들었다.

어느새 얘기가 퍼졌는지, 동강리(東江里)에서도 사람들이 많이 나와서 구경하고 있었다. 마을 사람들이 죄다 나온 듯했다. 모두 흥분과 기대에 들뜬 얼굴로 그를 가리키면서 수군거렸다.

초가 추녀 사이로 난 좁고 굽은 골목길을 지나가는데, 뒤쪽에서 누가 무어라고 말했다. 그러자 둘러선 여인들이 낄낄거렸다.

그의 가슴에서 시뻘건 불길이 일었다. '남은 지금 목숨이 걸린 판인데, 재미있다고 낄낄거리면서 구경하다니. 더구나 함께 관권의 압제를 받는 처진데, 자신들이나 불승들이나.' 그는 분노와 경멸이 넘치는 눈길을 추녀 아래에서 구경하는 사람들에게 던졌다.

골목길을 벗어나 좀 트인 곳으로 나오자, 가슴을 채웠던 거친 감정들이 차츰 사그라졌다. 대신 서글픔이 시리게 가슴을 쓸었다. 죄인이 붙잡혀가는 광경은 어느 세상에서나 좋은 구경거리였다. 21

세기에서도 그랬다. 영화도 텔레비전도 운동 경기도 없는 이 세상에선 놓치기 아까운 구경거리일 터였다. 한숨을 길게 내쉬고서, 그는 가슴을 폈다.

'만일 내가…… 만일 내가 끝내 얽혀들어서 처형되면, 이 사람들은……' 형장에서 망나니가 칼춤을 추는 동안 그의 목이 떨어지기를 입맛을 다시면서 기다리는 사람들의 모습이 떠올랐다. 쓸쓸한 웃음에 볼이 일그러진 것을 느끼면서, 그는 마른침을 삼켰다.

앞장선 관리는 남쪽으로 난 길로 접어들었다. 아산현청은 이곳에서 남동쪽이었다. 구경 나온 사람들의 말소리가 차츰 멀어졌다.

"휴우," 그는 소리 내어 숨을 쉬었다. 오라에 묶여 현청으로 붙잡혀가는 처지긴 했지만, 사람들의 눈길에서 벗어난 것이 반가웠다. 그는 고개를 젖혀 하늘을 올려다보았다.

어느 사이엔가 별들이 또렷해져 있었다. 동쪽 하늘에서 유난히 밝게 빛나는 별 하나가 눈에 들어왔다. '인공위성은 아닐 테고……'

"어이쿠." 돌부리에 걸려, 그는 앞으로 넘어졌다. 뒤에 선 관리가 오라를 잡아챘다. 그는 비틀거리면서 가까스로 걸음을 바로잡았다.

앞장선 관리가 홀긋 돌아다보았다. 뒤에 선 관리가 성가시다는 듯 혀를 찼다.

자신도 모르게 얼굴에 띠었던 미안한 웃음을 지우고서, 그는 마음을 가다듬었다. 고개를 숙이고 묶인 손을 들어 앞을 가린 삿갓을 가까스로 바로 썼다. 그러고 보니, 길은 어느 사이엔가 좁은 산길이 되어 있었다. 오른쪽엔 기슭에 길이 난 야트막한 산이 있었고,

왼쪽엔 비탈 아래 밭이 있었다.

그는 희미한 길바닥을 내려다보면서 조심스럽게 걸음을 내디뎠다. 오늘이 스무아흐레여서 달이 없으리라는 생각이 떠올랐다. 퍼뜩 정신이 들었다. '그렇지. 한가한 생각을 하고 있을 때가 아니지. 현청에 닿기 전에 무슨 수를 내야지, 안 그러면……'

마음을 다잡고서, 그는 자신의 처지를 찬찬히 따져보기 시작했다. 아까 관리들이 그의 손과 팔을 꽉 묶긴 했지만, 오는 사이에 줄은 좀 헐거워져 있었다. 그는 슬그머니 손을 움직여보았다. 줄이 조금만 더 헐거워지면, 도포 아래에 찬 가스총에 손이 닿을 듯했다.

"그윽." 뒤에 선 관리가 목에서 가래를 꺼내어 내뱉었다.

"나아리." 그는 고개를 반쯤 돌리고 뒤에 선 관리를 불렀다.

"므스 일이오?" 좀 퉁명스러우나 악의는 없는 목소리로 그 관리가 대꾸했다.

"중이 도텹을 아니 디닌 것은 허믈이디다만." 무난한 얘기로 허두를 뗀 다음, 그는 조심스럽게 말을 골랐다. "부러 이리 잡아들이라난 명을 사또끠셔 나라신 것은…… 므슴 일이 이시나니잇가?"

"모라오." 그 관리가 말을 막는 어조로 짧게 대꾸했다.

"그러하야도……" 관리들로부터 도움이 될 만한 정보를 하나라도 얻어내고 싶은 욕심과 자칫하면 그들을 짜증나게 할지 모른다는 두려움 사이에서 그는 망설였다. "나아리끠셔는 현텽에 겨시니 아시난 것이……"

"모라오. 우리 사또끠셔는 아시난 것이 하시고 스치시는 것이 깊으셔셔……" 그 관리의 말씨에 자신의 상관에 대한 존경심이 짙게 배어 있었다. "아참애 갑작도이 '강척골 나라애 가면, 즁 하나이 신창애셔 고분다리내랄 건너 들어올 새니, 그 자랄 잡아오나라' 하샷다 하더이다."

그의 가슴이 한 번 거르고 뛰었다. 지금까지 그의 마음 위에 어두운 그림자를 던진 막연한 두려움이 문득 또렷한 모습을 드러냈다. "아, 그러하샸나니잇가?"

"그러하야셔 아참애 우리……"

"우리는," 맨 뒤에 선 우두머리 관리가 큰 소리로 말했다. "아랫것들히라, 아모것도 모라나이다. 그저 시키는 대로이 하나이다."

자기 아랫사람들이 하는 말을 막는 것이 분명했다. 바로 뒤에 선 관리가 입을 다물었다.

"대사끠셔 내죵애 사또끠 스스로 엿자와보쇼셔." 공손한 듯 비아냥거리는 말씨로 우두머리가 덧붙였다.

"나아리끠셔는 사또끠 엿자와보라 하시난듸, 아산현감 나아리랄 말쌈하시나니잇가?"

"그렇디 아니 하면, 뉘릿가?" 그 사내가 여전히 비아냥거리는 말씨로 대꾸했다.

"아산현감이 뉘시오?" 그 사내의 말씨에 자신도 모르게 불끈 화가 나서, 그는 큰 소리로 물었다.

"무엄한지고," 오라를 잡은 관리가 그를 꾸짖으면서 줄을 잡아챘다. "즁놈이 감히……"

"하아," 우두머리가 짐짓 탄성을 냈다. "대사끠셔는 토졍 선생

높아신 일홈도 못 들어보샸나니잇가?"

놀라서 어설프게 디딘 발이 돌을 밟고 미끄러졌다. "어이쿠." 그는 왼쪽으로 비스듬히 고꾸라졌다. 순간적인 충동에서 그는 몸을 바로 하는 대신 왼쪽 어깨를 땅에 박으면서 길옆으로 굴렀다. 두 바퀴를 구른 그의 몸이 나무에 걸려 멈췄다.

"어어……" 뒤에서 오라를 잡은 사람도 함께 넘어져 길 아래로 끌려 내려왔다.

빙 돌던 세상이 멈췄다. 모로 누워 눈을 감은 채, 그는 숨을 돌렸다. '토정 선생을 여기서 만나다니. 하필이면 지금 토정 선생이 아산현감을 하다니.'

그는 토정 선생이 조선조 중기에 살았으며 마지막 벼슬이 아산현감이었음을 알고 있었다. 그러나 토정 선생이 아산현감을 지낸 때나 죽은 때를 정확히 아는 것은 아니었다. 막연히 얼마 전에 죽었으려니 생각했었다. 지금 이곳에서 토정 선생을 만나리라고는 꿈에도 생각지 못했었다.

'토정 선생이, 미래의 일을 잘 아는 토정 선생이, 내가 여기로 올 줄 알고서 기다리고 있었구나.' 어둡고 어수선한 가슴에 남아 있던 한 조각 밝은 부분이 사라졌다. 온전한 어둠이 가슴을 채웠다. '이젠 꼼짝 못하고……'

"이 못쓸 놈," 화가 잔뜩 난 목소리로 욕설을 내뱉으면서, 그 관리가 그의 엉덩이를 냅다 걷어찼다. 옹골찬 발길질이었다.

"어이쿠." 아픔에 숨이 막혀, 입을 벌린 채, 그는 몸을 비틀었다. 이를 악물고 아픔이 견딜 만해지기를 기다렸다. 엉덩이뼈에 몰렸던 아픔의 덩이가 차츰 풀려 온몸으로 퍼져나갔다.

"일어나거라." 그 관리가 오라를 거세게 잡아챘다.

속에서 뜨거운 횃덩이가 불끈 솟았다. '내가 일부러 넘어진 것도 아닌데, 이렇게까지……' 그 뜨거운 기운이 차가운 절망으로 가득한 가슴을 어슴푸레 밝혔다. 마음이 좀 차분해지는 듯했다. 따지고 보면, 아직 절망할 때는 아니었다. 아침부터 지금까지 일어났던 이상한 일들에 대한 설명이 나왔고 자신이 맞은 위험의 정체를 알아냈으므로, 이제는 어설프나마 대책을 마련할 수 있게 된 셈이었다.

"일어나거라."

"녜." 그는 눈을 뜨고 힘없는 목소리로 대꾸했다. 그리고 굼뜬 몸짓으로 묶인 몸을 일으켰다.

"길로 올라가라." 관리가 재촉했다.

"녜. 발이 돌해 걸위여서……" 구르는 바람에 자신을 묶은 줄이 좀더 느슨해진 것을 확인하고 속으로 웃음기 없는 웃음을 지으면서, 그는 짐짓 미안한 어조로 변명하기 시작했다. 그러나 위쪽을 쳐다보고는 매끄럽게 나오던 말을 자신도 모르게 멈췄다.

길에는 우두머리 관리가 칼을 빼어 들고 차분한 자세로 내려다보고 있었다. 어두워서 낯빛을 제대로 살필 수는 없었지만, 그 사람의 몸에선 차가운 바람이 나오는 듯했다.

'저 사람은 지금 내가 도망가기를, 그래서 자신의 칼을 쓸 기회가 생기기를, 은근히 기대하는 것은 아닐까? 그렇지 않다면, 저렇게 살기를 내뿜진 않을 텐데.' 소름이 끼치면서, 몸이 부르르 떨렸다. '혹시 무슨 트집을 잡아서 날 죽일 작정인지도 모르지. 토정 선생이 내린 명은 무엇이었을까? 나를 꼭 산 채로 잡아오라는 명은 아니었을지도 모르지. "산 채로 잡아오너라. 그러나 엇디할 도리 없으면……"'

"빨리 올라가라."

"녜." 그는 뒤에서 오라를 잡은 관리가 미는 대로 순순히 길 위로 올라섰다.

그들은 다시 걷기 시작했다. 그를 따라 길 아래로 구른 것이 꽤나 분한지, 오라를 잡은 관리는 아직도 식식거렸다. 그러나 다시 칼을 등에 멘 우두머리는 아무 말도 하지 않았다.

넘어지지 않으려고 열심히 걸으면서, 그는 두 손을 묶은 줄을 헐겁게 하려고 애썼다. 배낭을 멘 덕분에 두 손이 앞으로 묶여져서 다행이었다. 가슴을 묶은 줄은 너무 헐거워져서, 관리가 새로 묶자고 나설까 걱정이 되는 판이었다.

줄을 헐겁게 하느라 살갗이 벗겨진 팔목의 둔한 쓰라림이 마음을 오히려 차분하게 해주었다. '이제 준비는 됐고. 기회가 언제 오느냐데…… 그러나저러나 토정 선생은 어떻게 내가 고분다리내를 건너올 줄 알았을까?' 도망칠 준비가 다 되자, 아까부터 마음 한구석에서 꼼지락거리던 물음이 앞으로 나왔다. 고분다리내는 곡교천(曲橋川)을 일컬은 터였다. '그 시간에 강척골 나루로 고분다리내를 건너는 중을…… 아무리 앞일을 내다보는 능력을 가진 사람이라 하더라도, 때와 곳을 그렇게까지 자세하고 정확하게 알 수 없을 텐데.'

문득 아주 음산한 설명이 떠올라서, 그는 가볍게 젓던 고개를 멈쳤다. '만일 토정 선생이······' 몸이 부르르 떨렸다. '그럴 수도 있을까? 토정 선생도 원래는 이 세상 사람이 아니고 다른 세상에서 온 시간비행사?'

백악기 말기를 찾아가는 26세기의 시낭 '가마우지'가 21세기에 불시착했을 때, 철을 만난 것들 가운데 하나는 시간여행에 관한 소설들이었다. 시간여행 소설의 효시인 허버트 조지 웰스의 『시간 기계』가 새롭게 높은 문학적 평가를 받았고, 제임스 블리시의 『시간의 다섯 눈』이나 프리츠 라이버의 『큰 시간』과 같은 20세기의 고전들이 뒤늦게 대중에게 알려졌으며, 새로운 시간여행 소설들이 무더기로 나왔다. 21세기의 과학이 먼 미래 문명의 산물을 설명할 길을 찾는 동안, 그런 소설들은 이미 시간여행의 발명이 품은 함의들을 드러내고 있었다.

그는 그런 시간여행 소설들을 많이 읽었다. 원래 소설을 좋아하기도 했지만, 시간여행에 관한 소설들은 곧 시간여행을 떠날 그에겐 일종의 교재였다.

그래서 다른 시간비행사가 지금 이 세상에 있을지도 모른다는 생각은 그리 낯선 생각은 아니었다. 그리고 먼 미래의 사람들은 역사적 사건과 관련된 과거 사람들의 행적을 자세하고 정확하게 알 수 있었다. 토정 선생이 먼 미래에서 온 시간비행사라면, 지금 여기서 일어나는 일들이 깔끔하게 설명되었다.

벗겨진 살갗에서 피가 많이 나온 모양으로, 줄이 좀 끈적거렸다. 팔목을 조용히 그러나 쉬지 않고 움직이면서, 그는 자신이 지닌 토정 선생에 대한 지식들을 하나씩 살펴보았다. 곰곰 따져보니, 어느 것도 토정 선생이 먼 미래에서 찾아온 시간비행사가 아님을 증명해주지 못했다. 시간여행을 발명한 문명의 지식과 기술로 해결하지 못할 문제는 없었다. 토정 선생이 시간비행사라고 가정하면, 오히려 토정 선생의 특이한 행적 가운데 많은 부분들이 쉽게 설명되었다.

'지금 내 처지에선 그런 가정보다 나은 설명을 내놓을 수 없는데……' 그는 일단 그런 가정이 맞다 여기고서 판단해보기로 했다. '토정 선생이 시간비행사라면, 내가 속한 시간 줄기의 먼 미래에서 온 것일까? 아니면, 다른 시간 줄기에서?'

시간여행 소설들 가운데 그의 기억에 가장 또렷하게 남은 것은 다나카 아키코의 『잃어버린 시간 줄기를 찾아서』였다. 자신이 태어난 세상의 시간 줄기를 되찾기 위해서 다른 시간 줄기에서 온 사람들과 싸우는 야마모토 사다노부라는 '시간 순찰국' 요원의 얘기였다.

어느 날 현세로 들어오는 시간의 양이 갑자기 줄어들었다. 그래서 야마모토는 시간이 새는 곳을 찾아 과거로 떠났다. 자신이 실제로 만나는 과거의 모습들과 역사에 남은 모습들을 대조해가면서, 그는 시간이 다른 줄기로 새어 나가는 시공이 기원전 3세기의 중국임을 알아냈다. 그곳을 찾았을 때, 그는 실존했던 것과는 상당히 다른 중국을 만났다. 그곳에선 연(燕)이 보낸 자객 형가(荊軻)가 진왕(秦王) 정(政)을 암살하는 데 성공해서, 아직 통일 왕조가 나오지 않았다. 그래서 전국칠웅(戰國七雄) 가운데 진에게 일찍 합병된 한(韓)

을 빼놓은 여섯 나라가 아직 서로 다투었고, 백여 년 뒤엔 초(楚)에 의해 통일될 판이었다. 물론 그는 그런 역사가 나오는 것을 막아야 했다. 자연히, 그는 뒤에 시황제(始皇帝)가 될 폭군의 목숨을 살리기 위해 약한 나라의 지사(志士)에 대항하는 달갑지 않은 일을 맡게 되었다. 그렇게 하는 사이에 그는 진왕 정의 암살 덕분에 나오게 된 시간 줄기에서 온 사람들과 싸우게 되었다.

그래서 자신들의 시간 줄기를 지키려고 시간비행사들이 서로 싸우는 상황도 그에겐 낯선 얘기가 아니었다. 생각해보면, 시간여행의 발명은 거의 필연적으로 시간 줄기를 지키려는 싸움으로 이어질 터였다. 논의 발명이 물꼬 싸움을 불렀듯이.

'그렇진 않겠다. 우리 세상은 토정 선생이 이미 오백 년 전에 존재했던 시간 줄기에 속하니까. 그렇다면, 우리 시간 줄기를 지키는 요원일까? 만일 토정 선생이 '시간 순찰국'처럼 시간 줄기를 지키는 기구에서 파견한 요원이라면, 내가 이렇게 아산 땅에 찾아올 줄 미리 알고 있었겠지. 그 사실은 설명이 되는데…… 혹시 나를 구출해서 이십일 세기로 데려가기 위해 파견된 것일까?' 한순간 그의 가슴이 희망으로 밝아졌다. '나 때문에 시간 줄기가 흔들리는 것을 막으려고, 먼 미래에서……'

그러나 그는 이내 고개를 저었다. '만일 나를 구출하려 했다면, 이렇게 떠들썩하게 붙잡아가진 않겠지. 내가 지나갈 길목에서 혼자 기다리다가……'

좀더 그럴듯한 설명이 떠올랐다. '차라리 날 암살하라는 지령을 받았을 가능성이 높지. 그렇다면, 내가 앞으로 이 세상의 시간 줄기에 큰 충격을 주게 된다, 그런 얘긴가? 암살 임무를 띤 요원이 파견될 정도로 큰 충격을?'

그들이 한참 산길을 따라 올라가자, 고개가 나왔다. 그곳에서 쉬어 갈 만도 했다. 벌써 5리는 훨씬 넘게 걸었다. 그러나 걷는 품으로 보면, 관리들이 쉬려 할 것 같지 않았다. 그래도 세 사람 가운데 소변을 볼 사람은 있을 듯했다. 그는 아까부터 요의를 느끼고 있었다. 그의 생각엔 소변을 볼 때가 기회였다. 그때는 자연스럽게 도포 자락을 걷을 수 있었다.

'그 기회를 살려야지.' 그는 어금니에 지그시 힘을 주었다. '만일 그 기회를 놓치면, 꼼짝없이 토정 선생 앞으로 끌려가게 되겠지.'

고개를 거의 다 오르자, 그는 바짝 긴장했다. 그리고 할 행동을 마음속으로 그려보았다.

그러나 관리들은 그 고개에서 멈추지 않았다. 앞장선 사람은 돌아다보지도 않고 길을 따라 내려가기 시작했다.

'도대체 어떻게 된 사람들이…… 이 사람들은 오줌도 안 누고 사나?' 그는 속으로 투덜댔다. 걸음이 흔들렸다. 긴장했던 마음이 풀어지자, 몸까지도 맥이 풀려서, 발이 휘청거렸다.

'오줌이 마렵다고 얘기할까?' 앞장선 사람을 바삐 따라가면서, 그는 갑자기 조급해진 마음으로 생각했다.

'아니지.' 그는 이내 고개를 저었다. 그가 먼저 얘기를 꺼내면, 관리들은 본능적으로 경계하는 마음이 들 터였다. 더구나 그가 소변을 보는 동안 세 사람이 함께 감시할 것이었다. 섣불리 얘기를 꺼냈다간, 기회만 없앨 수도 있었다.

한 마장쯤 더 가자, 산길은 두 갈래로 갈라졌다. 앞장선 사람은 머뭇거리지 않고 동쪽으로 난 길로 접어들었다. 지금까지 남쪽으로 왔으니, 현청은 동쪽에 있을 터였다. 서쪽으로 난 길은 삽교천 쪽으로 가는 길 같았다.

곧 야트막한 고개가 나왔다. 고개 위에 올라서자, 앞장선 관리가 우두머리에게 묻는 몸짓을 했다. 쉬어 갈 것인가 묻는 듯했다. 우두머리가 동의한 듯, 그 관리는 숨을 고르면서 편한 자세를 했다.

그는 바짝 긴장했다. 이제 마지막 기회가 온 것이었다. 여기서 무슨 수를 내지 못하면, 현청까지 가는 동안에 기회가 오기는 어려웠고, 일단 현청에 닿으면, 거기엔 그의 정체를 아는 토정 선생이 기다리고 있었다. 이 사람들은 아직 그의 정체를 모르고 있었다. 그 점이 그가 쥔 유일한 패였다. 가슴이 거세게 뛰고 있었다. 그는 할 일의 순서를 한 번 더 마음속으로 짚어보았다. '소변을 본다고 말하고, 허락을 받으면, 총을 쏘기 좋을 만큼 좀 떨어져서⋯⋯'

"휴우, 오좀이나 좀 누고셔⋯⋯" 그가 멈추자, 오라를 잡은 사람이 말했다.

"쇼승도 쇼변을 좀 보고져 하나이다." 때를 놓치지 않고, 그는 고개를 돌리며 그 관리에게 말했다.

"하아." 그 관리가 코웃음 비슷한 소리를 냈다. 그리고 그를 떠밀면서 오른쪽 길섶으로 갔다.

그는 자신이 자연스럽게 그 관리의 오른쪽에 서도록 했다. 긴장해서 그런지, 갑자기 오줌이 참기 어려울 정도로 마려웠다. 그 관리가 오라를 놓고 허리띠를 푸는 것을 기다려, 그도 도포 자락을 젖히고 권총집의 뚜껑을 열었다. 그동안 줄이 헐거워져서, 그리 어렵지 않았다.

"대사," 그 관리가 비아냥거리는 어조로 그를 불렀다.

깜짝 놀라서, 그는 두 손을 권총집에서 떼고 돌아다보았다. "네?"

"손알 묶어셔 쇼변을 보기 어려우시나니잇가?" 자신의 얘기가 재미있는 듯, 그 관리는 오줌을 기운차게 깔기면서 껄껄 웃었다.

"녜. 손이 묶여셔……"

"나난 모라겠으니, 대사끠셔 재조까장 보쇼셔." 빈정댈 때 공손한 말씨를 쓰는 것은 우두머리에게서 배운 모양이었다.

"녜," 그는 웃으면서 대꾸했다. 숨을 몇 번 깊이 쉬고서, 그는 다시 도포 자락을 젖혔다. 가까스로 오른손이 가스총의 손잡이에 닿았다. 가슴이 쿵쿵 뛰고 있었다. 우두머리 관리가 무엇을 하는지 돌아다보고 싶은 마음을 누르고, 그는 조심스럽게 가스총을 꺼내 들었다.

"대사끠션 쇼변은 아니 보시고 므슥을 그리 만지시나니잇가?" 그 관리가 허리춤을 여미면서 말했다. 이어 자신의 얘기가 그럴듯한지 껄껄 웃었다.

"오래 참았더니, 오줌이 이대 나오디 아니 하나이다." 고개를 돌려 대꾸하고서, 그는 왼손으로 자물쇠를 풀고 무장거리 선택침을 당겨서 가스탄의 무장거리를 '표준'에서 '지근'으로 바꾸었다. '지근'을 선택하면, 가스탄은 1미터 밖에서 터졌다.

"어허, 싀훤하다," 허리띠를 맨 그 관리가 혼잣소리를 하면서 그에게로 돌아섰다.

그 사람을 향하면서, 그는 오른발을 구부려 땅에 대고 앉았다. 묶인 두 팔이 자연스럽게 왼쪽 허벅지에 얹혀서, 무릎쏴 자세가 되었다. 앞장섰던 관리가 반대쪽 길섶에서 이쪽에 등을 돌리고 소변을 보고 있는 것이 곁눈으로 들어왔다.

그의 이상한 몸짓을 본 관리가 놀라서 그를 향해 걸음을 내디뎠다.

그는 총을 조금 위로 겨누고 방아쇠를 당기면서 눈을 감았다. 폭음이 났다. 눈을 감은 채, 그는 우두머리 관리가 있는 쪽으로 몸을 돌리고 총을 겨누었다. 그러고 나서야, 눈을 떴다.

무슨 외마디 소리를 지르면서, 우두머리 관리가 그에게로 달려들었다. 오른손은 벌써 왼쪽 어깨 너머로 칼을 빼고 있었다.

그는 자신도 모르게 멈췄던 숨을 다시 쉬었다. 앉은 채로 두 걸음 왼쪽으로 옮겨 앉았다. 캄캄한 밤에 가스탄이 터지는 것을 보았으니, 우두머리의 눈은 잠시 먼 상태일 터였다. 그는 다시 총을 겨누고 눈을 감고 방아쇠를 당겼다.

그가 다시 눈을 떴을 때, 흰 연기의 그물이 그 사람을 감싸고 있었다. 그 너머로 급히 옷을 여미고 있는 나머지 관리의 모습이 보였다.

'됐구나.' 그는 가스를 피해 건너편 산기슭으로 뛰어 올라갔다.

그 관리는 아직 그 자리에서 허둥대고 있었다. 무슨 일이 일어났는지 모를 뿐 아니라, 가스탄이 터지는 불빛을 보았으니, 눈이 보이지 않을 터였다.

그는 땅에 주저앉아 무장거리를 '표준'으로 바꾸고서 아래쪽을 향해 총을 겨누었다. 방아쇠를 당기려다가 멈추고서, 그는 잠시 기다렸다.

　그 관리가 허우적거리면서 넘어진 우두머리에게로 다가갔다. 이어 재채기를 한 번 하더니, 슬그머니 땅에 누웠다.

10

　'이게 구사일생이란 건가.' 가쁜 숨을 돌리면서, 언오는 아래쪽을 살폈다.

　꽤 먼 데다가 워낙 어두워서, 아래쪽 고개는 제대로 보이지 않았다. 그래도 곁눈으로 살피면, 길바닥에 쓰러진 관리들의 모습이 어렴풋이 드러났다. 그동안에도 가스는 많이 흩어져서, 세 사람 둘레엔 희끄무레한 자취가 남은 듯 만 듯했다. 동남쪽에서 불어오는 바람이라고 할 만한 것도 못 되는 아주 약한 바람 기운에 밀려, 가스는 그들이 아까 올라온 서쪽 길을 따라 아래쪽으로 흩어지고 있을 터였다.

　몸이 땀에 젖었음을 비로소 깨닫고, 그는 씨익 웃었다. 가슴이 아직도 세차게 뛰고 있었다. 온몸의 팽팽해진 핏줄 속으로 피가 거세게 흐르는 소리가 들리는 듯했다. 아드레날린이 가득 찼을 몸의 동물적 흥분과 포박에서 벗어난 자유로움과 기습을 성공시킨 성취감이 한데 어우러져, 그의 몸과 마음은 조금도 어긋나지 않고 하나가 된 듯했다. 그런 상태에서 그는 성찰의 그늘이 앉지 않은 순수한 동물적 즐거움을 느꼈다.

'만일 실패했다면……' 이 고개에서 찾아온 기회를 잡지 못했다면 기회가 다시 오기 어려웠으리라는 생각은 양념처럼 성공의 즐거움을 한결 짙게 해주었다.

숨을 좀 돌리자, 그는 당장 해야 할 일들로 생각을 돌렸다. 밤눈을 밝게 하는 것이 급했다. 그는 배낭을 열고 쌍안경 갑을 꺼냈다. 쌍안경을 목에 건 다음, 갑 안쪽에 들어 있는 적외선 촬상기(撮像器)를 꺼냈다.

"이크." 쌍안경 앞부분으로 잘 들어가지 않는 촬상기를 다시 빼다가, 그는 그것을 떨어뜨렸다.

비탈이라, 촬상기는 아래쪽으로 굴러 내려갔다. 다행히 촬상기는 멀리 도망가지 않아서 쉽사리 찾을 수 있었다. 촬상기를 붙이고 스위치를 켠 다음, 그는 쌍안경을 눈에 댔다. 아무것도 보이지 않았다. "뭐가 잘못된 거야?"

차근차근 점검한 다음, 다시 쌍안경을 눈에 댔다. 역시 깜깜했다. '저번에 점검했을 때는 분명히 잘됐는데. 상도 또렷하고.'

그는 씁쓰레하게 입맛을 다셨다. '그 정도 충격에 망가지는 거라면, 어떻게 야전용이라고 하나?' 그는 투덜거리면서 쌍안경을 배낭 속에 넣었다.

'괜히 오래된 것들을 골라서……' 그는 가볍게 후회했다. 지닐 기구들을 고를 때, 그는 첨단 기술로 만들어진 기구들 대신 투박한 기계식 기구들을 골랐다. 시간여행에선 아무래도 그런 기구들이 고장이 덜 날 것 같아서였다.

'할 수 없지. 생채기나 치료하고 보자.' 밤에 활동하기가 어려워졌다는 생각에 문득 무거워진 마음을 달래면서, 그는 구급낭을 꺼냈다. 살갗이 생각보다 많이 벗겨져 있었다. 시계에 긁힌 왼손의 생채기는 꽤 깊어서 쉽게 나을 것 같지 않았다.

'서둘러야지.' 맥이 풀린 몸을 다그쳐, 그는 자리에서 일어섰다. 흥분이 점차 가라앉자, 많이 지친 몸은 자꾸 까라지고 있었다.

"이제 어디로 간다?" 그는 소리 내어 자신에게 물었다.

선뜻 대답이 나오지 않았다. 원래는 공세동에 들러서 고향의 옛 모습을 살펴본 다음, 성환과 안성을 거쳐서 동쪽으로 갈 생각이었다. 그러나 지금 그렇게 하자면, 아산현청이 있는 쪽으로 가야 했다. 관청이 있는 곳은 전에도 피했지만, 토정 선생이 있는 아산현청 쪽은 정말로 피해야 했다.

'만일 토정 선생이……' 음산한 생각 한 토막이 떠오르면서, 느긋하던 마음이 오그라들었다.

'만일 토정 선생이 준비를 단단히 해놨다면? 내가 다음에 갈 곳을 미리 알고서, 다음 길목에서 나를 기다린다면? 내가 신창을 거쳐 강척골 나루로 들어오리라는 것을 미리 알고서 사람들을 그리로 보낸 것을 보면, 그리고 거기서 나를 붙잡지 못하자, 다시 사람들을 서강리로 보낸 것을 보면, 토정 선생은 내가 다음에 갈 곳도 미리 알고 있다는 얘긴데……' 현청에 단정한 모습으로 앉아서 그가 갈 곳을 미리 짚어 '아모 시에 아모 데 가면, 이런더런 줌이 이

실 새니, 가셔 그 자랄 잡아오나라' 하고 명을 내리는 노인의 모습
이 떠올랐다.

'어디로 가야, 토정 선생이 쳐놓은 그물에서 벗어날 수 있나?'
그는 갑자기 무겁고 답답해진 마음으로 밤 풍경을 둘러보았다. '토
정 선생은 어떻게 내가 이곳으로 올 줄 미리 알았을까? 도대체 미
리 안다는 것은 무엇을 뜻하는가? 따지고 보면, 나도 미래에 대해
서 알고 있지. 이 세상 누구보다도 더 많이. 하긴 모든 사람들이 많
게든 적게든 미래에 대해서 알고 있지. 모두 미래를 예측하고 그런
예측에 따라 행동하니까. 적어도 미래가 과거와 근본적으로 다르
지 않다는 가정을 하고서, 살아가지. 짐승들도 그렇지. 그러고 보
면, 모든 생명체들은 미래에 대해서 많게든 적게든 안다고 할 수
있겠다. 하지만 토정 선생이 미래에 대해 아는 건 그런 것들과는
상당히 다르지. 합리적으로 설명하기 어려울 만큼 세세한 지식이
니……'

등불이 은은히 비추는 아산현청의 동헌 마루에 쥘부채를 쥐고
단정한 차림으로 앉아 그의 갈 길을 미리 알고 지시하는 토정 선생
의 모습이 다시 눈앞에 떠오르면서, 그 위에 미래의 일들을 잘 예
측했다는 제갈량(諸葛亮)의 모습이 겹쳤다. '그러고 보니, 내 처지
가 꼭 적벽 싸움에서 지고 공명(孔明)에게 쫓기는 조조 신세 같구
나. 위험한 길목에서 복병을 만나 겨우 빠져나오면, 다른 군사들이
미리 와서 기다리고, 다시 가까스로 빠져나오면……'

삿갓을 벗고 땀 젖은 이마에 붙은 머리칼을 쓸어넘기면서, 그는
하늘을 올려다보았다. '하늘은 저리 너른데. 별들은 저리도 많고.

내가 숨을 곳은…… 그러나 조조는 결국 살아서 그곳을 빠져나왔지. 화용도(華容道)에서 신의를 무겁게 여긴 관운장(關雲長)을 만나. 하긴 일이 그리될 것까지도 공명은 알고 있었다지만. 만일 내가 살아날 운을 가졌다면, 토정 선생도……'

그는 좀 가벼워진 마음으로 지금 자신이 고를 수 있는 가장 합리적인 길을 따지기 시작했다. '결국 나와 토정 선생이 서로 상대방의 의도를 읽는 일인데. 바둑의 대국자들처럼. 서로 상대방의 의도를 읽는 일이라고? 토정 선생이 일방적으로 내 마음을 읽는 건 아니고?' 그는 쓴웃음을 지었다.

'만일 지금 상황이 서로 상대방의 의도를 읽는 경기가 되려면, 토정 선생이 시간 순찰 요원이 아니라는 가정이 성립되어야 하겠지. 만일 시간 순찰 요원이라면, 전혀 다른 얘기가 되지. 그럴 경우, 내가 무슨 짓을 하더라도, 토정 선생은 다 알겠지. 미래를 예측하는 능력 덕분이 아니라 이미 관찰된 사실이기 때문에.' 자신도 모르게 참았던 숨을 내쉬면서, 그는 고개를 저었다.

산 위쪽에서 새가 울었다. 그 소리가 적막한 자리를 더욱 적막하게 만들었다. 써늘해진 가슴을 달래면서, 그는 상황을 찬찬히 따져보았다. '만일 토정 선생이 시간 순찰 요원이고 이미 우리가 이런 상황에서 만났다면, 지금 내가 다음 행동을 무작위로 결정하더라도, 토정 선생으로부터 도망칠 수는 없지. 토정 선생은 내가 무작위로 내린 결정들의 최종 결과를 이미 알 테니까. 따라서 그런 가정 아래선 내가 합리적으로 행동할 수 없다는 얘기가 되지. 지금 내 처지에선 토정 선생이 실제로 십육 세기 사람이란 가정이나 적어도 우리가 처음 만났다는 가정 아래에서만 합리적으로 행동할 수 있지. 그러면 나는 그런 가정을 따라야 한다, 그런 얘기가 되나?'

머리가 좀 맑아지는 듯도 했다. 가슴도 좀 덜 써늘해졌다. 그러나 그가 내린 결론에는 개운한 맛이 없었다. '어쩌면 지금 합리성은 나를 붙잡는 덫일 수도 있겠다. 언제나 합리적 판단을 내리려고 애쓰면서 살아온 나로선 지금 갑자기 비합리적으로 행동하는 것이 오히려…… 평생 위험한 짓을 하지 않았고 군대를 조심스럽게 쓴 공명이 한중(漢中)에서 위기를 맞았을 때, 평소와는 달리 아주 위험한 행동을 해서 사마중달(司馬仲達)의 군대로부터 도망칠 수 있었듯이. 문제는 과연 내가 비합리성에 바탕을 두고 행동할 수 있느냐 하는 건데. 내가 실제로 비합리적인 행동을 할 수 있을까? 비합리적으로 행동한다는 것이 어떤 어려운 처지에서 빠져나갈 수 있다는 얘기는, 합리적 추론에서 나왔으므로, 궁극적으로는 합리성에 바탕을 둔 것 아닌가? 그렇게 합리성에 바탕을 둔 비합리적 행동을 비합리적이라고 할 수 있을까? 그리고 실제로 무엇이 비합리적인지 알려면, 사람은 생각해야 하는데, 생각은 본질적으로 합리적 행동이 아닌가?'

동북쪽 하늘에서 별똥 하나가 긴 금을 그으면서 산 너머로 내려 갔다. 이어서 빛줄기가 하나 더 나타나더니 이내 스러졌다. '도대체 합리성은 무엇인가? 그것이 삶의 가장 근본적 가정이라고 했는데…… 합리성의 뜻과 같은 형이상학적 문제가 아주 실제적 함의들을 품다니. 하긴 이 세상에 불시착한 뒤로는 쭉 그랬었지. 내 행

동들은 아주 사소한 것들까지도 무척 어려운 형이상학적 함의들을 지녔었지.'

건너편 산봉우리 쪽에서 짐승의 울음소리가 났다. 늑대의 울음 같은 그 애절한 소리가 문득 그의 마음을 조급하게 만들었다.

'그러면 합리적으로 행동하기로 하고. 계산된 비합리적 행동까지도 포함해서. 토정 선생이 날 잡을 준비를 했다면, 그가 시간 순찰 요원이든 아니든, 내가 전에 품었던 생각을 바탕으로 했겠지. 적어도 그렇게 했을 가능성이 높다고 봐야지. 지금 내가 그 생각을 느닷없이 바꾸면, 그런 준비가 허사가 되는 것은 아닐까? 모두가 아니라면, 상당 부분이?'

곰곰 생각해보니, 역시 그렇게 생각을 바꾸는 것이 가장 합리적인 길이었다. 적어도 손해될 것은 없을 듯했다. 생각 끝에 그는 예정대로 동쪽으로 가는 대신 왔던 길을 되짚어가기로 마음먹었다. 왔던 길을 되짚어가는 것은 상당히 위험했지만, 어두운 밤에 낯선 길을 골랐다가 길을 잃을 위험도 생각해야 했다. 이곳에서 서쪽 길을 따라가면, 바다가 나오고 이어서 삽교천과 곡교천이 나올 터였다. 강척골 나루에서 나룻배를 훔쳐 타고 곡교천을 건너면, 일단 아산현을 벗어나는 것이었다.

삿갓을 쓰고 배낭을 멘 다음, 그는 조심스럽게 아래로 내려갔다. 가스탄의 탄피를 줍고 아까 버린 염주를 찾을 생각이었다. 가스가 묻었을 탄피를 손으로 만지는 것이 마음에 걸렸으나, 착시물을 그냥 버리고 갈 수는 없었다. 장갑이 없는 것을 다시 한 번 아쉬워하면서, 그는 아직 남아 있을 가스를 피해 길 건너편으로 갔다. 염주는 쉽게 찾았으나, 탄피는 찾기 어려웠다. 길바닥을 더듬다시피 해서, 그는 녹아서 덩어리가 된 탄피들을 주웠다.

그 탄피들을 종이로 싸서 주머니에 넣고 한숨을 돌리자, 아직까지 소변을 보지 않았다는 것이 생각났다. 그는 아까 섰던 곳으로 갔다. 좀처럼 오줌이 나오지 않았다. 소변은 보지 않고 무엇을 그리 만지느냐던 관리의 농담이 떠올라서, 피식 웃음이 나왔다.

요의에 비해서 오줌은 많지 않았다. 땀을 많이 흘린 탓인지도 몰랐다. 그래도 오줌을 다 누자, 몸이 부르르 떨렸다. 문득 호젓한 느낌이 들었다. 풀숲에서 나는 반딧불이 호젓한 느낌을 더해주었다. 누가 숨어서 지켜보고 있는 듯한 느낌이 자꾸 들었다.

그는 땅에 쓰러진 사람들을 살폈다. 오라를 잡았던 관리는 길가 산딸기 덤불에 머리를 박고 모로 누워 있었다. 우두머리 관리는 오른팔로 땅을 할퀴면서 엎어져 있었다. 의식을 잃으면서도, 일어서려 애썼던 듯했다.

그 사람이 등에 멘 칼집이 그의 눈길을 끌었다. '그렇지, 칼이 있었지.' 그는 가까이 가서 살폈다. 칼은 날이 그 사람의 몸에 거의 가려진 채 자루만 밖으로 나와 있었다.

칡 잎새로 싸서 칼을 집어 들면서, 그는 흐뭇한 웃음을 지었다. '아주 귀중한 전리품이구나. 그리고 보니, 영화에서 보고 싶던 장면을 스스로 연출한 셈이구나.'

그는 20세기에 만들어진 서부극을 좋아했다. 하긴 21세기 사람들 가운데 서부극을 좋아하지 않는 사람은 드물었다. 아주 복잡하고 촘촘하게 짜인 사회에서 사는 사람들에게 어떤 사회 조직에도 얽매이지 않고 자유롭게 떠도는 서부극의 주인공들은 언제나 매력적 존재들이었다. 물론 20세기에 시작된 외계 탐험은 전에는 상상할 수도 없었던 너른 세상을 약속했다. 그러나 그것은 아직 약속으로 남아 있었다. 그리고 많은 사람들이 참여하는, 크고 잘 짜인 사업에 참여하여 아주 엄격한 통제를 받으며 거추장스러운 우주복을 입고 불모의 세계를 탐험하는 것은 자유로운 삶의 표상과는 거리가 있었다. 그래서 서부극은 큰 인기를 누렸다.

그러나 서부극을 볼 때마다, 그는 한 가지 점에 대해 좀 불만스럽게 느끼곤 했었다. 서부극에선 모든 카우보이들이 권총을 찼고 걸핏하면 권총으로 싸웠다. 그러나 총싸움이 끝난 뒤엔, 아무도 죽은 사람의 권총을 가져가지 않았다. 서부극의 무대인 19세기의 북아메리카에서 권총 한 자루를 구하려면, 아마도 카우보이 한 사람이 한 해 꼬박 저축해도 어려웠을 터였다. 따라서 싸움이 끝나면, 이긴 사람은 죽은 사람의 권총을 버리고 가지 않았을 터였다. 그래서 그는 총싸움이 끝나면, 이긴 사람들이 죽은 사람들의 물건들을, 특히 값비싼 총들을, 거두어 가는 사실적 영화를 보고 싶었다.

지금 그의 처지에서 잘 드는 칼이야말로 긴요한 물건이었다. 가스총 탄약이 떨어진 뒤엔, 더욱 그러할 터였다. 돈이 있어도 얻기 어려운 물건이었다.

'이왕 시작한 거, 아예 칼집까지 벗겨 가?' 칼집은 꼭 필요했다. 그리고 새로 만들려면, 꽤나 공을 들여야 할 터였다. 그러나 칼집을 벗기려면, 가스를 뒤집어쓴 그 관리의 몸을 만져야 했다. 그리고 칼집에 묻은 가스는 칼에 묻은 것보다 씻어내기 어려울 터였다.

'할 수 없지. 칼집은 나중에 만들지.'

칼에 흙을 끼얹고 칡잎으로 잘 닦아낸 다음, 그는 염주를 목에 걸고 대신 칼을 손에 잡았다. 손에 잡고 보니, 칼은 산길을 헤치며 가는 데 좋을 듯했다. '어쩌면 내겐 이것이 목탁보다 어울리는지도 모르겠다.' 비뚤어진 웃음을 흘리면서, 그는 고개를 내려가기 시작했다.